十三年“子归”沥血

染红了上百个人物故事

上百万字巨著

载不动

乡愁、诗，与远方……

——舒 婷

子归城

ZIGUI CHENG

古城驿

刘岸 著

读者出版传媒股份有限公司
敦煌文艺出版社

图书在版编目（C I P）数据

子归城. 古城驿 / 刘岸著. -- 兰州 : 敦煌文艺出版社，2021.4（2025.12重印）

ISBN 978-7-5468-2035-4

Ⅰ. ①子… Ⅱ. ①刘… Ⅲ. ①长篇小说－中国－当代 Ⅳ. ①I247.5

中国版本图书馆CIP数据核字（2021）第082958号

子归城·古城驿

刘 岸 著

策　　划：杨继军
责任编辑：田 园
装帧设计：马吉庆

敦煌文艺出版社出版、发行

地址：（730030）兰州市城关区曹家巷1号新闻出版大厦

邮箱：dunhuangwenyi1958@126.com

0931-2131556（编辑部）

0931-2131387（发行部）

唐山富达印务有限公司印刷

开本 710毫米×1020毫米 1/16 印张 22 插页1 字数 362千

2021年7月第1版 2025年12月第3次印刷

ISBN 978-7-5468-2035-4

定价：89.80元

引子　离海最远的地方

0

在古称西域的地方，有一条河横穿丝路北道，它后来消失了，这条河叫涅槃河。

1

公元前139年，张骞出使西域。

张骞这个人很重要。司马迁说他“凿空”西域。空，孔也。就是说他打通了当时东西方的交通孔道。这个亚欧大通道，后来被称为“丝绸之路”。

张骞揭了皇榜，奉旨西行，丝绸之路的时间原点开启。他从长安出发，西安就成了丝绸之路的起点。所以说张骞很重要。

2

那年，张骞逃离匈奴，穿过水草丰美的巴里坤草原后，身边只剩下了两个人：匈奴妻子和向导堂邑父。

一路向西。他们到了涅槃河畔。

那时候涅槃河还是一条荒山野岭中的无名河。水浅河宽，恣意漫延。

野渡无人亦无舟。

骞在川上曰：逝者如斯夫，不舍昼夜。

他的妻子估计连死的心都有了。

堂邑父善射。一路上就是靠他射猎一些飞禽走兽，饮血解渴，食肉充饥，他们才到了涅槃河畔。三天后，他射杀了一只白毛苍狼。

那是个苍狼的时代。

以苍狼为图腾的土著部落闻讯后，立刻前来问罪。

张骞只能苦口婆心、婆心苦口地解释：我们是来找乌孙王的。到此并无恶意，只有一颗和平善良的心。

张骞拄着一根榆木杆子，说服了一波又一波的问罪者。三天后，部落首领亲自出面了。他接受了堂邑父缴械的弓箭，又仔细地查看了张骞的符节，认定了它不是武器后，下令：造独木舟，送客人过河。

这地方就是博望渡。

3

明洪武年间，朱元璋下令海禁。清初，顺治帝也下海禁令。据《“一带一路”国家风物志》记载：自明至清，历朝历代的皇帝都爱海禁。

可福建等东南沿海的“刁民”却总偷着出海，屡禁不止。弄得皇帝们都很恼火。终于到了某个重要时刻，朝廷出了个有作为的皇帝。该皇帝看了福建总督的奏折后，说：他们不是爱出海得很吗？那就让他们到离海最远的地方去！看他们还怎么出海？！

臣工们在盛赞过吾皇圣明之后，就日夜加班，用高斯投影，笛卡尔坐标以及中国古老的规、矩，在《万国图志》上连比带画，找到了一个全世界离海最远的地方：博望渡。

于是，八百户违反海禁令的流刑犯便踏上了西去的流放之旅……

传说，这八百户流刑犯到达博望渡时，恰巧与八百个违反了军令的追剿兵相遇。两伙人都是戴罪之身，一伙往前走是死，一伙往回退是死。大家彼此抱头痛哭后，就在博望渡边上建起了一座城，取名子归城。意思是说：我们活着是回不去了，但愿我们的子孙能回去。

4

我和我的祖辈都是子归城人的后裔。我们多数都没回去，就生活在一个叫紫泉子的地方。我们从小到大都喜欢听、喜欢说子归城里的故事……

目录

CONTENTS

子归城 古城驿

古城驿

卷首语

相传，博望侯张骞说服苍狼部落，渡河而去后，他插在河滩上的那根榆木杆子就生根发芽，长成了一棵榆树。此后，它的榆钱随风飘荡，根叶逐水而生。经过几百年的繁衍生息，就在大牧川形成了若干个榆树窝子……

博望渡曾经就是个绿荫遮天，密不透风的榆树窝子。

但后来，大牧川上的人越来越多，榆树就越来越少了。

听古城驿的老户儿说：当年他们的老先人建城时，张骞的那棵榆树还在，是棵歪脖子树。但博望渡已经没几棵大榆树了。

先有博望渡，后有古城驿。这是古城子人的老话。

第一章

走进古城子

走进古城子，跌倒拾银子。

——丝路民谚

第一节

1

您可能知道，我的书房在钟宅湾一幢高楼的二十六层。在这样的高度，我能鸟瞰大海。看在灯塔的闪光中忽隐忽现的夜航船；看乌云披着霞光风流聚散，看黄昏的太阳像只被谁踩破了的红番茄，酱汁溅得到处都是……

前不久，我一边眺望大海，一边构思小说《子归城》。《子归城》是一部史诗，情节复杂，人物众多。您想吧，一百年前的丝绸古道上奔走着那么多的人，他们在子归城来来往往，进进出出，发生的故事该有多么复杂，多么诡异，多么震撼人心，又多么迷人，多么传奇，多么与众不同！

所以我说的构思小说，其实就是考虑怎样把这部史诗，用最简洁的方式装进您的脑海。为此我煞费苦心，创造结构模式，探索元叙述，采取链接等等方式，不一而足。目的只有一个：让您能自由简单地阅读本书。

那天，海上风平浪静，阳光从叆叇云雾中透射出来，像一把尖锐而明亮的剃须刀，闪着诡异的光芒。

忽然，电视播出了一条新闻：在“一带一路”的核心地带，有三个驴友发现了传说中的“魔鬼城”。这座湮没在大牧川荒漠中的古城，正是百年前驰名中外的丝路重镇子归城……

我立刻跳到了电视机前。我敢打赌，全世界六十多亿人口，我是最关心这件事的人。因为我构思的小说，故事就发生在那里。

我盯着电视看了半天，发现屏幕里的三个“驴友”中有两个我认识。一个是我熟悉的厦门人林子非，另一个是不曾谋面的新疆人谢琳娜。他们和我一样，祖辈都在子归城生活过。

这个发现让我有种不知所措的紧迫感。您不知道，林子非不是个真正的驴友，他去找子归城遗址是蓄谋已久，另有所图。

之后的几天里，我看写作提纲，就像一个老船长看航海图，越看越觉得再不出发，大海都会消失。

2

现在是2016年春天。

我摊开了写作提纲、人物年表、子归城大事记，位置方位图等多年的写作资料。同时，打开了书房角落的一个破纸箱，这是个名副其实的故纸堆，里面有我多年来搜集的资料和采访笔记。我从中拿出诸葛白的《北丝路记考》、杨增青的《云过斋文牍》，还有拐子林闽嘉发霉变质的一叠老皇历等，它们都是子归城故人的遗作、遗物，相当珍贵，可以称之为文物。

我把它们摆上了案头——面对艰辛而漫长的远航，我需要它们相伴相随。

您可能已经明白了：我想抢在林子非他们之前，带您进入子归城。

当然，作为一个写作者，我现在得隐退幕后，让您随着另一个男人的步伐进城。这人是我爷爷的叔伯兄弟。

第二节

1

故事开始于宣统三年，距今有一百多年了。

那是个辛亥年。秋风萧瑟中，一个二十岁的流浪汉走进了子归城。这人姓刘名天亮。

天亮走进子归城的时候，当然不会想到一百年后有一个叫刘岸的小说家要关注他进城的模样，所以他邋里邋遢，边用食指抹着清鼻涕，边东张西望地就进了东门。

嗯，对了，天亮进东门前，还抬头看了看城门匾额上的三个大字：古城驿。不过，这对他意义不大，他是个俗称“黑肚子”（没文化者）的文盲，不认识几个字。他之所以抬头看一下只是个下意识，怕走错了目的地。

天亮没走错，他到了古城驿。

古城驿原名子归城，俗称古城子。在上个世纪初，是个充满魔幻氛围的不夜城。四马拉的大车载着俄人的棉布、火柴，阿富汗的鸦片、巴旦杏仁，印度的珍珠香料，英美的呢绒香烟，滚滚而来，一峰峰骆驼驮着和田玉、福建茶叶、江浙绸缎、新疆鹿茸贝母、珍禽，源源而去……天南海北，五湖四海，上三教下九流，高鼻子的洋人黄皮肤的华人，都满怀希望毫不犹豫地认定这个丝绸北道最大的旱码头是实现自己金色之梦的伊甸园。自然而然，这里便终年马蹄腾尘，驼铃振荡。

“走进古城子，跌倒拾银子。”人们都这么说。天亮本人就是在那个秋风萧瑟的季节，实在忍不住发财梦的巨大诱惑，才爬过千层岭走过万道坡，忍饥挨饿来到古城子的。

2

天亮是来投奔驼二爷的。驼二爷是骆驼客的大把头。可天亮一进城就误入了合富洋行[h]的谋杀现场，站到了白石头楼下……

当时天亮满头的枯枝败叶泥巴点子，身穿一件破了四五个洞的粗布夹袄，脚蹬一双硕大的“皮窝子”，腰扎一根细毛绳，脖子上还挎着一条干粮褡裢，整个人看上去蓬头垢面，风尘仆仆。而且他走路还一个肩膀前，一个肩膀后，横着膀子，一看就是个倔强的叫花子。也许正因如此，半个时辰后——仅仅是半个时辰后，他就稀里糊涂被脾气古怪的一个红胡子浩罕人围在了合富洋行院子里。

红胡子叫雅霍甫，是古城子洋人买卖圈子的商约[s]，合富洋行老板。

精力过剩的雅霍甫把天亮围在院子后，本想站在白石头楼上，观看天亮和狼狗争食，可天亮不但一脚踢翻他的爱犬亚历山大，破口大骂，还在狼狗亚历山大咬住他小腿肚子时，照它心口上又踢了一脚！雅霍甫气得一仰脖儿准备喝完那杯红茶后收拾天亮。——那是一杯很好的武夷贡茶，茶汤红润，晶莹剔透，雅霍甫还加了红糖。但他刚喝完那杯茶，自己就成了一块生铁，沉重地栽倒，抽搐不已。

“契阔夫！我的契阔夫外甥……会来复仇……”他瞪着死鱼般的灰眼仁朝自己的襄理巴赫·铁尔森刚说到这儿，就口吐白沫，不能动弹了。

佣人和希卡[x]们蜂拥而至，眼看着雅霍甫咒语般叫着“巴赫·铁尔森！铁老鼠！……”束手无策。

雅霍甫在惊愕的围观中迅速全身青紫，死了。

事后天亮才知道“巴赫·铁尔森”就是“铁老鼠”，“铁老鼠”就是“巴

---

[h] 链接　合富洋行系河中安集延人创办。河中（Transoxiana），指中亚锡尔河和阿姆河流域以及泽拉夫尚河流域。当时浩罕、布哈拉、希瓦三个汗国均位于河中地区，民族语言文字等基本相同，西部人分不清，统称安集延人或浩罕人、布哈拉人。

河中系欧亚陆路丝绸之路重要通道。

[s] 链接　一百年前，新疆是外国冒险家的乐园。根据许多名目繁杂的不平等通商条约，新疆多处开放为商埠，设立领事馆，为此外商趋之若鹜，络绎不绝。并在领事馆附近设立洋行，称买卖圈子，圈内享有治外法权，其货不向中国政府纳税。后来，外商得寸进尺、四处渗透，在全疆各地设立分行，派遣商约（商务代理人），扩展范围，挤兑中国货物，其中便以古城驿为最甚。

[x] 链接　浩罕语，看家护院、走镖押货的武装家丁。

赫·铁尔森”，指的是同一个人，前者是合富洋行二老板的本名，后者是他的绰号——全城人背后都这么叫。

3

还在雅霍甫口喊“巴赫·铁尔森！铁老鼠！”并未挺尸之际，二老板铁老鼠就及时制止了仆人想要捆绑天亮的企图。之后，他快速而慌乱地安排了对雅霍甫的“抢救”。看着仆人们闻风而动后，铁老鼠友好地拍了拍天亮的肩：“朋友，你叫什么？”

“刘天亮。”

“你来这里干什么？”

“咹？来找驼二爷，讨活路，下苦，挣钱。”天亮看着身材矮胖、黄胡子、黄眼珠的铁老鼠一字一顿地说。

“唔，驼二爷，这是一个不回家的人。你找不到他的。”铁老鼠又拍了拍天亮的肩，“朋友，我看你是饿坏了。”

他说着就叫过来厨娘：“宝贝儿，你带这个人到厨房去吃点东西。”厨娘胖而美丽，像个洋娃娃，她暖昧地看了一眼铁老鼠，就扭着大屁股先走了。

“要给他黑面包，牛奶，还有牛肉。”铁老鼠冲着胖厨娘的屁股说。

天亮觉得黄胡子铁老鼠比红胡子雅霍甫强十倍。不过，他吃饭时，有两个一脸络腮胡子的大汉始终站在门口。这让他很不爽。天亮后来知道合富有许多这样的彪形大汉，被唤作“希卡”，是专门负责看家护院的。本来天亮有一种冲动，想问问这两个人站在门口做甚，但看到他们身上背着带刺刀的毛瑟枪，神情肃穆，就没吭气。

饱餐之后，两个魁梧的希卡把天亮“请”进了楼上的阁楼。

铁老鼠屏退左右，单刀直入地问天亮：“你知道，尊敬的雅霍甫先生是怎么死的吗？”

天亮懒得去想红胡子是怎么死的，就说：“不知道。”

“我的朋友，你应该知道，雅霍甫是死于心脏病，心脏病突发！就像一个人突然遭到打击，然后爆炸……你懂吗？”

“懂。就像一个人遭到了雷劈！”天亮其实不懂，他只是觉得红胡子遭到雷劈，这个说法有种罪有应得的意味，让他开心。

铁老鼠也很开心：“对对对，就像一个人被雷‘嘭’的一下，炸死了。”铁老鼠的小胖脸笑得很灿烂。

“不过呢，你应当明白，雅霍甫是怎么死的呢？是您让他生气，他一生气，心脏病就发作了，就死了。”铁老鼠的黄眼珠闪烁不定地望着天亮说。

“咹？你是说，这个红胡子是让我气死的？！妈者皮！不是我。”天亮横起了膀子，他有一生气就横膀子的毛病。

“当然，气死人不偿命。这是你们中国人的规则。”

“鸟！你想讹我……咹？！”心越虚，天亮越扯大嗓门吼。

铁老鼠不吼，只望着天亮笑。

天亮被笑得慌了神，铁老鼠才说了如下意思：我很佩服你的勇气，你和亚历山大角斗时，英勇无比。所以我会帮助你快速离开这个是非之地，脱离危险。

——对了，我得插一句：一百年前的事谁也说不准，一百年前的人物对话当然更难准确了。而准确与否，事关写作成败，为此我废寝忘食朝思暮想，终于在一个春暖花开的日子想到了一个好办法：凡属准确的人物原话，我就在文本中打上引号，反之则不打引号。这样是不是就把“原话如此”和“大意如此”区别开来了？

按照上述叙事原则，以下对话应该是带引号的。

天亮不知道铁老鼠想干什么，没吭气。铁老鼠拿出了一块银元宝。

“刘，这个给你！”

“不，我靠下苦吃饭。咹？！”天亮依然横着膀子。

“哦，那到我们的黑沟煤窑去工作怎么样？”

“咹？——行！”天亮一下高兴了，满脸可爱的天真。

铁老鼠龙飞凤舞地写了一串安集延文字，大意是：

亲爱的索拉西表弟：

来人叫刘天亮，十分重要。见信后请务必立刻给他安排一份井下的工作！千万记住：要以重金或者其他可能的方式，把他留在煤窑，严加“保护”，决不能出问题。

我的信使随后就到，他将送去此人的详细情况和我的重要决定。

爱您的哥哥 巴赫·铁尔森

宣统三年十月十日

铁老鼠小心翼翼地把信装进一个桑皮纸信封，用火漆封好，递给了天亮。

天亮把信装进贴身的红肚兜，起身告辞。

此时，我们完全可以说，天亮是迎着死亡的命运走了。因为他一出门，铁老鼠就写了另一封信：

亲爱的索拉西表弟：

红胡子今天死了！这个叫刘天亮的叫花子当时在场。我不知道他看到了什么或者没看到什么，但他是个极度危险的人。

请在见到他后，想办法把他留在煤窑。并且抢在他说出什么“真相”之前，让他去下地狱！当然，如果时间允许，最自然的方法应该是“矿难”或者“失踪”……总之，这个人必须从人间尽快消失！

切记，切记！

爱您的哥哥 巴赫·铁尔森

宣统三年十月十日

这封信可称之为密杀令，当天就被一位忠诚的希卡送到了黑沟煤窑。

4

人不应该看见别人杀人。天亮一进城就走进了杀人现场，这是他命运的不幸。

天亮刚走，合富洋行的大谋士皮斯特尔就回来了。

皮斯特尔没有看到刘天亮出门，也没有注意到他的身后尾随着一个人——林拐子。林拐子在这里的出现很重要，我稍后会给您介绍。

林拐子看到了天亮，但没放弃自己的目标皮斯特尔。他轻车熟路、悄没声息地爬上白石头楼，像只壁虎，贴到壁炉烟囱上，开始偷听窥视。

皮斯特尔干瘦，有一个极亮的秃顶。他是数月前从布哈拉王国逃亡到古城子投靠红胡子雅霍甫的。雅霍甫当年追随阿古柏进疆，靠盗马和走私鸦片起家，成了洋商在古城子的第一富商。而皮斯特尔正是雅霍甫起家创业时最主要的生意伙伴……

这样的“患难”经历决定了皮斯特尔一到合富就受到了雅霍甫的特别器重。一顿大酒喝过后，他就成了助理兼谋士。

当然，皮斯特尔一来就受器重还与他给红胡子雅霍甫带来了好消息有关：前不久，河中发生叛乱。红胡子的外甥契阔夫积极镇压，河中区总督很满意，奏请沙皇嘉奖了雅霍甫家族。自然也就赦免了雅霍甫的叛国罪、逃税罪[p]。

这让浩罕人雅霍甫非常高兴。作为奖赏，他给了皮斯特尔一把金钥匙。——合富洋行的高层股东都有一把钥匙，能打开大门上的小门，方便进出。但金钥匙只有两把，一把雅霍甫自用，一把送给了皮斯特尔。

皮斯特尔把金钥匙挂在了脖子上，以炫耀和证明他是雅霍甫的心腹。

可雅霍甫一不留神，就打碎了他营造的假象。金秋十月，一切都很美好，雅霍甫却当众宣布：他要转让合富洋行，带着多年赚来的金银财宝回国，衣锦还乡。

皮斯特尔傻了，秃顶上骤然一片惨白，连眼珠子里都没了血色。人设塌陷倒在其次，要命的是他咋办？他是布哈拉人，那里正在通缉他，他不能回去。

“可是，契阔夫骑兵少校已经被委以重任，派到了科布多。随时都会来看望您啊……”

接连数日，皮斯特尔巧舌如簧地规劝，却不能打消红胡子归国的决心。皮斯特

[p] 链接　阿古柏进犯新疆的理由之一就是要征缴浩罕汗国商人在新疆经商的税赋。后来俄国又宣布随阿古柏进疆的本国商人有叛国罪和逃避国家税费罪。雅霍甫早年随阿古柏进疆经商，因此其家族获罪蒙羞。该家族系契阔夫的母系家族。契阔夫之父早年阵亡，无家族史。

尔恨得心里长牙，悔得肠子发青，只得和铁老鼠巴赫·铁尔森秘密结下生死联盟，暗中对抗雅霍甫。

铁老鼠是河中希瓦人，也不想回国。那里正在发生流血冲突。更重要的是他对红胡子藏匿的财宝箱觊觎良久，生怕红胡子带走。那里面仅一个羊脂玉枕，就能买下古城子半条街……

皮斯特尔走进洋行时，红胡子的遗体已被抬进了地下室。洋行气氛森严。希卡们站在院中，表情肃穆又不知所措。

皮斯特尔径直上了阁楼。一切都在他的意料之中。他出门时就注意到了铁老鼠的异常，他知道这个胆小阴毒的希瓦人要动手了。因为煤窑发现了新矿脉，而愚蠢的红胡子却要把它出让给“福建八行”，谁不着急?

皮斯特尔推开门，看到铁老鼠面如土色，一动不动地坐着，急忙装出忐忑不安的样子：“哦，我刚才看到……”

“他死了！”铁老鼠目光阴森地说了一句后，再没吭声。

皮斯特尔急中生智，立刻跪倒在地，双手合十，嘴中念念有词：“那么，让我们祈祷吧！祈求雅霍甫的灵魂安息！祈求我主原谅他在费尔干纳抢劫盗窃的罪恶，原谅他在丝路上盗墓盗马的罪恶……”

“行啦！”铁老鼠听出了皮斯特尔“祈祷”的弦外之音，有了某种安慰，不禁问了一句，“事情已经这样，你有什么想法？”

铁老鼠这话十分机智，一下就把皮斯特尔当成了同谋者，又以攻为守，避开了皮斯特尔对雅霍甫之死的询问，防止了日后被要挟。

“我们应该按既定方针办。”皮斯特尔知道自己有不在场的证据，为了不失去铁老鼠的信任，有意把自己放在了同谋者的位置上。

“你是说我们应该按红胡子的想法办？”铁老鼠狡猾地闪了闪黄眼珠子，问。

“不，不是按他的，而是按您——合富的新主人的想法办。我知道，您早就对修改那份煤窑的租赁合同有绝妙想法。我们必须拥有永久开采权，新矿脉不能丢掉，那是钱，是黄金！所以我刚才就去了县衙……”

“那个于知县是头犟驴！”铁老鼠激情不足地说。

“对，他不但是头犟驴，还是头猪！他一直在百般推脱。但我看出来了，他对您有着深深的畏惧……”

铁老鼠对这个奉承不置可否，知道谈判无果，他也就不想再浪费时间。“皮斯特尔，您现在有什么想法？——对目前的局面。”他朝脚下的地下室指了指，说。

“这个……我想知道，红胡子临死前说了什么？”

“他没说什么，就是对着希卡们喊了我的名字。”铁老鼠说到这儿时，声音有些心惊胆寒的颤抖。

“他是叫您的名字吗？真的吗？好，太好了！”皮斯特尔高叫着拉起铁老鼠，推开门，站到阳台上，对着楼下的希卡、仆人大叫大嚷起来，“大家听到了吗？我们尊敬的雅霍甫老爷在临终前说了什么？他叫了什么？他是不是在叫着巴赫·铁尔森先生的名字？是吧！是叫着巴赫·铁尔森先生的名字！尊敬的雅霍甫老爷是英明的，他是告诉我们：让巴赫·铁尔森先生来做他的接班人，继续合富洋行辉煌的事业！”

阳台下的人们这才大梦初醒，知道老板从红胡子换成了黄胡子，有人还喊了几声“乌拉”。

铁老鼠被弄得有些感动，有些手足无措。皮斯特尔就代表他大大方方地安排起了工作：立刻去把医生阿廖沙和县衙里的医官孟长寿叫来，把县衙的巡检何坨子也叫来。还有，要赶快通知雅霍甫的家属……

一切安排妥当，皮斯特尔才回头问铁老鼠：“尊敬的新主人，您还有什么不放心的？”

“不放心？”在一种不安情绪的作用下，铁老鼠给皮斯特尔遮遮掩掩、有选择地讲了雅霍甫死时，有一个叫花子在场的情形。他没讲自己匆忙下手，是因为红胡子要把藏在白石头楼里的羊脂玉枕带走——那是红胡子精心掩盖的一个秘密，全洋行只有他窥测到了，他也怕别人知道。

皮斯特尔却为叫花子的事儿跳了起来：“我善良的主人，您不该让这个叫花子跑掉。”

“我没有让他跑掉，我让他带了我的信件去找索拉西。在那里，他会神不知鬼不觉地从这个世界上消失。”

“可是，如果这个叫花子没去煤窑，而是带着您的信件去找他们的县太爷呢？——或者任何一个能看信的家伙。”

“我用的是我们安集延文字。”铁老鼠不屑地说。

“可是俄罗斯人、维吾尔人、哈萨克人，甚至汉人，总之许多古城子商人都懂一些安集延文字啊，他要是让他们看一下……”

“他会找人看一下？”铁老鼠一听，愣了，黄胡子开始发暗。

“是啊，谁能保证这家伙不拆开您的信件呢？”皮斯特尔的绿眼珠在干瘪的眼眶里滴溜溜乱转着说。

铁老鼠慌了，立刻传唤希卡头目拉孜，让他召集希卡们兵分三路：一路在城里买卖圈子的洋商家打探，一路出城去追杀天亮，一路跟他去县衙。

“可是我们怎么知道谁是刘天亮呢？”拉孜傻乎乎地问了一个让铁老鼠愕然的问题。

皮斯特尔高傲地笑了：“这个人被狗咬伤了，只能像个瘸子那样走路，你们就去找那些走路像瘸子拐子的人！”

希卡们还没应声，铁老鼠先兴奋地叫了起来：“对，他还中了毒！如果毒性发作，他就会倒在路边、阴沟，甚至大路中央，奄奄一息，像个醉鬼。懂了吗？快去！”

皮斯特尔听说天亮中毒，愣了一下，但他很快掩饰了惊讶，对铁老鼠说：“我的老板！公开的追杀会给我们带来麻烦。我们应当秘密行动。这样……”

铁老鼠依计而行，大叫大嚷地令希卡们迅速便装出动，不许声张地秘密追踪天亮，在荒无人烟处，将其身首异处。同时，他和皮斯特尔各带几个身藏短枪的希卡，分赴县衙和买卖圈子的侨民家去追寻天亮。

第三节

1

铁老鼠和皮斯特尔都没想到，他们的谈话被扒在壁炉烟囱上的林拐子听得一清二楚。他趁众人出动、洋行空虚的机会，强忍着内心的狂喜和激动，溜下楼顶，悄然潜逃。

林拐子穿过牛棚跑到马号时，看到了一辆胶轮马车，就顺手往轮胎下支了一把英吉沙小刀，然后缩到马槽下，从狗洞里爬走了。

林拐子往合富洋行的马车轮胎下放小刀，只是他多年留下的一个泄愤习惯。——他总是在顺手的时候，给合富洋行做点小破坏，没什么深刻的用意。至于由此引发的一系列悲剧性后果，则是他始料未及的。

2

林拐子本名林闽嘉。《同安异闻录》记载：

光绪年间，开埠已久的厦门，成为中国东南主要茶业出口港口。有山西赵姓商人常年在此及武夷山下梅贩茶。赵有两女，一黑一白，皆有闭月羞花之貌，人称黑牡丹、白牡丹。

鼓浪屿有林家，有钱。与山西赵姓商人为茶叶反目，赵姓商人决意放弃海丝之路，去陆地丝路发展。遂携家北上。不料林家公子竟然不顾父亲以断绝父子关系相威胁，月夜与白牡丹私奔。林老爷气得半死。后来派人追寻，林公子却越跑越远，最终去了西部丝路……

这人姓林名闽嘉，字寿长。

又有《古城民间故事》记载：

古城有个瘸子，姓林，人称林拐子。是厦门鼓浪屿人。林拐子初来古城时非但不瘸而且西装革履，眉清目秀，是个英姿勃勃的小伙。他仗着头脑好，心眼活泛，又有钱，到了古城子张狂得厉害。跟着岳父倒腾了几回茶叶买卖后就不知天高地厚地开煤窑，修车道，结果为洋商所恨。后来就被合富洋行与人联手欺骗陷害，家产尽失。岳父母双亡。妻白牡丹下落不明。

其妻姐黑牡丹因恨林拐子上洋人的当，害了她全家。居然在林拐子去找她时，让一帮挖煤的矿工，打断了林拐子刚刚伤愈的一条腿……

此后林拐子就成了瘸子。

林拐子终年流落街头，又怕洋人害他，即装疯卖傻，为人代书，伺机东山再起。

3

拐子林闽嘉是代书人，知道半城人的秘密。他令人唏嘘感伤的故事三言两语也说不清，容我逐步详说吧。现在我们还是回到辛亥年十月的那个黄昏。

当时林闽嘉——这个名字太难叫了，我们还是按当年古城子人对他的称呼，叫他林拐子吧——从合富洋行溜出来，狂喜至极，乐极生悲，见什么抱什么，抱什么哭什么。他先是抱住一头母猪哭，一遍又一遍摩挲着人家说："苍天有眼！苍天有眼啊。"

母猪被吓跑后，他又抱着城里的一棵树哭。他想起这些年来，为了伺机复仇，他几乎天天偷窥监视合富洋行的一举一动，历经千辛万苦，忍受了常人不能忍受的猪狗生活，今天终于得到了红胡子暴死的惊天喜讯，就又哭得更加厉害了，路人劝都劝不住。

有一刻，他几乎想给周围的人大声宣布：红胡子死了！

可他不能，他知道现在不是时候。他具有常人不具备的隐忍能力。

但他实在抑制不住内心的狂喜，就想奔往黑沟煤窑，给黑沟客栈的黑牡丹报告红胡子暴死的喜讯。

可他刚跑到福建八行外廊（他的卦摊、文房四宝等常年摆在福建八行的外廊），又改了主意。

他猛然意识到此刻最重要的不是报喜，而是趁此良机，再给合富洋行致命一击。他清楚红胡子被毒杀，洋行不仅群龙无首，还人人自危。此时他若引出官府追查，那白石头楼就成了风雨中的一条船，随时都可能粉身碎骨，葬入大海。

机不可失，时不再来。林拐子决定立即赶写密函，尽快送出。

于是他擦干欢喜的眼泪，坐到摊位前，拿出纸笔，环顾了一下四周，低头奋笔疾书。他不信任知县于文迪，怕他泄密，启首就写了杨增青杨大人钧鉴，然后匿名检举：

甲、合富洋行正在制造阴谋，想要永久霸占我国矿山；

乙、红胡子之死，属于谋杀，疑犯就在洋行内部，铁证如山。官府只要查，就能查得合富洋行鸡飞狗跳，水落石出；

丙、合富洋行还残杀无辜百姓刘天亮——他知道刘天亮被狗咬伤，一瘸一拐，目标明显，还跑不快，肯定会被追杀而死，或者毒性发作而死。而刘天亮一死，合富杀人的罪证就坐实了……

林拐子的心激动得在胸膛里东奔西突，人却稳稳地坐在自己的摊位上，就着夕阳余晖，写得从容不迫。

林拐子清楚，古城子黑肚子多，识字的少。他的职业又是替人代书，他坐在马扎上，捻管毛笔，写字作书，很正常。没人怀疑，更没人注意。

可那天有人注意到了他。

4

林拐子在古城子没房产，但有三四个落脚处。城里的马寡妇家啦，城外的岳王庙啦，还有福建八行的一间柴房，以及林公桥边的邮差艾山江家。——代书人和邮差来往多，林拐子偶尔会住艾山江家。

那天林拐子没想住艾山江家，只是想把检举密函交给艾山江，让他快马转送迪化。

可他刚收拾了卦摊儿，一瘸一拐地走上大路，就有个希卡，骑马飞奔而至，一下把他拎了起来。同时，抢了头功似的，大喊大叫。

林拐子蒙了，眼看身边的希卡越围越多，才想起来呼喊救命。

其实在林拐子写信时，合富的人就已经在东门外开始秘密搜查了。

林拐子大意了。没注意到合富的希卡见瘸子就抓。

幸亏福建八行的庄老板赖掌柜都在，大家急忙跑出来给希卡赔笑脸说好话，询问缘故。

可那个希卡一根筋，直到皮斯特尔过来，才把林拐子放到了地上。

半途而返的拉孜听到这边动静大，也跑了过来。拉孜认识林拐子和福建八行的老板们，就向皮斯特尔解释：这个瘸子在古城子好多年了，他是个给人代书写字的。还主动拉起了林拐子的裤腿，向皮斯特尔证明这个拐腿不是被狗咬伤的。

皮斯特尔笑了，让希卡放开林拐子，同时让庄老板赖掌柜等人都散了。

人散之后，皮斯特尔又问林拐子是否见过一个腿上有伤的人。

林拐子摇头。皮斯特尔就掏出了一块银元宝，在林拐子眼前晃着。问他到底有没有看见一个满头高粱花子，脚蹬“皮窝子”的叫花子，那人叫刘天亮。

林拐子的眼珠子跟着那枚银元宝晃动，都花了。可也只能唔唔地装傻卖疯，不说一句完整的话。那时他已经饿得前胸贴后背了，他的唔唔声有一半淹没在饥肠辘辘的咕咕声中。

但他只在洋行偷窥过天亮一眼，没法说，更不能说。说了就会暴露自已偷听窥探合富洋行的秘密。

林拐子没得到那枚银元宝。

那时候的林拐子堪称古城子为数不多的文化人，但他装疯卖傻，弄得斯文扫地，吃了上顿没下顿。不过那天他无意中守住了一个代书人的操守：不把别人的秘密卖钱。

5

上苍不让林拐子闲着。

惊魂稍定的林拐子看着皮斯特尔、拉孜他们再次散入各处后，摸了摸怀里的那封检举密函，确认它完好无损后，便满脸沮丧地往林公桥走。——他想让邮差艾山江尽快把他的密函送走，还要让他保证绝对保密，还要叮咛他转送迪化的途中不能出差池……

这时的林拐子心有余悸，不免边走边回头张望。就在这时，一个意外出现在了他的视野中：那个刚被皮斯特尔描述过的人，出现在了东门口。

惊愕中的林拐子，有些怀疑自己的眼睛，他慌忙转身，慢慢向天亮靠近。边走边紧张地回忆他在合富洋行看到过的那个乞丐，拿他和眼前的这个人急速作比对。

林拐子看到那个疑似刘天亮的人，从东门出来后，东张西望了一会儿，又迷茫地看了看城外的那棵桃花树，就拦住树下的一个人，急切地问路。后来，随着人家手一指，疑似刘天亮的人就抄捷径，从西北方向消失在人群和房舍间……

那人健步如飞，不瘸不拐。

林拐子下意识地跟着小跑起来。

林拐子边跑边四下张望，怕希卡们射向天亮的子弹或者飞刀，误伤到自己。

这时的林拐子已经确定他要追的人就是刘天亮了。

追到官道上后，林拐子隐约看到了天亮的身影，但也是一闪即逝。他正疑惑，博望桥上就发生了惊马事件，而且随着这一事件的爆发，天亮就像舞台上的演员亮相那样，一下子把自己暴露在了众目睽睽之下。

林拐子紧张而兴奋，他隐隐感觉到了瘸腿作痛。他抚摸着自己的瘸腿，慢慢绕到了天亮身后。

第二章

辛亥追杀

第一节

1

小说家都喜欢有故事的人。林拐子是个有故事的人，但我不喜欢他，我喜欢刘天亮。天亮也是个有故事的人，他在辛亥年十月那天的故事就很让我着迷。

那天，天亮是九死一生，跑到古城子来找驼二爷的。驼二爷对天亮的影响神秘悠远，世人莫测。

传说，驼二爷是在戈壁滩上用一泡尿救活的天亮。之后，驼二爷那嘶哑而揪心的歌声就长在了天亮心里：

出了嘉峪关，

两眼泪不干。

往前看，黑石滩，

往后看，鬼门关……

那天，正给人当车户的天亮就是听到了这首歌，扔了鞭子，就无知无觉地跟上了歌声。

歌声飘进了雪山，天亮就跟进了雪山。

那是几个试图翻越冰雪达坂的人。“要想挣银子，走一趟古城子。”他们望着冰雪覆盖的干沟达坂说，“翻过了它，就是古城子哩。”

“好着呢，古城子有我的驼二爷哩。”天亮点头说。

九天后，只有天亮一个人走出了干沟达坂。

那时候他已经蓬头垢面，形同乞丐。但看见古城子的炊烟，还是高唱了一句：“出了嘉峪关，两眼——”

一嗓子出来，没唱完，他就赶紧闭嘴咽气，怕把狼招来。

2

天亮走进古城子时东张西望，看到了两连子骆驼正沿着拐子街逶迤而行，就侥幸地想这是不是驼二爷的队伍，便尾随上了。后来，这两连子骆驼进了合富洋行，天亮也就跟进了合富洋行。

天亮的运气不好，如果当时他没遇上合富洋行的这支驼队，那么，一切可能就是另一个样子，因为他再往前走不到一百米，就会进入古城子有名的“人市”[r]。

当时，拐子街上最著名的买卖人钱老三正在那里招募劳力。钱老三是个跑街的中介，一辈子没产没业，却一辈子吃香喝辣，就是因为他有眼力，会看人，懂生意。凭着天亮的体格蛮力，钱老三能不看上他?

但历史没有假设。

真实的情况是：饥饿使天亮一进洋行就告别骆驼，下意识地跟上了一股红烧牛排的味道。这味道让天亮馋涎欲滴，不知不觉走进了一个谋杀现场。

---

[r] 链接　人市就是现在的劳务市场，场子上啥人都有，拉买卖的、跑活儿的，找伙计的。重要的是还有“跑街的”，跑街的人大致相当于现在的职业介绍人，经济中介人，经纪人，公证员……反正就是这一类吧。当然，一百多年前的古城子里没这些词儿，这类角儿在场子上通常被称为某掌柜，背后则叫他跑街的某某，而商会的头儿则干脆叫这种人街溜子。

天亮嗅觉不好，却对食物的味道特别敏感。当时，合富洋行的白石头楼里正弥漫着阴谋气息，天亮却跟着排骨的味道走近了它。

白石头楼名副其实，是个三层的白色石质哥特式建筑，一楼下面有宽大的地下室。二层客厅是主楼，连着一个开放式的半圆形阳台，上面还有个尖顶阁楼。

这天秋高气爽，惠风和畅。老板雅霍甫命令仆人把餐桌搬到阳台上来，他要在这里用餐，同时看爱犬在院中秀血腥。皮斯特尔带来的消息让雅霍甫最近很亢奋，沙皇赦免了他的罪过，恢复了他家族的荣誉，还提拔了他的外甥契阔夫……这一切都让他又激动又兴奋。他年轻时曾当过哥萨克骑兵，做匪为盗时也嗜血好斗，现在虽然老了，但一想到自己将荣归故里，把自己的传奇经历向当年的情人们讲述，就忍不住会热血沸腾。

雅霍甫热血沸腾的时候，就喜欢血，喜欢看见像他的红胡子一样斑斓的血。

为此他专门培养爱犬亚历山大，使它撕咬活物成瘾。这种活物有时是公鸡，有时是一只带了脚绊的兔子，有时是一只羊，有时还是犯了错误的仆人。亚历山大能把这些活物咬得鲜血四射，鬼哭狼嚎，让雅霍甫感到惬意、兴奋。亚历山大还训练有素，在咬死这些活物后，会及时停止动作，以保留完整的尸体供雅霍甫烹饪后享用。当然，雅霍甫不吃人，亚历山大也没咬死过人。

洋娃娃胖厨娘将一大铜盘牛排端上桌的时候，天亮已经走到了白石头楼下。可雅霍甫还没有走到阳台上来，他正冲刚带驼队回来的希卡头目拉孜大发脾气。拉孜从可可托海带来了上好的鹿茸、雪莲、羊羔皮，可收购的高山雪菊却茶色灰暗，味道寡淡。雅霍甫气得双眼发红，把茶汤泼到了拉孜的脸上，还下令仆人把他的武夷贡茶沏上来，让笨蛋拉孜知道一下什么是好茶。

武夷贡茶已经沏好，雅霍甫还没过来。这是一个空当，在这个空当里二老板巴赫·铁尔森闪现了出来。这个模样矮胖的希瓦人在这一刻身手敏捷，他像一只老鼠，悄然而快速地窜到餐桌前，闪电般扫视一下四周，从上衣口袋里取出了一小包白色粉末……

人称铁老鼠的巴赫·铁尔森在这一刻真正显示了老鼠机敏而快捷的特性。但让他魂飞魄散的是，就在他转身离去时，他看到了天亮。倒吸进来的一口冷气仿佛冻住了他的思维，他凝然若塑。

天亮的目光死死地盯着牛排。铁老鼠的目光死死地盯着天亮。

雅霍甫的脚步声在铁老鼠耳朵里一定是如雷贯耳。刹那间，他弹跳而起，下意识地要窜下楼去。可晚了，雅霍甫訇然而至。

铁老鼠机敏地喊了一声："来人！"

"巴赫·铁尔森兄弟，你要干什么？"

"我……我，我让人抓住这个叫花子！"黄胡子黄眼珠的铁老鼠在红胡子红眼睛的雅霍甫面前，永远胆怯心虚，底气不足。

"叫花子？您是说来了个叫花子吗？"雅霍甫骤然兴奋，他大步奔到阳台，凭栏躬身探视。他看到铁老鼠唤出的两三个希卡已经朝天亮逼近。天亮浑然不觉，目光依然像个陷入爱情的人，痴痴地望着牛排。

"不，不要抓他！"雅霍甫兴奋地搓着手，回过身来，诡秘地对铁老鼠笑着说，"不要抓他，离开他，但要围住他，不能让他跑了。啊哈，我想我是看到了一个罗马的角斗士。"他说着，不等铁老鼠回答，就朝楼下大叫起了他的爱犬，"亚历山大！亚历山大！"

提心吊胆的铁老鼠终于松了口气，他匆匆下楼，指挥仆人和希卡们远远散开，封锁住了天亮的逃路。

此时，天亮才感到了环境的异样。他茫然地巡视了一下四周，迷惑地看了看天上的太阳。

"唔，先生，您一定是饿坏了吧？"雅霍甫高声叫笑着，抓起一块牛排，故意抛得很高，朝天亮掷去。天亮下意识地伸手去接，可就在那一刻，一条德国黑背，从铁老鼠的身边飞窜过来，腾空一跃，叼走了那块牛排。

"噢！亚历山大，亚历山大……"

在一片喝彩声中，雅霍甫又朝天亮抛下了第二块牛排。这次，天亮只把手伸到一半的位置，就迅速收了回来。

“不，不不不。先生，您应该奋斗，奋斗懂吗？要奋斗，为自己争得一块牛排。”雅霍甫有些不悦地对天亮叫喊着，又扔下了一块牛排。这次他没有抛，直接对着天亮扔了下来。

“我日你先人！”天亮大骂一声，就在亚历山大飞扑到他脚下时，他一脚踢飞了那块牛排。

狗性难改。亚历山大毫不犹豫，转身追上那块牛排，压在爪下，吃了起来。

雅霍甫气得红胡子抖了抖。“亚历山大！”他冲爱犬吼了一声，用手一指天亮，那条狗立刻放下牛排，朝天亮扑了过来。

破口大骂的天亮猝不及防，被咬住了右小腿。他暴叫一声，飞起左脚，把亚历山大踢了出去。

身材不高的天亮，那时候刚二十岁，却已经有了“掐死牛”的力气，这一脚，把亚历山大踢到了两丈开外。

在地上滚了三个滚才勉强站起来的亚历山大，虽然惨叫着，却经不住主人的唆使，再次扑向天亮。

天亮不惧狗，漫长的乞讨生涯早练就了他对付狗的胆略和智慧。他忍住腿疼，猛地往下一蹲——这个动作应该得到足够的解释：对于一个富有乞讨经验的人类而言，这个动作意味着空城计式的短暂防御，而对于狗类而言，则常常意味着将面对一次打击。毋庸讳言，狗类在漫长的进化史上，不计其数地在主子的唆使下对人进行过成功的攻击，但同时也应该看到狗类也面对过悲惨的失败，当头一棒和迎头一击所带给它们的教训足以使它们的基因遗传给下一代这样的提示：当人类挥起大棒和躬身抓取东西时，千万小心！因为面对大棒你不加躲闪的话，一个可能的结局就是你会成为一只断了脊梁的癞皮狗；而面对一个伏身抓取地上的东西的人类你还漫不经心、犯冒险主义错误的话，那迎面飞来的石头瓦块土坷垃将使你鼻青脸肿或者眼歪嘴斜，至少也是晕头转向，找不着北。

上述经验对于古今中外的狗类来说都是刻骨铭心、代代相传的。因此，当亚历山大看到天亮伏身下蹲这个动作后，祖先遗传给它的经验立刻使它万分警惕地刹车，停止奔驰的脚步，准备观察一下天亮伸向地面的那只手。

天亮乘机腾身飞腿，再次把亚历山大踢到了两丈地开外。这次亚历山大不再惨叫，而是全身抽搐地蜷起四个爪子，缩成一个刺猬，在地上发出尖细的哀鸣。

天亮的这一脚踢在了亚历山大的腹部，它疼得连大声吠叫都做不到了。

在此，我想描述一下上个世纪初丝路上十分流行的“皮窝子”。应该承认，它算是一种粗制的“皮鞋”，原料是生牛皮，做法是把生牛皮割成比脚大的椭圆形，周围开十几个小眼，用细绳或皮条穿过小眼一周，把脚踏在地下，用裹布裹好脚，衬匀麦草，然后系紧绳子，使椭圆形牛皮紧裹在脚上。这便是冬暖夏凉，走路轻便的“皮窝子”。

上个世纪，许多没布鞋的无产阶级都穿这种经济实用的“皮鞋”，天亮自然也不例外。

正因为是天亮的这种轻盈而柔软的“皮窝子”踢中了亚历山大，它才能够发出“尖细的哀鸣”。根据我的测算，如果当时天亮穿的是“牛鼻子”鞋[n]或者我们现代人穿的这种皮鞋的话，那这一脚之后，亚历山大即便不一命呜呼，也会腹破肠断。

“咬死他！咬死他！”雅霍甫冲亚历山大高叫。亚历山大顽强地站了起来，但它刚看了天亮一眼就转身夹起尾巴，溜到了墙根。之后任凭主人怎么呼唤，它只是哀叫，不敢出击。

雅霍甫气得暴跳如雷。他一仰脖儿喝下那杯武夷贡茶后，一边命令希卡抓住天亮，一边抓起一根马鞭，气冲冲地准备冲下二楼，亲自收拾天亮。

可他刚迈下一个台阶，就忽然惨叫一声，滚下了楼梯……

接下来的事情前面已经说过，在此不再赘述。

---

[n] 链接　“牛鼻子”鞋是农民夏天穿的布鞋。它的做法和圆口布鞋大致相同，所不同的是，在鞋帮的前面，夹有长方形上窄下宽的布块，状如“牛鼻子”。它针工细密，千针万线缝纳，非常结实，一双新鞋足有二斤开外，硬邦邦的，敲起来当当作响，掷地有声。

3

天亮徒步，追他的人骑马。一个时辰内他被抓甚至被杀都符合逻辑。

但三路人马追杀天亮的结果却成了一个历史之谜，弄得铁老鼠一度心中雾霾沉沉。其实这事儿一点可供研究的学术价值都没有，全部问题归结起来仅仅是四个字：阴差阳错。

天亮走出合富洋行后，没有立刻就去黑沟煤窑。他在古城子转悠了足有一个时辰。这倒不是因为他被狗咬了——对此，他根本就不在乎，他抓了把城墙根的黄土敷到伤口上，又从衣服上撕了条破布一扎，把裤管往下一捋，就什么事儿也没有了。天亮没立刻去黑沟煤窑，是因为他不大相信驼二爷常年不回家。同时，也和他初来乍到，看什么都稀奇、新鲜有关。

天亮闲庭信步，沿着拐子街边走边看。街上店铺林立，市井喧闹。还有些分不清是哪国还是哪个民族的商人，站在商铺前冲他招手致意。这一切都引得天亮满脑子发财梦一个接一个地浮想联翩，也就常常走进街道的犄角旮旯。后来天亮听到了一阵朗朗的读书声："天地玄黄，宇宙洪荒……"，他就循声往西，到了林公渠畔，还看到了渠边一溜的白榆旱柳，萧萧青杨。他发现绿树掩映中有不少院落，就想过去讨口水喝。

天亮走到一棵旱柳树下，看到一个女人正在骂街：

"驴日的，马下的，骡子群里长大的！欺负人也没这么个欺负法呀……"那女人浓妆艳抹，一手叉腰，一手还挥舞着个鲜艳的手帕，指点着一户人家叫骂。边骂还边哭天抹泪。

那户人家的院门紧闭，上书四个大字：回民磨坊。

一群身份各异的好事者正在她身后撺火起哄。——天亮后来知道，他们中有挑泔水的何大傻，无业游民干腿子，棺材铺的李小头，车马店伙计葱头，还有马三六、陶七等七八个锤子娃娃。

因为身后有人起哄，那女人越骂越欢实，后来就干脆坐到地上（她穿着绫罗绸缎，还戴着廉价的首饰），撒泼带嚎了。

这下引出了院里的一位十五六岁的女子，一看就是个“二转子”（不同种族的混血儿），身材颀长窈窕，皮肤细白，黑发粉脸。她一手拿着个纳了一半的鞋底子，另一只手就搀扶女人：“汪妈，起来。回院子里歇歇吧。”

汪妈被扶起来后，骂得更凶：“买卖人，讲个诚信。你海黑子有诚信吗？你敢说，你是回民吗？还挂个回民磨坊的牌子。呸！你是个假回回么！”

汪妈正捶胸顿足，跳着脚，扯着嗓子吼骂，那户紧闭的院门突然开了，里面冲出个浓眉大眼的黑汉子，黑似包公，虎背熊腰，却戴顶白瓜皮帽，手提一把长锄头。

众人霍然后退，轻声议论：“海黑子出来了。”

骂街的汪妈也有些懵，不禁闭了嘴。

海黑子挥起锄头，对着自家招牌一顿狂砸，哐哐哐！随着木屑、劈柴的狂飞乱舞，那招牌烂了，碎了，掉了。

在众人的唏嘘嗟叹中，海黑子砸完招牌，转身进院，关了门。

一片惊愕中，有人说了句什么，众人一哄而散。只有一个极高大的黑汉子瓮声瓮气地问了一句：“招牌都砸了？以后不磨面了？”

天亮回头看这黑汉子，暗自吃了一惊：这人比常人高出一头还多，胳膊有天亮的小腿粗。天亮后来知道他叫孟托，阿山乌梁海人，贩粮草的。

但当时他只知道黑汉子是在问他。他不知道咋回答，就回头看骂街的汪妈。

汪妈竟然惊讶之余，由怒转喜。她一边拍着屁股上的灰土，一边冲天亮抛了个老媚眼：“咋了，看啥？”

“咹？没、没啥。就想讨口水喝。”

汪妈一指身边的“二转子”女子：“双喜，让喝去！”说罢转身就走。

被唤作双喜的女子客气地挽留汪妈进屋。汪妈却头也不回地说：“我梦春院里还忙着哩。你爹回来给他说，老娘把海黑子骂急眼了，你看连自家招牌都砸了！这可不是小钱，我亏寿呢。账我先给他记上，回头他来梦春院时，一把清！”

双喜唯唯诺诺。看汪妈走远后，难为情地冲天亮说了句：“你喝水？”

天亮急忙点头。他发现双喜是洋人的身子汉人的脸，有种怪怪的漂亮。

双喜用下巴指了一下自家院子，转身进院了。

天亮急忙跟了进去。

双喜要启灶火烧水。天亮看见院里有口水井，刚打上来的一桶水清亮亮的，就知趣地说："不麻烦了。就这就这……"说着过去，拿起水瓢舀了井水就喝。

清凉甜润！神清气爽！

刚喝了一口，天亮就叫了起来："这水，像加了冰糖哩！"

双喜一下笑了："叫花子，嘴还怪甜呢。——从哪儿来的？"

天亮就说了自己从哪儿来，来找驼二爷，等等。同时，也就从谈话中知道了这家人姓何，是旗人，户主何坨子是本县巡检。何家被邻居海家欺负了，何坨子就雇了梦春院的老鸨汪妈来骂。汪妈是古城子第一臭嘴，很能骂。但妓院业务忙，一般人请不动。

天亮听了，觉得新鲜，就又舀了一瓢水。可双喜转了话题："这古城子还有一个女人也厉害，就是开车马店的驼二婶。她也是驼二爷的女人……"看天亮很迷茫，双喜就补充说，"人都说驼二爷是个老骚壶，他在丝路上有四个家呢。在咱这儿，在归化，迪化，还有个啥地方呀，都有女人有家呢……"

双喜姿色动人。但她这么说自己的救命恩人，天亮还是有些不悦。

双喜还唠叨着说驼二爷赌博输掉了驼二婶等等，天亮不爱听，就说了句："谢谢你哩！"放下水瓢，急忙出了何家院子。他不太喜欢何家的人，但何家的水给了他美好无比的印象。还有院门口的旱柳树上，爬满了牵牛花，也让他觉得好。

街风一吹，天亮觉得身上忽然很奇怪地有些发冷。不过那仅仅是短暂的某一时刻。

——此时，洋行追杀天亮的三路人马已挥刀登程，天亮却还浑然不知大摇大摆地走在街上，见人多的地方就跑过去打听：知道驼二爷在哪哒吗？

驼二爷在古城子名声大，一般人都知道。但大家都说：驼二爷？这个驴日的，他哪儿有家？老骚壶么！不过，他有女人。你往城北走，看到街面上有个车马店，那里边的老板娘，就是驼二爷的女人。

天亮走到城北，果然看到一爿车马店，大屋阔院，打着一个杏黄幌子，上书“古城车马店”几个大字。进得店去，方桌前围的多是骆驼客、淘金客。喝酒猜拳，行为粗野。

天亮一眼看见跑堂的伙计脸熟，再一看这伙计头颈长得酷似一节葱头，正是刚才在海黑子家门口起哄的一个尕狲。天亮兴冲冲上前打招呼，问葱头这是不是驼二爷家的车马店。

葱头却装作没见过他，一边叫天亮客官，一边冲他使眼色，努嘴指老板娘。

天亮再看老板娘，又高又细又瘦又干，像插在地上的一根白蜡木杆子，样子还挺冷漠，根本没招呼他的意思。天亮只得走上前去，叫了声婶子，然后问：“这儿是不是驼二爷的家？”

“这是老娘的家！”驼二婶一挺奶子（那乳房也很干瘪），昂然地说罢，才低头问，“你找驼二爷干啥？”

天亮想说驼二爷救过他的命，可一想自己身无分文，如果认了恩人的女人，又拿不出一点谢恩的礼行来，岂不尴尬。便说：“不干啥。我路过，咳，来看看咱叔。”

“这老东西，去科布多了。今年可能不回来了。你明年来吧。”

天亮碰了一鼻子灰，讪讪地走出车马店，正没主意，迎面却骑马跑来一个差役，满脸疤瘌，络腮胡子，翻身下马后一把拨开他，冲里面喊：“何坨子！何巡检！合富洋行死人了，叫你呢！”

半晌，里面才传出一个声音：“老秦！你咋呼啥？那合富洋行哪年不死几个人？有啥大惊小怪的？耽误老子喝酒……”

老秦说：“是知县！知县大人叫你，去看人呢！”

这回里面的人出来了，单眼皮，薄嘴唇，黑发直立，四十岁的模样。手里拿着几枚人称银坨子的大清银币，一边把玩得哗啦响，一边说：“知县咋了？当年我祖上，从龙入关！那是在福州城抓过朱家皇帝的……咱老先人，不是王爷，也是吃铁杆庄稼的！知县才几品，几品啊？”他这么说着，还看了天亮一眼。可能是觉得他的脸陌生。

老秦摇头苦笑着也看了一眼天亮，才又说：“何巡检哎！快别说你祖上的事儿了！这回不一样！是红胡子死了！”

“咋？红胡子死了？雅霍甫？”何坨子正拿着一枚银坨子，吹了口气，放在耳边听，一听老秦的话，立刻作色，“真的？咋死的？”

“可能是有人下毒……”

“嘿！真他妈老天开眼了！今儿是啥日子啊？——快！快牵我的马，牵我的马。这老子得看，得看哪！”

车马店的酒客，听到声音也都陆续跑了出来，喊着老秦和何坨子的名字，追问消息。可两人却一人一骑，啥也不说，一溜烟跑了。

天亮忽然感到了害怕，感到了冷。他有些分不清是天凉了，还是自己身体出了毛病，只觉得身上阵阵地发冷。但右小腿始终没有痛感，这使他几乎忘了曾被狗咬过的事儿。可眼前却无端地飘摇着雅霍甫的红胡子，像火一样鲜艳……

看看日头已经偏西，天亮摸了摸红肚兜里的桑皮纸信封。信还在，就决定赶紧出城，连夜到黑沟煤窑先落下脚再说。于是，他转身朝东门疾走。

这时，追杀天亮的那支希卡小分队，已驰马出城，朝黑沟方向奔去了。

时间上的阴差阳错让天亮闪过了迎面挥来的第一把刀。

但接下来他被抓甚至被杀依然符合逻辑。因为奔向黑沟的小分队追出十里地后，没看到人，就掉头策马，杀了回马枪。

而此时天亮刚好走出城门，正要赶往黑沟煤窑。

4

如果不出意外，两袋烟的工夫，天亮应该和希卡们迎面相遇。

但出意外了。一匹蒙古马惊了！一个厦门人出现了！这两件事对天亮来说都是极意外的。它们直接导致了最重要的阴差阳错：天亮和追杀他的希卡们在空间上发生了南辕北辙。他们一个由西向东而来，一个由南朝北而去。

空间上出现阴差阳错与古城驿的地理位置有关。——古城子最后一任县长诸葛白著有《北丝路记考》一书，书里有甲乙两张珍贵的手绘地图。甲图是古城驿的地理位置图，它清楚地表明古城驿是建在十字路口上的一座城。东西是官道[g]，南北是商道。官道在城北面，东连镇西、哈密，西通伊犁、喀什噶尔。商道出将军戈壁，穿城过河，自干沟进雪山，公家不管，也就不成形。

乙图是城区图，由虚实线构成。看上去有些复杂，但能佐证古城子老县丞钟则林钟爷[z]的说法。钟爷说他来古城子的时候，城池是呈“品”字形，卡在官商两道的交叉处的。分别有东、西、北三城[s]。同治年间，钟爷带领流民修城筑墙，人力、物力、财力都有限，就弃了北城，只把东西两城连为一体后进行加固加高，古城子就成了个“皿”字形[m]。后来，东城的西墙坍塌，没人管。大家就又挖土占地，渐渐没了此墙，由此古城子就成了倒地的“日”字形。

但不管是“皿”字，还是倒“日”字，古城子的交通格局没变：只要不去干沟，多是北门走人，东门出车马。这和城门的构造有关。

钟爷修城时，为防止大队匪兵一拥而入，南、北门都弄成了三洞进出的。中间

---

[g] 链接　古丝绸北道，俗称官道，就在城墙根下过。往西到了博格达峰下，直走可去伊犁、霍尔果斯，往南可进迪化，走丝路中道，从喀什葛尔出境。往东可达镇西府、哈密，从嘉峪关、阳关进入内地。往北，过一片叫沙枣梁子的丘陵地，就是著名的“草原北路”，驼队穿过茫茫戈壁沙漠，一直向前可到阿山，在可可托海、石町子东转可到外蒙科布多。

[z] 链接　钟爷，名则林，字阳明。在《子归城》中，他是个辈分很高的权威人物。当年，天亮他们那辈人就叫他“钟爷”。他可能生于我正在写作的这个地方——厦门钟宅湾，八岁时随林则徐进疆，后来为了抗击阿古柏，他主持重修过子归城。

[s] 链接　我查了，东、西、北三城皆正南正北，四面都有门，而且城宽各一里，长二里，高近三丈，这在当时已是一座大城了。只是其中的北城，因涅槃河屡屡泛滥，常遭水淹。又有风沙侵蚀，破败得没几户人家了。阿古柏之乱时，大批躲避战乱的流民来到城里，大家商议：恢复北城，再断了林公桥、博望渡，是能卡住官道，但匪兵如果围城，恐怕守不住。不如只修筑东西两城，弃了北城，放开大道，让狗日的贼兵赶紧走吧。由此，北城被放弃。到了十九世纪末，北城已彻底荒弃，成了烂城圈子。

[m] 链接　钟爷弃北城，连东西两城后，古城驿成了“皿”字形。而原来两城之间的商道，则正好被修筑成了南北两个城门。

门洞，也只能勉强进出毛驴车，两边的门洞只能容一人。而西门呢，因是涅槃河的水门，设了铁栅栏，不通人、车。故而在古城子，想要大车进出，只能走东门。人图方便，可以走北门。

从图上看，黑沟煤窑在古城驿西面约三十里处。追击天亮的希卡是马队，出东门，上官道，一直往西，没错。

错的是天亮。天亮是人，走北门便捷，出门上官道，往西，走博望渡，一直往西，才是正道。但他从东门出来了——当然，这也没错。如果他上了官道往西的话。

可他往北去了。

方向性的错误出在博望渡的三岔路口上。

天亮出东门上官道走到博望渡时，由北而来的一支驼队和由东而来的一只骡马车队交汇并发生了混乱。不止一匹骡马失去了镇定，其中的一匹蒙古马还惊了，昂首嘶叫，所向披靡。不夸张地说，它造成的混乱的程度我们可以用兵荒马乱来形容。您知道的，天亮拉过骆驼，又当过马夫。在这种时候，自然义不容辞地冲向了蒙古马……

我猜想，天亮干得卓有成效，制服了惊马，获得了众人一致赞扬。

问题是“兵荒马乱”后，天亮失去了方向感，也就是我们通常所说的掉向。

天亮掉向当然和环境有关。

史载，古城子由于城垣南靠大山，西临涅槃河，发展受限，城外东部和北部就急速发展：先是大家在老北城恢复了岳王庙，后来是城里装不下那么多人了，有些人就跑到老北城住。再后来为了买卖方便，大家就胡乱在东门外、北门外盖房建院子，摆摊设点，自成集市。渐渐地，东门、北门外的居民区和商业区不但连成一片，而且形成了多个带有岔路口的街道。

诸葛白的手绘图表明：东门和北门外至少各有一个十字路口，而在它们交汇的林公桥上则有一个很大的三岔路口。这还不算涅槃河与官道形成的天然三岔路口博望渡。

但我认为天亮掉向最根本的原因，还是他遇上了林拐子。

5

林拐子在惊马事件结束后，忽然从后面拉住了天亮的手。林拐子属蛇，终年手脚冰凉。

天亮被吓了一跳。

您知道的，林拐子不但是个拐子，在古城子人眼里还是个疯子。为了复仇或者复兴家业，他不但偷窥偷听，还装疯卖傻（有一种说法认为那时候的林拐子是真的疯了，因为除了给人代书时他写字正常外，没人见他言行正常过），弄得蓬头垢面，鼻拉涎（hān）水不说，还拥有一张毫无血色的灰白脸和一双白多黑少的三角眼。试想，谁在午后斜阳的逆光中看到这样一张脸一双眼会不心惊肉跳？何况在处理过惊马事件后，天亮正处在热烈的掌声和笑脸中，忽然一转脸，就看到了蛇一样的嘴脸。——太突兀了嘛！

“唔唔，快跑，人家唔唔，在抓你，要砍你头！”林拐子面无表情，声音压得很低。

“甚？是甚人要杀我？咹？”

林拐子拽住天亮的衣角，朝身后扭了扭头。天亮看到南边城里合富洋行的白石头楼，已隐隐有了灯光。林拐子又用目光示意东边，天亮看到皮斯特尔带着几个希卡，正从林公桥边由远而近。林拐子又指了指官道西边，那里隐隐的有尘土飞扬，马蹄踏踏。

东西南三面危险，只有向北。这是正常人的潜意识。

天亮撂开双腿，顺着河滩就跑。河滩上芦荻萧萧，蒹葭苍苍，适合逃匿。

天亮是个没文化的黑肚子，背着文房四宝的代书人和拆字算命的卜者在他眼里没有区别，何况林拐子还是那么怪诞的一个让他心悸的异人，他当然觉得命运已被林拐子参透，并给他泄了天机。于是，他顾不上细想是啥人要杀他，就撂开粗腿，慌不择路地狂奔。

天亮没忘自己要去黑沟煤窑。

他沿着自认为正确的方向奔跑。不知道已掉了向。

长期的流浪培养了天亮极好的脚力，他又急着在天黑前赶到黑沟，所以他跑得极快。上世纪初的马也通常有好脚力，再加上几个忠心耿耿的希卡。他们重任在肩，急着要回城抓人，扬鞭催马，跑得也快。

但南辕北辙已经形成，回马枪再快也修改不了阴差阳错。

天亮在天黑前没有跑到自己的目标——黑沟煤窑。傍晚来临时，他到达了涅槃河下游的丘陵地带，并且一头栽倒，昏了过去。

那地方叫沙枣梁子。花开季节，顶风都香几里地。

那天半夜涅槃河来了一股过水（短暂的间歇性流水），被水淹没的那个瞬间，天亮可能因为冷水的刺激，还伸手挣扎了一下，睁开过眼，但很快他就被水淹没了。

过水走后，天亮就成了沙滩上的一尾鱼，手脸深陷在淤泥中一动不动了……

第二节

1

辛亥年的那个晚上，真正跑到黑沟煤窑的是林拐子。

林拐子目睹天亮从河滩上消失，又目睹希卡们从官道上杀奔而来。他是一场追杀的真正目击者，但他没想到自己最后成了被追杀的目标。

他看到皮斯特尔朝自己走过来了，不寒而栗，顺手就拦住了一辆过路的马车，跳了上去。

很巧，那是一支拉煤的骡马车队，它在半夜时，到达了黑沟客栈。

接下来的故事被我们紫泉子人传得神乎其神，说：辛亥年的那个晚上，是林拐子的狂欢夜。他激动得不行，就跑到黑沟客栈给黑牡丹报喜。

当他一五一十地给黑牡丹报告一切时，他甚至激动得流下了眼泪。

黑牡丹高兴得捂住脸，号啕大哭。

哭够了，就喊着让放鞭炮。

没有鞭炮。她就抓起一根红柳条子，抡起来打林拐子的瘸腿。

林拐子被打得满地翻滚，吱哇乱叫。黑牡丹才放声大笑，说是听到了庆祝的爆竹声。

她一笑起来就没完没了……

但即使这样，黑牡丹依然没让林拐子住店。

结果，林拐子刚从客栈被撵出来，索拉西的矿警就把他当成刘天亮，抓了起来。

索拉西认识林拐子，为了给表哥交差，却假装不认识，一本正经地分析说：刘天亮被狗咬了，走路当然一瘸一拐。林拐子正符合这一特点，就逼林拐子承认他是刘天亮。

林拐子大喊冤枉，说你们认识我啊。有个姓赖的黄脸汉子也证明说：林拐子早有其人，真不是刘天亮。

索拉西点点头，说："嗯，这个人可能不是。但上面有指令，要抓瘸子。这个瘸子又半夜三更在我煤窑一带活动，一定是图谋不轨，想要破坏我矿山生产！"就让矿警把林拐子扔进了一口废矿井，怕他不死，还盖了一块大石板……

2

各处追杀天亮的希卡们无功而返后，铁老鼠即听从皮斯特尔的警告，让希卡们都只带匕首不带枪，不骑马不喊叫，便衣出去，对城内、城外的所有城门洞、破寺庙等一般乞丐赖以栖身的地方进行突击密访暗查。同时，他又写了一封信，让人快马送往黑沟煤窑，要求索拉西见了天亮后，立刻让他葬身煤窑。

半夜，索拉西的回信到了，说：抓到了一个疑似刘天亮的人。

铁老鼠大为振奋，回信说：立刻把人秘密押到洋行来我看看。

同时也就让密访暗查的希卡们收队。

天亮时，索拉西的回音又到了，说：那人已按您"葬身煤窑"的指示，被扔进了废矿井。矿井有七十多米深，人很难下去，当然也绝对爬不出来。现在那个疑似刘天亮的人，估计已经死了。

铁老鼠很后悔下了那样一道指令。

从此，天亮的神秘失踪在铁老鼠心里就成了一团迷雾，经久不散。

本来，他听从了皮斯特尔的建议，准备去黑沟看看那个废矿井，必要时组织人力，把那人的尸体弄上来，验明正身。可是红胡子的遗孀当天就开始大闹洋行，他深陷其中，抽不出身了。

3

我手头这些发霉的皇历上有记载，林拐子支在合富洋行马车轮胎下的英吉沙小刀当天就发挥了作用。铁老鼠当晚坐车去找县太爷于文迪，刚出大门车轮胎就悄没声地没气了。铁老鼠气得抽了车户一个耳光，当即命令车户去给郝记车行[h]放一把火。而皮斯特尔在拔出英吉沙小刀，看了看后，就及时劝铁老鼠收回了成命。不过，铁老鼠还是咬牙切齿地发了誓："郝大头，老子一定要挤垮你的车行，砸烂你的大肉头！"

很自然，接下来为红胡子举行葬礼，郝记木车行掌柜郝大头没被邀请。

4

红胡子雅霍甫既是古城子买卖圈子的巨商，又是帝俄商约，其在白石头楼里猝然暴死，自然引人关注。为此，合富洋行的继承人铁老鼠巴赫·铁尔森为了显示忠诚和清白，为雅霍甫举行了隆重的葬礼。雅霍甫的墓地上立着巨大的石碑，上边罩着大青石的华盖，刻着祥云和天使。

合富洋行的新襄理皮斯特尔在念悼词时流了泪，而新老板铁老鼠在回忆老商约雅霍甫的"丰功伟绩"时也泫然欲泣……

雅霍甫的葬礼是那年古城子的一件大事。

相传，一生以吝啬著称的铁老鼠为此摆了三十八桌酒席。据《古城图志》记

---

[h] 链接　郝记车行的掌柜郝大头，又称郝木匠，真名不详。郝大头的木匠手艺好，修车造车都内行。闽人为了茶叶运输方便，就投资集股让他搞了个郝记木车行。

载，当时古城子名流富商齐聚洋行，著名和比较著名的就有：

县太爷于文迪，云贵川马帮领袖孙权，典当行掌柜杨公义（人称神拳杨），珠宝商姚麻子，地头蛇山西王，福建八行的林、陈、庄、赖四大茶商，还有粮行掌柜曹大拿、骆驼行掌柜黄大胆儿、钱庄大掌柜葛老板、通海酒楼老板陈胖子、布鲁特皮货商尤其卡、江浙丝绸行的吴管家、大烟馆掌柜黄大牙，县衙巡检何嘉宝（人称何坨子）、洋行医生阿廖沙、县衙医官孟长寿（兼营中药铺）等。

此外，围观的还有车马店老板娘驼二婶，梦春院老鸨汪妈，跑街的钱老三，开油坊的王二麻子，条篓铺小老板罗阿满，棺材铺的李小头（李鬼）以及小伙计葱头、狗娃、谢三娃等。当然，一些破落地主、浩罕旧军官、淘金客、骆驼客等三教九流也参加了围观。

更重要的是，古城子洋人买卖圈子的那些著名的商约巨贾都来了，他们包括俄罗斯洋货商巴刹勒夫斯基、印度珠宝商拉吉夫、波斯丝绸商墨兰迪、土耳其商人拉格佐尔、阿富汗商人拉罗沙尔、暹罗米商宾努、锡兰木材商齐里巴、英国植物学家兼西药商罗伯特·琼斯，等等。

他们被铁老鼠破天荒的慷慨打动了，不但顺理成章地让铁老鼠当上了古城子买卖圈子的新商约，还成功劝说雅霍甫的遗孀离开了古城子。

之后，人们化悲痛为力量，大吃二喝。直吃得天昏地暗，日月无光。据老辈人讲，在那暴食狂饮的三天里，仅吃出来的肉骨头就塞满了合富洋行的一间库房，而喝掉的酒则有四十坛之多。

古城子春秋风大。相传，秋风带着酒香飘到大南山里。嗜酒如命的牧人们闻到弥久不散的酒气，甚至都动了出山抢劫之心。而远在花花沟的土匪小蟑螂则真的派了几个人到古城子踩过点。

5

红胡子雅霍甫的遗孀是在参加完葬礼之后离开古城子的。

这个乌克兰阔太太和红胡子并没多少感情，但她借口质疑红胡子的死因，把葬礼闹得一波三折，风雨满城。幸亏皮斯特尔智谋过人，关键时刻从迪化秘密弄来了红胡子的一个私生女柳芭，给红胡子的遗孀在遗产继承上制造出了巨大麻烦。——她在地下室见过被严密看管的柳芭后，就不得不点头合作，在小阁楼里和铁老鼠、皮斯特尔达成了一份古城子“慕尼黑协议”：柳芭的那份遗产归她，人也归她；她得到相关财产后，立即离开古城子，从此不再提出新诉求。

如此，她不仅满载而去，还秘密带走了柳芭，根除了日后隐患。

城里的许多人都目睹了那个乌克兰阔太太离开时的情形：她带着两个女儿坐在一辆英国箱式马车上，身后是三辆六马拉的大马车，上面装满了金银财宝。而红胡子的私生女柳芭则被嘴里塞了布，捆绑在装货的大马车上，上面还盖了篷布……

迪化的沧州镖局倾巢出动，至少派出了三十名身怀绝技的镖师负责了这趟押运。而他们中间知道车上还有个大活人柳芭的人，不超过三个。

相传，乌克兰阔太太一到迪化就把柳芭卖到了窑子。接着用半年时间卖掉了那三马车的金银财宝，其中就有一个羊脂玉枕——它虽然被修复过，依然价格不菲……

这个乌克兰阔太太后来带着两个女儿去了塔尔巴合台，再后来下落不明。

红胡子雅霍甫生前无子，只有包括柳芭在内的三个女儿。柳芭是红胡子借故霸凌一位华人之妻的结果。那女子性烈，后来为了柳芭，在合富洋行的白石头楼撞墙自杀了。

那女子与巡检何坨子生有一儿一女。

第三章

何坨子、羊脂玉枕及其他

第一节

1

看到红胡子雅霍甫的遗体，巡检何坨子也欣喜——当然，他假装不若狂。至少表面上他装得不欣喜若狂。

何坨子的故事说起来有些长，但不能不说。

何坨子，本名何嘉宝。因说话爱抬杠，又成天拿着几枚银坨子，像打快板似的，在手里哗啦哗啦地把玩，或者捏了银坨子边缘吹气、敲击，迅速地拿到耳边听那柔和清亮的颤音，故得此雅称。

何坨子说他是八旗子弟。到他父亲时，依然能凭借祖宗福荫，领着月钱，游手好闲。何坨子说他的爷爷厉害，生了九个儿子。由于子孙大量繁衍，月钱不能累进，“粥少僧多”，就分薄了收入。到了他成人后，光靠月钱就不行了。

但当年古城子的老辈儿人都说：何坨子的祖上就是个“民人”兵卒，跟着清军进疆平叛，受伤后留在了木垒驿。后来就成了丝路上的一个戍卒，维护丝路交通。再后来，丝路数度中断，何家也就慢慢变成了当地户儿家……

何坨子再困难，手里也要留几枚银坨子耍，他说那都是大清朝给他家的“月钱”。

何坨子说他家祖上有“月钱”，是因为在福州城立过功。

这是何坨子最爱炫耀的事儿。

他先是说：他祖上当年是第一个单枪匹马冲入福州城的，为此被授了官职和爵位。后来又说：祖上（爷爷的爷爷）是从龙入关，在福州抓过朱家皇帝，成了佐领，有月钱，吃铁杆庄稼的。

再后来，他又说：他祖上在福州城，打过朱家皇帝耳光。“那朱家皇帝还牛得不行。我家祖上是啥人？那是练过铁砂掌的。一个巴掌打过去，那朱家皇帝鼻梁子就断了，乖乖降了……”

但钟爷说何坨子祖上是汉八旗的，蒙古八旗与汉军八旗不享受与满族人同等的待遇，没铁杆庄稼。也就是说何坨子祖上是汉人，没月钱。

老县丞钟爷主政古城子时，看过衙门里的档案资料。

“他家是镶青旗的。给人家扛炮的[p]。”钟爷说。

钟爷说这话时，已经隐居在沙枣梁子了，可他的话还是不胫而走，传到了何坨子的耳朵里。何坨子爱抬杠，可对钟爷他不敢。当时正值春节，何坨子就提了礼行，到钟爷家，进门就扑倒在地，磕了三个响头。

钟爷从此就不说何坨子家的事儿了。何坨子从此也就更加肆无忌惮，站在街上就敢和人抬杠，说自己是旗人，祖上从龙入关，在福州城捉过朱家皇帝，还打过皇帝耳光……

后来有人找到了证据，证明何坨子的祖上根本就没有饷银。有好事者就搬出了历史和他抬杠：康熙末年，由于八旗人丁滋生过快，生计问题开始凸显。皇上为此就颁布了“汉军出旗”的圣谕：除“从龙入关”的辽东汉军之外，其他汉军脱离八

[p] 链接　有清一代，八旗汉军旗纛皆为青色。有纯青镶黄、纯青镶白、纯青镶红和纯青色。最早时，汉军旗下人丁的本籍均属满洲旗分之下，当时汉军的旗色只是为了对兵种加以区分，早期汉军多是炮兵。后来清朝取得松锦大战的胜利，将此战降人与原先的汉人一同组建汉军八旗，至此汉军开始拥有独立的青色旗籍。

旗，不发饷银，自谋生计。

何坨子祖上没饷银，其祖上是否“从龙入关”也就遭人质疑了。“人家从龙入关的，就是汉人，也有饷银哩！”人们都这么说。

但越是这样，何坨子就越是把银坨子耍得哗啦响，满街嚷嚷：“饷银咋了？我家祖上从龙入关，本来就是有饷银有月钱的！可我祖上厉害呀，龙生九子，各个不同。我祖上一口气生了九个儿子，那点儿饷银哪够？他老人家跟着岳将军出关一看，这儿地大物博呀，一挥手，饷银不要了，自己买房子置地……他老人家是啥人呀，虽然不是王爷，那也是炮轰福州城，抓过朱家皇帝的……”

何坨子敢喊，又喊得响，慢慢地也还真就吓唬住了一些人。

其实，隆武二年八月，清军抵达福州城，郑芝龙就奉表投降了。在这之前，郑芝龙军权在手，可就是拒不出战，弄得隆武皇帝朱聿键只好逃跑，清军随后长驱直进福州城……

也就是说，福州无战事，更用不着炮轰。何坨子是瞎扯。

还有，何坨子的祖上可能是见过隆武皇帝的，但不可能“抓”，更不可能“打”。史载：郑芝龙叛变降清，仙霞岭重关百里无一兵卒把守，隆武皇帝见势不妙，离开福州，经南平转闽西。清顺治三年九月十七日，清兵破福州。朱聿键又被逼无奈匆匆忙忙逃到汀州，不幸被俘，送回福州后绝食而死。

也就是说，朱家皇帝根本没在福州被抓过，更谈不上被打。何坨子所谓祖上抓皇帝，打皇帝的事儿，也是吹牛胡扯。

何坨子冒充旗人，杜撰家史，吹牛撒谎，假冒大清功臣，信口雌黄，贪天之功为其祖上所有，按律不斩也该入狱。可古城子天高皇帝远，人们法制观念淡薄，总以为吹牛不犯法，加上何坨子抬起杠来不依不饶，纠缠不休，一般人惹不起他。慢慢地，随着时间推移，知道真相的人也就随意敷衍，不再计较。而不明真相的人，也就被他唬住，拿他当大清功臣之后、八旗纨绔了。

2

何坨子有艳福，家里缺钱，娶的女人却一个比一个漂亮。

何坨子的父亲人称何三爷，何家到了何三爷辈儿上，家道中落，何三爷只得在古城子、木垒驿一带，做巡兵头目。久了，也就在黑道白道上都认识些人，有回就和山西王拜了把兄弟。

那年春天，古城子来了个商人叫墨兰迪，带了一车货，说是可可托海有伙淘金的，犯了事儿，老大山西王进了大牢。托他把这一车货寄放到兄弟何三爷家。

何三爷平生没甚爱好，就好倒腾个房子地。家境虽不富裕，但在做个中介中保之余，也在古城子和木垒驿都置了房，买了地。而且两地的家院都大，放点存货方便。何三爷知道山西王在黑道上有一号，怕出岔子，还专门在院里盖了间仓房，把货封存在房里。

春去秋来，山西王杳无音信，也没托道上的人来过音讯。

后来木垒驿有家沙州人，要卖了房子地回老家去。何三爷想让何坨子跟自己学点中介本事，就带了何坨子去人家家里看房看地。谁知道，这一看，就惹出了事端。

何坨子过去，一眼就看上了人家的七闺女，哭着喊着要娶。

这家人怪了，没儿子，生了九个闺女，个个如花似玉。老太爷后来就靠嫁闺女过日子，还过得挺滋润。

情况如斯，彩礼自然要的就高，何三爷拿不出来，何坨子一急，就在地上撒泼打滚翻白眼。

何三爷家也就这一个儿子，上面三个姐姐。何坨子小时候就有羊角风的毛病，何三爷怕儿子犯病一死，何家断后，愁得坐卧不安。后来就拿了把斧子，砍开了存货的那间仓房门……

仓房里的货，都是些啥，连何坨子都说不清。

反正何三爷卖了货，就有了钱，就给儿子何坨子娶回了媳妇七闺女。

七闺女貌美如花，何坨子春风得意。

可成婚没多少日子，山西王突然出狱了，托人带话说要来古城子。

何三爷一听，急火攻心，半边脸都肿了。带话的人走后，何三爷站在空荡荡的仓房前想了半天，让人平了仓房。可还是觉得没脸见山西王，居然就有了想死的心。

何坨子拦住父亲说：咱家在木垒驿有房子有地。你就带了家眷和全家细软，先去那儿躲着。这里我应付。

何三爷说：你就会跟人抬杠！能咋应付？

何坨子说：您老放心。我自有办法，到时候见机行事。保证一不抬杠，二不耍赖。让事情和平了结。

何三爷想想，也是没办法，只得依了儿子。自己雇了四辆马车，连夜就带了全家老小，卷了铺盖细软，去了木垒驿。

山西王到了古城子，不见老友来访，隔天就自己带了礼行，上门拜访何三爷。

何坨子一看，山西王来者不善，还带了兄弟。就让七闺女亲自下厨，做了一桌子菜，请山西王吃饭。同时如实相告，那车货，他娶了媳妇。末了，就让七闺女出来见客，还给山西王倒茶敬酒。

山西王膀大黑粗，本是粗喉咙大嗓门儿，一见七闺女，声音却细软了许多。对七闺女所敬酒水，更是来者不拒。三巡之后，便有了三分醉意。

何坨子便把山西王拉进偏房，嬉笑着问：

你看七闺女咋样？

山西王说：好！

何坨子就掏出了一份典妻契约，说：人虽然已经不是黄花闺女了，但我敢打保票，古城子你再找不到第二个如此姿色的女子。

山西王那时已被七闺女迷得神魂颠倒了，但还是困惑：听说这七闺女是你豁了命娶来的。咋，咋就弄成这了？

何坨子慷慨陈词：按说，我们老何家是世代罔替，吃铁杆庄稼的！如今人口太多，虽说是家道中落，但祖上从龙入关，那也是炮轰福州城，抓过朱家皇帝的！……您说，就我们这种人家，能给祖宗丢脸，失了诚信二字吗？！

山西王听了摇头苦笑，就真收了典妻契约，装进怀里说：那行，给你爹说，我们人货两清了。让他回来吧，我还认他这个哥。

七闺女当时哭天抢地，要跳井。山西王一把拉住说：这种男人，你跟他做甚?

七闺女听了这话，就止了哭。默然进屋，收拾了自己的首饰细软，扭着小脚，跟山西王走了。

谁知道没过几天，山西王的老娘——王家的老太太到了，听了这事儿，就骂山西王不仁不义，夺人之妻，让把七闺女送回何家。

山西王不服，说：是这何坨子不是个东西。我咋不仁不义了?

正闹得不可开交，那边却传出了何三爷归西的消息。

原来何三爷听说何坨子典妻还债，觉得祖宗的脸已被丢尽了，自此将无颜见人，于是大烟膏子就酒，流着泪一命呜呼了。

王老太太听了这事儿就不闹了，说：七闺女可怜。给人家明媒正娶了!

山西王就八抬大轿又从何家把七闺女重新娶了一回。山西王把这事儿弄得风风光光不说，还给了何坨子一笔彩礼，一笔丧葬费。

那时候山西王刚到古城子，心气高。

后来何坨子就遇上了撒拉尔。他和红胡子雅霍甫的恩怨情仇也就由此开始了。

第二节

1

何坨子早年间是闸官，古城子的涅槃河、木垒驿的蒲类河都有水闸。每年春夏他都要转悠着查看。

有一年（我查百度了，是1892年），他在蒲类河畔的雀仁庄子，遇到了一伙烟客子。觉得面熟，一想，好像前些天在古城子见过这伙人。当时，他们是在卖假文玩古董嘛，咋这会儿成烟客子啦?

何坨子觉得奇怪，就跟着进了客栈想问问。一进客栈才发现，这伙人明明都是安西汉人，却带了个洋女子。那女子金发碧眼，肤白鼻高，又顾盼流情，把何坨子迷得迈不开腿，就也住了客栈。

那女子倒也主动配合，一天后两人就由强行变成奸情，接着奸情败露，让老板看到了。老板认识何坨子，就问：你在雀仁庄子上有房嘛，咋在我这儿弄这事儿哩？

何坨子无奈，只得如实相告：他原本不认识这洋女子，是觉得他们这伙人身份奇怪，才跟进来的。跟进来，才认识的这洋女子。

老板听了，说：你这才叫多事呢，人家啥身份关球你啥事儿？你问了吗？

何坨子说：没顾上。

老板指了指洋女子说：您是净顾她了。没问问她？

洋女子汉语还不流畅，咬字不清地说：他们是坏人。挖死人坟墓。

何坨子一听吓得要死，赶紧央求老板设法让他俩逃出去。

可老板还没想出办法，伙计来报了：那伙人一声没吭，结了账，就急惶惶地走了！

原来，那是一伙偷坟掘墓、倒卖死人物件和假古董的安西毛贼。他们在迪化认识了洋女子后，就想把她带到古城子偷偷卖掉。可一进城就遇上了合富洋行的红胡子，差点儿丢了命。后来他们到了木垒驿，又想卖洋女子，却又碰上了何坨子。

他们肯定是偷听到了何坨子和老板的对话。一合计，就选择了收拾行李溜之大吉。

何坨子很得意，带着女子回了古城子。

2

洋女子叫撒拉尔。风情万种，却红颜命苦。

撒拉尔的故事说起来让人心酸。

撒拉尔是希瓦汗国的土库曼人，这地方不但产宝马，还产美女，天下闻名。撒拉尔就是这样一个美女。他们家是世代工匠，给王宫里制作、修补御品珍玩。

希瓦汗国又叫花剌子模汗国，就是成吉思汗当年西征的那个极尽繁华奢靡的国家。这么一说您就明白了，这里王宫的工匠有多厉害，中外的宝贝都懂，中国的几百年前就懂。

但到了穆罕默德·拉希姆·巴哈杜尔汗时期，这里已经是俄国的附属国了。

附属国里有宗主国的军队很正常。希瓦汗国的王宫里常常有沙皇的哥萨克军官出没，这也很正常。

不正常的是：能出没王宫的军官看上了工匠的女儿，而工匠一家人却坚决不同意，这就要出事儿了。

看上撒拉尔的哥萨克军官叫契阔夫。他对撒拉尔动了真情，痴呆呆地跟着她从王宫后花园进了村舍，却一语不发就要实施强暴……

这当然人神共愤。撒拉尔的父亲于是刀砍契阔夫。契阔夫血流满面，倒地不动。

撒拉尔的父亲以为人死了，害怕至极，就带着全家逃到布哈拉汗国的撒马尔罕。那里也是俄国的附属国。

他们在繁华的撒马尔罕，给一家中国人开的瓷器店当补旧师傅。生意不大，但还兴旺。

契阔夫没死，只在脸上留下了一道斜疤痕。他骑着汗血宝马，像个行吟诗人一样四处游荡，一年后终于在撒马尔罕找到了撒拉尔，并且成功地强暴了撒拉尔。

撒拉尔的父亲决心杀死契阔夫。事前就托付一个贩马的塔吉克朋友，带着撒拉尔逃往喀什噶尔。他们的中国老板也赞助了办法，说：我是西安人，若没地方去，到西安找我家人。我家在西安也有瓷器店。

撒拉尔不知道西安有多远。后来在惊恐中，记错了，记成了安西。

贩马的朋友在瓦罕走廊遇上风雪，把她弄丢了。

她就跟着几个朝觐回来的人走。到了迪化，人家不走了，散了，各回各家。她就问一伙在迪化住店的人：安西在哪儿?

那伙人就问她：你去安西做甚?

撒拉尔听不懂“做甚”。

那伙人就又问她：你到安西找谁哩?

这话撒拉尔听懂了。就跟人家进行了半个时辰的对话，终于让那伙子人明白了她的经历和不幸。

那伙子人说：我们就是安西的买卖人。明天回哩。一搭里走?

撒拉尔就跟上了他们。

路上，撒拉尔发现了那伙安西人不是买卖人，是倒卖死人东西的。到古城子打尖时，她想逃。可那伙人把她扣在客栈，不让出门。到了木垒驿，那伙人还是想把她关在屋里，不让出门。可何坨子就在那时候，跟进来也住进了客栈……

之后的事儿您都知道了。

3

何坨子领了个漂亮媳妇回来，轰动一时。可他刚得意了几天，就发生了“羊脂玉枕事件”。

这里的叙事密度是不是过大了？好吧，我让您松弛一下，咱说说福建德化瓷。

您可能知道，德化瓷是中国最著名的外销瓷之一，在国外的收藏非常丰富。比如被誉为当时第一制瓷高手何朝宗的作品，在西方各大博物馆中的收藏便有两百多件。

在众多的德化瓷外销活动中，有一件瓷器的生命旅程大概是这样的：

明崇祯年间，一个号称是一代宗师何朝宗嫡传弟子的德化窑工，烧出了一个瓷质枕头。当然，中国民间这种一尺见方的非实用性枕头多了，没什么。有什么的是这个枕头雕花镂空精美绝伦不说，其质地还酷似和田羊脂玉——这是传承有序的一种烧造工艺，难度极大。相传，当年武则天嫌普通白瓷呈现贼光，是不祥的征兆，特命人研制亚光瓷器。德化窑四周出产的瓷土，质地软，含钾量高，以此为原料，最后烧制出了一种釉色洁白滋润，似凝脂、如美玉的亚光瓷器。它在阳光照射下，呈半透明羊油状，隐现粉红或者乳白色泽，像极了和田的羊脂玉。武则天大喜，赏赐德化窑专属。从此，德化窑就有了“羊脂玉瓷”的神奇工艺，世代相传。

您明白了吧？德化窑工烧出的这个枕头是“羊脂玉瓷”的，很值钱。它被简称为“羊脂玉枕”。

当时，窑工把这尊羊脂玉枕卖给了狮子国的商人。于是，它就像马可·波罗一样，开始了周游世界的旅途。

狮子国商人带着羊脂玉枕，先后去了越南、暹罗、吉隆坡、加尔各答，最后转让给了一个印度和尚，这和尚把它放到了寺庙里。可不知为什么，几年后它又踏上了海丝之路，从科伦坡辗转到了内罗毕。之后它进入苏伊士运河，到了伊斯坦布尔，再后来它在巴格达的贸易广场上，被一个撒马尔罕的富商拍走，献给了希瓦汗国的国王。国王珍爱有加，只在头疼脑热时才舍得拿出来枕上一回。

阿古柏进疆后，沙皇的哥萨克骑兵步步紧逼希瓦汗国。希瓦国王一筹莫展，就枕着羊脂玉枕唉声叹气。叹着叹着，就有了个主意，他让宫廷匠人把羊脂玉枕包银镶金，在上面錾刻了一份国书（大意是：伟大的沙皇陛下，只要我的家族还在，希瓦汗国就会绝对忠诚，绝无二心，等等），做成精美贡品，举行盛大庆典，敬献给沙皇陛下。

希瓦国王的意思很明确，他是想用这尊羊脂玉枕，提示沙皇：请您安心撤兵，高枕无忧，我是忠诚的。

希瓦国王的意思不知道沙皇明白没明白。反正，他答应了派特使到希瓦汗国参加敬献大典。

希瓦汗国全国上下为此忙碌了三个多月，可到了庆典前夜，沙皇的特使也到了，羊脂玉枕却突然没了踪影，被盗了，失踪了，不见了。

沙皇特使当即大怒，说这是在戏弄伟大的沙皇陛下。希瓦国王吓得脸色苍白，苦苦哀求。可特使还是走了，接着沙皇的军队就来了，他们进入皇宫，更换了老国王，宣布了新国王。希瓦汗国就彻底成了俄罗斯的藩属国。

希瓦汗国的亡国故事，使得雕花羊脂玉枕骤然成了中亚文物界、走私界追逐的热点，身价百倍、千倍地涨。相应的，从福建德化到地中海的希腊、意大利，各种赝品也就不断出现。不过，羊脂玉枕上的国书当时用的是俄罗斯和希瓦国两种文字。懂希瓦国文字的人不多，懂文字又能流利书写，并錾刻得像希瓦王宫工匠那般独具神韵就更不容易。何况那份国书，大家都是只知大意，未见真迹。不知道具体文辞、书写格式、国玺模样等。因此，业界高手追逐、攀比了一阵子，发现让人打眼实在不容易，慢慢地就都望洋兴叹，销声匿迹了。

红胡子雅霍甫年轻时抢劫过文物，也盗窃过文物，对文物略知一二，但他并不喜欢收藏文物。可上帝的安排谁也说不清，机缘巧合，真正的羊脂玉枕最后却落到了他手中。

那年阿古柏兵败自杀。他身边有个近臣逃到了古城子，却被人识破，抓进了县衙大牢。眼看要杀头，那人就大喊着点名要见红胡子雅霍甫。红胡子去了一看，那近臣却是当年他在比什凯克认识的一个文物贩子。那人提出要用真正的羊脂玉枕换命，请红胡子帮忙。

两人密谈之后，红胡子就花巨资上下打点，还派人到迪化，给那人办了俄国国籍。最终是把那人保出来，进了合富洋行。那人也就兑现承诺，从城外挖出羊脂玉枕，送给了红胡子。

本来把那人捞出来，红胡子是秘密进行的。但他花了大价钱，心里不踏实——虽然他是安集延人，能看懂希瓦文字，对文物也略知一二。可他对自己没信心，就轮番地请各路专家掌眼看货，直到完全踏实，才放那人归国。而到了那时，红胡子有件国宝羊脂玉枕的事儿，在古城子也就摇了盒盒子[h]，没秘密可言了。

——以上故事，跟何坨子无关，我只是为了让您轻松一下。

跟何坨子有关的故事如下：

那天红胡子正在白石头楼的阁楼上边喝茶、边思考把羊脂玉枕藏在哪里最安全。忽然看到院外街上有伙人摆着地摊在叫卖古董文物——自从有了羊脂玉枕后，他对这一行当也提高了关注度。他就想出去看看。

就在这时，铁老鼠来了，说："外面来了一伙安西客，在倒卖古董、文物，其中就有羊脂玉枕。"

---

[h] 链接　这个词儿的来源值得一说。众所周知，当年丝路上有一种挑担货郎，手里拿个类似拨浪鼓的铁盒子，里面装着石子。所到之处，哗啦哗啦地一摇，人便知道卖货的来了。后来人们就把一件事情被弄得很张扬，路人皆知，形象地叫作摇了盒盒子。

红胡子知道那是赝品，就轻蔑地笑了笑。

铁老鼠又说："这伙人边吆喝边讲希瓦汗国亡国的故事，好像要出手那个羊脂玉枕啊。"

红胡子发现铁老鼠说话时脸上的表情神秘莫测，极具诱导性。就盯着铁老鼠的脸研究了一会儿，忽然他有了彻悟：

"那个赝品做得像吗？"

"像，很像，跟您的简直一模一样。"

红胡子一击掌，指着铁老鼠命令："不能让他们再叫卖了！去，立刻把他们全部叫到这儿来！"

铁老鼠把那伙安西客带进洋行后，连自己也吓了一跳：红胡子在几分钟内就集合了洋行的全部希卡，个个刀枪在手，满脸杀气地站在院里。

那伙安西客一看这阵势当时就有人瘫倒在了地上。

"把你们的玩意儿，全部拿到我跟前来，让我看看。"红胡子双手拄着马刀，腆着肚子，傲慢地下令。

那伙人忙不迭地把真假古董以及死人的物件儿，围着红胡子摆了一圈。

红胡子发现，东西不多，十几件而已，且多是不值钱的冥器。就把马刀扔给身边的希卡，一言不发地看了一圈。然后捡起地上的羊脂玉枕赝品，对着太阳光仔细端详，嘴里还念念有词地读上面的国书。

很久之后，红胡子把赝品羊脂玉枕递给身边的铁老鼠，突然就甩开粗腿，一脚踢碎了脚下的一个瓷壶，接着发疯般大笑着踢、踏脚下的真假文物。红胡子穿着大马靴，瓷器不是被他踢飞，就是被他踢碎。而金属器皿则在他残忍的踩踏中，迅速变形，曲扭……

安西客们吓得趴在地上，磕头如捣蒜。

许久，红胡子才停止了狂笑，说了句："这些，全部，多少钱？"

安西客们唯唯诺诺，报不出一个完整的价来。

红胡子倒也慷慨，从佣人手中接过一个皮囊，扔给了安西客们。

买卖人听银子落地的声音就知道，这袋子银圆买下那堆真假玩意儿，绰绰有余，只多不少。

安西客们千恩万谢，正要告辞。红胡子突然发问：“你们从哪里来？要到哪里去？”

安西客们急忙回答：“我们从安西来，要回安西去。”

红胡子点点头，却一摆手，从他身后就窜出了一条德国黑背大狼狗——它应该是亚历山大的父亲或者爷爷——它冲出来低吼一声，就制止住了安西客们移动的脚步。这时安西客中有人直接哭了起来。

红胡子却笑了，“不要怕。”说着一挥手，就有佣人扔出了一只被绑了腿的兔子，大狼狗立刻扑了上去。

兔子被绑了腿，连滚带爬躲避了几下，最终被大狼狗一口咬住。在大狼狗前爪和獠牙的配合下，迅速被撕碎，吞噬……

兔子无影无踪后，大狼狗冲着安西客们低沉地狂吠了几声，嘴里还喷出了鲜红的血星子。

安西客们无一例外，或瘫坐在地，或跪在地上。

红胡子走到安西客身边，边踱步边一字一顿地说（注意，我没打引号）：我看你们是帮卑贱的农民！文物古董，是你们搞的吗？快回家种地去！从今天起，你们中间再有谁在古城子——不，在整个北丝路上——干倒腾文物的名堂，我就让他成为一只喂狗的兔子！明白了吗？

安西客们唯唯诺诺，急忙应着明白了，记住了。

“滚！”红胡子爆喊一声。

那队人里却有人已经站不起来了。站起来的也多数裤裆里一股骚臭味。

红胡子一看，就笑着伸出一根手指头：“我喊三声，你们中间如果有谁还跑不出这个院子的话，那就留下来给我的狼狗卡巴做晚餐吧。一！二！——”

他的第三声还没喊出来，那伙人已经或连滚带爬，或抱头鼠窜到了门外……

后来，这伙安西客跑到木垒驿，撞上何坨子，就再也不敢说自己是买卖古董的了。

这个故事您会不会也觉得跟何坨子无关？如果您这么想，我认为也毫不奇怪，很正常。因为即便是当时的目击者，也没有一个人认为它和何坨子有什么关系。更何况时隔百年，您又不在现场。

退一步说，就连何坨子本人至死也不知道这事跟他有关。

其实这是导致何坨子夫妇遭遇“羊脂玉枕事件”的直接原因，没有之一。

4

“羊脂玉枕事件”后来也摇了盒盒子，半城人都知道。

安西客跑出古城子的当天，红胡子就把钱老三叫来，说：今年花花沟的烟花大丰收，我们洋行要大量收购，转运河中、阿富汗。资金周转有点不方便，想把羊脂玉枕转手兑现……

钱老三假装很激动，说：“谢谢大商约！羊脂玉枕是希瓦国宝，能买下古城子半条街呢。您能相中我做中保，给我这买卖，那是抬举我。谢谢您，谢谢您！”

说着拱手作揖。

红胡子说：“行了，别啰嗦了。”就从柜子里拿出个盒子，打开，捧出羊脂玉枕，要递给钱老三。

也许是被羊脂玉枕光彩夺目的神韵吓住了，钱老三急忙摆手，往后躲，不接。“大商约，您别逗我了！你们这行的规矩，我懂。这是瓷器，不能手过手，怕碎（cei）了……”

红胡子就笑骂着把玉枕放到了圆桌上，做了请看的手势。

钱老三先不伸手，而是围着桌子转圈。边转边赞叹：“这是无价之宝啊，今天您真是让我大开眼界了，好，好啊！”

末了，才双手托起羊脂玉枕，捧到窗户边，细细观察，还是边看边絮叨：“啊，这是希瓦的国宝啊，原来它就是这样的……宝贝，可真是宝贝啊！”

赞叹完了又把羊脂玉枕小心翼翼放回圆桌，才对红胡子说：“这古城子里，能有钱一下子把这宝贝接手过去的人，也不多。您先收好，我这就给您找那些大老板去，打探消息。”

之后好多天，钱老三不但没有打探来消息，连自己也没了消息。

红胡子派人一打听，却说钱老三欠了人钱，不知道跑哪儿躲债去了。

又有一天，何坨子家的邻居海黑子到洋行送面——红胡子吃面包讲究，烤面包的面粉都是海黑子的磨坊特供。海黑子怕出意外，每次都是亲自来送。

那天红胡子正在阁楼阳台上喝茶，看见海黑子来送面，就把他叫上了阁楼。

“听说你是福建泉州人？”

海黑子说：“就是就是。”

红胡子就问海黑子：“你们福建有个德化，出一种像和田羊脂白玉一样的瓷，你知道吗？”

海黑子说：“知道，当然知道。你的羊脂玉枕不就是德化的羊脂玉瓷吗？”

红胡子就笑了，说：“嗯，看来你还懂行嘛！”说着便把羊脂玉枕拿出来，边说边往海黑子手里递，“那你给我看看！是不是你们德化的瓷？”

海黑子连连摆手说：“我就是下苦磨面粉的。以前在泉州也就是买卖暹罗大米，干的是粗活。没弄过瓷器，不懂啊。”

红胡子很不高兴，说：“那你觉得古城子谁懂？”

海黑子说：“古城子不是有古玩瓷器店吗？那些老板们、师傅们，不懂？还有当铺的那些师傅，他们不是都通晓各类古董玉玩、陶瓷器皿的真假吗？”

红胡子火了：“老子就是不想给他们开眼界的机会！”

海黑子这时忽然就想起了何坨子，就说：“我家邻居何坨子，是旗人。祖上很会吃喝玩乐，应该懂瓷器。喜欢古玩字画的旗人不是多吗？”

“哦，”红胡子一下子来了兴趣，“就是县衙那个，管水闸的何坨子？那你给他说说，让来帮我看看。”

海黑子走后，红胡子忽然想起半个月前，何坨子娶亲，说是娶了个漂亮媳妇。当时还不自量力地给他发了帖子。他没理，把帖子扔到了一边。说不定这个何坨子正怨恨着，不会来呢。

这么想着，他也就把何坨子抛到了脑后。

没想到，当天晚饭时，何坨子却来了。手中的银坨子哗啦哗啦地响，很有范儿的样子："海黑子说，大商约找我？"

红胡子看不惯那个劲儿，但还是忍了，说："你娶亲的时候，我正忙，没去成，你没生气吧？"

"嗨，哪能呢？当年我家祖上从龙入关——"

红胡子一听何坨子又要谝闲传，就一把揪住了他领子说："你祖上到底是什么？"

何坨子先说是佐领，后说是参领。

"行啦，不管你先人是干啥的。我问你，懂瓷器吗？"

"这个……当然懂。"

红胡子就指了指面前的圆桌。那上面放着个银匣子，盖着丝绸方巾。何坨子一看，就上前掀开了盖布，打开了银匣子，里面正是羊脂玉枕。

何坨子拿起来一看，乐了。这个他还真懂点儿。

"羊脂玉嘛！"何坨子脱口而出。他知道红胡子有个羊脂玉枕，再加上撒拉尔是瓷器修补匠的女儿，给人家补过这种瓷，也给他讲过羊脂玉瓷。

"你放屁嘛！这不是玉石。"

"啥？咋骂人呢？我是说，这叫羊脂玉瓷。"

"哦哦，你知道羊脂玉瓷？"

"是哦，德化窑的。德化早在唐朝时就开始为宫廷烧制羊脂玉瓷了，嗯，所谓术业有专攻，景德镇擅长釉下彩，醴陵擅长釉上彩，而德化就擅长这种亚光的瓷器……"

"看来你这个何坨子，还真知道。"

"咱何家老先人在的时候，喝茶吃饭都用过这种羊脂玉瓷。我们何家，虽然不是王爷、贝勒，但老先人也是在福州城，抓过朱家皇帝的。皇上赏的铁杆庄稼。我小时候，光打碎的羊脂玉瓷，咋说也得伸出两个巴掌数指头……"

“你们家这么用的东西，那能值钱吗？”

“球！太值钱了。”何坨子看到底足上的落款，也吓了一跳，“这是明朝的玩意儿。值钱，真的值钱。”

红胡子笑了，就让胖厨娘上了手抓肉，酒菜。

何坨子也高兴——太多年没人拿他当回事儿了。他一高兴就喝多了。

有一种人喝多了就手抖。何坨子就是。他小时候得过羊角风。

本来羊脂玉枕已经安放在了大柜上，可何坨子为了显摆，又把它拿了起来。“我给你说呀，这种瓷啊！一般人不懂，都当是和田羊脂料子——”

他刚吃过手抓肉，手上有油，又手抖。一滑一抖，玉枕脱手了！

玉枕在地板上发出了清脆悦耳的爆裂声！

德化瓷薄，易碎。羊脂玉枕又是雕花镂空工艺，只在地板上弹跳了两下，就摔成了十多个大小不等的碎片。

何坨子傻了。

暴跳如雷的红胡子立刻让希卡们把他拖进了地下室。

5

百年前的古城子是个不夜城。当晚，何坨子打碎了羊脂玉枕的消息就传遍了半个城。有人弹冠相庆，有人扼腕叹息。只有杨记典当行的账房王二麻子不以为然，摇头说：“这事儿……听着不真。”

典当行是个有技术、有学问的地方。其中的业主及雇工多通晓市场上各类物品的价格、新旧、好坏的鉴别，尤其是对金银首饰、古董玉玩、陶瓷器皿，名人字画、房产地契等的真假或金银含量的识别鉴定更是各有秘籍。正因为此，他们通常对不关自己买卖的物品，总是三缄其口，很少妄议。但王二麻子当时年轻，逞能，不但把这话给掌柜的神拳杨说了，后来还出言不慎，让铁老鼠也听到了。这就为日后杨记典当行的灾难埋下了祸根。

当然这是后话。

子夜时分，满街找何坨子的撒拉尔，也知道了这个消息，她就跑去叩开了合富洋行的大门。

她说她有手艺，能补好羊脂玉枕。玉枕上面的字儿，就是当年她爷爷錾刻上的。

打碎的瓷器还补？又不是户儿家吃饭的碗！连看门的希卡听了撒拉尔的话都笑了。但还是有个好心的希卡，把撒拉尔带进了白石头楼。

风情万种的撒拉尔，貌美如花。进门后，还没说话，红胡子的灰眸子就被照亮了。

瓷器打碎了，补得再好，也值不了几个钱，傻子都明白这个道理。可红胡子傻傻地看了撒拉尔半晌，一挥手，真的就放何坨子回家了。

6

撒拉尔去合富洋行修补羊脂玉枕。三天未回。

三天后，撒拉尔回来，低着头，红着眼圈对何坨子说：想拿回来补，洋行不让。

隔天，希卡头目拉孜来传话，说：补得不行。还得去。

撒拉尔又是三天未回。

三天后，撒拉尔回来，一语不发地看何坨子。

何坨子说：你是去修补玉枕，还是去滋补红胡子啊？

撒拉尔乜斜着眼看着何坨子说：你说呢？

何坨子正要发作，撒拉尔又说：红胡子说了，补得再好也不行。要赔钱。

赔多少？何坨子腿都软了。

撒拉尔指了指脚下：就这个院子……他要两院房子的钱。

两院房子？咱家在古城子，就这一院房子！赔一院房子出去，咱就得滚出古城子！

那咋办？

啥叫咋办？你去给说说啊。咱家没钱赔呀！两院房子，这不要了人命吗？再说，碎是碎了，东西还在呀！

我去了，就又几天回不来了……要不，咱们去雀仁庄子吧！那里不是你老家吗，还有房子，有地。

啥？你真要让我滚出古城子呀？！你去几天咋了？又死不了！

撒拉尔朝何坨子脸跟前啐了口唾沫，抹着眼泪去了。

又是两天没回。

两天后，撒拉尔回来，说：免了一院房子。

还是赔不起啊！你再去给说说。

撒拉尔哭着抹干泪，又出门去了合富洋行。

又是三天未回。

后来，两院房子都免了赔钱。可撒拉尔怀孕了。

7

八个月后，撒拉尔早产，生下了一个混血丫头，金发碧眼。何坨子怒火冲天，天天对着撒拉尔又打又骂。她羞愤难当，却一言不发，忍受着何坨子的责骂，甚至踢打。

可何坨子气性大，在孩子满月之后，抱着丫头，要去找红胡子。

撒拉尔没办法，才说："那不是他的孩子，不是！"

"啥？那是谁的？"

撒拉尔就讲了自己的不幸遭遇。

何坨子听了不以为然，愤愤地强调："管他妈什么七锅豆腐（契阔夫），八锅豆腐！什么哥萨克军官！那是远在天边的牲口，上哪儿找去？红胡子占了你的便宜，这账就要算在他头上！"

撒拉尔哭得恓惶泪掉："你算在红胡子头上，又能怎么样？孩子是我的呀！"

"算在他头上，他就得给我赔钱！不赔他就养活你生的这个杂种孽种！"

何坨子说到做到，不管官司能不能打赢，把红胡子告到了县衙。弄得满城风雨，路人皆知。他还趁撒拉尔没注意，抱上不满两个月的丫头，冲进白石头楼，撒泼打滚地闹……

红胡子的老婆开始拒绝认领这个连名字都没有的丫头。后来，她被红胡子抽了一顿鞭子，就收下了孩子，取名珠娅。

何坨子没要上抚养费，官司不了了之。

何坨子鸡飞蛋打，赔了丫头，还没得上钱，羞愤难当。就干脆把院子租给海黑子，带着撒拉尔去了雀仁庄子。

而红胡子的老婆则在半年后，偷偷让胖厨娘把珠娅卖到了迪化。

8

何坨子带着撒拉尔回到雀仁庄子，日子倒还平顺。来年，就生了龙凤胎。女儿双喜，身材随娘，长相也有点儿二转子味道。儿子三喜，有羊角风病，长相随爹。

生了龙凤胎，何坨子觉得有面子，就又张狂起来，成天拿着几枚银坨子，耍得哗啦哗啦响，腰杆还挺得很直。有人看不惯，觉得一个老婆让人睡了的人，还这副做派，恬不知耻。就当众挖苦：何坨子！你这双胞胎，咋叫双喜、三喜哩？那大喜呢，是留在古城子啦？

那人也损，意思是你在古城子生的那个丫头，是你老婆让红胡子弄了后，生出来的，你当我们不知道呢。

不料很爱抬杠吹牛的何坨子，却不动怒，反而挑衅地仰着脸冲那人说：

你懂个鸟呀！我娶撒拉尔，那就叫大喜。

那人还不知趣：那你家这辈分咋分的？老婆是大喜，生下的娃却叫双喜、三喜。

何坨子说：你他妈黑肚子，没文化！知道老子吗？老子说过，一生二，二生三，三生万物。懂吗？

那人是读过四书五经的，并非黑肚子。可被何坨子这么一说，竟也傻了，无言可对。只能在众人的哄笑声中，灰头土脸地走了。

至此何坨子的腰挺得更直，脸扬得更高了。

何坨子就这么在雀仁庄子很滋润地住了几年，后来又带着老婆孩子，回了古城子。

那时候，古城子人已经把他和红胡子之间的恩怨，淡忘了许多。大家觉得红胡子那么值钱的羊脂玉枕，让何坨子打掉了，虽说是重新又补了，但瓷器碎了，补得再好，也只能是个玩意儿，不值钱了，红胡子等于遭受了巨额损失。而何坨子呢，老婆让人家睡了，还生了个丫头。这损失也大，两相一抵，似乎大致也能拉平……

古城子人这么想。何坨子呢，也这么想。渐渐地，他和红胡子的梁子也就让时间磨得越来越浅了。

可就在这时候，平地一声惊雷，新的事端又发生了。

作为母亲，撒拉尔最初几年一想到自己的女儿，就会悄悄落泪。后来知道女儿是被送到了胖厨娘在迪化的亲戚家，取名珠娅，当了人家的女儿。虽然她也哭了，但毕竟心里踏实了很多，慢慢地，也就不再哭了。

不哭是不哭，但当妈的哪能不操心孩子呢。撒拉尔就总趁何坨子不在的时候，偷偷去找胖厨娘，打听女儿珠娅的下落。起先，胖厨娘说，她的亲戚去了喀什噶尔，她也联系不上。后来又说，珠娅是红胡子的乌克兰太太卖给她家亲戚的。再后来又说，那家人不是她的亲戚。反正随着她和撒拉尔感情的增进，关系的密切，她的话越来越接近真相：当初，红胡子的太太是把珠娅卖给了胖厨娘的亲戚。她的那个亲戚没孩子，就把珠娅当女儿。后来那家人的太太突然自己生了孩子，而且就像渠道开了闸，一生就年年生，一口气生了四个孩子。她的亲戚就把珠娅送给了迪化的一个安集延人。那人是个贩马的，常年在丝路上到处跑。后来和她亲戚家也没联系了，甚至那人是死是活，现在也不知道了……

撒拉尔听了，大哭一场，也就渐渐不再惦记珠娅了。

可就在那年的某一天，胖厨娘来找撒拉尔了，主动说：那个贩马的安集延人有下落了。他现在家破人亡，就在迪化的一家赌场，给人家下夜喂马。

“那珠娅呢？”

“听说……被这个狗东西给卖掉了。”

“卖掉了？卖哪儿了？”

“女人能被卖哪儿呢？只能是窑子吧。”胖厨娘说这话时，下意识地用手护了一下脸，可能是怕撒拉尔的耳光。

“可我的珠娅，她才十岁呀！”撒拉尔尖叫了一声，就跑了。

撒拉尔一跑就跑到了迪化。也许是母女感应，她在迪化历经千辛万苦，三天后还就神奇地找到了珠娅，当时珠娅已经叫了艺名柳芭。撒拉尔想把珠娅带回来。可是老鸨不干，要一笔高额赎金。她就跑回来，哀求何坨子，要卖房子卖地，赎回珠娅。

何坨子大怒，将撒拉尔一顿臭揍，说：“你这个猪脑袋！人是合富洋行的红胡子卖到迪化的。要赎人，你去跟他们要赎金呀！”

撒拉尔羞愤难当，就跑到了合富洋行，又哭又闹，要他们赎人。

“我的珠娅，才十岁呀！窑子里的规矩，十三岁才接客。快！给我钱。现在赎人还来得及……”撒拉尔说得声情并茂。

可红胡子的老婆没被感动，不干。

红胡子是否被感动，不知道！反正他始终没下阁楼。那时候的撒拉尔毕竟已是生过三个孩子的母亲，又在雀仁庄子，风吹日晒，操持内外家务。在红胡子眼里，当然是人老珠黄。因此当她敞胸露怀，哭喊着硬闯进合富院子时，红胡子在阁楼上只看了她一眼，就给希卡们下了命令：不许这个女人进楼来！

后来他嫌撒拉尔的吵闹影响他午休，就又俯身朝院里的希卡们下了指令：把这个女人拖出去！

哭闹中的撒拉尔愣愣地看着红胡子消失后，一时想不开，居然对着白石头楼的墙角，一头撞了过去……

撒拉尔死后，何坨子就找了官府。嚷嚷：“我家祖上，从龙入关。虽然不是王爷，那也是炮轰福州，抓过朱家皇帝的……”

当时的知县还是科举考上的，文人，从内地千里做官到的古城子，不容易。其家里又是世代耕读，没遇上过祖上像何家这么厉害的，心里害怕，居然就下了公堂，请何坨子上座。自己先端端正正作了个揖，才问何坨子：您老这官司要咋办？

何坨子自然是狮子大张口，不但要合富洋行拿出巨额资金赔偿，还要给他一笔珠娅的赎金。

那时候，大清的官吏们怕洋人还没有怕到骨髓里。知县就真坐了轿子，去合富跟红胡子交涉去了。

何坨子关于祖上的牛皮，能吓唬百姓，吓唬官家，可吓唬不了洋人红胡子。

知县虽百般调解，红胡子最终也只是给何坨子赔了一些丧葬费，没给他一分珠娅的赎金。

何坨子当然也没去赎珠娅，但从此他与红胡子便仇怨难解了。

第三节

1

何坨子状告红胡子没得上便宜，却有了意外收获：他发现知县是个汉人，怕旗人，更怕祖上“从龙入关”的旗人。自此，何坨子就更加以旗人自居，时常到衙门里撒泼耍赖，说祖上的事儿，吓唬知县。后来他就由一个闸官成了巡检。

清制，巡检就是在各州、县的关隘、渡口等要冲之地设巡检司，掌缉捕盗贼、盘诘奸伪之事。相当于现在的派出所。

巡检司的巡检为从九品。何坨子当上了巡检，虽然没俸银，但有了“品”，就是官了。人就更张狂，成天哗啦哗啦地打着银坨子，边听响儿，边跟人说话。三句话就是他祖上：“我家祖上，从龙入关。虽然不是王爷，那也是炮轰福州，抓过朱家皇帝的……”

何坨子嚷着嚷着，那个汉人知县就没了。再嚷着嚷着，红胡子就死了。

2

何坨子是巡检，红胡子雅霍甫死了，洋行当然得请他过目。

他和铁老鼠、皮斯特尔都没仇。看到红胡子雅霍甫青紫的尸体，他满心喜悦。但还是不露声色地问这问那，以公事公办的样子表达了这样的意见：此案蹊跷。在没有抓到嫌犯之前，不能草率结案。从现场勘验情况来看，凶手不能只锁定在那个叫花子刘天亮一人身上，当天在场的其他人也有嫌疑……

他看到，当他说这些话时，铁老鼠的眼神里流露出了明显的不安，黄胡子也像秋蝉的翅翼在抖。这让他很得意。

辛亥年的这一天，是何坨子很得意的一天。

回到家，女儿双喜向他报告：汪妈今天骂了海黑子。海黑子急了，砸了自家的招牌。

这事儿葱头一回到车马店，当时就给他报告了。但他还是心满意足地跷着二郎腿，听双喜给他汇报了一遍详细经过，然后大度地一挥手说："汪妈的钱，老子肯定给她。不会少！"说罢就蹑手蹑脚地出去，满心欢喜地偷窥邻居家被砸了招牌的院门……

何坨子和海黑子有过节。

何坨子打光棍的时候，认识了贩卖暹罗大米的海黑子。海黑子初到古城子时，米卖不完，就寄放在何坨子家。何坨子家院子大，他常做这种尾货生意——就是人家的货当天卖不完时，他就收了，放自家院里慢慢卖。

一来二去，两人就成了朋友。加上何坨子当时要和撒拉尔成亲，办喜事，缺钱，就把院子割了一半，卖给了海家。

可接下来就发生了羊脂玉枕事件。事件过后，何坨子痛定思痛，怀疑海黑子是串通了红胡子，故意整他。从此就与海黑子反目。

海黑子为人老实，为了羊脂玉枕的事，还专门过来道过歉，送过钱。可越是这样，何坨子就越怀疑海黑子。再加上近两年海黑子的磨坊越做越顺，光姨太太就娶了三房，而何坨子自撒拉尔死后，就再没机会续弦。光棍一个，看着人家年年娶姨太太，心里就恨得牙痒痒。常常就琢磨着法儿，想把海黑子撵走……

何坨子出门，站在街上，假装闲溜达，刚偷窥了两眼海黑子家的院门，合富洋行的希卡头日拉孜就骑马而至，见了他，滚鞍下马，还作了个揖："何巡检，我正找你呢……"

何坨子一看拉孜胸怀鼓鼓的，就笑了，做了个请进的手势。

拉孜一进屋就急匆匆地说："何大人，你是巡检。我们给于知县也说了，那个逃跑的刘天亮，是个杀人的嫌疑犯，你得抓人呢！"

拉孜说着就从怀里掏出了一袋银币，说是新老板铁尔森给的。

"你们不是城里城外地在抓吗？当我不知道？"何坨子看着拉孜把那袋银币在方桌上搁好，才冲他诡异地笑了笑，说，"行了，回去告诉铁老鼠，赶紧抓人吧，迟了人跑没了，可就麻烦了。"

何坨子的话等于默认了合富洋行抓人的合法性。

拉孜走后，何坨子笑逐颜开地正数着银币，双喜却闯了进来，看见银币，问："爹，这是咋啦？"

何坨子无法掩饰心中的喜悦，却故作淡定地说："你收拾一下，明儿一早回雀仁庄子。叫上你弟，去给你妈坟上烧个香，磕个头。就说，红胡子雅霍甫死了！"

"红胡子死了？咋死的？"双喜问着话，欢喜得眼里就流出了泪。

"行了。明天到你妈坟头上哭去！现在快收拾东西去。"

但双喜还是任性地又哭了一会儿，才抽抽搭搭地止了哭，质问何坨子："爹，你多少年没到我妈的坟上去了？"她没娘管教，父亲又惯，平时说话就少些礼数。

"你先去。我忙完了手头的事儿，就给你妈上坟。"何坨子叹了口气说。

3

何坨子没吃夜宵的习惯，但这天，他亲自下厨，弄了两个小菜，一盘花生米，还烫了壶酒。哼着小调，边吃边喝。到了后半夜，才喜滋滋地睡下，还做了个娶媳妇的美梦。

天刚亮，洋行的拉孜又来了，又送了一袋儿银币。

拉孜说："人没抓住。铁尔森老板说，还得请你帮忙哩，该查的查，该抓的抓！"

何坨子心里爽，收了银币心里更爽。送走了拉孜后，他一个回笼觉睡到了快中午，才起来吃饭。饭后，他套上驴车，送女儿双喜出城。之后，他才在回来的路上，一路哗啦着银坨子，招呼了些人到他家里开会。——何坨子当巡检，在县衙里没俸禄，也没办公室，只能在家里办公，但他还是乐意当。

何坨子是巡检，熟的多是些泼皮无赖、烟鬼人渣或有前科的人。钟爷家的短工尕老汉自然也在其中——当时，他正在一家茶叶店前，和人家讨价还价。

何坨子一把揪住尕老汉的脖子，把他拽了出来："狗日的，人家都把茶叶卖成了韭菜的价，你还讨价哩？是想偷摸些啥呢吗？走！找你有事儿。"

尕老汉并不是个老汉，应该只有三十多岁，但弯腰驼背，面黄皮瘦，成天咳嗽，像个干缩的大虾米。他这副样子，任谁看都像个老汉，还是个迟钝、昏聩的老汉。其实，尕老汉是何坨子最得力的线人，就是今天我们常说的暗探。

叫上了尕老汉后，他又顺路叫了干腿子、何大傻等几个人。最后，他还特意进了医官孟长寿的中药铺，请了孟长寿一同开会。——他也很想知道，红胡子是让啥药毒死的。

何坨子开会很简单，无非是让孟长寿把人被狗咬了后的情状说一说。然后他就把尕老汉、干腿子、李小头、狗娃、何大傻等吓唬一通，让他们说谁看见刘天亮了。

大家都说不认识刘天亮。李小头说，他送棺材时，听说洋行来了个洋丫头，姓刘，叫什么刘（柳）芭，听说漂亮得很！

何大傻、狗娃就嚷嚷：你没见过这个柳芭，咋知道漂亮得很？

何坨子也听说洋行来过个叫柳芭的洋丫头，但他没见过，更不知道柳芭就是当年的珠娅。他一听这帮锤子货们跑了题，就一拍桌子："胡扯啥呢？老子让你们说刘天亮，男的！"

众人就又说，不知道长啥样嘛！

"一个从干沟那边过来的贼猕，穿得就像个叫花子，脚上穿个皮窝子，腰里扎根毛绳儿，肩上挎着个褡裢……"何坨子按铁老鼠他们的描述，给大家说着说着突然发现，他自己好像见过这个人，就在驼二婶的车马店。当时，他和老秦正要去洋行，上马时好像见过这么个人……

但他没把这个线索告诉大家。何坨子并不想真的抓谁，他就是好奇，想知道刘天亮是不是真的毒杀了红胡子。他对刘天亮从心里还有些怯怕，有些佩服，有些感激。

大家都说这副打扮的人，古城子多了去了，这谁能分得出来呀?

何坨子就又骂又吓唬：“都四处打听去，打听上了，给我来报信。”

李小头想邀功，说：“早上听东门外有人说，有个瘸子，在黑沟，让人扔到了矿井里……是不是就是这个刘天亮？”

“球的话！那个瘸子是在黑沟客栈里，想跟老板娘黑牡丹胡搞，让矿警给抓住了。打了半晚上，天麻麻亮时给打死球了。人家就把他扔到矿井里去了……”

“胡说八道！你咋知道的？”

“我兄弟亲眼所见呀，咋了？”

何坨子一看这帮贼锤子，又跑了题，就厉声断喝：“行了，不管是啥都给我打听去！听见没有？”

众人一看何巡检火了，就都点头承诺，答应四处打听。

会于是开完了。

何坨子等人都散了后，便独自去了驼二婶的车马店，他想暗中侦探一下天亮的下落。

第四章
海娜花开

第一节

1

那条硕壮的洋狗亚历山大在天亮走后的第二天就死了。

事实上，它在咬天亮之前就中了毒。铁老鼠在武夷红茶和牛排里都下了毒。这条带毒的德国黑背咬伤天亮的后果是缓慢而致命的（这和它的生命死亡过程很一致）：天亮最初毫无感觉，他抓了把墙根土往伤口上一敷，用条破布缠了一下就健步如飞了。

应该说他体内的毒素是在喝了何坨子家井里的凉水后，冷热相激，阴气上扬，以致他刚出城就发作了。但他当时忙着制服惊马，又被林拐子的言行弄得心慌，很紧张，神经也就麻木得感觉不到啥了。他一口气跑出了五六里地，回头张望已经看不清古城子了，于是放缓脚步想缓口气。就在这时他突然头晕眼花，浑身打抖。

此时已经夜色降临，阒无一人的河滩上暖风习习，野狼哀号。他不敢停步，踉踉跄跄勉强支撑到沙枣梁子，觉得焦渴难耐，眼冒金星，就捧起河床上的一洼污水想喝，结果一头栽倒，一夜未醒。

很幸运，他没被过水冲走，也没被野狼吃掉。

天明之后，他被一条名叫大黑的狗救了命。

大黑是一条来自阿山草原的牧羊狗，忠诚且有灵性。那天清晨，钟爷的两个孙女云朵、迎儿带着大黑去梁子下的地里采撷海娜花（又名指甲草、金凤花），大黑就发现了天亮。

“大黑也不知道咋了，一出门就跳着叫着往梁子外面跑，喊都喊不住。我和迎儿都觉得怪，慢慢跟过去。一出梁子，就见了他！唉，没让狼吃掉，算他命大……”多年后，云朵奶奶回忆这段往事依然眼含恐惧，不住地摇头叹息。她说，当时天亮就像一匹干死在戈壁上的马驹子，静静地戳在淤泥中。由于高烧干渴，他将半个脸和一双手全攮在淤泥中，高高撅起的大腚可笑地正对着彤红的朝暾。

云朵奶奶承认，要不是天亮的那姿势引诱出她强烈的好奇心，她绝不会和妹妹迎儿有那么大的胆子走近他。然而，当她和迎儿把天亮的脑袋像拔一颗青萝卜那样拔出淤泥时，她便悲哀地发现，她注定是要跟着这个满脸污泥以致眉目不清的汉子吃苦受累一辈子了。

“老牛破车的疙瘩绳，鸡扒狗剩的可怜人，你奶奶就是这么个苦命人么！唉，当时是迎儿看他孽张（令人怜悯之意），非要救呢，那丫头精灵得很！”几十年后，云朵奶奶总结她在那个红彤彤的清晨去采海娜花结果采来了自己倒霉的一世婚姻时这么说。但当时，她却和迎儿把天亮拖进了沙枣梁子。据说当时迎儿吓得大哭但还是死死地拖着天亮的一条胳膊。

“没办法，人家叫天亮，我叫云朵。人家是天，我是云么。云能跑出天吗？唉，生下来就是人家的人，得受人家欺负一辈子，跑都没处跑……”这是云朵奶奶对她婚姻的经典解释。

那是个海娜花盛开的季节。

2

在张骞凿空西域的那个年代，沙枣梁子至涅槃河两岸，长年杨柳依依，雨雪霏霏。后来杨柳没了，留下的只有耐旱的沙枣树。而到了天亮来闯荡的年代，河两岸连乔木都没了，除了红柳梭梭，就是芦荻萧萧了。不过，梁子上的沙枣树还在。只是少，少得依稀可辨，屈指可数。它们到了春夏相交之际，也会花香弥漫，随风翻涌。几十里外的骆驼客，顺风都能嗅到。

钟则林钟爷家就在沙枣梁子的阳坡上。

门前一棵大柳树，

进门一棵沙枣树。

树下坐个倔老汉，

吼得狗吠花乱跑。

这是当年古城子知县于文迪对钟爷家的描绘。虽属戏谑之言，却也并不失实。钟爷家院门前确实有棵梁子上十分罕见的旱柳树，院子里也有棵沙枣树。至于看家狗大黑，您已经知道了，它救了天亮的命。而被“吼”得满屋院跑着忙乎的“花”，我想您也猜出来了，就是云朵和迎儿，她们是有名的姊妹花。至于树下的倔老汉嘛，当然是指于知县的同窗好友钟爷了。

其实钟爷不算“倔”，也极少吼。于知县是戏谑同窗，言辞自然要夸张些。《古城图志》上有钟爷的列传，写的就比较中肯。说他幼而聪颖，博闻强记。道光年间遭遇“庚子风灾”，童年失怙，八岁随林则徐大人进疆。随后游历天山北六县、南八城，求学迪化、伊犁等地。长而有志有节，娶了清军将领蒙乾的四格格，生有三子一女。除幼子外，皆在抗击阿古柏的战斗中为国殉难。而他本人则在迪化陷落时，虽腿部受伤，依然不屈不挠，浴血奋战。后来到了古城驿，又自任“管带”，组织大批流亡者和当地民众，编成民团，筑修旧城，扩建新城，在涅槃河东岸与敌对峙多年。期间还与抗敌英雄徐学功[x]多次联手，攻打迪化，屡建奇功。因

[x] 链接　徐学功（1843—1912），字仲敏，清末武将、民团首领，新疆近代史上的反侵略英雄。同治九年阿古柏入侵迪化，因其抗击阿古柏侵略有功，获赏“巴图鲁”名号。

此作为一介书生，他竟获得过“巴图鲁”的英雄称号。

后来，左宗棠收复新疆，先后任命他为古城驿管带、游击，他均辞而不受。反倒以手击壤，悲歌长哭地走了。后来皇上降旨：着钟则林为古城驿县丞。

没想到，钟爷居然也抗旨不遵。他以腿疾为由，躲在北沙窝边上的沙枣梁子，拒不赴任。

奇人有怪事。怪的是，朝廷也并未因此降罪于他。

更奇怪的是，自此之后古城子也再没配过县丞。

所以，认真说起来，钟爷还是古城子县丞。虽然他没上过一天班，也没拿过一分俸禄，也没认过这个官职。

钟爷生于渔村，略通农事。辛亥年前后，古城子女子时兴用海娜花汁染红指甲，钟爷便让短工们年年在地里间种些海娜花，开花时节让云朵、迎儿拎篮去卖，换些盐油钱。结果，云朵姐妹获得了海娜姑娘的称号，并在辛亥年秋天遇上了昏迷不醒的天亮。

3

据说天亮被云朵、迎儿从淤泥里拖出来时，他还闭着眼摇了摇头，嘟囔了一句：“……跌倒拾银子。”之后就像一个吃了蒙汗药的昏睡者，只有呼吸，没有感觉了。

云朵姐妹在河水里涮洗了一番天亮后，把他拖到家里，钟爷又让短工们拿井水把天亮再次清洗了足有半个时辰。天亮依然昏睡不醒。

钟爷发话说：“别管了！就搁到树下晾，晾干了人就醒了。”

之后，他就坐在一把破圈椅上，边喝茶边读线装的《商君书》。

果然，晾了没一个时辰，天亮睁开了眼。

“你叫啥名字？”像所有人初次相识一样，天亮第一次睁开眼，钟爷就放下书，很自然地问起了他问题。

钟爷的问题与西方哲学的追问有异曲同工之妙：你是谁？你从哪儿来？要到哪儿去？

不过，天亮的回答相当形而下：我娘天亮时候生的我，我爹就给我取了个官名叫刘天亮。我从陇西秦州刘家庄来，要到黑沟煤窑去下苦……

钟爷还要问天亮问题。云朵过来了，她看见天亮醒了，就叨叨：“一大早，迎儿就说咱家要来贵客。没想到就这么个人呀？”她嘴上这么说着，却兴高采烈地跑过来，要给天亮喂水喝。

可天亮一下子又昏迷过去了。天亮一看见云朵袅娜而来，一双水汪汪的大眼睛顾盼流情，一激动就昏过去了。

昏倒的天亮在最后一刻的记忆是两张脸：一个天女下凡的鹅蛋脸，还有一张山舞银蛇的老皱脸。

4

云朵看到天亮望着她闭眼张嘴好半天没有下文，吓了一跳：“爷，他咋了？”

“晕过去了。”钟爷给天亮搭了下脉，说，“没事。敦敦实实的儿娃子，身子骨精壮着哩。来，把他放平。”

天亮被放平后，钟爷掐他人中良久，没见动静，就喝了口热茶，想激他一激。恰在这时大黑突然冲过来，冲天亮狂吠不止。只几声，天亮睁开了眼。

钟爷刚含了口茶水，要往天亮脸上喷，见大黑一叫，天亮醒了，就咽下口中茶，笑了：“嘿，这儿娃子和大黑有缘哩。好，也省了我这口武夷贡茶哩！”

他见云朵迎儿都还有些发呆，就吩咐她们：“快去弄饭！这娃没事！他这是饿了。”

这次天亮没敢看云朵。不是怕再晕倒，是怕人发现他内心的不良杂念。

“爷，你救了我的命。谢谢你的大恩大德！”他说着要爬起来磕头。

钟爷急忙拦住：“行了，打住。这是你小子命大！要不是丫头们今天出门，你可能就喂了狼哩。”

天亮唯唯诺诺，连声说是，连声说谢。同时偷眼看云朵。

钟爷又说天亮造化大，那被狗咬了的腿他能治。因为他是老寒腿，年年秋天都用“曲子疗法”治着哩。

天亮又唯唯诺诺，连声说是，连声说谢。同时偷眼看云朵手里的大海碗。那里面是诱人的蒜苗拌面。

天亮连吃两海碗蒜苗拌面，还想再吃。被钟爷拦住了：“行了，娃！饿死鬼得缓着进食。你还发着烧哩，来，喝口茶！”

天亮愣了，他没见过如此精致而复杂的茶具，小如酒盅的茶碗以及茶海、茶壶等，琳琅满目……它们在一个鸡翅木的茶盘中，像个发达的小家族。

钟爷笑了，“咋？这是武夷贡茶，好茶呀！”

天亮看见茶汤润红，眼前忽然浮现出雅霍甫喝的那杯红茶，更迟疑了。

天亮拱手：“爷，您喝。咹，我就不浪费了。”

钟爷也不客气，就自饮自呷：“你爷我就好这一口。当年，恩公林则徐林大人……”

天亮注意到钟爷说“恩公”时，眼望长空，眸子发亮。

5

饭后，钟爷安排云朵、迎儿去梁子上采药。然后喊出了家里的短工尕老汉，让他配合，给天亮疗伤。钟爷跟那个时代的读书人一样，读过《本草纲目》《黄帝内经》一类的中医药书，略通医道。

钟爷让尕老汉把天亮弄到井边，拿凉水擦身子，既是洗澡又降体温。

弯腰驼背的尕老汉一边咳嗽一边把天亮拖到井边，脱衣服。脱一件看一件，眼里透着兴奋的光。凭着线人的知觉，他一看到天亮脚上的皮窝子，腰里的毛绳儿，就意识到了这正是何坨子开会要抓的那个人。他快速地先拉开天亮的裤腿，看到了被狗咬出的创伤后，就激动地咳嗽不止。

钟爷见状，就朝屋外皱眉斥责：“又抽大烟啦？”

“没，没钱抽。”尕老汉讪笑着，躲开钟爷的目光，低头从井里打水。

钟爷无奈地叹了口气。

给天亮马马虎虎洗了澡，换上一套旧衣服后，尕老汉已累得气喘吁吁。

“再抽那大烟，你命就没了！”钟爷冲尕老汉厌恶地摆摆手，就让他去迎云朵姐妹了。自己则取了凳子，踩上，从房梁上取下了一个书匣子和一包酒曲子，单手抱着，出门，坐到了井台边。

钟爷从书匣子里取出一本老旧的线装书，边看边给天亮号脉。

线装书叫《如匠酒经》，封面四个篆字，天亮一个都不认识。但雕版竖排，黄竹蜡纸所透出的古早气息，让天亮感到了一种神异的敬畏，不由得冒出了一句："这药书……是个宝？"

"是个宝！可不是药书，是酒经。里面的曲子配方，能治病。"钟爷看天亮眼睛瞪得铜铃大，一副傻相，就笑了，"这是当年从古城子城墙根儿下挖出来的。你看！明刻版的，在地下埋了上百年，挖出来时书跟新的一样！"

"地下挖出来的？"天亮有些激动，脉相都乱了。

钟爷就丢开天亮的手腕，一边看着《如匠酒经》上的配方，一边把酒曲子掰开，揉碎，摆弄成五堆。嘴里有一搭没一搭地随口讲古："当年，我领着人跟阿古柏打仗。修城墙时，有人挖出了个酒坛子，里面就密封着这本酒经。唉，这古城子，地下埋的东西多嘞……"

钟爷没料到，他的话句句都刻到了天亮的心坎上："怪不得人都说，走进古城子，跌倒拾银子呢。"

钟爷听了天亮的感慨，就摇头苦笑，不说话了。

日头偏西。云朵和迎儿采了药回来，钟爷就指挥着姐俩把草药洗净、剁碎，和他分好的酒曲子混合到一起，放到蒸笼里先煮后蒸，再捂到瓷缸里发酵……

傍晚，钟爷让打开瓷缸，一股香臭难辨的怪味立刻冲腾而起，缸里的物质呈绛褐色，像粥，还微微冒着热气。

钟爷让云朵拿了纱布，滗出药汤，给天亮灌下，再把渣子当膏药敷到了天亮的伤腿上。

这便是钟爷的曲子疗法了。

钟爷的"曲子疗法"源自《如匠酒经》，属于古方，疗效应该神奇。问题是：沙枣梁子所能发掘出的只是最普通简单的四五种草药，钟爷只能因陋就简，拿它们来替代古方里的名贵药材。因此，就算它们和酒曲子发酵很好，所产生的药物疗效也肯定远远不及我们现在的任何一种抗菌杀毒药剂。

曲子疗法里的草药主体是海娜花。海娜花不仅能染指甲，还具有排毒、活血、清热等作用，这谁都知道。海娜花又名透骨草，据说药性能抵达骨髓，这也有一些人知道。可海娜花的药性强弱就只有钟爷知道了。

我猜想海娜花的排毒功能并不强大，否则钟爷就不会下药那么猛了。他是把一捆子海娜连茎带根，连花带叶，一起剁碎了捂进缸里的。

天亮喝下钟爷的曲子汤药后，高烧没退，人却开始上吐下泻，一夜不止。

天亮识趣，坚决不住客房，而是在尕老汉等短工住的杂货房里放了床铺盖。这里离旱厕很近，但即便这样，尕老汉还是说：刘天亮也没在杂货房里待多长时间。他在厕所里垒了几块土坯，一晚上，他多数时间都坐在上面，不敢提裤子。

——尕老汉没说他可怜天亮，给他抽过几口大烟，止疼。

天麻麻亮，云朵起床，对钟爷说："那人上吐下泻了一晚上……"

钟爷说："你咋知道的？"

云朵说："闻出来的。"

钟爷听了，只"唔"了一声，就让云朵继续给天亮用"药"，一天三次，一次不少。

连续三天，天亮高烧不退，上吐下泻。人骤然脱了形，被狗咬了的小腿却依然肿得和大腿一般粗，还乌青发亮，流脓淌水。

云朵去找钟爷："那人一直上吐下泻，快成鬼了……"

钟爷说："没事儿。这儿娃子身体壮，能挺住。"

云朵说："得进城看一下吧？不能再这么窜稀跑肚的。"

钟爷说："丫头！你不懂，他中了毒，就得排毒！"

云朵说："你年年都是这么个办法治腿着呢，你咋没上吐下泻？"

钟爷说："用药不同。我是内毒，年年得清毒。他是外毒，就得泻！泻毒。泻完了，人就好了。"

6

像所有情窦初开的少女一样，云朵在挽救了天亮生命的同时，肯定朦胧而羞涩地爱上了天亮。这种情感隐秘而纯洁，以至于连她本人也说不清楚那是怎么样的一种情感。

三天后，借去城里卖海娜的机会，她去找了一趟郎中孟长寿。云朵看天亮上吐下泻，铁汉子经不住三泡稀，她怕天亮挺不过去，就偷偷拿出自己的脂粉钱，想给天亮抓服药。

孟长寿认识云朵。她常找他给钟爷抓药，治老寒腿。

孟长寿见了云朵就随口问："还是你爷的腿？"

云朵说："是。不过另一条腿也不行了，让狗咬了。"

孟长寿有些惊讶："让狗咬了？谁家的狗咬的？"

云朵说："野狗，那狗可能有毒性。"

孟长寿更惊讶："噫，这叫啥事儿？前些天合富洋行的狗自己中了毒，第二天就死了。街上的人传说那狗死前也咬过人，一个秦州来的人。"

"那人姓啥？"

"这个……好像姓刘。——这事儿你别再问了，洋行的人在找他呢，说是他给红胡子下的毒。"

云朵心里一惊，脱口而出："你照姓刘的这个人的病，给开方子吧。"

孟长寿愕然地看一眼云朵，见云朵无言以对。就说："那就开两张方子？"

"开两张。"

不知孟长寿是否心领神会，反正他再没问任何问题，就开了两张方子。还叮咛说："让狗咬的这服药要抓紧吃。红胡子死了后，洋行把我叫去，我看了，人指甲都是黑紫的。那毒药是洋人的，毒性大。"

云朵惶惶不安，点头。

孟长寿又说："尕老汉是不是在你家扛活呢？前些天巡检何坨子找人开会，要查访下毒的。把我也叫去了，我看那些个人里有尕老汉……"

云朵想起来了：前些天，她听说福建八行杀价甩卖武夷山岩茶。想到爷爷就好这个，她就让尕老汉进城去买了趟茶……

7

云朵抓了药，心慌气短地跑回来，见尕老汉躲在杂货房的小窗子后面在偷窥，就问："你看啥？"

惊慌中的尕老汉手一指，云朵顺眼一看，却是在看天亮。

天亮神奇地换了状态，病体似已好了许多，正搂着大黑，在和钟爷喝茶聊天。

"同治年间，我们修城墙时，有人挖出来过一罐金币，还是波斯的！银元宝也有，是明朝的。拿到官府，我给他换了整整一袋子麦子面粉。"

"您当年在古城子里当过官呀！那咋没问一下，都是些啥人埋的这些东西？"

云朵暗喜，跑过去问天亮："你好了？"

"咹，不发烧了……也不拉肚子了，快能走了。谢谢妹子。"天亮不敢看云朵，低着头说罢，就又抬头听钟爷说话。

"嗨，那不是啥人埋的，这古城子是城摞城。现在这城下面还有两层子城呢……"

云朵不爱听钟爷讲古，也不说话，一把捋起天亮的裤腿，看伤。

她看到天亮的小腿伤口处乌青发亮，不是黑紫色，再看指甲，人肉色，心安了些。

她嗅到了尕老汉的气息，一转头看见他鬼一样的脸还在小窗后面躲躲闪闪地窥视，就招手大喊，让尕老汉下地去掰几个苞米回来。

见尕老汉出门走了。云朵才凑过去，低声问天亮："你闯啥祸哩？听人说，洋行的人在抓你。巡检何坨子也在查访你？"

"闯祸？我没做甚哩？咹，这……"天亮觉得无辜，就把自己在洋行的全部经历讲了一遍。

云朵听了，似有所悟，就跟天亮要那封信。

"咹，就这。"天亮扯开怀，解下红肚兜，从里面拿出铁老鼠的亲笔信，"说是让我到黑沟煤窑下苦……”

云朵识字，二话不说，撕开了铁老鼠的亲笔信笺。

一串洋文，像蚯蚓，没人认识。

钟爷不悦，指责云朵无礼，怎么能随便启封别人的私信。

云朵也懵了，手拿信笺，拿眼瞟天亮，意思是问咋办。

天亮觉得它和铁老鼠手里的那一枚银元宝等价，就收回信，宝贝般要往肚兜里塞。云朵却抢过肚兜，说：“给你顺手洗了吧。”

云朵对铁老鼠的信笺，满腹狐疑，洗肚兜时就把它藏到了炕席下面。

那一阵儿，云朵事大事小都自己跑，再不敢让尕老汉进城了。

第二节

1

一个风雨如晦的日子，莫菲来了。

莫菲是我的学生，很有美术天赋。只是跟我学了三年大写意中国画，就再也参加不了全国美展了。我说：我误人子弟了。她却说：那就跟老师学文学写作。我认为她没有文学天赋。她说：所以才要跟您学呀！

就像尕老汉盯上了天亮一样，莫菲就这么盯上我，当了我的学生。

莫菲告诉我说：“林子非和谢琳娜他们都被警察抓了。”随即她从手机上调出了一些资料，有警察坐着直升机赶往古牧地的，还有警车呜呜叫着，林子非、谢琳娜和另一个小伙子从警车上下来的视频片断。莫菲说：魔鬼城遗址是重点文物保护单位，又在古牧地生态保护区，林子非他们是闯了双重禁区。

我吓了一跳，林子非是拐子林闽嘉先生的孙子（未来是不是我不敢确定），一直和我有着若即若离的联系。他是个做事儿不靠谱的家伙，他闯禁区，居心叵测。但他不是个坏人，更不是个违法乱纪的人。他是个畅销书作家，还是个孤儿。

我急忙给林子非打电话，电话不通。忙音。

莫菲告诉我说："林子非他们现在啥情况还不知道，但他们已经成了网红。"莫菲对林子非他们成了"网红"似乎更在意。她随即兴致勃勃地给我展示了网上许多人对林子非他们的谴责和怒骂，当然也有个别赞扬的留言和帖子。

我注意到那些网络言论中，有人在高喊要把他们三人拘留、扣押、判刑等等。这是不是意味着他们还没有被拘留、扣押或判刑?

"老师判断正确！"莫菲看着风雨如晦的窗外，幽幽地说，"现在的问题是，联系不上林子非，不知道啥情况。"

莫菲走后，我给林子非打电话、发短信，多达十余次，均无结果。

2

莫菲不放心我，风停雨歇的时候，打来电话，说她在网络上查了，因为三个人都成了网红，网上说啥的都有。有说当时就放了的，也有说移交司法机关了……

最后她才说了中心思想："老师，您就安心写作吧，应该没什么大事。我看能不能发动一场'人肉'搜索。"莫菲说这话时，还在电话那头淡淡地笑了笑，"听说林子非走遍了东南亚，他应该没事。您放心。"

其实我也没什么不放心的，林子非的血缘决定了我并不是很喜欢他。我只是不希望他"有事"罢了，和他的祖辈比，他应该算是好人。

我不同意莫菲"人肉"搜索林子非。一个人被人盯着，还"人肉"搜索，想想我就觉得恐怖。

但莫菲未置可否。只是一个劲儿地叮咛让我别管这事儿，安心写作。

可我能安心吗？我正在写林拐子被当成刘天亮，扔进废矿井，生死不明。他孙子林子非就在我身边下落不明了，我咋安心嘛！

"你不要'人肉'林子非！"我对莫菲大声说。

想想吧，一群尕老汉，盯着一个人追踪，多可怕！

第五章
动荡之秋

第一节

1

钟爷隐居沙枣梁子时，买了五十多亩地。但他略通农事，却不善耕作，种地、雇工都靠钟太太打理。钟太太是旗人格格，可从小随父在兵营长大，享得了福，吃得了苦。一家人的生活，倒也被她料理得丰衣足食。

戊戌年，她唯一的儿子钟赵孤被刽子手砍头后，塞进了乌鲁木齐河的冰窟窿……

噩耗传来，儿媳兰氏不信，留下女儿云朵，带着儿子，去迪化寻夫。结果一去不回，据说是儿子被狼吃了，兰氏被土匪劫了。

钟太太受此打击，一病不起，翌年病逝。

钟家没了钟太太，田地逐年减少。

钟爷却不以为意，依然如故。照样读《商君书》，照样不娶。甚至就在地里颗粒无收的那个灾荒年，还从人市上把迎儿买回来，认了孙女。

钟爷买迎儿，是临时借的高利贷，说好了十天一翻番。可他回来后发现迎儿精灵，做梦更是出奇的灵验。惊喜之余，就天天教迎儿认字读书，竟把还贷的事儿忘了。

贷主葛老板与钟爷有旧，也知道钟家有房有地，多少还是有点积蓄的，就不急。但过了一个多月，钟爷不来还贷。葛老板怕日子久了连本带利翻得更多，就派了个伙计，带了字据，去找钟爷。

钟爷一拍脑门，这才想起高利贷没还。可家里没现钱，只有五六麻袋没磨成粉的玉米粒子，他就问伙计：拿这些抵账够不？

那伙计说：够。

钟爷就让套好了马车，由那伙计赶着马车把粮食拉走了。

灾荒年粮食奇贵，那伙计卖了粮食后，利令智昏，干脆就赶着马车，跑了。

过了两天，钟爷不见自己的马车回来，这才想起，当时没跟那伙计要借贷字据。就这他依然不急不缓，只是写了封信，托一个过路的人带给葛老板，让把他的马车还回来。

葛老板看了信，知道钟爷被骗了。就写了个贷款已还清的字据，让新伙计给钟爷送了过去。

钟爷知道了事情原委，气得大骂，嘴唇都紫了。

可过了些天，他还是亲自跑到钱庄，把高利贷还清了。那时候连本带利驴打滚儿，还款数已比借款时翻了好几番，为此他卖掉了十六亩地。

这种事在古城子自然是笑话，不过大家敬重钟爷，只在私下说。

钟爷如此不谙世事地生活，顺理成章，到了辛亥年时，钟家就只剩下十来亩山边薄田了。

2

通常情况下我们把使生命恢复正常状态的学问和技术叫作医学。当代的医学已经相当发达，研究显示，生命可能会走向无限。仅人类基因草图的研究，就决定了我们只要想活，生命就会在现代各种药品机械的帮助下，不断延长。这样的结果当然是人类几乎全会是病人，却都活着，活得一个比一个没尊严，但你就是死不掉。

想想这让人多困惑：人应该活得更尊严些还是更长久些？

这成了一个问题。

但上个世纪初的人类不存在这样的困惑，那时候的人生和死都比我们现在干脆，也有尊严。最有力的例子就在我们眼前：沙枣梁子一带完全没有符合现代医学标准的药品和技术，除了疗效可疑的曲子疗法和同样疗效可疑的孟长寿的那服中药外，天亮所面临的生命状况很简单：要么活着，要么死掉，这取决于他身体的抗病能力之强弱。

天亮年轻，身体底子好。他发着烧迷迷糊糊就抗住了井水的刺激，挺过了上吐下泻，最终从阎王爷的裤裆下面钻出来了。五天后，钟爷的五堆曲子没了，天亮也能拄根铁锨把走动了。虽然还两腿发软，有些颤抖。

一能走动，他就走进了钟家的地里。

地里在秋收。尕老汉等三个短工在收玉米。天亮惜财又好强，白吃白喝钟家的，再不干点活，他难受。可毕竟伤腿未愈，发软打战，干不成活。他看领工尕老汉是个烟鬼，指望不上，就临时当起了监督他人干活的小工头。天亮觉得这样心里踏实些，即使没干啥活，也是和干活的人在一起，算是没白吃钟家的饭。

可当天午后突然狂风大作，吹得天地沙土弥漫，玉米地一片狼藉……

天亮见大风摧枯拉朽，把割倒的玉米秆子刮得四处翻飞。他心疼粮食，怕玉米棒子也被风刮跑，就扔了铁锨把，去扎玉米捆子盖玉米棒子。而尕老汉等三个短工却都缩在地沟里，躲风。

大风稍息，天亮看到短工们土猴似的从垄沟里爬起来，急火攻心，就骂：“你们吃东家的饭，拿东家的钱。这么样地给东家干活，还是人吗？”

两个短工犟嘴，说：“风这么大，是起风暴哩。人眼都睁不开，咋干活？！”

天亮不依不饶，声言：“风把苞米刮跑了，你们得赔钱。咹？”

两个短工一听要赔钱，急了：“你身上的虱子才摘干净几天，就以为成钟家姑爷了？赔？球嘛！走了，不干了！”

尕老汉本来就不是个干活的把式，是钟爷怜悯他才雇的短工头儿。这时居然也对天亮越俎代庖不满了，见大家一哄而散，也瞪着小豆豆眼甩了一句："我们不行，你行！你干吧。"说着一挥手，竟跟着短工们走了。

天亮懵了，没想到事情会这样。"唉——，等一下！"待他清醒过来，再喊时，短工们已消失到了风尘之中，无影无踪了。

天亮又急又气，又恼又悔。他一屁股坐到地上，牛吼般骂起了娘。骂着骂着他就扇了自己一个耳光：地里活儿多，正是用人之际。自己却把短工气跑了！

天亮觉得没脸再踏进钟家门，就动了去黑沟煤窑下苦的心思。看看风小些了，他就拄根棍子，蹒跚着往梁子下面的河滩上走。

就在这时，风中传出了迎儿的声音："喂，刘天亮！你们在哪儿？这么大风，赶紧回家！"她一直对天亮直呼其名。

天亮没应声。风中，迎儿看不见他。

可大黑忽然出现在了他的面前，狂吠不止。

迎儿闻声而至，指着天亮说："咋了？咋不吭声？快回！出事情了！我爷爷快气死了……"

3

一进屋，天亮就感到了气氛凝重。钟爷双手拄握着藤条拐棍，跪在地中央，一个劲儿地摇头叹息："乱臣贼子啊！这是要灭九族的罪啊！"

云朵手里捏着一卷纸，手足无措，惴栗不安。

原来，云朵去曹记粮行联系出售玉米，却带回了让全家人忐忑不安的消息：半个多月前，一个叫武昌的地方出了乱党，见人就割辫子，不让割辫子就杀人。还要杀皇上哪！现在，这伙人又到了古城子。听说，他们都装成唱戏的，把人骗去看戏，看着看着就抓人，抓住了就割辫子。已经把好几个人的辫子给割掉了……

天亮不信。云朵就把那卷纸塞给他说："这是从福建八行的墙上撕下来的传单，听说是那伙唱戏的乱党贴的。"

天亮连自己的名字都认不全，看不懂纸上写的是啥。

天亮也想不出武什么昌出了乱党，和自己以及钟家有啥关系。他满脑子还是短工跑了的事儿，他怕玉米收不回来，被霜打。

可到了晚间有空时，他吞吞吐吐把短工跑了的事儿给云朵说了后，正纳鞋底子的云朵却满不在乎："跑了就跑了，这不叫事儿！"

"不叫事儿？"天亮真的疑惑了。民以食为天，还有比粮食更要紧的事儿么？

云朵莞尔一笑："你看，城里乱成这样，革命党要剪人辫子。那些打工的还不往外跑？放宽心，大风一过，打短工的就来了。——尕老汉呢？"

"咹？他也跑了。"

"啥？尕老汉跑了？"云朵一下子跳起来，把纳鞋的笸箩都带翻了。

第二节

1

尕老汉敲何家院门时，何坨子已闭门不出几天了。

何坨子开完会，兴致勃勃地跑到驼二婶的车马店，想暗查天亮的下落。他一听骆驼客们在说武昌暴动的事儿，就牛皮哄哄说了大话："暴动？他妈的，不想活了，敢造朝廷的反？要在古城子，老子立马抓了他们！当年我家祖上，从龙入关。在福州城，那是抓过朱家皇帝的！……"

之后，他还跑到合富洋行，看了那把英吉沙小刀，甚至口出狂言，要帮忙抓扎车胎的罪犯——那时候，他还不知道这是合富洋行要搞垮郝记木车行的阴谋。后来，他看着郝大头的遭遇日渐悲惨，知道是个冤案，还想出面说个话。可是晚了，他发现自己这个巡检的位子都有些不稳当了。街上贴出了"驱逐鞑虏，光复中华"的标语，有人在公开地骂宣统皇上。

他天天在街上哗啦着银坨子晃荡，很快发现古城子越来越不对劲儿了——天，好像真的变了。先是来了一帮当兵的，把县衙的牌子砸了，还把县太爷于文迪赶出来，给衙门上了封条。后来当兵的不见了，又来了一帮不知道是啥身份的外地人，他们发传单，喊口号，不是游行就是聚会。何坨子本来想上前问问，却发现那些人也有枪，动不动就要开枪打人。他们先是抓住男人割辫子，后来就开始追打旗人……

接着他就发现有旗人——一个主管刑狱的典史被杀，还有一个主簿去向不明。另有一家旗人的宠物店被砸，整个一天，地上蛐蛐叫，天上八哥、鹦鹉飞……

何坨子心想，自己吹牛，说自己是旗人，满城人都知道。这些年又当巡检，得罪了不少人。他越想越害怕，就去找知县于文迪打探消息。于知县也是旗人。

于文迪也焦头烂额：合富洋行对木车行为非作歹，希卡跑到人家行里打人抓人，其股东福建八行告到了县衙。

可这些他都想管没法管，也不敢管。

于文迪说："天下大乱哪……现在出个人命案子也不稀罕。那个拐子林啥啥失踪好些天啦！有人说是被合富洋行的人扔进矿井里了……本来，我还想让你去查查。现在也为难，怕你也出事儿。"

何坨子问："到底现在啥情况？"

于文迪说他也说不清。只知道现在全国各地都兴起了革命党，大清的江山大半落到了革命党手里。新疆的杨增青将军也发了通电，宣布中立，不认大清朝廷了。

"那杨将军是认革命党了？"何坨子问。

于文迪望着街上乱哄哄的人群，说："好像也没说认。"

"那现在，我们咋办哩？"

于文迪摇头，也没主意。说："看样子如今是革命党得势了。你看这些从丝路上跑来的口里人，嘴上说着'五族共和'，其实还是要收拾旗人呢！"

何坨子听了心里更害怕，回到家就收拾东西，想到木垒驿的雀仁庄子去躲一阵子。那里他的亲戚多，蒙古、哈萨克朋友也多。顶不行，还可以往山里跑。

可是，外面又起风了，大风。

尕老汉来的时候，何坨子已经收拾好了东西，就等风小些时出城。

尕老汉敲了好久院门。何坨子听清是他的声音，才故作镇静地哗啦着银坨子，开了院门。

何坨子让尕老汉就在院子说话。他说："屋里有人，正开会。"

尕老汉问："开啥会？"

何坨子说："日你妈没看见街上这么乱吗？天天都是案子。开案子上的会。有啥话，你快说。我忙着哩！"

尕老汉就问："发现了嫌犯咋办？"

"啥嫌犯？"何坨子都快忘了天亮的事儿。

"就那个，让狗咬了的刘天亮……"

"在哪儿？"

"沙枣梁子。我东家院里。你说咋办？"

何坨子对此早没兴趣了，也顾不上了，不耐烦地说："咋办？一绳子给我绑来！人家合富洋行有赏！"

何坨子说过这句话的当天，就逃走了。去了木垒驿的雀仁庄子。

可是尕老汉却牢牢记住了他的这句话。

2

大风刮了两天一夜。

云朵说的没错，大风刚停，三四个去城里打短工的就回到了钟家，问有没有活干。后来尕老汉也回来了，一边给天亮道歉，一边说他没说要走，他只是回城去看看老娘。天亮没这么被人尊重过，不好意思，就拱手说："以后我听你的，你还是咱短工们的头儿。"

尕老汉竟然一反往日的谦卑，说："这老哥不敢当啊！听说你连洋行的红胡子都敢惹啊……行，儿子娃娃！"

那时候天亮正和云朵为尕老汉的事儿闹意见。天亮想一走了之，云朵不让。可又怕尕老汉告密，带人抓天亮。

云朵听说尕老汉回来，笑了："他一个烟鬼，哪有实话？他爹娘早让他气死了。他回城告密去了还差不多……"说到这儿，云朵一拍脑门，"咱这次得看住他！不能让他再回城去。"

于是，天亮再次搬进了杂货房，从此不离尕老汉左右。

3

新来的短工们见多识广，都说城里来了一伙唱戏的乱党，已经和山西会馆的山西王拜了把子，要逼县太爷先割辫子，再反皇上。这些打工的不想待在城里让人割辫子，就跑出来连打工带躲祸了。

尕老汉还说他看到了唱戏的，那些人是喊着让人自己割辫子，没抓人割。

从这些人的嘴里天亮听到了几个新词儿：武昌首义，民国肇生，等等。

"大逆不道，这是要灭九族的啊！"钟爷听着短工的话，一会儿为大清的江山唉声叹气，一会儿又为城里知县于文迪的安危惴惴不安。于文迪是钟爷推荐的官，两人曾系同窗，感情甚笃。

天亮自告奋勇，要去找一趟县太爷，探个虚实。

云朵立即反对："你逞啥能呢，你瘸着个腿，一进城不是让老毛子抓了，就是让人割了辫子。还探消息哩，送命还差不多！再说尕老汉……"

天亮被骂得一肚子气，但云朵刚救过他的命，自己又寄人篱下，不好发作。就叫上尕老汉等人，怏怏地下地收玉米去了。

4

大狼狗亚历山大没咬着天亮骨头，他的身体恢复得很快。烧一退，肿一消，就跟没事儿人差不多了。但他是个知礼的人，虽然心急如焚地想出去挣钱，可正赶上钟家秋收玉米，大忙季节，他知道自己不能走，得收完玉米。

那天中午，迎儿来送饭。大家吃过，都躺在田头睡觉。迎儿却又提了个黑陶罐，摇醒天亮说："这是我姐让送给你的。"天亮一看，是一罐鸡汤。

天亮很感动。

迎儿说："咋？你是不是生我姐气了。我姐不让你进城，那是担心你哩。她就是那么个人，刀子嘴豆腐心。"

"鬼丫头，说啥呢……"天亮让迎儿说得不好意思了。

天亮很喜欢迎儿。

迎儿聪明伶俐，和天亮的关系很好。天亮觉得她的命苦，和自己一样。

天亮喝着鸡汤，吃着肉，心里既温暖又惶惑。

“你给你姐说，我没生气。咹？”天亮说这话时，发现尕老汉假装睡觉，其实眯着一只眼在偷窥他。

5

当晚收工回来，天亮却真生气了。

云朵一见天亮就问尕老汉咋样，天亮想到尕老汉一下午都在偷窥他，不知道该咋说，就顾左右而言他：“我想赶紧把苞米收了，好早早上路。咹？不能在这达天天白吃闲饭。”

云朵一下子脸色就变了：“你这是个啥话？啥叫白吃闲饭？”接着就摔盆子打碗，弄得伙房里叮当乱响。

天亮说：“我得去挣钱，不能在这达混一辈子。”

“那你想在哪达混一辈子？”云朵一下子声音高了八度，对天亮怒目而视。

天亮急忙解释：“咹！我是说，我总不能天天盯着这个尕老汉过一辈子吧？等苞米收了，我走了，他就是想害我也害不上了！”

云朵不语，眼圈却红了，想了很久才说：“那你去哪儿？”

天亮说到黑沟煤窑下苦，挣钱。

云朵就骂天亮没记性，说那黑沟煤窑是合富洋行开的，铁老鼠是想赖你气死了红胡子，没赖上，才推荐你去黑沟煤窑下苦的。谁知道这些洋人都憋了啥坏主意呢……听说林拐子跑到煤窑，让人家扔到了矿井里，生死不明。郝大头的车行有福建八行的人做后台哩，可现在都被洋行的人坑害，弄得车行快垮了，家也要败了……

天亮不信这些耸人听闻的流言，说：“下煤窑挣钱多。”

云朵说：“命要紧还是钱要紧？”

这个问题让天亮想了好久，最后他不能确定地说：“还是命要紧吧，可我要是挣不上钱也不行呀！咹？要不，我还是上科布多去吧，找驼二爷去！”

云朵说："现在兵荒马乱的，到处都在闹新党呢，你还要跑那么远的路……"

天亮懵懂，不明白云朵的心思是让他哪儿也别去，急着争辩说："这也不行，那也不行。看着财路不敢走，还不如死球子算了！"

云朵恨得牙痒痒，指着天亮说："你可真是个秦州呆，舍命不舍财。"

天亮这回急了，说："咹！你这不是连我先人都骂上了吗？"

这回天亮是真生气了。他最受不了别人骂他先人。

翌日黄昏，天亮领着几个短工收玉米。迎儿带着大黑来送饭，说："我姐说，让你赶紧回去一趟。"

天亮就没好气儿地嚷嚷："咹？她懂个甚？明天头道霜就要来了，苞米得赶紧收。这时候叫我回去干啥？耽误活儿。"

迎儿说："于知县到咱家来了。"

"咋？县太爷来了就不让人收庄稼了吗？"

"你小声些！我姐说让我和大黑在这儿看着尕老汉他们。真有事儿，你快些回！"

6

天亮看见云朵在门口迎接他，却故意装作没看见，一扭头进了院门。

云朵一把拽住了他的衣角，说："说你个秦州呆，你就不理视我了？我不是为你好么？你看，城里这么乱，连于知县都要跑了，你还贼心不死，要出去呢……"

"不是，你咋这么说话呢……"天亮语无伦次地正想解释，却看见院门口停着两辆马车，一辆满载物品，一辆搭着棚架，显然是拉家眷的，就问云朵，"咋了？到底咋了？"

天亮看见伙房里有几个女眷在默默地围着大桌子吃饭。其中一夫人膝下依着个几岁的小女孩，眉清目秀，竟也是一脸愁容。

云朵叹了口气，用手指了一下钟爷的屋里。天亮看钟爷的屋里亮着灯，就蹑手蹑脚走到了窗前。

一盏昏黄的清油灯下，他看到了一个半大老头的剪影，正垂头丧气地叹息：

“新党势大，南方诸省多已通电独立。新近又有外蒙独立，听说已派兵南下科布多，要撺掇新疆独立……”

而更老的老头钟爷听了这话便激动地以杖杵地：“新疆不能独立！新疆独立必为外敌所乘，届时国家分裂不可避免矣！当年，恩公林大人说过……”

半大老头于文迪听了钟爷的话也点头：“是啊，可是现在新疆时局糜烂不堪。今迪化有人起事虽被镇压，可听说新党在伊犁又要起事。袁大化和杨增青[y]的新营不和，随时可能发生火拼……若那时伊犁有事，如何是好？新疆必乱，必乱啊！”

“这就是你挂印而去的理由么？国家多事之秋，即便一介匹夫，亦当奋不顾身。苟利国家生死以，岂因祸福避趋之。恩公林大人的话，你我岂能忘却！”钟爷说。

于知县闻之依然摇头叹息说：“则林兄有所不知啊，那新党革命，历来依靠会党。本来这古城子里的山西会馆已被新党蛊惑，要与那唱戏的一伙人同流合污一起举事。只是我曾有恩于山西王，他听说革命之时，革命党人要取我项上人头。他不忍下手，这才暗地里给我通风报信，让我逃出城的。”

钟爷忽然站了起来：“即便大清气数已尽，贤弟身为知县，亦当思谋边疆之危难，保一方平安，免生灵涂炭。时下古城子危如累卵，贤弟却弃城归乡，置一方百姓于不顾，不知羞也不羞！”

于文迪被骂得汗颜，无力地辩白：“非是愚弟顾惜家眷小命，实在是手下并无一兵一卒。连那洋行的铁老鼠逼要黑沟煤窑永久开采权，我都束手无策。这等处境，若那新党真闹起事来，愚弟就是做砧板上的肉，也于事无补啊。”

“非也。想那新党不过数十人，你既然有恩于山西王，为何不将其部纳入麾下，编成团练？届时发一声令，将那新党人士赶出城去，保一方太平。”

---

[y] 链接 您可能已经注意到了，我在《子归城》里为您提供了许多链接。我认为链接与注释不同，注释应该在词条首次出现时就跟踵而至。但链接是叙事文本的一部分，应该是在词条成为关键词的时候出现。故尔，杨增青这个青史有名的大人物虽然此刻已经被人提及，但我以为他在此时还没成为关键词，请耐心等候。等他在后面震撼出场、成为关键词时，我会详细介绍。

于文迪霍然似有所悟："则林兄说的是！想那山西王既是仗义之人，必然深明大义。即使不肯为我所用，也不会加害于我。"

"然也！然也！"钟爷说着，握紧拳头，打起节拍，竟然古腔古调地唱了起来："岂曰无衣？与子同袍。王于兴师，修我戈矛。与子同仇……"

于文迪受了感染，眼含泪意，低声附和："岂曰无衣？与子同泽。王于兴师，修我矛戟。与子偕作……"

两人合作，唱得古早味儿十足，很是感人。天亮一句也听不懂，就问云朵是啥。

云朵说，唱的是《诗经》，啥词啥调她也不懂。说罢，就去逗引那个小女孩去了。那女孩叫玉儿。

天亮好奇，就侧耳细听，想要听出个子丑寅卯来。

7

当晚，羞愧难当的于文迪义无反顾地带着家眷回了古城子。云朵想留玉儿在家住两天，玉儿搂着于夫人的脖子，不干。云朵点着玉儿的额头，假装嗔怪："你个没良心的！让人好伤心。"

这话天亮听了，心头一紧，又一热。

送别了于知县一家人后，云朵看天亮在身后，就说："天天防着尕老汉告密也不是个长久之计。听于知县说，目前阿山局势复杂，驼二爷也被困在科布多了。你要是心里急，那就先去找驼二爷吧！说不定还能帮人家一把。"

天亮听了，就盯着云朵的脸端详："你……这说的是实话？"

"实话。强扭的瓜不甜！"

天亮看云朵说这话时神情戚戚，料定刚才云朵嗔怪玉儿的话就是冲自己来的，便改了主意，态度明朗地坚持说，要把苞米收了再考虑走的事儿。

云朵听了，眼圈一红，笑了一下，再没吭气。

第三节

1

于文迪不窝囊，回到古城子三言两语就说服了革命意志本来就不坚定的山西王。不过，山西王和于文迪都对时局看不清楚，不敢加害革命党人。只是虚张声势满街张榜，声称要抓革命党。

两天后，古城子的革命党销声匿迹了。街上的人都说：革命党去了伊犁。

果然，几天后就传来了伊犁革命党人起义成功的消息。

消息是随着一支大清溃军的步伐传到古城子的。

那天，云朵和天亮都在地里，一个摘海娜花，一个收玉米。他们看到了那支溃军。

那是一支骑兵马队，疲惫不堪地从汉唐古道[h]上逶迤而至，领头的是一个叫马麟的管带。管带相当于现在的营长，手下有五六百号人马。但马麟的官兵被革命军一打即溃，逃到老轮台的只有一百来人。

云朵注意到了马麟的形象：瘦，水蛇腰，一双小绿豆眼，高颧骨，鹰钩鼻子，金牙。云朵回家给钟爷说：“我看那人咋像蛇呀，阴阴的。”

钟爷却很高兴，说：“这下好了，马管带的人马到了，于知县手下有人有枪了。”说着，就亲自给神龛上了三炷香。

那神龛上有个牌位，不大，红底黑框，上书：恩公林大人之位。字是烫金小篆。

于知县大约和钟爷是同一心态。当天，他率县衙和山西会馆的头面人物出城，

---

[h] 链接　由于千百年的风沙侵袭，汉唐路到了古城子有官道时，已经路断人稀，多数地方沙丘连绵，黄沙漫漫。但依然有部分路段，夯土平展、瓷实。黄沙到此，一吹就走，停不住。故而依然能做交通之用。

马麟的队伍就是沿汉唐路，经沙枣梁子，溃入古城子的。

在博望渡迎接马麟，还杀猪宰羊为他的队伍接风洗尘。

2

玉米收割完毕，天亮告辞。云朵不放心尕老汉，坚持要他赶车送人。还提醒全家保密：对外就说天亮是去木垒驿找哈萨克牧民收几天皮子。

早饭后，云朵偷偷哭了一场，把缝洗好了的衣服给了天亮。天亮发现衣物里没有铁老鼠的信，知道是云朵藏了，就骗她说："我把那锤子（混蛋）的信也装上吧，遇上了懂洋文的人，让看看，到底写的是甚，也好知道个好人坏人。"

云朵无奈，只好从炕席子下面拿出了铁老鼠的信。

"那煤窑去不得，三天两头的死人哩！"

"知道哩！"天亮边哄云朵边把信塞进了红肚兜。

云朵还不放心："都说林拐子让塞到矿井里了，生死不明。说啥都不去黑沟？"

"不去！我去找驼二爷。"

钟爷知道了天亮的决定后，特意给了他一顶毡帽："秋深了，北边天凉。戴上。"

而迎儿则把一个黑陶罐挂到了天亮的脖子上："里面是精米。饿了煮熟了吃。比吃冷锅盔强……"

迎儿还让天亮背了一个水葫芦。

天亮要走，钟爷也惦记于知县，想借找孟长寿看老寒腿的机会，看一看于知县。云朵就让迎儿和大黑看家，尕老汉赶车，大家上路。

那时候的天亮只知道要去找驼二爷谋生计，还不太懂人世间情为何物，自然不会体察到云朵复杂而凄楚的心情。一路上，他还兴高采烈地跟钟爷聊天：

"爷，你说这古城子下面的那个城，比现在这个还大。这么大的城，咋就埋掉了呢？"

"不是埋掉的，是人毁掉的，人自己毁掉的！几万匹马来回踏了几遍，踏平了！"

“咹！为甚哩？”

“是啊！为啥呢？”钟爷望着东方的朝阳，神情也恍惚起来。

“爷，听说马踏城池的时候，人把东西都先埋掉了——”

天亮话未说完，云朵突然一声喊，让尕老汉停了驴车。

驴车停在了碗碗泉的小岔路口。从这里抬头远眺，能看到古城子的城堞像一抹黛灰色的锯齿，在霞光下隐约闪现。

钟爷说：“古城子快到了么。到了博望渡再分手，路还近些么。”

云朵却说：“他可门进出的大小伙子，坐在车上，不把驴累坏吗？”

天亮知道这是云朵怕他到了古城子出事儿，就急忙下车，趴在地上磕头：“爷，云朵妹子！救人一命，胜造七级浮屠。我这次大难不死，都是你们的救命之恩。你们的大恩大德，天亮来日……”

天亮话没说完，云朵就轻蔑地一挥手：“行了行了，快把这套收过去！刚缝洗好的裤子，看让你弄成啥了，烫土罡冒的，不嫌脏啊！记住，进山收皮子，快去快回！”

云朵说着再看尕老汉，见他手里握着一根毛绳，斜着眼看天亮，一语不发。就朝驴屁股上猛击一掌，让尕老汉赶车快走。

“疯丫头！你这是干啥呢？等一下。”钟爷一声喝，叫住了车。然后自己下去，拿个树枝比比画画，指指点点，直到确信天亮确实弄懂了路，才上车，往城里慢慢去了。

天亮望着云朵和驴车远去，忽然心里酸酸的。他看到深邃的苍穹之下，灰褐的辽阔阡陌之上，横亘在野的古城子朝阳独照，焦黄耀眼，像铜铸一般。

3

尕老汉确实是准备了一根绳子，但天亮力大如牛，他不敢也没机会捆天亮。

眼看着天亮走了，尕老汉心里着急。但又无奈，只得赶着驴车进了城。

城里气氛异常紧张。一问，人都说，于知县被人杀了。

尕老汉吓了一跳。糊里糊涂地就赶着驴车去了县衙。

到了县衙，才知道于知县真的被人杀了。尕老汉心慌害怕，眼看钟爷、云朵慌慌张张地冲进去后，就一溜烟跑了。

跑到林公渠边上，他才想起：这事儿跟自己又没关系。慌个球！

再一看，这儿离何坨子家不远，就躲躲闪闪地过去了。他觉得天亮没走多远，派人骑马能追上。

可何坨子家关门闭户，没人。

他就想去合富洋行告密。可又觉得这样“僭越”何坨子，抢功，不仗义。犹豫了一下，又耐不住好奇心，就又回到了县衙。

人说：刚才钟爷晕死过去了，现在被送到了孟长寿家。他就急忙赶到了孟记中药铺。

其时钟爷已经被抢救过来了。可云朵一见他还劈头盖脸地骂。

他一生气，就声称要辞工。

云朵生气，说：“哪有你这样的？咋说也得把人给我送回沙枣梁子吧？”

可尕老汉话已经说出口了，又惦记着找何坨子，就坚决要辞。

云朵只得胡乱给他算了工钱，自己赶车拉着钟爷出城了。

尕老汉再到何坨子家，依然关门闭户，没人。

后来，他敲海黑子家的门，才知道何坨子全家早就躲到了木垒驿。

他就想去合富洋行告密，领赏。

可走到洋行跟前时，撞上了林拐子。

这时碰上林拐子着实把尕老汉吓了一跳：“你，你他妈是人是鬼？”他觉得林拐子的模样儿就像杀于知县的凶手。

林拐子是半城人都认识的，尕老汉对林拐子被扔进了黑沟煤窑的事儿也有所耳闻。在他看来，林拐子应该早死了。

4

我不喜欢林拐子，可林拐子在《子归城》中很重要，没法回避。记得四十多年前，我在厦门见他时，他已经是中山路上最后一个代书人了。我当时脑海里火花四射，灵光闪烁，但最后砰地冒出的一组词竟是：人间秘密的偷窥者。

“阿伯呀，您一辈子都替人代书写信，不管是古城子还是厦门，恐怕半城人的秘密都在你肚子里吧？”我讨好地说。

那是1972年，厦门只有十几万人。林拐子当然知道好多人的隐私。

“小半城。”林拐子当时已八十六岁，头发稀疏得屈指可数，细小的三角眼里总汪着无意义的泪水，眼白也不再惨白，而是发红。但人依然机智，他用手指了指脚下以代指厦门。当时的厦门半个岛都臭气难闻——人们填海筑堤，征服自然。岛内的湖泊成了死水，臭了。

“可是他们却不知道您的秘密……”

林拐子立刻警觉地笑了，神情傲慢，带着得意：“什么秘密呀？”

“比如您当年是怎么从黑沟煤窑的废矿井里死里逃生的？”我有意用了恭维的语调。

不料，林拐子却勃然作色，一语不发地站起来，收拾了文房四宝就要走人。

我慌了，急忙说：“阿伯哦，别走啊！不是说好了，我今天请您喝酒吗？”

他不置可否，只伸长了脖子看鼓浪屿的轮渡。那里也有隐隐的恶臭。

我只得真讨好假殷勤地说了一堆轮渡停运还早，咱们先去喝酒之类的屁话，林拐子的神情才阴转晴。不过，临了他还是激愤地指着鼓浪屿，对我说：“我们家的几幢洋楼就在那里。家里的佣人中有一个人称赖黄脸的，是家父的贱奴才。他去古城子找我时，我就把他留到了黑沟煤窑，让管账……”

我隐约感到林拐子当年死里逃生和赖黄脸有关，但我没敢继续追问。

林拐子闽嘉先生，可能也觉得自己过分了，喝酒的时候，竟然主动告诉了我一个秘密：他的那条瘸了的腿，是被合富洋行的狼狗咬坏的。“一到阴天下雨就疼，不喝点酒压不住。——我以前不好喝酒！”林拐子望着海对面的漳州，若有所思地说。那神情好像合富洋行的大狼狗就藏在对岸。

我那时候已经知道了古城子里的许多事情，其中就包括林拐子常年秘密进出合富洋行，里面的大狼狗不仅不咬，连叫都不叫。

林拐子看出了我怀疑他在撒谎，就装糊涂。一边笑一边王顾左右而言他："唔，洋行的那条狗厉害呃，我用了半年时间才把它喂熟……它嘴刁，不随便吃别人的东西！我先给它扔骨头，扔了就跑……怕它咬！后来就是肉骨头，从陈胖子的通四海酒楼捡的。有一次，我捡了条死狗，喂了它一个礼拜……嘿嘿。"

林拐子说这话时，抑制不住地笑，笑得眼泪都下来了。

我实在不懂这有什么可笑的。就转移了话题，问别的。

那天林拐子喝多了，无所顾忌地解答了我许多疑惑。但当我把话题又绕到黑沟煤窑的那口废矿井时，他却警觉地立刻打住话头，阴着脸，收拾起东西，真的走了。

那天他喝得都叫我兄弟了，但还是气哼哼地一把推开我，一瘸一拐地独自走了。

辛亥年秋，林拐子被扔进黑沟煤窑的废矿井，可能是他一生的痛。

5

辛亥年秋天的那个下午，尕老汉在合富洋行街门前撞上林拐子，可能真的被吓蒙吓傻了。林拐子在洋行附近干啥？为什么会出现在那里？他是怎样死里逃生的？等等。都是些值得一问的问题，可尕老汉却一个劲地指着林拐子追问："你是人是鬼？你到底是人是鬼？"

那天林拐子样子像鬼，但说话完全像人。他呜呜啦啦地简单讲了自己死里逃生的虚假经历，又呜呜啦啦地详细讲了合富洋行人人是鬼的道理。他呜呜啦啦，但还是讲明了这件事：下毒的人就是铁老鼠。现在是谁沾上这事儿，铁老鼠他们就会赖谁。就算像他这样，已经知道是抓错了的人，也要杀人灭口。

尕老汉听得毛骨悚然，实实在在地相信了林拐子的话：谁跟合富洋行打交道，谁倒霉。不死也得扒层皮。

尕老汉只是想领一笔赏钱，买大烟，不想被人扒层皮，更不想像于文迪知县那样被人杀。但他拍着脑门想了想，觉得既然何坨子说了有赏的话，就不能这么没事了。

当天，尕老汉追到了木垒驿。

6

何坨子躲在木垒驿的雀仁庄子。

何坨子听尕老汉说旗人知县于文迪被杀，就对姐姐说：“你看，我说咋的？”

之后，他管了尕老汉一顿酒喝，就想打发他走人。

尕老汉不甘心：“那这嫌犯，刘天亮，不抓了？”

何坨子把手里的银坨子哗啦一下，放到耳边听着响，说：“抓人？现在抓了有啥用？合富洋行在忙着收拾郝大头哩！”

“那这赏也没了？”

“这时候还要赏？不怕人家把你扔到废矿井里啊？”

何坨子话虽这么说，却还是把手里的银坨子分了两枚给尕老汉，又拿了两包大烟膏子给了尕老汉。算是赏金。

尕老汉没走。

他在庄子上转了转，觉得山水不错，就去投靠了一个远房亲戚。那人却在跟着土匪小螳螂混。尕老汉也就在雀仁庄子的土地庙里拜了小螳螂为师傅，从此落草为寇，当起了土匪。

雀仁庄子，蒙古语，意为“囚禁人的地方”。曾是清末一个蒙古部落王爷的封地，因建有地下土牢而得名。

第六章

戕

戕，百度百科释义：1. 残杀、杀害。2. 毁坏。3. 伤害。康熙字典：他国臣来弑君曰戕。戕官，却特指杀害官员。

第一节

1

电视上专家们在讨论今年的第一场台风。

他们说，今年是六十五年来生成初台风最晚的一年，这是凶兆。现在太平洋深处险象环生，今年的第1号台风“尼伯特”即将诞生，它怪异而强大。专家们还说，此刻一个海岛国家正在闹海啸，已经有三十四人死亡……

老妻相信专家的危言耸听总能蒙对一次。她跑进来给我的笔记本电脑拍照，说要给它网购一块电池。“否则你正写着时断电了怎么办？”她说。

钟宅湾是厦门的风口，历史上正面袭击厦门的台风总是在这一带登陆。这我知道，但我还是在这里买了房。原因很简单：我怀疑一位钟姓老人的出生地就在这里。——这是我心里的小秘密，除了您，我给谁都没说过。连老妻都不知道。所以她总是在来台风的时候抱怨我：为什么在这里买房？

2

傍晚，莫菲打来了电话，说她查清楚了，谢琳娜和那个叫鹿晗的小伙子，当时就被警察放出来了。谢琳娜本身就是新疆考古研究所的研究员，还是个女博士。那个小伙子去向不明，林子非还没消息。

“他没被放出来吗？”

莫菲犹豫了一下，说：“老师，您知道的，我跟他不熟。不过我在网上看到了一个帖子，上面有图，拍的是个祭祀的石碑。说是林子非他们的考古发现。如果图片是真的话，这说明他们没事，资料都流传开了嘛。”

“你没有‘人肉’搜索林子非吧？”

“这个……老师，您别管了！我抽空给您发资料。”莫菲匆忙压了电话。

当晚，厦门市政府发布了台风预警，证明了今年的第1号台风已经形成。

莫菲发来了那篇带图片的文章。

我看了那几张图片，都是大景，能看到沙丘中的方石碑，看不清上面的文字。不过帖子上引了几行碑文摘录：“浩浩乎平沙无垠，地阔天长，不知归路。忽有绿色入目，不见人踪，惟榆葱葱。人告余曰：此榆树窝子也。”同时说了立碑者是“古城晚生天亮，率族人，携众工”。

我有似曾相识之感。急忙在旧纸箱子里翻找，找到了《古城图志》，发现网上那人发布的图片和文字，正是当年钟爷写的《祭祀文》，它居然被完整地编入了县志：

浩浩乎平沙无垠，地阔天长，不知归路。忽有绿色入目，不见人踪，惟榆葱葱。人告余曰：此榆树窝子也。鸟飞不下，兽铤亡走。却常覆千秋雪，时有神风吹。

余闻夫齐魏徭戍，荆韩招募。万里奔走，连年暴露。沙草晨牧，河冰夜渡。寄身锋刃，苦闷谁诉。吾想夫北风振漠，商贾上路，寒风穿骨，惊沙入面。惊鸟休巢，征马踟躅。更有耕农百工，为生活计，拖家带口，暴露于野。积雪没胫，坚冰在鬚。缯纩无温，坠指裂肤。

呜呼噫嘻！当此苦寒，无酒怎过？

鸟无声兮山寂寂，夜正长兮风淅淅，魂魄结兮天沉沉，鬼神聚兮云幂幂，日光寒兮草短，月色苦兮霜白。夫人生天地，伤心惨目，有如是邪！

呜呼噫嘻！人生当此苦境，无酒怎过？

乐哉幸哉，榆树窝子有神榆，苍老茁壮，化生佳酿，聊慰人间。

乐哉刘家佳酿，于风悲日曛之时，凛若霜晨之日，得君神谕，杜康护佑，历春夏秋冬，度风霜雨雪，于一夜之间，终成正果，名扬海内。

幸哉神榆，生而在野，不死为灵。卓然不朽，轩昂磊落。昭如日月，佑我苍生。

千秋万岁，呜呼神榆。今有古城晚生天亮，率族人，携众工，顿首再拜于君足下。敬献牺牲，祭君天恩。尚飨！

丁巳年四月拜立

县志上说："此文为乡人争相传阅。惜乎原碑遗失，存世文字无从考据。"

我很激动，林子非找到了原碑，不仅证明了《祭祀文》的存在，也使得钟爷的存世文字变得有据可查了。

我激动得难以自已，情不自禁又去了钟宅村。

钟宅村，疑似钟爷的出生地。我这么说是因为钟爷生前说过：他五六岁时，出生的那个钟宅村遭遇了一场大台风。他的母亲、姐姐都被卷进了大海，村子也成了一片汪洋。成了孤儿的他，从此再没回过那个小渔村。我据此就在这里买了房，并推测它就是钟爷的出生地。只是目前我还没找到资料证明，眼前的村子曾被大海淹没过。

傍晚的海风吹拂着曾经的渔村，我在钟宅村熙熙攘攘的人群中穿梭踱步，注视着每一个相遇的孩子，想象着乡音已改鬓毛衰的钟爷童年时的模样。

钟爷，是古城子一个不可忽视的重要人物。走在村里，我的心里汪满了淡淡的乡愁，耳畔一直回荡着他写的《祭祀文》。恍惚间，我看到钟爷从海风中走来，坐看沧海桑田，云卷云舒。怆然涕下后，又随朔风离去……

3

在《古城图志》上，钟爷的列传是从1841年开始的。

那年，林则徐被贬新疆，途经西安，友人请他吃饭。席间，有一个八岁乞儿闻听林大人在此，号啕而至，长跪不起。林大人惊诧，两人就进行了如下对话：

林：你是哪里人氏？为何在此号哭？

乞儿：我乃同安钟宅人氏。父兄随陈化成大人当兵吃粮，母亲淘海谋生，为族人所不容。庚子年间，母与姊驾船出海遭遇台风，双双葬身大海。小人无依无靠，北上寻父。至定海，方知父兄皆在吴淞口海战时中弹身亡。无奈之下，流落街头乞讨，又被人拐卖到了西安北郊洼人村。近日听说大人滞留西安，想着父兄都曾追随大人。故逃离主家，乞讨数日，赶来求救。

林大人仰天长叹。抚着乞儿的头，泪湿前襟，说："烈士遗孤，不得抚恤，反遭此等苦厄。余之罪也！"随后便委托友人，为乞儿赎身，送回老家读书。

乞儿坚决不从，说：我父兄、母亲姐姐皆已亡故。我乃孤儿，举目无亲，只有跟着大人您西去。

林大人浩叹：西去新疆，天寒地冻。何日复归，遥不可知。

乞儿跪地誓曰：但随大人，生死不计。

林大人长叹一声，出资为乞儿赎身，带在了身边。

——这个乞儿就是钟爷，当时名叫钟翰林（后自己改名钟则林）。林则徐后来为其取字：阳明。是不是希望他日后能像王阳明那样成为一个学问家，不得而知。

钟翰林随林大人进疆后，先后去过迪化、伊犁等北路六县以及南疆八城。

林则徐林大人自哈密开复之日，钟翰林十一岁，远在迪化读书。收悉消息时正逢暴雪封路，交通阻隔。翰林竟托人传书：大丈夫当以天下兴亡为己任。翰林已改名则林，愿以恩公为鉴，在此国家艰危之时，专心致学。以期将来或为边疆一戍卒，或为丝路交通一铺路石……

林大人甚慰，曰：则林幼而有志，或成大器。遂托付故人蒙乾：义子相待。

4

但钟则林最终没成蒙乾义子，成了东床快婿。

阿古柏之乱时，则林已是清军军官。匪兵围攻迪化，主帅蒙乾为防官兵脱逃，以保护为名，下令将清军军官家属拘囿老满城。结果，“城破，皆被屠杀”。

而蒙乾在下令之时，却私自将女儿四格格及襁褓中的幼子钟赵孤放出，远遁古城子。

迪化陷落时，蒙乾躲于族人胞弟家中。假言古城子有雄兵三万，令钟则林星夜驰往古城子，引援兵前来挽狂澜于既倒。

则林腿部负伤，竟也一骑绝尘，连夜抵达。到了古城子方知城中并无兵马，只有逃亡至此的四格格与幼子，孤苦伶仃，无依无靠……

三年后，钟则林与徐学功联合攻击迪化，至老满城，欲探蒙乾下落。不料，竟然被人追杀。细问缘由，方知是蒙乾之弟蒙坤欲杀人灭口。

则林大骇，不明就里。

迪化收复之日，钟则林带四格格及家人前往迪化，祭奠岳父蒙乾。竟然又遭蒙乾族人追杀。钟则林携家人逃出迪化方才得知：迪化沦陷时，蒙氏家族十几口人皆欲投降，蒙乾不准。其族人竟将蒙乾反锁于家中，引贼兵来捉。蒙乾见状，遂在家中引火自焚。

钟则林知此详情后，仰天长叹：吾母葬于水，岳丈葬于火。水深火热，吾命如此，乃天定乎？

此时则林已被授“巴图鲁”之称号，有面见新帅机会。遂乔装进城，欲为蒙乾申冤。不料，进城始知失落多年之两子一女，皆在老满城拘囿时被阿古柏贼兵悉数屠杀。而当年的家属拘囿令正是蒙乾亲自所下。则林悲愤难抑，以掌击壤，竟至皮开骨裂，血流如注……

则林不服，意欲托人上奏。友人劝之：蒙坤已承袭哥哥蒙乾爵位，时为副将。则林愕然有所悟，遂携家人星夜逃回古城子。

则林逃回古城子后，一病不起。七日后出门，依然精神恍惚。此时城中宵小之人争权夺利，已经引起内讧。军民恐惧，仇杀不止。钟则林闻之，心灰意冷，拱手祭天：恩公林大人在上，吾愧告之：人心不古，人性若此。弟子不才，如之奈何？

说罢，他便辞谢追认的管带一职，挂印而去。后又在沙枣梁子，先辞游击令，后辞县丞诏。

自此，钟爷便退隐沙枣梁子，有诏不奉，有令不至。只在家中耕耘品茗，读《商君书》，看云卷云舒花开花落。

第二节

1

钟则林无意为官，却推荐了两任知县。

第一任知县纪墨，为官八年，解甲归田，出关东归。

第四任知县于文迪，是则林在迪化时的同窗学弟。“苟利国家生死以，岂因祸福避趋之”，当年，他们是共同应和着林则徐的《赴戍登程口占示家人》而结下生死盟约的。

于文迪，字成仁。当年钟爷还以“杀身成仁”开过他的玩笑，没想到他一语成谶。辛亥年末，于文迪真的“成仁”了……

钟则林钟爷，为他跟于文迪开过这样一句玩笑，后悔终生。

2

天亮走后，钟爷他们来到古城子东门。刚到城门口就感到气氛不对。城门口有兵士盘查行人，城门楼子上有荷枪实弹的武人在巡视。一打听，说是在查革命党。大家都奇怪：革命党不是到伊犁去了吗?

到了拐子街又看见有骑兵在巡逻。个个马刀出鞘，扛在右肩，高高在上地对着行人虎视眈眈。

“咋了？这是干啥呢？”云朵和钟爷连续拦住路人询问。被询问者不是摇头叹气，说声“惨呀！”就是挥挥手，夺路而走。最后是一个阿富汗小贩，结巴了半天，说了个大概：昨晚上于知县家出事了。说是革命党人的杀手来了……现在，马麟管带正带着部队抓凶手呢。

“那于知县呢？人没事吧？”钟爷瞪圆了眼睛，声音开始发颤。

阿富汗小贩可能被钟爷吓着了，一缩脑袋，跑了。

钟爷让尕老汉赶了车，直奔县衙。

到了县衙门口，钟爷一眼看见了李小头。李小头本名李贵，人称李鬼，家里是开棺材铺的。钟爷看见了李小头在指挥着人抬一口棺材，脸唰地白了："李贵，出，出啥事了？"

"于，于知县，一家七口，昨晚上，让，让人杀了……"李小头可能也让钟爷的样子吓了一跳，说话也结巴了。

"啊？那于知县呢？"

李小头指了指院里："在里面。唉，这，这也太惨了……连几岁的小孙女，都，都没放过。"

"贤弟呀！"钟爷扔掉拐杖，大叫着冲进了县衙。县衙门口把门的是陕西杆子老秦，他也被弄傻了，呆呆地看着钟爷冲进去后，才想起要拦云朵："上面有令，闲人免进！"

可是云朵已经冲了进去，她想拉住钟爷。

钟爷跌跌撞撞穿过大堂，直奔后院。另一个骑兵想拦住他，被他一膀子撞了个趔趄。"这老汉疯了！"那个兵士嘀咕了一句。

这时候的钟爷其实没疯，他是在冲进于文迪的寝室后才疯了。

寝室里凌乱不堪，散发着一股浓烈的血腥味。钟爷看到灰白的墙上一串串殷红的血迹，触目惊心，像腊月里开了一屋子的红梅花……

"贤弟，我的成仁贤弟在哪儿？"他挣开拉他的云朵，大喊着一扭头看到了一口红棺材，几个工人正在盖棺。他冲过去，一把推开棺盖，就看到了躺在里面的于文迪。

"贤弟啊，是我害了你，我不该让你回来呀！"他大哭着伸手去摸于文迪苍白的脸。就在这时，他却忽地直起身，双目大睁朝后一挺，笔直地倒了过去。

"爷，爷呀！"云朵扑过去，搂住钟爷的脖子，想把他抱起来。可这时的钟爷又沉又硬，像一截石滚子。

3

1972年，我请林拐子吃开元路上的一家沙茶面。没喝酒，他可能不高兴。就拿筷子指着我说："当年，在古城子，喝了一场酒，马麟就成了革命党。之后，于文迪就被杀了。"

马麟是前清管带，于文迪是古城子知县。

第三节

1

狼来了！今年的第1号台风"尼伯特"横空出世。尼伯特，英文名Nepartak，编号1601，密克罗尼西亚语，含义：著名的勇士。

此刻，这位勇士正在太平洋上呼风唤雨，边走边聚集排山倒海的力量。

它有N个方向可以选择，但它选择了向西，朝闽南缓慢逼近……

我的写作陷入困境，我有两条道路可以选择。A.就是于文迪被杀事件与马麟的关系，进行充分展开和叙事。您将由此看到辛亥革命之后，在丝路经济核心带，新旧势力的明争暗斗，残酷博弈。甚至清廷余孽，在这一时期的暴动。其中就包括，清廷旧武装马麟管带，在一场酒后变成了古城子的新势力武装；B.另一条线索就是，在于文迪被杀的当天，天亮遇上了一支哥萨克武装，并由此丢了后来被钟爷带进棺材的黑陶罐。这个陶罐很重要，它是刘氏家族的图腾，神话……

我犹豫不决，黔驴技穷，就下了楼，在厦门街上闲逛。

鹭岛已经荡漾着台风来临前的繁忙，许多人在抢购食品、咸盐、酱油、醋以及水。小区门口开杂货店的阿发老板，甚至把成箱的方便面、矿泉水摆在店门口，垒成一堵墙，上面还压着条标语："抗击台风，厦门必胜！"

我去薛岭看林拐子的墓地。环卫工人正抢在风雨前，收敛墓地上的盆花和花圈……我显得相当碍事，就转到了中山路。林拐子曾在那儿为人代书，我想看看林拐子摆摊儿的地方。但一切早已荡然无存，竖起了两个尖刀似的建筑。建筑周围的居民，许多人正在往窗户上粘防风雨的胶带、封条，还有人在弹贝多芬的《命运交响曲》……

再后来，我去了同安。我在酷热的天气里无所事事，看加油站里汽车排成长队，人们都抢着要在台风到来前给车加满油。等待加油的人，有些便争分夺秒，从零售店里成箱地搬出矿泉水、方便面，往后备厢里装……我看到“同安影视城”几个字时，突然想起来了：迎儿是同安人，而刘氏家族的那个神话黑陶罐，最初就是迎儿给天亮爷爷的。

我知道我该怎么写了。选择A那是在写历史，选择B才是写小说。

当然，选择B，我就得首先告诉你，什么是哥萨克。

2

15—16世纪时，一些不愿成为农奴的农民迁徙到钦察汗国被推翻之后的俄南地区，建立了一些自己的地方政权。这些人被称为“哥萨克”，即“自由人”的意思。其成员主要是斯拉夫人(如乌克兰人、俄罗斯人、白俄罗斯人和波兰人)，此外还有少数鞑靼人、高加索人、格鲁吉亚人、卡尔梅茨克人和土耳其人等。

不说您也知道，哥萨克不是一个民族，也不是某个国家的专属武装。哥萨克是特定历史时期的一个特定的军事武装群落。如果说吉普赛人是大篷车上的民族，那么哥萨克就是战马上的族群。著名的军事畅销书作家弗朗西斯科·兰诺伊在评价哥萨克骑兵时说：“一般来说，他们中间没有懦夫。”

在16至17世纪上半叶，沙皇对哥萨克鞭长莫及，但他很睿智地选择了给哥萨克提供战斗装备、给养以至军饷，并赋予了他们相当大的行政、司法和外交自治权。由此，多数享有特权的哥萨克人开始为沙皇效力。从瑞典的极地到高加索的群山，从乌克兰的平原到西伯利亚的丛林，哥萨克的身影和战刀纵横驰骋，为自己带来荣誉，也为沙皇开疆辟土……

哥萨克多以河流命名，如顿河哥萨克、库班河哥萨克、乌拉尔河哥萨克、伏尔加河哥萨克等。他们的组织庞大而松散，往往会有许多分支。辛亥年深秋，天亮在榆树窝子遇上的就是库班哥萨克的一个分支。

3

天亮遇上哥萨克的后果很重要：他把黑陶罐丢了。

关于这个后来被刘氏家族传得神乎其神的黑陶罐，我将逐步加以叙说，目前先讲讲它的来源及遗失。最初的来源当然已不可考，这里面的可能性或然性太大太多。因为在过去的年代里，这种瓮形的罐子随处可见。我所能讲清的来源仅仅是：最初，它是钟爷的药罐，在天亮高烧不已的日子里，钟爷用一种棕色酒曲子掺和中草药和海娜花放入罐中煎出的汤汁曾使天亮上吐下泻，痛苦不堪，但也神奇地起到了消热解毒、拯救天亮生命的作用。后来，天亮辞行那天，迎儿把陶罐送给了他。并告诉他：罐里有两碗小米，饿了就自己煮熟吃。米里还有酒曲子和草药，如果你再病了就自己找出来煎药。

天亮被迎儿天真的举动感动得心里一阵一阵发酸。

显然，这只带壶形小盖的黑陶罐，在天亮看来形状温柔质地多情。他接过陶罐，紧紧地抱抱，才让迎儿把它挂到了自己脖子上。

天亮没想到挂上他脖子的是一部光芒四射的神话。因此他在进入榆树窝子后，吃饱喝足，睡觉时就把陶罐塞进了一棵苍老的白榆树里。当时夜色四合倦鸟归巢，天狼星孤独地挂在天上。天亮经不住形状华丽的老榆树的诱惑，就爬上去，睡在了树上……

结果，一觉醒来，他老人家就落到了那样一步田地：他被一群骑马挎刀、满面灰尘的哥萨克反剪双手，捆在了一片衰草萋萋月华丑陋的荒野！

第七章

遭遇哥萨克

哥萨克骑兵，普遍戴着大皮帽子，挎着令人闻风丧胆的马刀。人称马刀兵、皮帽子兵、马匪、骑匪、毛子兵等。

——刘壮志《"一带一路"国家风物志》

第一节

1

现在，是2016年的夏天，台风"尼伯特"正在逼近闽南。

台风是大自然带给厦门的命运前定，亘古不易。我在台风将至的怪异气氛中写作本章，常常会心猿意马，禁不住地偷看钟宅湾大桥——每次，台风来临时，一排排的海浪就会冲击大桥堤岸，卷起千堆雪……

毋庸讳言，这些天，我一想到海浪冲击大桥堤岸的情形，脑海里就会浮现出一段骇人的文字："骑兵每行八人八骑，有的头戴圆筒卷毛高帽，有的身披黑色大氅，他们背上斜挎步枪，腰间悬挂马刀，在尘土中浩浩荡荡前进，数万匹马纵横驰骋，数万把刀交错挥舞。这场景极其震撼，成为骑兵战史上最壮烈的一幕……"

这是苏波战争时期，一位飞行员在空中俯瞰哥萨克骑兵的情形。

2

绑架天亮的人在丝路历史上很清楚："宣统三年秋，辛亥革命爆发，各省纷纷宣布独立。外蒙趁机宣布脱离清廷，建立了黑喇嘛武装[h]。与此同时，帝俄也从科布多派出了一支哥萨克轻骑兵，越过可可托海，横穿大漠，前往迪化。试图与黑喇嘛遥相呼应，胁迫新疆当局宣布独立……”

这支哥萨克轻骑兵的指挥官就是雅霍甫的外甥契阔夫少校。

契阔夫少校自科布多进疆后，怀着为沙皇开疆拓土的激情和理想，抄捷径很快进入了将军戈壁。不料，当天一场暴风骤然降临，他和他的部下九死一生。

那场暴风刮到沙枣梁子时只是一场风，刮跑了钟家的几个短工。但它在沙漠中时，却是骇人的黑风暴，让契阔夫和他的部下全都迷了路。

契阔夫和他的部下在黑风暴停歇后，又晕头转向地走了几天，才到了沙漠边缘一个叫烽火台的地方。

烽火台曾是“汉唐古道”上的一个重要烽燧驿站，北通阿山科布多，南接木垒驿，东连老轮台，是著名的北道岔路口。后来，它成了一面什么也没有的高坡平台。倒是它旁边的一个榆树窝子成了地标。骆驼客们都知道，榆树窝子七沟八梁一面坡，上了坡就是烽火台岔路口了。

但契阔夫少校不知道。

他的部队走到烽火台，看见榆树窝子的绿树后，许多人就哭了，跪在地上感谢上帝让他们走出了沙漠。更多的人则是欢呼雀跃，庆幸自己还活着。而契阔夫本人则不知不觉地染上了忧郁症。那些天里，沙漠平静地夺去了他几十条人马的生命。一想到这些，他脸上的疤痕都会恐惧得充血。

他就是这时碰上的天亮。

这不是阴差阳错，里面不存在时间差。要知道，天亮永远是芸芸众生中的一员，而一支军队需要向导时，芸芸众生中的任何一个人都可能被抓住，成为向导。

辛亥年的深秋，天亮不走运，正巧被抓住当了向导。这事的概率大约只有万分

[h] 链接 黑喇嘛，本名丹毕坚赞，也称丹宾坚赞、丹宾。出生于俄国西蒙古杜尔伯特部，1910年到新疆，1911—1912年率军袭击科布多，并对汉人及回教徒实施集体屠杀。其暴行被揭露后，俄国政府将其判刑入狱。出狱后，又组织武装，与中国军队作战，袭扰丝路。

之一。但也属正常，反正不是天亮也会是别人。都一样，大家都是芸芸众生。

3

大牧川的汉唐路[h]曾经直通烽火台岔路口，但这段路已经湮没上百年了，除了野驴黄羊，没人会走。钟家人心照不宣地给天亮选择了一条绕弯子的U形路：先去古城子，沿官道东行，进入七沟八梁里的榆树窝子，翻过一面坡，从烽火台北上一棵树，破城子，去科布多。

毕达哥拉斯定理在中国被称为勾股定理。在沙枣梁子时，鉴于天亮曾有过掉向的经历，钟爷在给天亮详细地讲解了利用太阳的位置和地形地貌确定方向的知识后，用树枝在地上画了一个直角三角形。告诉天亮说：碗碗泉、古城子和榆树窝子构成的三角形大致是个直角三角形。从碗碗泉出发，沿三角形的斜边一直往前就是去榆树窝子的捷径。

天亮在碗碗泉和大家分手后，便欣然走上了捷径。这次他没走错路。糟糕的是，三角形的斜边大部分是在古牧地上。古牧地，顾名思义，古代是一片丰饶的牧场。但上个世纪初已被彻底沙化，成了沙漠进军绿洲和人类的前沿阵地。可想而知，天亮走在这样的细沙丘中，路途何其艰辛。好在天亮穿着皮窝子，轻巧而肥大的皮窝子走在荒漠里，很像骆驼的蹄掌，柔软而轻松。即便如此，天亮也常常走得神色迷离，双腿发软，不止一次回想他当年在河西走廊迷途的可怕经历和情形。

不难想象，当天亮终于置身榆树窝子时，他有多么孤独和疲惫。——他翻过了七道沟八道梁，再爬上那道黄土大坡，就到烽火台了。

——那时候已经日薄西山。

天亮决定明天再爬那道坡。他取下脖子上的陶罐，在一棵老榆树下盘腿而坐，取下身上的水葫芦喝了几口，又把剩余的水往陶罐里倒了一半，然后找来一些干柴，用“古古特（又名曲曲板，原住民的一种火柴）”引火，点燃干柴后，没等小

【h】链接 汉唐古道，俗称汉唐路。东起巴里坤湖，西至绥来城。可北上至破城子、可可托海，远去科布多。到老轮台后，又可北上阿山、塔尔巴合台口岸，南下进入北丝路。当时，汉唐路老轮台至沙枣梁子一段，最为完好，时常有商旅过往。此段道路因常有往返巴里坤草原的野驴、黄羊奔跑，又被称为“黄羊道”。

米煮熟，就狼吞虎咽吃了起来。这一顿饭，他吃掉了半罐小米。饭饱之后，已是明月初升，强烈的疲惫感袭遍全身。天亮困得快睁不开眼了，但他还有一个清醒的意识在提醒自己：小心野狼。

躲避野狼的最佳办法当然是爬上树去。天亮发现身后是一棵粗壮而华丽的百年老白榆树，就把陶罐挂上脖子，双腿夹住树干爬了上去。

他把陶罐塞进最茂密的一丛树杈中，挂好。又怕鸟儿偷吃，仔细地盖好盖儿后，还用周围的枝丫又缠绕了半天……

不久，他睡着了。

榆树窝子在古牧地还是一片牧场的时候，榆树成窝，密不透风。但在古牧地成了荒漠后，树木不但不再成窝，甚至稀落得连林也成不了了。事实上，流沙已经侵入了榆树窝子，只有那些根系深达十几米的百年老树还在抵御着风沙。在这样的地方，视野当然开阔。因此，天亮制造的炊烟野火，很快就被正在高坡上放哨的哥萨克骑兵发现了。要知道当时是傍晚。

正为不知自己身处何地而发愁的契阔夫，听了哨兵的报告，立即命令一个排的骑兵悄然下坡，朝天亮包抄了过来。

4

在我的故乡紫泉子，天亮爷爷一生的传奇故事，被传得神乎其神。根据我童年时代和天亮爷爷的接触，现在想来，他的许多传奇也是环境逼出来的。比如说此刻，酣睡正浓的天亮被周围的人喊马叫惊醒后，看见树下一群高鼻子、蓝眼睛的骑兵如从天降，就惊出了一身冷汗。仔细一看，这群人个个骑着高头大马，人人举着寒光闪闪的大马刀，冲他连喊带叫，有两三个家伙还在树下边喊边拿毛瑟枪往上捅。毛瑟枪的枪身长，枪刺更长，刀锋尖锐，那两三个人又骑在马上，举着毛瑟枪不管不顾地朝他连捅带吓唬，天亮就吓得离屁滚尿流不远了。

“别捅，别捅。我不是坏人，不是土匪。咹？——我下来，我就下来！”天亮看出这群人冲他连喊带比画，意思是让他下来就一边赶快往树下爬，一边声明自己不是坏人，即便够不上好人，起码也是中等偏上的良民一类。

天亮慌慌张张地爬到一半，被亚历山大咬过的右小腿一软，人就摔到了沙地上。

他立刻被就地五花大绑。

这时候天亮才发现绑他的好像不是中国人——这不能怪天亮迟钝，早年间，丝绸之路上经常就会遇上由哈萨克、维吾尔、布鲁特、蒙古等少数民族组成的骑兵部队，甚至警察部队。他们保卫边防、维持治安，大家都已司空见惯。天亮本来就对这群人听不懂他的话感到纳闷，等到被绑时，他一看绑人者的黑皮帽子和军服徽章，立刻就想起了到处都在传说的哥萨克骑兵。

“你们是马刀兵？你们咋跑到这儿来了？咹？你们还敢在中国抓人？！”天亮瞪着一个黄头发黄胡子的军官一连质问了三个问题。

那个军官叫库力·热西丁。人家一个问题也没回答，就像土匪抢姑娘那样把他提起来，横着搁到了一匹红鬃马上。

这姿势当然让天亮很不舒服，他当然生气地骂了起来。——中国的草民都有这毛病，遇上本国的强权力量往往胆战心惊，苟且偷安。但就是不畏外强，一遇上外国人或者外国的强权力量，便胆气冲天，视死如归。——天亮发现抓他的是马刀兵后，立即胆大气粗，大骂一声：“老子会骑马！”然后左脚蹬镫，右腿飞起一扫，稳稳地坐到了马鞍上。

与此同时，天亮发现，他坐下的这匹红鬃马是匹好走马。

5

天亮被人从红鬃马上拉下来，推进契阔夫少校的军帐时，少校正在用捡来的一块砂石磨军刀。少校率部穿越沙漠时砍了一个哥萨克上等兵，那个上等兵被黑风暴弄疯了，竟然想逃走。那个上等兵的颈椎骨挺硬，把他的军刀崩了一个豁口。另外，他在沙漠中还砍了一个向导，那人的腰椎骨也挺硬，也把他的军刀崩了一个豁口。

少校契阔夫是典型意义上的军人，处事干脆利落。他连来者何人，姓甚名谁，到此何干都没问，甚至连头都没抬，就单刀直入地问天亮：

“这里，什么地方？”

天亮一言不发。

天亮的态度使我对历史产生过诸多遐想。假如天亮说出了那地方就是烽火台，又假如契阔夫知道他的一个红胡子舅舅就在古城子，再假如天亮无意中说出了红胡子暴死的情形……那会怎么样呢？要知道，后来契阔夫在知道了红胡子的死因后，便带兵进城，杀人放火，把白石头楼变成了恐怖的人间地狱。

但历史没有假设。当时天亮就是没回答这个问题。而契阔夫呢，虽然知道母亲的一个弟弟早年追随阿古柏进疆，但他对这个舅舅并无兴趣，也没想过要寻找舅舅的下落。——在这个深秋，刚刚得到沙皇嘉奖的契阔夫一心想的是要驰奔迪化，完成使命。

天亮沉默地看着契阔夫磨刀霍霍。一副中国草民不受外辱的傲慢神色。

契阔夫没听到回答，有些疑惑，他停止磨刀，一边用拇指拭着刀锋，一边又认真问了一遍，还指了指自己的脚下。依然没得到回答后，他有些烦躁了，刀尖一指天亮说："你，说话。"

"你们是马刀兵！咹？土匪嘛！你们还敢跑到这儿来？还敢抓我？谁让你们来的？"天亮慷慨激昂地说话了，可契阔夫少校一个字也听不懂。少校是懂一点汉语的，少校听不懂天亮的话，是因为他的话带着浓重的秦州腔。

契阔夫听不懂天亮的话，就以为天亮也听不懂他的话。便收刀入鞘，命令卫兵给天亮松绑。然后亲切地把天亮召唤到烛光下，用俄语连说带比画地让天亮在一张军用地图上指出目前他们所在的位置。

天亮被松绑让座后，草民的倔犟劲儿就没了。但他从来没见过地图，何况那还是张洋文地图。天亮只能边摇头边强调：这上面画的是啥画，我又不知道。咹？我是个没文化的黑肚子，你们还是把我放了算球，我还有很多事情要办。我要到科布多去找驼二爷去拉骆驼，当脚夫，去挣钱。天都已经黑了，我得赶紧地睡觉呀，明天一早我还要赶路……

语言不通害死人。契阔夫的话在天亮的耳朵里是一片叽里呱啦的噪音，天亮的话在契阔夫少校的耳朵里同样也是一片叽里呱啦的噪音。

契阔夫又急又气，下令所有官兵立即行动，举荐翻译。

结果一个二半吊子翻译被举荐了出来。这是一个哥萨克上等兵，在远东服役时，常私自潜入中国黑龙江流域盗马偷牛，因而也就懂一点汉语。但这个二半吊子翻译只能听懂一点东北话，听不懂天亮的秦州话。当然，这也和天亮不肯把话说得更清楚明白些有一定关系。

二半吊子翻译一上场便闹了笑话。契阔夫让他问天亮：这是什么地方？

东北话接近普通话，天亮能听懂，却回答："我不知道。"天亮一生气，就喜欢横起膀子，当时他就横起了膀子。

二半吊子翻译转了半天眼珠子，对契阔夫少校说："他说，这地方叫'额不赤道'。"

契阔夫示意他在图上标出来。二半吊子翻译拿着一根红蓝铅笔，累得满头大汗，找到了一个和"额不赤道"有类似发音的地方。契阔夫欣喜地接过地图一看，那地方却在可可托海的山谷里。

"公山羊巴索夫，你是一头猪！"契阔夫少校一个耳光把这个确有几分像公山羊的二半吊子翻译打出了帐篷，然后气急败坏地围着天亮转圈。

契阔夫确有理由气急败坏。本来他进入阿山境内时，抓了三个相当出色的翻译，但由于监管不严，两个人半道上逃掉了，另一个在沙漠中又被他一怒之下，挥刀劈成了两半。

契阔夫在气急败坏中忽然意识到自己或许比巴索夫要强些，就试探着冲天亮叫了一声："你，我，去迪化！"

契阔夫少校虽然说话艰难，但比那个半吊子翻译还是要强些。他刚这么喊过后，就得到了回应：

"咹？不行。我不能去迪化，我得去找驼二爷。"

"你说，迪化——不行？"契阔夫似懂非懂，追问天亮。

"咹。我不能去！"

"你，说，不去？"契阔夫粗黑的八字胡颤抖了一下，很吃惊的样子。

“不能去。咹！”天亮横起了膀子。他一跟人较劲儿，也横膀子。

“是……不？”契阔夫一手握住了马刀柄。

“咹，不！”天亮直视着契阔夫，低声而坚决地说。

天亮并不知道站在他面前的正是红胡子雅霍甫的外甥契阔夫，也没想过将来他们还会见面交手。但在这生死攸关的叫板中，他还是下意识地把契阔夫的形象深深刻在了脑海中：契阔夫又瘦又高，长条脸上有道极深的刀疤，八字胡黑粗浓密，灰色眼珠，鼻梁上有块明显的雀斑。

天亮敢和契阔夫叫板是基于这样一个信念：马刀兵不敢轻易在中国杀人放火，舞刀弄枪。

但契阔夫在几秒钟内就粉碎了天亮的信念。

契阔夫忽然抽刀出鞘，以一个职业军人的熟练动作，刷地在天亮的天灵盖上，划出了一道血口子。

天亮双腿一软，瘫坐到了地上。面如土色，呆若木鸡。那一刻契阔夫望着天亮头上沿X轴方向出现的血口子，大约是想起了神圣的上帝，就又把刀搁到天亮头上，用刀尖从容地沿Y轴方向画出了另一道血口子。

天亮的头顶上就此有了一个血写的十字。

我在童年时曾经有幸看过天亮爷爷头顶上的十字形疤痕，这个疤痕浅淡而规整，引得人人赞叹契阔夫的刀法炉火纯青。我想这不能仅仅归功于契阔夫的刀法高超。首先，这和一个被划拉的头颅有关。天亮的头颅规整而圆浑，不像有些人——比如孔丘——的头颅凸凹不平，在这样的物体上刻画当然比较方便；其次，还和天亮与契阔夫所处的位置以及他们的身高有关。天亮比契阔夫矮一个头，又在出其不意地挨了第一刀后就瘫坐在地，而当时契阔夫是站着的，这种居高临下的位置关系当然便于契阔夫的马刀尖在天亮的头顶上运动；再其次，还应当说明白，当时天亮被吓得灵魂出窍，一动没动。这种静止的状态对于造就他头上的十字伤疤的规整性至关重要；最后，我们才能说，契阔夫的刀法不错。

契阔夫给天亮划过了血十字后，并没就此罢手。他把刀缓缓地插进天亮的脖后颈，挑起了他的辫子。

“这个叫什么？辫子吗？你们的皇帝！就要没有了。还要这个，干什么？”他说着就以迅雷不及掩耳之势，蹭的一声，割掉了天亮的辫子。

天亮懵懵地看着契阔夫脸上的疤痕，不明白发生了甚事儿。

契阔夫笑了，他对自己磨的刀很满意，割皮见血，削发有声。他掏出一块雪白的手绢一边细心地揩拭刀刃，一边朝门外喊了声：“来人！”

中尉热西丁立刻进来把天亮架了出去。

6

天亮被搁到了一堆篝火前。

篝火前是一群一群的马刀兵。前面说过，契阔夫是典型的军人，即便在这种时候也等级森严。军中最好的一顶帐篷被他用来当卧室和指挥部，其余的为各级军官所拥有，士兵们只能在篝火旁休息过夜。

天亮的血十字并没引起马刀兵太多的兴趣。他们简单地调笑一番后，就各干各的事情去了。只有一个胡子发灰的老白俄，目光忧郁地看了一会儿天亮后，从身上掏出一包药粉，均匀地往天亮头顶上撒了一点后，冲天亮狡黠地笑笑，走到一个酒醉不醒的马刀兵身边，从他头下抽出了一顶瓜皮帽，扣到了天亮头上。这顶被那个士兵当枕头的瓜皮帽，正是天亮上路时，钟爷送给他的毡制冬帽。关于这种毡帽，鲁迅先生已在《阿Q正传》中作了详细描述，本人不再赘述。

已经吓傻了的天亮对自己的帽子何时成了别人的枕头这件事，想都没想。对老白俄的举动也毫无表示。

老白俄走到红鬃马前，从褡裢里取出一支萨克斯管，自顾自地吹了起来。这时，天亮的脑海里才有了第一个意识：这匹马是他的。

惊魂未定的天亮看到，那晚的月亮是紫茄子色。

天亮的意识真正恢复已是子夜。夜风扑面，月华如霜。孤立无援的天亮面对自己的处境欲哭无泪，只能望着老白俄发呆。

那时候，灰胡子的老白俄已把萨克斯吹得像个醉汉在萧瑟冷风中哭诉。因此，在天亮看来，老白俄是飘浮在篝火边的一个非常突出的半红半黑的剪影。

遥远的顿河我的家，

斯捷潘·拉辛我的爷。

黑黑的森林我的马，

自由自在我的刀……

后来，天亮从老白俄的剪影里分辨出了一个出天花没出好、落了满脸麻子的头颅，他像只猫头鹰似的对着满天星光恸唱不止，嘶哑的声音犹如一只困兽在荒野上奔窜……

有几个马刀兵醉了，在这歌声中手舞足蹈。

马刀兵的踢踏舞踢踏得尘土四处飞扬。

天亮挥手躲避尘土时感到自己的头皮阵阵发麻，似乎还有锐疼夹杂其中。他伸手摸头时，忽然发现脑袋好像有一半没了，轻了许多。再摸，他发现是辫子没了，而且几乎是齐根儿上没的。那一刻，天亮像狼一样嚎叫了起来："咹？老子的辫子？日你先人啊，你把老子的辫子弄哪儿去了！贼驴日的呀，有本事你把爷爷我的头剁开呀……"

这一宿，天亮咒骂了半宿。没了辫子，他是真不想活了，想跟契阔夫拼命。

第二节

1

天亮被人家在脑袋上划了个血十字后，本来应该吓成了一个优秀向导，但发现辫子居然也被割了后，天亮火了，想报复想杀人想放火的各种恶毒念头如滚滚沙尘，连绵不断。于是，他在黎明时分，停止咒骂，呼呼大睡了一觉，然后提出：体发受之父母（他说不了这么文雅的话，但意思就是这样），不能没有。只要契阔夫把他的辫子还给他，他就带路。

热西丁中尉很生气，把马刀架到了天亮的脖子上。但上等兵巴索夫及时把天亮的要求告诉了契阔夫。

契阔夫兴高采烈地过来，亲自把辫子从野地里找回来，还给了天亮。他还在天亮肩上拍了拍，以示赞许。

天亮把辫子揣进怀里，就被指引着上了一匹老黑马，那马又老又瘦，前腿还有点瘸。而且，人家还没给他马鞭子。但天亮一心想着怎样把他们弄迷路，带进大漠，渴死饿死他们，当然也就没计较这些。他甚至还冲契阔夫笑了笑，说自己要回辫子是要在出门上街时用。绑个假辫子在后脑勺上，总比没有强。

契阔夫像个小孩般开心地笑了几声，一挥手，部队出发了。

马刀兵的马队跑起来很快。天亮既然把自己伪装成了一个有诚意的向导，也就只能姿势很不舒服地骑着那匹老瘸马，在凸凹不平的干滩和洼地间跟着跌跌撞撞地奔跑。

半个时辰后，天亮看见了一棵枯死的歪脖子胡杨树，刹那间他打了一个激灵——他想起了那棵华丽的老白榆树，想起了睡觉时藏在树上的陶罐！于是，他提出，他丢了件东西，他要回去找。

天亮的请求立刻被放肆的嘲笑粉碎了。

“那是我吃饭的家伙什儿，不能没了。咹！”他对契阔夫强调。

契阔夫耸耸肩，策马疾行，没理他。——当时，所有人都看到了，西边有一段泛着白光的汉唐路。

“那是迎儿给我的，不能丢了。”天亮又追喊了一声。

结果他的腰眼上被人捣了一枪托：“快快地走！”

2

闪光的并不都是希望。日暮黄昏，霞光万道时，汉唐路消失了。

汉唐路消失得很吊诡，它先是忽而变宽，忽而变窄，后来就断断续续，时隐时现地把天亮他们带进了沙丘连绵、沟壑纵横的一片洼地，自己则无影无踪了。

所有的人都以为道路还在，只是夕阳西下，天光暗淡，看不见它了而已。

契阔夫下令，就地宿营，埋锅造饭。

这一夜，天朗气清，星河灿烂。天狼星低得就像沙漠中悬挂了一盏灯。马刀兵没有再点篝火，也没跳舞，只是喝酒，唱歌：

我的钦察汗国马呀，
我们走吧！
按恺撒皇的命令，
让铁蹄踏碎敌人的城乡，
在刀尖上闯荡哥萨克的名声。

翌日清晨，被沙漠的寒气冻醒的天亮，朝着东方撒尿时，感到了某种不祥。他发现道路消失在了巨大的沙丘中。后来，他跟着马刀兵吃早餐时，更确定了自己的判断：汉唐路，昨天就没了。

他开始慌张了。

这时候的天亮已经不想和马刀兵同归于尽了。他真诚而努力地爬上巨大的沙丘，转悠着四处张望，希望能看到远处道路的闪光。

清晓的阳光普照大地，而连绵起伏一望无际的沙丘中却看不到一丁点儿道路迹象，连疑似道路的白光都没有。

天亮想要退出这片险恶的洼地，重新寻找道路。

马刀兵不愿意。他们手里有指北针，面对无法逾越的巨大沙丘，他们却坚信道路指向西方，去迪化的方向是对的。

“快快地走！”他们恐吓天亮，巴索夫还又捣了天亮一枪托。

天亮抗议。结果热西丁等三四个马刀兵直接把枪刺对向了他。

天亮无奈，只得解下腰间的毛绳，在老黑马眼前挥舞，吓得它惊慌失措，瘸着腿在沙丘间盲目乱走。

天亮当过车户，会驭马，也心疼马。一个时辰后，当他看到老黑马的瘸腿颤颤抖抖，几乎要迈不开步时，就从马上跳下来，躺在沙地上，坚决不走了。“行了，咹！你们杀了我吧，这么走，把马累死，也没用！”

没想到马刀兵们却一片欢呼，乌拉乌拉地叫着，各个翻身上马，跃跃欲试。天亮扭头一看，不远的沙丘顶上，忽然翻腾起了滚滚烟尘，接着出现了几个奔跑的大型动物，似驴似马……

天亮站起来，定眼一看，就发现这不是几个大型动物，而是一群。它们从沙尘中不断涌出，连绵不绝……

“跟上它们！快！跟上它们。”天亮忽然想起钟爷说过，从巴里坤草原到老轮台，有一条黄羊道，经常会有大群的黄羊野驴，春去秋来，往返其间。它们有着特殊的嗅觉，知道哪里有泉水，哪里有碱草。

“跟上它们走。咹——，我们就不会被渴死饿死！”天亮兴奋地大喊。

契阔夫不知是听懂了天亮的话，还是悟性好，他看了一眼天亮，就拔出了马刀：“勇士们！跟着它们走！上帝在保佑我们。”

3

起初，不断地有人试图追上它们，但都失败了——它们没有负重，在沙漠里跑起来比马轻松。

后来，有人朝它们开枪，被契阔夫打了耳光：“蠢猪！惊散了它们，我们就失去了道路。”

再后来，契阔夫听取了天亮的建议：大家都下马，跟着前方的动物，缓步前行。谁也不要追击，不要开枪。以免它们受到惊吓，跑得无影无踪，我们就死定了。

“下马！跟进。不许追击，不许开枪！违者，军法处置。”契阔夫下过这道命令后，依然高高在上地骑在马上。而其他的马刀兵则垂头丧气地陆续滚鞍下马，跟着前面那些大型动物的脚印，亦步亦趋，满头大汗地蹒跚前行。

马刀兵在红亮的太阳下走了将近三个时辰，终于看到了骆驼刺，发现脚下的黄沙变成了沙砾、盐碱地、风蚀岩……

没人意识到自己到了老轮台地界的汉唐路上，但都猛然意识到他们走出了沙漠！他们看到右边的天边，有隐隐的大雁在飞。左边是荒漠、戈壁，尽头有明亮的雪山。

这里是西戈壁的北缘。著名的“苦水泉”就在这里。

有人怪叫了一声。立刻引发了一片此起彼伏的欢呼……

当马刀兵欢呼着在苦水泉边饮马洗脸时，有人激动得不能自已，朝天开了枪。

这时候，前面的动物们刚进入了一片遍布梭梭丛和流沙的狭窄谷地，它们或者是受了惊吓，或者是本该如此，它们突然呈一长串，开始飞速奔驰，闪动的四蹄扬起阵阵烟尘，以致除了前面十几只身影清晰，后面的主体又再次淹没在黄土卷起的烟雾之中。

这时候的天亮已经在漫长的跟踪过程中，看清了走在前面的是一群野驴。

在上个世纪初，野驴并不是珍稀动物。只要您肯走出家门远足，就能看到它们的尊容，不像我们现在，想看一头家驴，还得上动物园去花几十块钱的门票。那时候，在新疆广泛分布着野驴的生活群落，它们分为两个亚种，即阿尔金山、昆仑山到帕米尔高原东部乔戈里峰下生活的藏野驴，还有分布在准噶尔盆地到东疆一带的蒙古野驴。

天亮他们碰上的就是蒙古野驴。准噶尔盆地东部，多起伏的风蚀残丘和沙漠，也有一望无际的平坦土质及砾质戈壁，生长着梭梭、盐穗木、沙拐枣、花棒等蒙古野驴爱吃的食物；而乔本科的三芒草、芦苇、芨芨草等更是蒙古野驴的美味佳肴。所以这种特耐干旱荒漠环境的野驴在这里出现不足为奇。

野驴的突然举动引发了马刀兵的骚动，他们再次集体激动了。

“野马，乌拉，野马！”热西丁中尉喊了一声后，众人顿时群情振奋，欣喜得连契阔夫的命令都听不到了。应该看到，动物种群的逐日缩小甚至灭绝，并不自本世纪始。在上个世纪初，新疆的野马就由于人类的过度捕猎以及牧区的过度扩大等影响，濒临灭绝的境地。因此，即便是过去时代的人，能看到一群奔跑的野马，也不是一件容易的事。

马刀兵误把野驴当成野马后，激动得乱了套。他们一哄而起，翻身上马，策马扬鞭，争先恐后地追逐起了野驴。

野驴是种有趣的大型食草动物。它们好胜心强，看到后面的马队奔跑过来，驴群中几个属于愣头青小伙子的野驴便冲了出来，欲与马队在速度上争个高低。结果一花引来万花开，野驴群受到某种情绪鼓动，放弃迁徙途中的这次饮水休息，开始集体奔跑。霎时间，尘土飞扬，地动山摇，野驴奔驰过处，势如决堤的波涛。——百年之后，我坐在二十六楼上鸟瞰钟宅大桥的海涛拍岸，就觉得是千万匹野驴在朝堤岸奔腾，冲击……

天亮的马不行，只能慢腾腾地跟在后面。

他也想慢腾腾。作为一个流浪汉，他十分清楚野驴和野马的区别：野驴不及野马身材粗壮。它的体型较小而四肢细长，耳朵很长，形似骡子。野驴的毛色比野马浅得多，特别是初春季节，几乎呈淡棕色。此外，野驴脖颈下半部、腹部、腿部均为白色或淡棕色，而野马除腹部稍浅外，其他部位颜色均较均匀。同时，野马颈背的鬃毛长而浓密，蓬松粗大。野驴背鬃短而稀疏，尾巴也细而短小。更明显的是，野驴的背上有一条野马所没有的、黑色的美丽条纹。——天亮就是望着野驴背上的那些美丽的条纹而在心中暗暗嘲笑马刀兵瞎激动的。

天亮是笑够了之后，才发现一个巨大的契机已经从天而降的。他环顾四周，发现马刀兵都忙着涌向右边的坡地，在已风蚀的陶土板岩和红柳丛间追杀野驴。西戈壁上阳光寂寂，尘埃漫漫，没人注意自己。

跑！他自己对自己喊了一声，就掏出怀里的辫子，照着老瘸马的臀部连连打了八辫子。当然，无论天亮的辫子是粗是细，都不足以让老瘸马因疼痛而奔跑。关键是天亮是个车户出身，懂马。他挥辫的幅度很大，每一辫落下前都会在老瘸马的眼前急速掠过，老瘸马立刻慌张地飞奔起来了。

天亮跑了几十米，看到被马刀兵打散了的野驴群中出现了十几只惊恐万状的野驴，正朝自己飞奔而来，这才意识到自己把方向跑反了。于是，慌忙掉转马头，钻出梭梭灌木丛，朝远离汉唐路的方向跑。

落在后面的还有一个人，老白俄。他根本就没有去追逐那些野驴，而是坐在一道沙梁上，望着惨遭杀戮的野驴群，拼命吹萨克斯管。在他身后，红鬃马不安地踢着脚下的沙土，望着残酷的人类屠杀自己的近亲——论起血缘关系，野驴显然属于马的叔伯兄弟。

一心逃跑的天亮被突然横在逃跑道路上的老白俄吓了一跳，他迟疑地正有些不知所措，忽然看到了红鬃马，不知怎么的就胆气陡升，勇气倍增。他跳下老瘸马，不管不顾，直接朝老白俄冲了过去。

老白俄对天亮的到来毫无察觉。直到天亮双手抓住红鬃马的缰绳，纵身一跃，身姿矫健地坐到了马鞍上，他才失急忙慌地扔掉萨克斯管，抓过毛瑟枪，朝天亮连喊带叫。

就在这时，那十几头野驴冲到了他们身边。紧随其后的是十几个哥萨克骑兵，他们端着毛瑟枪，对着落伍的野驴，连刺带射。

天亮无暇细想，双腿一夹，策马进了野驴群。老白俄就在这时，朝天亮开了一枪，打掉了天亮头上的小毡帽。

天亮吓得三魂荡荡，七魄悠悠。他慌不择路，朝着能看见雪山的方向，快马加鞭时才发现手中既没鞭子也没辫子。情急之下，他只能用双脚不断磕着马肚子，促其奔命。

红鬃马是匹好马，不用扬鞭也奋蹄。不知不觉间，它和天亮就成了这群野驴的“领头羊”。这当然引得马刀兵杀性大发，他们穷追不舍，频频射击。那些追随天亮的野驴们没跑出一里地便大半尸横荒漠，血染戈壁。而侥幸活命的野驴，多半也或伤或残，有的倒地哀鸣，有的喷着血柱，落荒而逃，不知去向。

4

天亮一口气在野地里狂跑了八九里地，发现身后枪声早已停息，这才停住马头，回头顾望：后面没有追兵，也没有野驴。天地间只有一轮西沉的太阳，照得苍山如海，戈壁如血。

天亮低头再看自己和红鬃马，野驴溅洒在他们身上的血迹斑斑点点，依然殷红鲜亮。略一回想刚才那血腥的杀戮场面，天亮不觉后怕。于是，他下意识地紧夹双腿，催动红鬃马，沿着戈壁滩上的一条干河滩，又跑了起来。

天亮一口气跑了几十里地，跑得身心麻木，动作机械，肌肉僵硬。

但他在傍晚时跑出了西戈壁。

干河滩消失的地方，是一条横着的大路，对面是个喇叭形的山口——天亮后来知道这地方叫黑沟路口——当时他勒住马头举目四望，试图辨别来时的方向。但惊弓之鸟，哪里还能再识来路？

天亮拨马欲走大路，却发现人困马乏，天色昏暗。只得滚鞍下马，牵着红鬃马，朝山根下一处炊烟袅袅的房舍走去。

近了，天亮才发现这房舍正是自己曾经想去的地方——在古城子时他就听说了：古城子西边三十里处有个黑沟煤窑，煤窑沟口上有个客栈，打着一米长的黄色幌子，上书“黑沟客栈”四个大字，老板娘叫黑牡丹，是个美妇人。她开店不收房钱，只在客人挣上钱出山的日子，连本带利一次清。

天亮下意识地摸了摸红肚兜，发现铁老鼠的桑皮纸信封还在。“妈者皮！这是老天爷日弄（耍弄、忽悠之意）我哩吧？”他这样骂着不禁仰望起了长空。

天空中乱云飞度，但无比正常，没有丝毫异样，看不出凶吉祸福。

这时候的天亮不知道辛亥革命后，内地都在剪辫子。他摸着自己没了辫子的脑袋，觉得乾坤虽大，自己已无立锥之地。但又觉得自己身上有铁老鼠的推荐信，就算没辫子，黑沟煤窑的人，恐怕也不会要他的命……

该死的娃娃球朝天！在沟口徘徊了一会儿后，天亮想起了这句斩钉截铁的民间俗语，就决定先进去饱餐一顿，大睡一觉再说。

天亮下马，把自己和红鬃马身上的血迹用黄沙土擦了一顿，又看了一眼苍天，没发现新的异样——其实，就算天空真有异象，黑肚子天亮也不懂——就搓搓手上的黄土，深深地叹了口气，牵着红鬃马，走进了客栈。

这是辛亥年深秋的一个傍晚。天亮穿过北沙窝，越过西戈壁，丢了陶罐，抢了匹马，到了黑沟煤窑。

第八章

黑牡丹·黑沟煤窑

第一节

1

现在，还是一百年前的那个辛亥年。还是深秋的傍晚。

天上有一轮明月。地平线上有天狼星闪烁。

天亮一进客栈院子就看到了黑牡丹。黑牡丹头戴黄花，一身素白，正在笑骂几个围着她唱《十八摸》的汉子不要脸。

“来啦？吃呢吗住呢？”黑牡丹虽已年过三十，却在泼辣中透着无限怡人的风韵。她一句问候，像嫂子，就让天亮有种到家了的感觉。

“咹？也吃，也住。”天亮说。他没辫子，怕，就把马鞍子扛在背上，当院站着遮掩。

“快预备！”黑牡丹朝伙房喊了一嗓子，刚接过天亮手里的马缰绳，那个唱《十八摸》的小个儿汉子就跳出来，抢过缰绳，并趁机捏了一把黑牡丹的手：“姐哎，咱来，咱来。”说着牵起红鬃马，消失在了马棚方向。

——这小个儿汉子在未来的历史叙事中算个角儿，你得记住——他的名号很著名，叫“二锅头”。

黑牡丹指了指天亮肩上的马鞍子：“快放下，里面吃饭。”

天亮看屋里灯亮，不敢进，更不敢放下马鞍子。

黑牡丹莞尔一笑，告诉天亮说：煤窑上刚发生过塌方，死了一茬人。窑上在招新工人。客栈里的汉子们都是来应招的。和天亮一样，刚到。

天亮细看屋里的汉子，都有辫子，就说：“咹……我饭量大，还是在别处吃吧。”

这个说法不合逻辑，让黑牡丹有些诧异。但她还是把天亮引到伙房，安顿好了单独吃饭，才问：“到这搭里，还怕个啥？”

黑牡丹的语气就像天亮的亲嫂子，让他一下子就放下了悬着的心。于是他讲了自己没了辫子的辛酸经过，并担心地问他会不会被抓住杀头？能不能招上窑工？

没想到黑牡丹笑得直咳嗽，笑够了才过来在他刚结痂的血十字上揉了一把，抓起一把杀猪刀说：“走！”

天亮跟着黑牡丹到了红鬃马跟前。她二话没说，抓起马尾巴一捋，“刷”就是一刀。

“咹！你做甚？”天亮话音未落，一大把马尾已割到了黑牡丹手上。

“叫啥？我给你光头上编个假辫子！”

天亮心头一热，正要说点什么，黑牡丹却又甩过一句：“我不能白干！给你记上账，赊着，将来一搭里算。行不？”

“咹……能行，能行。——不过，这马尾巴能成么？”

“咋不成？窑上招工的天麻麻亮就来领人了。黑嘛咕咚的，我再给你弄个毡帽子戴上，他们啥球都看不清！再说哩，一个煤黑子（窑工），就看见了，怕啥？那些煤窑上的老毛子哪个有辫子？”黑牡丹说着就扭哒着小蛮腰走了。

月光下，天亮呆头呆脑地看着这个一身素白的女人进了房间。

2

当晚，天亮美梦联翩：他飘浮在美丽而暗淡的夜色中，天上一轮皎洁的明月，地上有个朦胧的白女人，一会儿像朵牡丹绽放，一会儿又扭动着性感的腰肢，飘来飘去……

有一刻，他急切切地扑了上去，紧紧地抱住了白衣女人……觉得幸福无比。

那一刻，天亮醒了。他忽地坐起来，发现自己遗精了，他有种莫名的罪恶感。可眼前的明月和白衣女人却挥之不去。

一声马嘶惊醒了天亮，接着他发现邻铺的二锅头没了。

黑沟客栈是窑工客栈，一条大炕，能挤多少人就睡多少人。好在炕是热炕，炕上有席子被子。天亮跑马污染了席子，怪异的体液味儿让他难堪。他摸索着想找点东西揩拭，却发现邻近的铺位空了。

他忽然意识到那声马的嘶叫声相当熟悉，是红鬃马！

“贼！”他叫了一声，抓了件衣物就冲了出去。

月光如雪。

天亮看见红鬃马已被人拉到了院外，马没鞍子，一个人正费力地往马背上爬。

“抓贼啊，偷马啦！”天亮大吼着冲出院子。

那人却已爬上马背，马蹄哒哒地跑了起来。

天亮横着膀子，撂开大步，赤脚直追。边追边喊，边喊边骂。一会儿工夫，就把后面的追随者甩得无影无踪。

月光明亮，前面的一马一人在山野间跃动，却始终逃离不开天亮的视野。

天亮看到了白花花的官道，急了，他怕盗马贼一上官道，无阻无碍，会一路飞驰而去。就大吼了一声：“呔——！贼！给爷站下！！！”

这一声，惊天动地，震得山野一片哄嗡声。那红鬃马突地前蹄腾空，一个急刹，嘶鸣着把盗马贼甩下了马背……

天亮健步如飞，连续冲刺，赶到跟前，捡起一块石头，呵喽气喘地想要震慑盗马贼。却见那汉子捂着屁股，疼得在哭。

天亮不禁笑了，再一看，盗马贼正是邻铺的二锅头。

二锅头被摔下马后，正好跌在一块石头上，疼得哎哟呻唤，涕泗横流。但一看见天亮，却也笑了："嘻，精沟子（光屁股），哥，精沟子……"[g]。

"贼驴日的，你还笑？咹！"天亮冲过去，照着二锅头肚子就是两脚。

二锅头抱着肚子，疼得喘不上气，却还是笑，"哥——爷！别打了，兄弟服你了……你是爷！精沟子断（追赶、抓捕之意）贼，爷爷，你牛！你是神爷爷……"

天亮这才意识到自己是光腚赤脚，赤裸裸一丝不挂！连贴身的红肚兜也在断贼的过程中不翼而飞了。

天亮恼羞成怒："你个驴日的贼娃子！"举起石头就要砸二锅头。却不料身后跑出个高大的人影，先扑上去揪住了二锅头的头发，左右开弓就是一顿嘴巴子。

"快！给大哥磕头，求饶！"那汉子拎起二锅头，一甩胳膊就把二锅头扔到了天亮脚下。

二锅头被打得满嘴是血，一看天亮还是忍不住又笑了，边笑边磕头边求饶："爷，你是爷！饶了我吧，就当我是个屁……精沟子爷爷放了我！"

那汉子一看天亮，也笑了："兄弟，不冷？"

天亮一看那人却是自己右边的邻铺，一个体形硕大却没有魁梧感的汉子。——这人在子归城的历史上也是个角儿，他后来有个响当当的名号，叫"独眼龙"。

"你咋来了？"天亮扔了石头，有些难为情地伸手遮护裆部，却发现自己手里还提着件衣物。

"那是我的裤子！我不追你，明天咋出门？"独眼龙指着天亮手里的衣物说。

天亮一看，独眼龙也是光腿，腰间围着个小棉袄，就笑了。

一笑泯恩仇。历史的真实是：当天晚上，三人回到客栈，就焚香磕头，拜了把兄弟。按年龄，独眼龙老大，二锅头老二，天亮老三。但后来的事实证明，三人的实际权威，是正好倒过来的。

而天亮"精沟子断贼"的故事也就从此四处传扬，弥久不息。甚至百年之后演绎成了丝绸古道上的一句民间谚语：精沟子断贼——胆大不害羞。

---

[g] 链接 沟子，古称尻子，人体之臀部，俗称屁股，我们阳关外的人形象地叫它沟子。

3

天麻麻亮，黑牡丹就一脚踹开了屋门，“起咧，起咧！窑上的人一会儿就来咧！快！起咧，去吃饭！吃饱了给人家下苦去！”

大炕上的男人们多数和天亮一样，都是“精沟子”睡觉的。黑牡丹却视若无睹，还拿着个鸡毛掸子跑到炕沿前敲：“起咧，你这个溜逛锤子（闲散的二流子）！人家是夜黑里炕上跑马，你是外头去偷马……”说着还拍拍二锅头的脸，“咋咧，嘴还疼不疼？牙没让人家打掉，算你福气。”

众人哄堂大笑。

被哄笑的二锅头趁机就抓住了黑牡丹的手：“姐哎，再不打！疼。”

“日你妈的，叫娘就不疼哩。”黑牡丹说着就挑开了二锅头的被子。二锅头吓得吱哇乱叫，捂住裆部蹭地就坐了起来。

黑牡丹把众人都轰走后，拿出了一条马尾巴编制的辫子。

黑牡丹心灵手巧，三下五除二就齐根儿把马尾巴扎到了天亮头上：“咋样？”

“咹？好！”

天亮是真心觉得好。所以黑牡丹要把一顶脏兮兮的烂帽子扣他头上时，他表示了不同意见：“不用了吧？”

“戴上。头上还有伤哩么。”她不由分说地就把一个死难窑工的帽子戴到了天亮头上。

天亮心头一热，伸手就想抓黑牡丹的手。黑牡丹一把推开他：“再来的时候把钱给我还上。”

“真要钱？”

“咋不要？不要老娘吃啥？你哪儿人？”

“秦州。”

“真的吗？秦州呆，舍命不舍财。怪不得你精沟了断贼哩。”

这话让天亮不悦。他觉得被人骂了先人，就坚持问清楚了自己到底赊欠了多少钱。

黑牡丹说的那个数，让天亮当即就给了她一个评价："呸！这婆娘真黑！"

4

黑沟煤窑的老板索拉西亲自来招工，还带了五六个背枪的矿警，搞得气氛挺紧张。

索拉西身穿黑大衣，四十出头，有张油腻腻的胖红脸。他坐在院子中间的一把太师椅上，手拿马鞭，跷着二郎腿，态度傲慢。

索拉西的身后是矿警，旁边有张桌子。一个黄脸汉子就在桌子旁逐个登记，让人签字画押按手印。天亮后来知道他姓赖，人称赖黄脸。

"你们知不知道辛亥乱党啊？"赖黄脸故作高深地问。

一片嗡嗡声后，没人应声回答。

"有没有认识辛亥乱党的啊？"赖黄脸再问。

一片嗡嗡声后二锅头带头喊了一声："没有。"

众人随之附和。

"那就快快地报名。"索拉西不耐烦地一挥手。

众人于是围到了桌前。报名。

天亮先是懊恼丢了红肚兜，没了铁老鼠的信。后来忽然想起了他给云朵的"保证"，就有些犹豫了，没积极向前。

"你们中间有没有一个叫刘天亮的人啊？"赖黄脸突然拿出一张纸，抬头问，"也可能叫柳天亮，刘天良，刘田亮，有没有啊？"

天亮吃了一惊，他看清了赖黄脸拿的好像是一封信，联想到刚才追问"辛亥乱党"，就下意识地摸了摸脑后的假辫子。困惑，茫然，警觉间他也就低声附和了众人："唉……没有，没有。"

二锅头、独眼龙都顺利录用，在契约上画押按了血红的手印。

天亮却还在犹豫。"乱党"以及"刘天亮"出现在那张纸上，还有那么多种写法，让他茫然中感到了一丝不祥。

索拉西好像一眼就看出了天亮的犹豫不决："你，过来。"

天亮一狠心，忐忑而疲沓地走了过去。索拉西站起来像条狗那样围着天亮转了一圈，突然捣了天亮一拳，发现肌肉强健，就笑了：“嗯，不错。你叫什么？”

那一拳松松垮垮，软弱无力，让天亮觉得索拉西是个草包。

“咹？没名……”天亮顺嘴说。这时他眼前浮现出了云朵不安的神情，还有她总唠叨的那些林拐子被扔进矿井，生死不明；郝大头无辜招祸，家业不保等惊悚的流言……他决心隐姓埋名，可一时懵住，没编好假名。

“没名？那怎么写？”赖黄脸抬头，举着毛笔，目无表情。

二锅头机灵：“他是我哥，我们老大。姓刘……”

“喔，刘老大。”赖黄脸低头写名字的时候，索拉西却无端地大笑了起来：“唔，刘老大？你很厉害吗？那以后你就当他们的老大！”他指了指众人，笑得像只吠叫的狗，“你们都不认识刘天亮吗？”

“不认识！”二锅头或者独眼龙应该是知道天亮名字的，看天亮不说，也就不说，还大声否认。

“好啦，你们全部都有，收拾东西，准备上工！”索拉西宣布完，跳上马，先走了。

至此，天亮忽然发现：什么狗屁辫子！人家根本看都不看。

天亮觉得亏了，白让黑牡丹赚了他三两银子。就把头上的帽子捋下来，一抬手扔到了猪圈里。

5

天亮和黑牡丹告别，怀着被她黑了一把的不良心态。黑牡丹却拦住了他的红鬃马，结果两人就进行了如下对话。

黑牡丹：好马！搁我这儿，我给你养着？

天亮：钱咋说？

黑牡丹：嘻，我给你白养哩。

天亮：咹？不给你干活？

黑牡丹：啥？你们家的牲口不干活吗？

天亮：干活不给钱么？

黑牡丹：狗日的，还当老大呢，贼得很！行，一月一两银子。你从矿上出来时候一搭里算。

天亮：一月二两。咹？

黑牡丹：没这个价。狗日的，滚！

天亮：行行行。马死了咋说？

黑牡丹：把老娘赔上。

二锅头大笑：行啊，哥。快写上，画个押。

最终，谁也没写没画押，就一句话。老年间的男人女人都是一诺千金的。

第二节

1

戕官，自古有之。

北丝路上最早的戕官事件发生在伊吾。

伊吾，自古便是屯田之地，牧草丰茂，交通便捷。光绪年间，县令张鹤青推行“牧改农”（牧场改为农田），致使牧人远遁深山草原，农民则在土壤层很薄的牧场不断拓荒种地，挖渠灌溉，竭泽而渔。到了甲午年，伊吾城外，大片土地沙化、荒芜。时又逢大旱，颗粒绝收。大批农民背井离乡，迁徙巴里坤草原。而当地牧人见之，以为又来毁草垦田，义愤填膺。农牧双方于是流血械斗，冲突长达数日。后来，大批灾民退回伊吾县城后，便开仓抢粮，围攻县衙，数日不止……

张鹤青之弟张虎青是一骑兵营长，闻听哥哥被困，便从巴里坤带了骑兵来救。但抵达县衙后，为时已晚。原来县令张鹤青，面对糜烂的时局，无以应对。就趁家人熟睡之际，赤膊出门，背负一捆梭梭柴，负荆请罪。不料，就有暴民，用那梭梭柴将张鹤青活活打死，扔进了县署门前的涝坝。

而他十五岁的儿子送葬回来后，悲痛难抑，竟然也以同样的方式，投了涝坝，步了父亲后尘。

张鹤青只此一子，取名张飞。张飞溺亡后，张家人悉数迁居巴里坤。

伊吾沙化，影响深远，教训深刻。翌年，伊吾县亦被迫迁址。

这是有案可查，最早进入史志典籍的戕官事件。之后丝路上风雨飘摇，波澜不止，但戕官之事却再未发生。

十七年后，辛亥革命爆发，北疆伊犁随之起义，各地会党纷纷响应。当年秋，从古城驿开始，丝路各地连续出现戕官案，县令们惶惶不可终日。当官成了高危职业，新官不愿就任，旧官纷纷辞职。有些县令甚至为了身家性命，竟然不等省里批文，就以地方百姓公推为名，将县长宝座拱手让位于地方会党首领。更有些想不开的，像惠远县令，竟然不等会匪动手，自己先就寻了短见……

势如潮水的戕官事件，使过去人们趋之若鹜的道府州县职缺，成了危途。以致到了后来，原新疆省府的四位政要，除了杨增青尚在省城外，其余三人皆辞职东归。

2

风起云涌的戕官事件中最著名的要数喀什道尹袁鸿佑被杀事件。

民国元年四月，有一营士兵在迪化哗变，迫使新疆都督袁大化辞职东归，荐喀什道尹袁鸿佑为都督。五月初，袁鸿佑夫妇正拟启程赴任，却不料三更时分，喀什会党首领边永福等人率众杀入府中，将夫妇二人戕杀。同一夜被戕杀的，还有喀什参将汤殿恒、疏勒县知事张秉铎等人。

袁鸿佑被戕后，杨增青借助回民兵，镇压哗变士兵，脱颖而出。迫使北京临时政府将其任命为新疆都督，从此开始了独裁统治。

3

史载，辛亥年开始的戕官风潮一直持续到次年袁鸿佑被戕才告结束。

当年的戕官文献史料浩如烟海，无奇不有。可令人困惑的是，我没发现任何史料记录这个事实：丝路上的戕官风潮肇始于古城驿的县令于文迪被戕！

是史学界有意回避，还是无意疏漏？百年之后，我坐在钟宅湾，面对桌上的史籍，所能喟叹的也就四个字：天道难测。

于文迪很不幸，他被戕杀者搞成了一个无法被历史描述的人。

第三节

1

县令于文迪被戕，黑沟煤窑失去了改签协约的法人主体，合富洋行即把扩张方向再次集中到了郝记木车行。——铁老鼠睚眦必报，认定了林拐子顺手支放的那把英吉沙小刀来自郝大头的车行。

他的判断来自商业竞争原则：毁灭对手的优势。

“这个郝大头，他只能生产木轮的牛牛车[n]，当然要扎我的胶轮车。”

他忘了他的胶轮马车是买来的，他并不生产车。因此他其实不是郝大头的行业竞争对手。

可怜的郝大头，头大耳大却没福气，被错当成竞争对手后，从此一家人鸡犬不宁，腥风血雨。

先是合富洋行在郝记车行对过建了个胶轮车行，还弄了个照妖镜安在大门上，照郝家院子。陶七去论理，却被希卡们踢肿了屁股。此外，合富的希卡们还持枪站岗，看见郝记车行的客人就端枪吓唬……

后来更甚，希卡们大摇大摆地闯进车行，四处搜查，说要抓扎破胶轮车的凶手。搜查未果，他们就绑走了郝大头的幼子郝娃子，说他的小手握那把英吉沙小刀刚好合适。

木车行的股东们都是福建八行[f]的老板、掌柜。他们懂得城门失火，殃及池鱼

---

[n] 链接　牛牛车，就是勒勒车的改进型。勒勒车是一种牛拉的木车，木制轮圈巨大，连轴转，笨重且不易转小弯。郝大头对其进行改进，虽也是木轮的，但牛马皆可拉套，比勒勒车好用得多。

[f] 链接　福建八行其实不止八家，鼎盛时十多家，少时也有四五家。多系闽人。经营以茶叶为主，茶叶中又以武夷红茶为主。那时茶叶都是成箱运输，进入西北，走河西走廊等戈壁沙漠，多是驼运。但到了哈密、镇西府后，大牧川绿洲连片，又有丝路连通，就改车运了。

的道理。在看出洋行打击郝大头是包藏祸心后，就联名状告过合富洋行。但因于知县突然被戕，事情不了了之。

郝大头的老婆性子烈，为了让股东们出面抗争，索回她的儿子，竟然提把菜刀，到福建八行抹了脖子。福建八行的老板们再也坐不住了，齐齐地去找马麟，要求申冤做主。

马麟本是伊犁来的溃军管带（只相当于科级），在于文迪被戕后却以县领导（处级）自居，四处发号施令。他下令放了监狱里的全部罪犯，让他们当兵练枪，借以扩充自己的队伍。又收罗当地无业游民、帮会成员，令他们跟着自己追查“乱党”，借以抓权抓人，提高自己威望……

马麟见福建八行林、陈、庄、赖四大姓都来到了自己门前，携带重金，拱手相求。觉得这正是自己在古城子商界扬威立万的好机会。当然他也知道洋人不好惹，正犹豫着要不要把福建会馆的会长杨公义、山西会馆的会长山西王叫来，以壮声势，门外却一阵鼓噪，木车行的老板郝大头和工人们抬着郝家女人的棺材来了。

群情激愤。

马麟也为情势所迫，不再犹豫。他义愤填膺地收了福建八行的大红包后，就下了帖子：某日某时，合富洋行、郝记车行及八闽茶行诸多人等，皆到衙门大堂来，由我马某出面给你们调停纠纷。

某日某时，众人如约而至。铁老鼠却没来，代理人皮斯特尔说：巴赫·铁尔森老板去迪化了。

马麟对皮斯特尔说：郝掌柜已经听了我的调解，把老婆下葬了。入土为安嘛，要不事儿过不去啊。——这丧葬费，我看你们也出点吧。

皮斯特尔说：巴赫·铁尔森老板去迪化了。我没有得到授权呀。

马麟说：那你们赶紧先把人家的儿子给放出来吧！要再出个三长两短，更麻烦。

皮斯特尔说：巴赫·铁尔森老板去迪化了。我没有得到授权，不能就任何事情做主表态。

这太不给马管带面子了！不仅是打脸，简直就是给他下马威。马麟气得差点儿哭出来，回到营里就召集谋士开会，要出这口气。

于是，一个叫杨干头的劳改释放犯脱颖而出。

杨干头是古城驿著名的文物贩子，一把洛阳铲，挖得古城到处都是老鼠洞。知县于文迪生气，特意给他挖了一个两丈深的瓮坑当监狱。说：你不是爱盗墓挖洞吗？有本事挖洞出去。

没了洛阳铲，杨干头当然出不去。

杨干头是被马麟稀里糊涂放出来的，当然要积极地出谋划策以示感恩。

杨干头说："要收拾铁老鼠还不容易呀！那个红胡子死得不明不白，只要咱马爷马管带一声令：查！能不查出事儿来？死人了，大事，谁敢说不让查？"

杨干头长期在地下监狱，对地上的事儿却挺清楚。但马麟不想查，红胡子死了要查，那于文迪死了要不要查？

马麟不想查，就朝地上"呸"地吐了口痰。杨干头于是又出主意：

"大家知道吧？近两年，合富洋行赚钱最多的是啥？是烟土和煤窑嘛！这烟土，不是好东西么。咱大清朝不是屡次三番地说过要禁烟吗？就连前些天南方成立的民国，不是也说要禁烟吗？只要咱马爷马管带一声令：禁烟！咱们不就合理合法地把黄大牙他们的烟馆查封了么？没了烟馆，合富的那些烟土还不就都烂到白石头楼里了？"

"呸！烟不是好东西，你是好东西？"马麟一口痰吐到了杨干头的头上——那是一个又干又亮的秃脑袋。

马麟有烟瘾，没了烟土他会死。

杨干头唾面自干，用手抹掉了头上的痰，嘿嘿一笑，又出主意：

"那就是煤窑了。黑沟煤窑不是发现了新煤矿吗？他们肯定人手不够，要大量招工。咱马爷马管带天天在古城子里查乱党，那黑沟煤窑却是个灯下黑，没查。咱就派人去查！蹲在那儿，吃在那儿，天天查，慢慢查。查出来了，合富就完了，吃不了兜着走。查不出来，也把它狗日的查得人心惶惶，一天出不了几车煤……"

马麟击掌称赞，当即任命杨干头为稽查大队长，不日带人赴黑沟煤窑追查“乱党”。

2

到黑沟煤窑查乱党，要查得鸡飞狗跳耽误生产才有效。杨干头知道这活儿得罪人，不好干，就特意叫上了马麟的副官马福山，还让山西王也出了十多号人，弄得阵势挺大。

马麟一看，变了脸，踹了杨干头一脚，让他只带溃军中的五六个老弱病残去。

马麟是不放心杨干头，怕他弄那么大阵势，到时候再查不出乱党，自己下不了台。

杨干头哭丧着脸叫苦不迭。但他鬼心眼多，发现叫苦没用后，三角眼一转，就跑去敲了郝大头一笔劳务费，还顺手拿走了郝大头的一个田黄石摆件。说要替他申冤昭雪，清查合富。然后在陈胖子的通海酒楼要了桌酒席，请皮斯特尔。

杨干头机关算尽，鬼话连篇了半晚上，中心意思就是要让皮斯特尔配合，派两个合富的人跟他一块儿查。他对皮斯特尔说清查乱党是政治，一个人杀人放火没关系，可在政治上不能犯错误。一定要敏感，要清醒，要积极表态，要紧紧跟上。否则就会吃亏，甚至掉脑袋。

“咱们都是给人家当幕僚的，在政治上可不能犯糊涂啊！”他拉着皮斯特尔的手，语重心长地说。

“那我亲自去，是不是就更‘政治’了？”皮斯特尔说。

杨干头高兴得鼻涕都飞出来开了花：“那当然，那当然很‘政治’了。不！那你就是古城子的政治家了！”

“好，我去。来，干杯！”

“哎，来来来，干杯干杯！”

杨干头自以为得计，其实皮斯特尔一坐到酒桌上就看穿了杨干头的心思。皮斯特尔何许人啊，走南闯北，阅人无数……

皮斯特尔之所以提出亲自去是有自己的打算：一是自己初来乍到，与索拉西不熟，他想借机摸摸此人的底细，也顺便摸清“新矿脉”到底有多大储量，以便自己取代他人时心中有数；二是他想借此通过杨干头与马麟搭上钩，也摸摸这伙溃军底细，看自己别有企图时是否可以利用；三是他也想假装追查乱党，看能否发现点铁老鼠、索拉西的把柄，将来好要挟他们；四是他总觉得那个叫刘天亮的人神秘失踪太可疑，他猜想会不会是索拉西把他藏起来，准备有朝一日取代铁老鼠时当定时炸弹用……

怀着多重目的，皮斯特尔到了煤窑也就和杨干头一样积极“清查乱党”。一时间煤窑上鸡犬不宁，人人自危，生产管理几乎停滞。

三天后，索拉西不干了，跳起来，指挥矿警们朝天鸣枪，要赶杨干头等一伙人走。

杨干头吓得尿了裤子，拉着皮斯特尔要跑。可皮斯特尔一把将杨干头推进一间黑房子，锁上了门。

皮斯特尔不想走，他的那些目的还没完全达到，他发现了铁老鼠、索拉西的一些把柄，还没彻底抓住。于是，他勇敢地站出来舌战索拉西等人。结果是半小时后索拉西明白了“政治”，亲自把杨干头从黑房子里解放出来，两人在皮斯特尔的斡旋下，花好月圆心照不宣地达成协议：杨干头继续清查乱党，但须是在工人下工时间，不影响生产；索拉西拥有最终定罪权，他认为偷奸耍滑的人，杨干头就要按“乱党”来清查。

协议达成，大家都喜笑颜开，勾肩搭背地走到食堂，开了几瓶伏特加，烤羊羔肉，在“哥俩好”的猜拳声中大吃二喝……

席间，黄脸汉子赖黄脸讲荤段子助兴，说到了“精沟子断贼”的故事。

皮斯特尔和杨干头都笑得流哈喇子，大喊：“这个刘老大下工没有？把这个刘老大找来看看啊……看看他精沟子啥样儿？哈哈！”

索拉西也是第一次听说这个故事，笑歪了嘴，大喊：“快去！把这个刘老大找来。不管他是不是在上工！”

3

很巧——或者说很正常，天亮正在井下背煤——他每天要背十五小时的煤，所以他被带到食堂时，样子就像来自非洲的一个黑皮肤酋长，浑身黑得只能看到眼白和牙白。

本来，天亮上井后要简单冲洗一下，可赖黄脸和矿警都催，他一生气，只穿条裤子就进了食堂，还自尊地昂着头。

“哈，你就是刘老大？来来来，给我们讲讲你‘精沟子断贼’的事儿！”

“有啥球好讲的？你们没精过沟子？”天亮不悦地说。

“他们说你精沟子追了七八里地，比马都跑得快？真的吗？”

天亮厌恶地吐了口气，他喜欢酒味，肉味，但受不了狐臭味。

赖黄脸怕尴尬，急忙说：“这个是真的。刘老大是窑下的领班，有力气，跑得快……”

索拉西恍然大悟：“噢，对，你是领班。你挣钱多，干活也多。我知道。好！”说着就过来又捣了天亮一拳。

杨干头却不知趣，一脸坏笑地说：“儿子娃娃，好身板！就是不知道精沟子啥样？”

天亮已心生怒气，皮斯特尔却端杯酒，跑到天亮跟前起哄：“哈，对对，脱了裤子我们看看——”

“贼驴日的，看你妈去！”天亮一挥手打飞了皮斯特尔的酒杯，还把他弄了个趔趄。

天亮他们天天下井挖煤、背煤，其实也都是光腚光身子。一是没女人，二是煤窑的世界人黑煤黑天地黑，谁也不看谁，谁也看不清谁。所以赤身裸体一丝不挂大家早习惯了，很正常。可一帮穿衣带冠的人要看他精沟子，天亮深感羞辱。何况皮斯特尔的狐臭味还让他恶心，他一下子怒不可遏了。

飞出去的酒杯在墙上粉碎后，溅出了一摊边角锐利的红葡萄酒液，像血。

众人一片惊愕，鸦雀无声，全看索拉西。

索拉西一怒之下，手指天亮，喊了半句俄语。门外的矿警冲进来，已经举枪对向了天亮，可索拉西的下半句没喊出来。

索拉西没喊出下半句，可能是他刹那间想起了天亮“干活多”，是个领班，他很在意这个。

索拉西没喊出下半句，命令不完整，矿警没法执行，回头看他。

索拉西憋红了胖脸，正一咬牙要下达一个不失体面的严惩令，门外却传出一声喊：“巴赫·铁尔森老爷到了！”接着就是一个希卡失急慌忙地跑了进来。

众人愕然。刚起立，铁老鼠就神色慌张、满头大汗地跑了进来。

第四节

1

铁老鼠是连夜逃出迪化的，故而他中途在黑沟煤窑打尖时带着惊弓之鸟的慌张可以理解。

这事儿得从前些天说起。

那天大风，刮得天昏地暗。医生阿廖沙从迪化带回了一封信。信是铁老鼠在迪化买卖圈子的朋友谢尔盖诺夫写来的，说红胡子的遗孀爽约，在沙俄领事馆把铁老鼠告了，罪名不清，但领事大人可能要取消铁老鼠的商约资格。

此事非同小可，视金子如生命的铁老鼠拿出了十根金条，当即赶往迪化。

——由此可见，铁老鼠没去接受调解，不是诚心要驳马麟面子，而是没把调解的事儿当回事儿，忽略了。他走得又太急，没想到要给皮斯特尔授权。当然，这是插话。

铁老鼠顶着飞沙走石的黄风，连夜赶到迪化，找到他的朋友谢尔盖诺夫，给了一根金条。谢尔盖诺夫就带他拜见了领事伊万。

伊万坦言：红胡子的遗孀状告铁老鼠是对的，因为铁老鼠给她的羊脂玉枕是赝品。买家怒了，正满城追查那个女人，想要借机敲诈。

“这事麻烦啊！你是古城子商约，却带头弄虚作假，亵渎商业操守！何以服众啊？”伊万说。

铁老鼠不等伊万说完，急忙掏出八根黄澄澄的金条，双手递上。

伊万咬了口成色，喜得浑身乱颤。随即表示：你的商约之职，有我在，谁也觊觎不了。至于红胡子的那个讨厌的遗孀，我要让她三天之内离开迪化。因为她买卖赝品，已经触犯行规，却不思悔改，还诬告尊敬的巴赫·铁尔森先生与红胡子之死有干系，简直是滑天下之大稽！是女人异想天开的污蔑和诽谤，是异教徒的背信弃义。这种丢脸的事情若发生在沙皇陛下的帝国，绝对会被流放……

伊万领事还对铁老鼠说：他不会给那个女人签证回国。他要把她赶到浩罕的塔什干去，让她与狼为伍……

铁老鼠千恩万谢。

伊万领事又问他还有什么需要帮忙的。

铁老鼠想到黑沟煤窑的永久开采权落实不了，就说了这事儿。想走个后门关系，给中方施压。

伊万爽快，立刻给他写了封公函，让他去找省巡抚衙门。

当时，新疆巡抚袁大化已经东归，实权都在将军杨增青手中。可杨增青正忙着招募回兵，组建骑兵队伍，对外制衡列强，对内抗击伊犁起义军，哪里有工夫搭理铁老鼠？

结果是一个洋务科的小科长代表省衙门接见了铁老鼠。

那时候洋务的概念才刚刚进入新疆，还是新鲜事儿，能干这事儿的人相当于我们现在的IT精英。

精英就是精英。铁老鼠很快发现这个叫诸葛白的洋务科长和诸葛亮一样可恶。他不是在衙门或者家里接见铁老鼠，而是在迪化文庙。

诸葛白让铁老鼠和自己一样站在孔子塑像前，说：“子曰：人不可以无法无天。”

铁老鼠不知道孔子是否说过这样的话，他甚至连孔子是个神还是个孔洞都不清楚。

诸葛白又说：“要知道，孔夫子的话在中国就是法律。他还曰过：普天之下，莫非王土；率土之滨，莫非王臣。就是说，在中国，天下的土地都是天子的。你想啊，你一个外国人，租中国的一块土地也就罢了，你还要永久地占有它，开采它。这不是公开地抢掠盗窃嘛！把天子的土地归为己有，又把圣人的话抛之脑后，你这不就是无法无天么！”

铁老鼠都被绕晕了，不知道这套话合不合逻辑。但他知道这时候是得“出血”了，他咬着后槽牙，掏出了最后一根金条。

仅仅两天，他就送出去了九根金条，他的心已疼得快要不泵血了。

可诸葛白对金条满不在乎，拿着他的金条像玩着一根戒尺，还抓过他的手掌有节奏地敲打：“这位先生，您错了！杨将军已经说了，要重修文庙，整肃吏治。以后凡道、县新官上任，一律要到庙中参拜孔圣人，作奉公守法宣誓。也就是说，新疆马上要肃贪反腐，清廓乾坤，开创一个官清吏廉的新社会。我劝你还是不要再作妄想，在这时候顶风作案。快回去守法经营，再勿做蝇营狗苟、硕鼠毁仓的违法乱纪之事。”

铁老鼠鼻子都气歪了，拿回他的金条转身就跑去给伊万告状。

伊万也很生气，但气过之后却劝铁老鼠再忍耐一下。他说数月前沙皇陛下的一支哥萨克骑兵部队就已到达迪化，他们的任务就是借中国南方各省独立之际，武力威胁新疆政要，迫使他们宣布独立，然后像外蒙那样，让新疆也脱离中国政府……

“到那时候，你那个小小的黑沟煤窑，还能有什么问题吗？”伊万按住铁老鼠的肩膀笑得开心无比。

铁老鼠就急切切地问帝国的骑兵在哪里？何时动手？

伊万说骑兵就在领事馆后面的大院子里，他们一会儿要操练，到时候可以去看。

“不过，”伊万严肃地说，“现在时机还不成熟。杨增青招募了五个营的回兵，就驻扎在大院子周围，给契阔夫少校摆开了一个半包围的态势。”

“契阔夫？是从科布多来的契阔夫少校吗？”铁老鼠吓了一跳。之前，他只听说过迪化来了支哥萨克军队，强迫买卖圈子的商人们给他们捐钱捐物，没注意他们的头目叫契阔夫。

“当然！他是个优秀的哥萨克，从科布多一过来就帮助迪化官员，镇压了刘先俊[1]的革命党暴乱。”

铁老鼠不啻是遭遇了晴空霹雳，大脑骤然缺血，变得一空二白。伊万还在慷慨激昂地演说，展望契阔夫将来控制新疆的美好前景。可铁老鼠耳廓里一片嗡嗡声，什么也听不见了。

好在就在此时，谢尔盖诺夫和一群人来找伊万了。他们拥簇着伊万说这说那，再后来就拥簇着伊万下楼，去了后面的大院子……

2

铁老鼠觉得自己是被裹挟着就到了一片飞动的刀枪、马蹄中间。哥萨克骑兵剽悍勇敢，他们嘶喊着纵马驰骋，绕着院子，呈环形涌动。

后来，一队长枪手冲向了标靶。再后来一大片寒光闪闪的马刀砍向了稻草人，它顷刻间成了纷纷扬扬的草秸。

趴在墙头上的一些华人也不禁喝彩叫好。

后来，有人放出了事先抓来的几条野狗。这更让哥萨克们兴奋无比，他们疯了一般狂叫着，追逐着，挥舞着手中的马刀，很快，那些如雪花般飞舞的马刀就成了红的，在暮色中播洒点点血花……

晚饭，就在军营的大餐厅吃哥萨克们砍杀在操场上的那些狗肉。

用餐时，铁老鼠看到脸上有疤的契阔夫用一双阴森的灰眼珠打量自己，不禁背上打冷战，沟槽子流汗，还止不住地放暗屁。他假装醉了，捂着黄胡子偷偷溜走了。

---

[1] 链接　刘先俊(1882—1911)，湖南宁乡人，中国近代民主革命家。辛亥革命时领导迪化起义，失败后，率部掩护同志突围去伊犁。于1911年12月29日不幸被捕，英勇就义，年仅二十九岁。

迪化起义失败，主要是因内部泄密、行动仓促，原为内应的马队、卫队、巡警又突然变卦，致使袁大化兵围巡防营，革命军彻底失利。它与契阔夫似无直接关系，这里肯定是伊万在给铁老鼠信口吹牛。

他的朋友谢尔盖诺夫看了哥萨克的操练很兴奋，晚上来看铁老鼠，说他要捐出一半的家产来支持契阔夫。他要弃商从军，跟随契阔夫去镇西府打仗。

“去镇西府？为什么去镇西？”铁老鼠怕听错了。

“是的，去镇西。去消灭那里的革命党。然后统一北疆，宣布独立。契阔夫少校说了，只要我捐出一半的财产，我谢尔盖诺夫就是勇敢的哥萨克骑兵中尉！”

“去镇西，真的？是契阔夫说的？”铁老鼠知道，从迪化去镇西就要途经黑沟煤窑，途经古城子，如果契阔夫知道了红胡子是怎么死的，那简直就是他此生最大的噩梦！故而他不等谢尔盖诺夫回答，就急急地问，“不，等等。谢尔盖诺夫我的朋友，我想知道：红胡子留下的那个蠢女人走了吗？你知道吗？”

“怎么？你不知道吗？伊万领事没给你说？那个女人不见了，失踪了！也可能去了塔什干，也可能就在迪化或者其他什么见鬼的地方。总之，大家谁也找不到她了。”

铁老鼠简直没法相信，他今天怎么噩耗不断！

“谢尔盖诺夫，你能确定契阔夫会去镇西？”

“当然。这是契阔夫的决定，伊万的主意。当时我就在旁边——吃饭的时候，当时您走了吗？”

铁老鼠什么也顾不上说，立刻招呼希卡、车户：收拾东西，马上走人。

“怎么？你要连夜走吗？你很怕那个乌克兰女人？你不是已经把伊万搞定了吗？怕什么？”谢尔盖诺夫不知道契阔夫是红胡子的外甥，还一个劲儿地疑惑。

铁老鼠这才想起他还有一根金条，急忙取出来，颤抖着手递给谢尔盖诺夫：“我最亲爱的朋友，我只有最后这一点了。给你！请一定让伊万把那个女人赶走！赶到塔什干，赶到西伯利亚都行……”

“如果我让她到魔鬼那里报到，你认为怎么样？——别忘了，我马上就是骑兵中尉了。”

“谢谢……中尉！”铁老鼠激动地抱住谢尔盖诺夫，流了泪。并表示：如果真是那样，他会给谢尔盖诺夫更多金条。不过，一定要快。

3

铁老鼠一出迪化东门，就让车户策马狂奔。

结果，行程过半，他们就跑死了一匹马。车速明显减慢。

后来，黑沟山已经遥遥在望了，他们又跑断了车大轴。没办法，他丢下人、车，和两个希卡，各骑一匹马，艰难地上到了黑沟煤窑。

4

谁都没想到铁老鼠会从天而降！还是皮斯特尔反应快，一边说着“啊……”一边要过去拥抱铁老鼠，可铁老鼠已经一屁股坐到了沙发上：“主啊，我可是差点儿——”他这么说着抬眼看到了天亮——一个黑乎乎眉目不清的汉子。

“你？什么情况？——出去！”他没认出天亮，一挥手。赶走天亮后，又看到了杨干头，“你——是……”

皮斯特尔急忙解释：“这是马麟管带派来的杨队长，稽查队长。”

天亮看见铁老鼠本来想打个招呼，可他身边的矿警连推带搡，把他驱赶出门了。

“你推甚？”他捣了矿警一肘子。

矿警一愣，还是推搡他：“快走！快走呀！”

天亮以为得打架，没想到这个矿警这么客气，催他的语调还挺焦急，就慢腾腾地转身迈开了步。

“这些安集延人……”

天亮听到矿警这么叹了口气，不禁回头又看了矿警一眼。

这是个身材高大、蓝眼珠子的俄罗斯人。天亮后来知道他叫瓦西里。

第五节

1

现在，是2016年的夏天，台风“尼伯特”正在逼近厦金海峡。

我坐在家中，背朝大海，翻看诸葛白的《北丝路记考》。这是一部纸张已经发脆的杂记手稿，蝇头小楷杂以行草书。用牛皮绳线装订，共有四册，装在一个布囊里。

这部“记考”历经百年，前后残缺佚失严重。虽有桑皮纸封面，但卷首开篇就让人莫名其妙：

“新疆市面所用‘两’为市银两，并非纹银。又杂以银圆、银块、红钱、铜圆。斤又为十六两老进制……”之后作者就忧心忡忡地分析“辛亥肇始”后新疆货币与内地依然不统一，长期下去必然交易不畅，影响经济等等。再之后又说外蒙局势、电报培训等。

如此突兀的开头显然不对头，它不符合起承转合的文章法则。要知道，诸葛白出身于一个前清秀才家庭，是很讲究这套八股规矩的。不言而喻，它的前几页佚失了。

还有中间，也有明显缺失。诸葛白本人在迪化文庙教训铁老鼠一事很好玩，传说他好舞剑健身，那天见铁老鼠的时候，还故意舞过一段。可在整个《北丝路记考》中这些都不见一字一句。还有，他对金丁[j]伐木毁林大兴土木一事也未著一字。我想这肯定是“记考”绳断页散过，后来再装订时就有了遗失。

《北丝路记考》曾长期被藏匿在刘家马槽下面，至今依然透着淡淡的马粪味儿，书页间还有微微的沙土灰尘。但它毕竟用的麝香徽墨，至今还有些微的墨香，让人愿意仔细研读。

在第八页上我看到了与古城子事务相关的文字：“奉命与张一德再至古城驿。数日来深感洋人对黑沟煤窑之觊觎，防备稍懈，必受其患。煤窑一事，关乎国家权益，余等必不可使其有回旋之地，存妄想之念。”

壬子年，诸葛白先到古城子，后至黑沟煤窑。所作所为与史上有名的“黑沟事件”密不可分，可《北丝路记考》只简略地记了这么几句，之后笔锋一转，就写起

[j]链接 金丁是民国肇始后的第一任县长，在于文迪被戕三个月后上任。他本来能算个勤奋的好木匠，但骚情地当了县长。结果，一施政，就成了古城子的千古罪人，被钉在了历史的耻辱柱上，迄今已遗臭百年。

了这样一大段文字：

煤窑工人皆曰炭黑子。每位工人月薪六两银锭，领班则为八两，工头甚之，月薪十六两。采煤工具皆为铁器，曰：铁锤、铁镐、铁钎子。

煤窑雇工近百人，每日分三班，每班有工头二人。工头者，有一定技术或者经验者也，负责监督工人。工头之下曰领班，领班多由有力气、有经验者任之，领班干活须领头在前。每班井上有六人摇辘轳提水。约十分钟从井下提一柳条筐煤、两桶水至井上。

井下专有从采煤工作面到井口的背煤工人，曰背手。背手较挖煤者辛苦，其收入不定，以筐计件，每筐煤重二百斤，每班每个背手一般背八筐，体壮有力者往往月薪能与工头接近。黑沟煤窑因巷道狭窄，背手手拄尺把长的山木小拐棍，嘴叼油灯，缓缓爬行……

显然，这是诸葛白经过了调研甚至学习才写下的文字。它客观地记录了黑沟煤窑的生产和人员状况。

可诸葛白为什么要费这么一番工夫，写这么大一堆文字呢？难道仅仅是好奇或者好玩？我想不会。因为他当时肩负重任，面临的问题又棘手又重大，应该无暇置此闲笔。那么，只有一种可能：他或者杨增青已经在考虑将黑沟煤窑收归国有了。

除此之外，我在《北丝路记考》中再没找到与黑沟煤窑相关的文字。

2

现在，还是2016年夏天。台风“尼伯特”还在逼近厦门。

我有淡淡的失落感。林子非一直没消息。他是个一根筋的脑子，做事不计后果，容易出事。

我推开《北丝路记考》，穿了件灰色T恤，开始翻阅林拐子闽嘉先生发臭的老皇历。

林拐了的老皇历大小不一，污损严重，带着普遍的腐臭，有些还透着羊皮的膻味。

有一本皇历是壬子年的，版式朴素，记载简约而重要：

某月某日：提政使杨增青任新疆都督后，设文庙，督官。余曾寄书信一封，呈袁大化巡抚，诉黑沟煤窑事，杳无消息。余此次又寄信一封，呈杨都督，诉黑沟煤窑事。

某月某日：一个叫金丁的木匠当了古城子县长！此人疑是杨都督家厕工。委任状由省城来的张一德在县衙宣读。

同日，马麟亦被委任靖安营长。

同日，余作黑沟煤窑陈情表一份，面呈张一德。

……

林拐子的皇历都这样，对每天给谁代书，收费多少等，都不厌其烦，详细而准确地记在正面空白处。而对历史中的大事要事，则记载简陋而稀少，而且多数记在背面，常常与当时日期并不对应。故，我只能以“某月某日”代之。当然，他一年用一本皇历，事发年头应该是准确的。

意外的是，在六月的一张皇历上，林拐子写了一行字：

省城派要员诸葛白、张一德等一行至古城驿，查黑沟煤窑永久开采权事。

而在这页皇历的背面，他却详细地记载了张一德这个人。

张一德，自称巴里坤人，疑为伊吾人。来历不明，应有官宦背景，妻室或在巴里坤。会维吾尔语、哈萨克语。三十多岁，浓眉大眼。但脸阔耳小，应非吉相，不长寿。

也是在这页上，林拐子也记载了诸葛白，仅十一个字：诸葛白，年近四十，似无妻室。

一个人能被林拐子这种小格局的人关注，很不容易。显而易见，张一德把林拐子的信呈给了杨增青，并有了下文，这让林拐子感到了些许满意。

看来传说没错，在古城子的那些年，林拐子闽嘉先生的目光从来没离开过合富洋行和黑沟煤窑。

不能不提的是：我还在壬子年的皇历中发现了几页竖格信笺，上面的文字及语言风格与林拐子迥异，显然是他人手笔。那是一封奇怪的私信，讲的是发生在煤窑的事儿：

何嘉宝，人称何坨子，本是前清巡检。月前，杨干头到花花沟收烟膏子，碰上何坨子，两人言语不和，他竟将杨干头绑了吊到房梁上审讯。马麟派兵抓何坨子后，金丁却放了人。原来何坨子私下从合富洋行商约手里买了国籍，算是外国侨胞，金丁不敢判。

行文至此，作者还做了个分析判断，结论是“此时，马麟、杨干头定然愤恨洋行诸人”。接着才叙述结果：“何坨子怕马麟、杨干头再找麻烦，近日入股到了窑上，当窑把头。以期洋人庇护。”

这封信没头没尾，没抬头，没落款。

竖格信笺的文字历经百年，看了让人惊心动魄又疑窦顿生：这信是谁写给谁的？它怎么到了林拐子手中？或者它就是某人写给林拐子的，可为何他要掐头去尾，只留中间部分？它的出现是种常态，还是偶然？

我想象着一百年前的某个夜晚，林拐子躲在没人的小黑屋里，阅读它的情形：他脸色苍白，身影随着忽闪的豆油灯火苗飘浮不定，像魑魅魍魉……

我既兴奋又感到阴气袭人：看来人们眼中的疯子，暗中还有内应？或者他在洋行、煤窑本身就有眼线？

赖黄脸？我忽然发现这个人的真实姓名我至今也不知道，他从前可是林拐子家的仆人哪！

刘天亮后来总有人叫他刘老大，就是在黑沟煤窑登记造册时，这个赖黄脸灵机一动，大笔一挥给取的名儿。

想想这事，我就替天亮捏一把汗。

第九章

暴动者

第一节

1

在煤黑子中间，背手最苦，地位还不高。老年间，人们所说的“下苦”，主要就是指的背手这类人。

天亮招工时被索拉西指定为“老大”，一下井就当了领班，当然有些地位。但他在选择工种时，自告奋勇当了背手。原因很简单，背手收入高。

挖煤的叫“挖手”，挖手活儿轻松些，收入就低，但技术含量比背手高。一个好挖手，挖出的煤，整块的多，沫子少。

独眼龙一直是挖手。

二锅头开始是背手，出了天亮打飞皮斯特尔酒杯事件后，二锅头在工头跟前积极批判天亮无法无天，胆大妄为。天亮就被撤职，他就取而代之当了领班。当了领班的二锅头马上进行工种调整，当了挖手。再后来，二锅头又借一次瓦斯爆炸，班里死了人，进行人员调整，当了摇辘轳提水提煤的，不用再下井了。

领班比工人地位高。

井上的人比井下的地位高。

挖手比背手地位高。

这是煤窑多年的规矩。它和经验、技术、人的出身尊卑等等有关。

但在壬子年秋，“察罕通古事件”爆发，一个背手出来喊了一嗓子，却就尊卑颠倒，引发了煤黑子们的“黑沟暴动”。

这个背手就是刘天亮。

2

壬子年春末，契阔夫被杨增青诱骗，率队北上，途经科布多，抵达库伦。

当时，杨增青将军站在迪化城头，长长地舒了口气。

不料，数月后契阔夫却杀了个回马枪，再次到了科布多城下。

这次契阔夫是奉命随同外蒙的黑喇嘛武装来攻打科布多的。杨都督不敢懈怠，饬令各地组织兵勇，增援科布多。然而，他的先头部队刚到阿山温音其河畔的察罕通古地区，尚未集结，黑喇嘛就在契阔夫的帮助下，攻陷了科布多城。时间是壬子年八月。

杨都督下令：就地筑城防御，死守察罕通古。

两天后，黑喇嘛让一队哥萨克骑兵过河侦察，被打退。“察罕通古事件”由此爆发。

严格地讲，“察罕通古事件”不应该叫“事件”，它是一次旷日持久的军事对抗。从壬子年到甲寅年，这期间多次发生攻防战斗，应该叫“战事”。但当时的人们以为那只是一次边境冲突，只要大军一到，一切都会过去。于是都以“事件”冠名相称。结果，以讹传讹，就连史学界也叫成了“事件”。

也许只有杨都督知道，那不会是一次“事件”。他知道对手的目的：进占阿山，继而是塔城，伊犁……乃至北丝路，新疆。他把“察罕通古”喊得震天价响，不让援军退回，还大肆增兵筑城修壕。一副耗尽全省财力、物力，孤注一掷，也要死保察罕通古的样子。“大丈夫担当事业，成败利钝，均所不计。”他对最没文化的人也这么文质彬彬、信誓旦旦地说。

3

早年间，北丝路上有许多唱戏弹曲的草台班子，他们终年在幅员辽阔的丝绸古道上游走，无所不知。这些草台班子中有一支演梆子戏的曾经名声响彻北丝路，班主是当红名角俏红，是个唱老生也能唱青衣甚至花旦的革命党人。您知道的，他曾经在辛亥革命爆发之初，借演出之机，来到古城子秘密策反山西王起事反清。后因山西王与知县于文迪有旧，起事未成。

壬子年九月，就是这个俏红来到了黑沟煤窑。他们在演戏的同时，利用弹唱、说书甚至就是直接宣讲大讲特讲“察罕通古事件”，公开号召煤黑子们捐钱捐物支援前线，甚至扛枪当兵，奔赴阿山。

结果，许多煤黑子就在演出现场要慷慨捐钱。可他们的钱都在矿上的账房，要年底结账才能拿上。一些人就跑到账房，情绪激动地要提前取现。更有几个人真的就收拾铺盖，肩扛担挑地要走出黑沟煤窑，去察罕通古当兵。

索拉西一看不行，一面派矿警封堵沟口，一面就抓了戏班子的全体人员，还准备把班主俏红秘密枪决。

索拉西抓了俏红等人，如同捅了马蜂窝。消息一出，煤窑上一片骚动。结果是一个很普通的煤黑子站出来喊了一嗓子，愤怒的人们便拿起铁锤、铁钎、十字镐冲进了矿长索拉西的办公室……

如您所知，这个关键时刻出来喊了一嗓子的人，就是天亮。

天亮爷爷后来承认，他当时并没太多想法，就是觉得世上没了俏红可惜，就随便地喊了一嗓子。天亮爷爷一生都盛赞俏红的嗓子亮得云颤霄抖，唱起《空城计》能把天下人都挠得心疼落泪。

天亮爷爷一嗓子，救了俏红等人，也为他被定性为“暴动”魁首奠定了坚实基础。

当时，天亮刚刚上井，赤身裸体。看到煤黑子们或奔走相告，或窃窃私语，或唉声叹气，或争执不休。正纳闷，二锅头跑来动情地告诉了他俏红被抓的消息。

天亮一听，拿起一把十字镐，就对煤黑子们喊了一嗓子：“老毛子抓咱的人，咱也抓他们！”

说罢，光着屁股就吆喝煤黑子们冲向了一个矿警。

那矿警却不惊慌，反而朝天亮挥手：“行了，先回去，穿个裤子！再不搞‘精沟子断贼’的事情。”

天亮一看，那矿警正是瓦西里，就有些难为情地回工棚穿裤子去了。

天亮再出来，瓦西里已经不见了。煤黑子们正乱喊乱叫，你推我搡，像一群急疯了的无头苍蝇。

“走！去矿长办公室。”天亮又喊了一嗓子，煤黑子们顿悟，忽啦一下跟着天亮就走。

4

煤黑子们冲进索拉西的办公室，举着铁钎，提着铁锤、铁镐，把房子围得水泄不通。索拉西吓得嘴唇发抖，仅和窑工们进行了不到十分钟的谈判，便赶紧答应了工人们的条件：立即释放俏红等人；撤除沟口上的矿警；窑工愿留的留，愿走的走，悉听尊便；工钱按实际劳动天数计算，核算出来后明天就发给大家。

煤黑子们欢呼雀跃，弹冠相庆，像欢送英雄一样送走了俏红他们。回来后上工的上工，睡觉的睡觉，梦想着明天一觉儿起来领白花花的银子。可天一黑透，窑上响起了枪声。矿警们全体出动，突然封锁了井口。只许出煤出水，不许人上来。紧接着开始闯进工棚抓人。天亮、独眼龙、二锅头等十几个煤黑子陆续被抓，像当初的林拐子一样，被关到了一个废弃的矿井中……

事件骤然升级，但索拉西却没压制住窑工。相反，黑沟煤窑自此开始动荡不安。劳资双方的斗争越演越烈，以致三天后就出现了伤人致残的事情。

第二节

1

铁老鼠自迪化仓皇回城后，本来惊慌失措得已乱了方寸：他一会儿让皮斯特尔预备等契阔夫兵马一到，他就躲进大南山的方案；一会儿又命令拉孜赶快购买枪支，扩充壮大希卡队伍，准备武装保卫洋行；同时，他听说福建八行四大姓全部出动，告了他，就心虚，让人赶紧放了郝大头的儿子郝娃子。同时还亲自登门拜访马麟，以示尊敬；并接受马麟的调解，象征性地赔了郝大头十六两银子的丧葬费，以表示与福建八行以及郝大头修好睦邻的诚意……

半个月后他得到了最新消息：契阔夫已经北去库伦。他依然心虚，要派人前去打探，谢尔盖诺夫却忽然来到了古城子。

谢尔盖诺夫一身戎装，说他只捐了三分之一的家产，就成了哥萨克的骑兵中尉。

“契阔夫呢？”铁老鼠问。

谢尔盖诺夫说：“他去库伦了。我说我还有生意，就没去。这不，我到您这儿来，就是为了生意。伊万说了，典当业和古城子的冬季取暖——”

铁老鼠不等谢尔盖诺夫说完，就从沙发上跳起来，对着皮斯特尔大叫：

“快去！让人把郝大头的招牌砸了。要回我的十六两银子！我已经忍耐得太久了。记住，从今天起，我们放弃承诺！我们的希卡已经足够强大，我们要强势出击！要让郝大头的车行见鬼去！要让新来的县长金丁把黑沟煤窑的开采权永远给我们！”

铁老鼠说到做到。当天，郝记木车行的招牌被砸。希卡们还逼着郝大头要掏出十六两银子，否则就要烧了他的木车行。

郝大头出离愤怒，失去理智，喊着“我一两银子也没有！”竟然一把火，自己烧了木车行……

一个月后，福建八行被逼无奈，以断货（茶叶）相逼合富，甚至有人把茶叶倒进涅槃河，以示决心。但铁老鼠还是肆无忌惮地连出狠招，逼得福建八行四处告状。最后是买卖圈子里的俄国人、英国人、波斯人、印度人喝茶受影响，不干了，向合富抗议，威胁要上告迪化总商约。铁老鼠这才坐下来与福建八行达成原则性协议：合富洋行以胶轮车帮助福建八行运输茶叶，价格从优。

福建八行就此分化瓦解：一家依然坚持用木轮车，一家回了福建，还有一家去了迪化。其余几家开始采用合富洋行的胶轮车运输茶叶。

郝大头从此也就欠下了巨额债务。虽然他一夜之间把两个女儿远嫁兰州、哈密，赎清了最大的两笔债务，但依然债台高筑。他还欠着其他股东、甚至工人们的钱呢。

2

铁老鼠并未就此止步。

与福建八行的协议墨迹未干，他就又飞扬跋扈地走进了县衙，开始对新县长金丁软硬兼施，要黑沟煤窑的永久开采权。

“我们安集延人，都是追赶巴扎（集市）的人！”他捻着黄胡子说。

——但铁老鼠又犯了走极端的错误，他高兴得太早了，也狂妄得也太早了。数天后，就在他以为黑沟煤窑的永久开采权问题即将解决时，收到林拐子的告密信后就开始谋划的杨增青忽然派人到了古城子。

来人正是洋务科的那个小科长诸葛白。他不但带着青铜剑，还带了另一个也很可恶的人物，名叫张一德。

两人不但不同意给他黑沟煤窑的永久开采权，连租期续约都百般推脱。

铁老鼠气得肝儿疼，去吓唬金丁。金丁好像更怕诸葛白和张一德，说：他们是钦差啊，我是真没办法！

铁老鼠不肯认输，此事于是僵持不下。

就在此时，“黑沟暴动”发生。

那时候杨增青已通电拥护共和，改弦易辙，成了民国政府正式任命的新疆都督。俏红等人的行为至少在理论上是支持当局并应该受法理保护的。于是，诸葛白就和金丁等人商议后通知合富洋行限期来县衙再次谈判……

诸葛白他们这次主动让步，提出可以让合富洋行再续约五年开采黑沟煤窑，条件是必须立即释放被抓窑工，补发工资，赔偿伤残人员损失。

铁老鼠提出五年太短，如果是“永久开采”，他就同意。

被林拐子定义为脸阔耳小不长寿的张一德拍案而起，说：这与卖国何异?

索拉西提出要给“刘老大”、二锅头等四人判“暴动罪”，并让他们在黑沟煤窑服刑劳动。

诸葛白坚决不同意，说：就是按你们希瓦汗国的法律来看，黑沟煤窑发生的事儿也只能说是个“事件”，不能定性为“暴乱”。何况这次“事件”的发生，纯系贵方违法抓人所致!

最后，双方在没有一个工人代表参加的情况下，达成了协议：

一、中方同意合富洋行与古城驿县衙再续约十年，由合富洋行全权开采黑沟煤窑。

二、合富洋行法人代表在签字之后，立即释放所有被抓窑工。并补发工钱，赔偿伤残人员损失。

双方的签约法人分别是古城子县长金丁和铁老鼠巴赫·铁尔森。

“黑沟暴动”——不，“黑沟事件”从此平息。诸葛白和张一德也顺利回了省城迪化。

第三节

1

前面说过，黄脸汉子姓赖，是煤窑上的账房先生。他一笔一笔扣除了天亮的伙食、劳保等费用，一分不差地付给了他二百二十六两银子，然后平静地说：“你现在就可以走了。你被开除了。这是索拉西老板的指示。”

独眼龙寡喊：“为啥？你们这是坑人哩！不是说了吗？这些天的事儿不是‘暴动’！”

赖黄脸做了个猜拳的“五魁首”手势，说：“不是‘暴动’刘老大也是这次闹事的魁首，主谋。——这是索拉西老板说的，跟我没关系。”

独眼龙还要寡喊，天亮拦住了他：“你喊个球哩！此处不留爷，自有留爷处。”

“就是。处处不留爷，爷到阿山去。”独眼龙一脸同伙的表情，嚷着让账房赖黄脸给他结账，他也要走。

“你做甚？也走？走哪儿？咹？”天亮问。

独眼龙愣了，说不上来。

“你待下！在窑上好好下苦。咹？”天亮知道独眼龙是为了躲债才当煤黑子的，煤窑是躲债最好的地方。就以老大的口吻下了令。其实，论年齿独眼龙才是老大。

天亮没想到，十三天后独眼龙[d]就被开除了，十五天后二锅头也被开除了。——索拉西这回学乖了，分期分批地开除领头闹事窑工，避免了一次性宣布，煤黑子们聚众闹事。不过，新矿脉的开发需要大量人手，他最终也只是开除了十三个人。

天亮对自己被开除心有不甘，但没意见。他觉得为了俏红，自己喊一嗓子，没错。索拉西是东家，开除他，也没错。一个人干活，是挣东家的钱。几天没干活还闹了事，让东家赔钱了，雇工就该被开除。

这事发生在一个天狼星异常清朗的傍晚。

2

天亮从来没见过那么多的银子。背着银褡裢出来，他就有了一个有钱人

[d] 链接　独眼龙很不幸，他在矿道里遇上了毒瓦斯，昏过去了。几个工友尿湿脖子上的毛巾，捂着嘴进去，把他从坑道里拖出来，才算是保住了他一条命。不幸的是有个工友没经验，进去了先扳开他的一只眼看，大概是想看看瞳孔是否放大，人是死是活。结果，毒瓦斯伤了独眼龙的那只眼。等大家把他从矿井里弄出来后，独眼龙清醒过来，说的第一句话就是：“我的这只眼咋看不见了？”

那时候窑工的命都朝不保夕，谁还管这事？后来他的那只眼睛自己慢慢有所恢复，但也只是模模糊糊能看见一些光线，能分清骡子和鸡狗的区别。独眼龙瞎了的那只眼，仅仅是视网膜毁掉了，外观上丝毫看不出来。但古城子人似乎怕忘了他这个眼珠子，谁都坚决叫他独眼龙，叫得连天亮都忘了独眼龙的本名。

索拉西借此就要开除独眼龙。独眼龙正好不想在矿上干活，就不叫不闹地走了。而他这一行为无疑也助长了索拉西开除工人的热情，随后二锅头等人也就陆续都被开除了。

的胆怯：怕走夜路被劫道。便破天荒奢侈地在黑牡丹的客栈开了单间，悄悄住下了。

有个无法忽视的事实是天亮被开除后直接面对自己的命运时，显得有些慌张、有些准备不足，这从他在黑沟客栈的炕上翻来覆去半宿未眠就可以得到证明。

俏红他们的宣传让他对阿山地区的“察罕通古”耿耿于怀，他回想窑上那几个去当兵的人，觉得自己绝对比他们有胆有识有身体，如果打仗一定比他们强十倍。那么，如果不打仗呢？不打仗也没关系呀，可以去科布多城找驼二爷，找到了驼二爷，自己这辈子还怕啥呀……

“处处不留爷，爷到阿山去。”独眼龙说的对！想到这儿他就兴奋地坐了起来。可要去科布多，最便当的路就是经古城子，走榆树窝子，上烽火台，进入将军戈壁……可古城子，谁到了那儿不得打尖？都在那儿打尖了，还能不去沙枣梁子看看？可去了又给云朵咋交代呢？自己可是给她发过誓，不去黑沟煤窑的。

“难肠死人哩……唉……”一想到云朵他又唉声叹气地躺下了。

躺下还是睡不着。

“算了！就去科布多。等回来了，再去沙枣梁子！”他坐起来想。

可一躺下，他又愁：去阿山，带这么多银子，咋行？碰上打仗，命一丢，银子可成别人的了。那还不如留给钟家呢，他们可是救过自己的命。——这么一想，他的思绪就又飞到了沙枣梁子。想云朵，想钟爷，想迎儿，还想大黑，甚至想种钟家的玉米地。想得睡不着。

“愁啥哩？我现在有这么多银子，干啥不行？带上云朵他们，在梁子上买地，种粮食；在古城子里开铺子，做买卖，干啥不行？为啥非得去阿山啊！那地方天寒地冻，还不知道能不能找上驼二爷呢。再者说了，为啥非得找驼二爷呢？我现在自己有钱哩，能干些事儿哩嘛。”想到这儿，他又兴奋地坐了起来。

“可是，云朵她，跟我么？这些银子，也不够吧？……唉！”一躺下，天亮又叹息了起来。

天亮一辈子都没这么泼烦过，躺下起来，起来躺下。

人一有钱，就烦恼。天亮只有两百多两银子，但已经有了有钱人的烦恼。

3

清晨。黑牡丹一脚踢开房门，问天亮要不要干雪莲？她刚从山里的牧民手里收的。

“要它做甚？”天亮茫然。

“送人呀！这东西治个老寒腿呀啥的，好得很！”

她的一句话提醒了天亮：呀！我现在有钱了，是得重重买些礼行，去沙枣梁子谢恩。还有驼二婶，也得给人家把礼行送到……

“要。你这儿还有啥能治老寒腿？”天亮想到了钟爷的腿，认真地问。

“黑牡丹。包治百病。”黑牡丹浪笑着走了。

早饭后，天亮来到柜上，风骚漂亮的黑牡丹调笑着给他结账。因为有红鬃马的缘故，她怎么算，都倒欠天亮几两银子。

“行了。你的账清了。”她从脚下抓出一包干鹿茸，塞到天亮的褡裢里说。

“咹？这么点东西，要那么多银子？”天亮说。

“咋啦，嫌贵？要是‘黑牡丹’，你这一褡裢的银子都得给我放下！”

天亮还想说什么，黑牡丹却开始胡闹了：“要不，把我这牡丹花也便宜些给你？嗯，我想起来了，去年你‘跑马’，还弄脏了我的席子，得赔钱……”

天亮狼狈地从黑牡丹怀里逃出来，跑到马号，取了红鬃马，喊了声“我走哩！”就要上路。

黑牡丹却追出来，往他褡裢里塞了一小包卤牛肉和一个大锅盔，说路上饿了吃。

4

天亮心疼马，牵着红鬃马走。他把褡裢搁在马背上了，褡裢里有二百二十六两银子，他觉得很沉。

一上官道，他就有了去古城子的伴儿。一个愁眉苦脸的胖老汉和一个年轻后生。

一聊，却是郝大头和他的徒弟陶七。他们拉了一驴车硬杂木，车沉，不敢坐，也牵着牲口走。

天亮吃了一惊。他听说过郝记木车行，没想到郝大头是这模样。

心中疑惑，路上天亮就小心翼翼地打问郝大头拉一车木头做啥?

郝大头说：城里来了新县长，叫金丁。一来就重修拐子街上的门面，用了海量的木头，还不够。现在半城的人都在忙着弄木头。

“那，你现在不开木车行了？”天亮再问。

郝大头吭叽了半天，才说：“不开了。我现在给金县长当木匠。”

“为甚么？”

天亮再问，郝大头却不吭气了。

陶七淘气，嘴快：“还不是让狗日的合富洋行给逼的么！那个铁老鼠就不是个人下的！”

“咋说哩？咹？”天亮问陶七。

陶七嘁哩咔嚓就把事情说了个明白：

合富洋行的铁老鼠心黑手辣，为了挤对我师傅，在车行对过建了个胶轮车行不说，还弄了个照妖镜，安在大门上，专门照我们车行院子。我去论理，狗日的希卡还踢我，踢得沟子肿了半个月。狗日的那些洋行的希卡，拿枪站岗，看见我们的客人就端枪吓唬。——就这还绑了我师弟郝娃子，逼死了我师娘……

“本来，马麟马长官都给调解好了，铁老鼠也答应再不日弄我师傅了。谁知道洋行的人脸上长狗的呢，说翻脸就翻脸，没过几天就来把我们的招牌给砸了！还跟我师傅要钱……我师傅气疯了，一把火就把木车行烧了！”陶七说到这儿，真哭了。

天亮也是又气又急：“叔，那洋行再不是东西，你也不能烧自家的车行么！”

郝大头摇头叹息：“我不烧，那狗日的就没个完的时候，还要出人命呐……唉，一院子的车啊，一把火，就没了。我死的心都有啊！”他说着眼圈红了。

天亮急忙安慰：“叔，可死不得！没事。大不了咱从头再来！可不能想不开！咹？”

郝大头笑了，说：“我是不能死啊，我欠着一沟子债呢。股东的股子，伙计的工钱，这些债我不还上，咋能死哩？不能死，死不起哩！”

陶七快嘴肠子直，说他师傅为了还债，同一天把两个师妹都嫁了。最小的那个才十二岁，嫁到兰州只能给人家当童养媳……

郝大头摆手拦住他：“说这干啥？欠债还钱，天经地义。好在两个丫头嫁的都是好人家，哈密那家还是个老王爷哩。我也心安了。剩下的就是这辈子把欠的债给人家还上。”

郝大头一番话说得天亮肃然起敬：“叔，有一天你翻身了，我给你当伙计。”

郝大头又笑了：“儿娃子，啥出息？光想着当伙计，咋不想着当老板呢——”说着却又抹了一把老泪，“对着呢，当伙计，当伙计安生！你看我，现在就安生哩，给人家拉个木头，当个木匠，安生哩，安生了……”

天亮不知道该咋劝郝大头，抬眼看见古城子到了，就说自己肚子沉，得到沙窝子里方便一下，告别了郝大头和陶七。

5

天亮牵着马走下官道，看到了一个骆驼客扔掉的酒坛子。他灵机一动，想起了钟爷的话：古城子下面还有城，地下不知埋了多少东西……

他望着酒坛子良久不动，突然就捡起它，往古牧地大步快走。边走边搜索。

他走了很久。终于在一窝芨芨草旁发现了野獾的洞穴。他看看四周，荒野漫漫，阒无一人。只有远处若隐若现的坟头上，似乎有只老鸹（乌鸦）在飞来飞去。他就从红鬃马背上取下褡裢，数着银锭一枚一枚往酒坛子里装。他装了二百枚，再看看四周，天地寂寂，杳无人踪。就用脚扩大獾洞，把酒坛子放了进去。

他站起来，捡了块石头，压到酒坛子口上，再看看四周，黄沙在望，还是没人，就连那只老鸹也没了。就双手并用，快速填埋了酒坛了。

他站起来一边张望四周，一边踩实了脚下的填土。之后，他蹲下来，解大手。用土坷垃擦屁股。

他牵起红鬃马却不走远，在一处沙坡上立定，回望自己的排泄物。

西部的太阳，如火。他看到他的排泄物边上新挖的回填土不一会儿就和周围的沙土在颜色上混为一体了……

这地方是乱坟岗子的最边缘地带。他怕惹人注意，急忙跳上红鬃马，朝城里策马疾走。

二百二十六两银子，天亮当时没见过，觉得很多很沉。听了郝大头倾家荡产的悲苦遭遇，他更觉得它们太多太沉，以致搁在哪里都不放心。

现在，把二百两银子埋到了地下，他放心些了。

第十章
到察罕通古去

此处不留爷，自有留爷处。

处处不留爷，爷到阿山去。

——丝路民谚

第一节

1

看诸葛白的手绘图，您就会明白，当年古城子最繁华的街道是拐子街。这条街道夯土路面，宽敞笔直。两侧店铺林立，作坊毗邻，街上市井喧闹，车水马龙。

但并不是人人都知道这条街道为什么是那样一副怪模样——手绘乙图显示：古城子里的街道大致可以说是南北一条中轴线，外带东西两条平行线、构成南北两个十字的格局。而拐子街却不是其中的任何一条简单的直线，它指的是从东门内到北十字路口、然后往南走到南十字路口、再向西直到涅槃河的入口处这样一段路线。

您可能不知道，当年的古城子人把这样一段拐了两个九十度直角的街道命名为拐子街，并不是他们喜欢复杂或一时不小心，也不是缺乏对一条街道进行命名的想象力，而是事出有因。

这事儿和林拐子有关。

相传，当年林拐子买下煤窑，在黑沟安了家后，就没钱了。可他贪心，还想再开一眼窑，就跑到古城子募集资金。红胡子看到后，就给了他一笔巨额贷款，够开两窑，还是低息，并派了技术人员索拉西帮工。协议要求只有三条：一是当年十月十五日月圆时，交煤，五天交齐（理由是二十号他们按协议大车要去收草料了）；二是要求拓宽街道，让合富洋行的胶轮车能进来，还要从南到北、从东到西畅行无阻地售煤运煤；三是双方合作十年。

林拐子一看，原来的南北道宽，本来就可以通胶轮大车，就贿赂了县令，用炸药炸出了东城西墙临河的一段口子，拿土铺了路。路就那么修好了。

他得意忘形，却不知道那是个暖冬。到了十月十五号，河水还没结冰。他把全城的大车都雇上，拉了煤，浩浩荡荡地过来，到了博望渡，傻眼了：路断了！老河桥无影无踪……

他岳父闻讯赶来修木桥。才一天，煤窑就让索拉西搞塌方了，埋了几个人。他岳父回煤窑去救人，当晚木桥却又被人烧了。

林拐子去求红胡子，推迟交货日期。红胡子不干，要赌。一赌，林拐子就输掉了老婆白牡丹……

之后的悲剧惨不忍睹，我都不忍叙说：林拐子妻女失踪，岳父母双亡，自己成了瘸子不说，黑沟煤窑也没了，成了合富洋行的。

——您可能已经发现了，这里的叙事和前文略有出入。这不赖我。要知道，林拐子的传奇当年就是古城子街面上的传奇，几乎妇孺皆知，谁都能说，谁都爱说。而林拐子也常常坐在人群中津津有味地听，不补充，不纠正。结果当然就是众说纷纭，弄得大体如此，细节有别了。

不过有一点是有目共睹、版本很统一的：大家都说他的那条腿是他的妻姐黑牡丹让人给打断的。原因有人说是林拐子非礼黑牡丹，有人说她是恨他祸害死了她全家。

总之，林拐子被打瘸腿后从此一蹶不振，成了一个半疯子，常年在衙门口和东门口摆摊设点给人代书，顺便卖点香烟洋火桂花糖。

林拐子的脑子很怪，除了替人代书，干不了别的。全城人都知道，林拐子代书时，脑子一点没问题，可无论是叫卖还是做其他事，他那脑子都一阵一阵地犯傻发疯，发疯时还打人骂人，犯傻时又自残自贱……

“唉，一个废人。”大家都这么说。

但经林拐子拓宽夯实的二里路却奇迹般发展起来，成了浩浩荡荡一条大街。古城子人走在大街上，看见林拐子坐在街边又疯又傻的样子，心情难以名状，也就不约而同地把脚下的大街叫了拐子街。

至于从南十字到西城墙的道路为什么后来也称拐子街，就有些荒诞色彩了。此路原本比较僻静，林拐子也没修过，只是它和涅槃河相依相伴，故而树木丛生，景色优美。每到冬日，官家贵人便常在上面压走马。上个世纪初，走马金贵，一匹调教得当、毛色美观、性烈而又矫健的走马往往值几十两黄金。显阔者每每弄上好走马，就要拉到这条街面上相互攀比炫耀，显富斗阔。每到此时，街上便是鸡飞狗跳，马蹄哒哒。

住在这条街上的英国人罗伯特·琼斯[1]，人称大萝卜，原本也好此事，但后来培育罂粟种子不顺，就嫌烦嫌吵了。跑去找县太爷咆哮，让他下令，禁止在伊丽莎白大街上骑马。

县太爷不明就里，问了半天才知道大萝卜琼斯所说的伊丽莎白大街指的是这条道路。这个街道原本没名，罗伯特·琼斯这么叫了，县太爷就依他的要求，写了个告示，禁止官绅百姓在伊丽莎白大街骑马跑动，滋事喧闹。

这县太爷本来是不想惹外国人，才贴个告示糊弄事的。

却有好事者，对告示不满，仗着自己开当铺，和官家有些关系，径直走上大堂，找县太爷交涉：此街为中国之街，怎冠以外国之名？叫成了什么伊丽莎白么还是伊丽莎黑。

县太爷姓黑，也有点黑肚子劲儿，答曰：啥（莎）白啥（莎）黑本县搞不清，只知该地本无名，洋人叫之，遂叫之。

---

[1] 链接　此人身份模糊，行踪不定。他本是一支瑞典科考队的随队医生，得了伤寒，辗转到了古城子后，却成天钻在房子里，研究大烟种子。他有植物学硕士学位，研究方向很独特：如何让罂粟花在中国绝迹。他有个叔叔很厉害，叫查理·琼斯，著名的盗茶大王，差点儿获英国皇家勋章。

斯人叫道：咋没名字？此街和拐子街相连，叫拐子街。

县太爷不悦：一派胡言也。遂冲堂下围观者问：尔等知道那叫拐子街否？

不料，堂下百姓齐吼：知道。叫拐子街！

这一声吼，就把拐子街一下从南十字延伸到了西城墙边。大萝卜琼斯无奈，就搬到了老拐子街，以免尴尬。

而古城子外来投资冒险者多，初来乍到，不明实情，只听是拐子街就买房置地，开工办厂。结果，一个街名，便带起了一条街。没几年工夫，这街道便和真正的拐子街连为一体，发展得红红火火、市井繁荣了。

2

现在，我们回到壬子年秋。

您看到天亮牵着红鬃马从东门走进来了，他眯了一下眼，看了一眼门楼上的三个大字：古城驿。然后，东张西望地进城。——他要在城里打尖，还想买些礼行，感谢恩人钟家，看望驼二婶。

拐子街正在大兴土木。其情形您可以想象是走进了《清明上河图》。不，是其中的某一部分——嗯，就是有人正偷钱包的那一部分，它应该占长卷总图的十六分之一。

一生热衷土建的金丁县长一到任，给衙门上插了一杆民国的五色旗之后，什么也没干，就开始召集古城子士农工商，下令人人出资出钱，重修拐子街。摆摊设点的小商小贩属于草民，不敢违抗；多数商会和达官贵人，碍于新县长刚刚上任，得给个面子，就都点头承诺；少数士绅耆老抗令不交了一阵子，发现即便“察罕通古事件”爆发，各地官员都把“援科（布多）”当工作重点，这个尸位素餐的金肉头在重建拐子街上依然态度坚决，劲头狂热，死不改悔，只得勉强出了资。反正，古城子里的人也不缺这点钱，并且这事好像还算好事。

那时候的街面装修不像现在，有钢筋水泥、玻璃钢、有机板、复合材料等等。那时的材料只有一种，就是木头。临街的门面，门窗要木头，柜台要木头，甚至按金丁县长的设计，临街的墙面也都要是木板的。

顺便说一句，按金县长的规划图和设计图，重建后的拐子街在实用性上还不如原来自然随意形成的街道宽阔、方便，但从中国传统的建筑美学角度上讲，几乎无可挑剔。金丁县长在这件事上，显示出了忘我的担当精神，他不但给街道里设计了四个巨大的门坊，五个亭台，六个楼阁，甚至还废寝忘食不昼不夜，带着施工技术人员挨家挨户实地勘察，免费为拐子街上的所有铺店、作坊设计门面门楼，这些门面门楼不但钩心斗角，雕梁画栋，而且还像卢沟桥上的狮子一样形态各异，绝无雷同。

这样一条全疆没有、全国罕见的街道，其耗用木材的数量之巨，当然也就非同小可。为此，资金筹措到位后，金丁县长让手下在人市上设了一个招募点，由钱老三等跑街的成天吆喝着招募工人，在涅槃河两岸以及花花沟、榆树窝子、大南山里伐木备料。

天下熙熙，皆为利往。天下攘攘，皆为利来。

人市招募点上人头攒动。

远远的，天亮就从攒动的人头上看到了一个幌子，上书两个大字：代书。当然，周围还有一片小字：代写家书，鸿雁传情；代书诉状，申冤昭雪，等等。

林拐子[1]就在幌子下面。他蓬头垢面，蜷缩在一个小马扎上。膝盖上放着装香烟洋火的屉盒，屉盒上一叠竖格纸。他一边往纸上写字，一边用袖子揩拭鼻里的清涕、嘴边的涎水。

六七个等着代书的黑肚子围着林拐子。他们是找上了活儿，要写信给家里报个信儿。

天亮牵马路过，肯定是被这场面感染了，就习惯性地问那几个人都找到了啥活儿干，工钱多少？

得到的回答异口同声：伐木头。银子是计件挣的，伐的多钱就多。

---

[1] 链接　林拐子命大，这是古城子人的共识。听说他被扔进废矿井，死了，没人追究。忽然某一天，他又出现在了街上，也没人过问。甚至他是怎么从矿井里爬出来的，也没人追究。而林拐子本人也从来不大喊大叫，鸣冤叫屈，哗众取宠，活了，死了，他都很平静。这就是那些年林拐子留给古城人的基本印象。

天亮有力气，能吃苦，喜欢计件的活儿。就又问咋个计件法?

但他的红鬃马实在是太出色了，真正的哥萨克军马。尖嘴猴腮的钱老三一眼看见，就一把抓住笼头，喊着闹着要天亮开个价，他绝对给红鬃马找个大买家。

钱老三以为天亮是想当伐木工。他一手紧紧地攥着马缰绳，边看马口，边浮皮潦草大而化之地捏了捏天亮的胳臂、捶了捶天亮的胸口，说："没问题，没问题!你干活我收了。好儿娃子！——不过，你都要去伐木头了，还要马干嘛？还是卖了吧，我绝对给你讨个好价钱，够你在人市上买个丫头当媳妇……"

天亮还没顾上说啥，突然人群中钻出了皮斯特尔，冲他笑逐颜开："啊，刘老大，你怎么在这里？"说着要和天亮握手。

天亮一愣，本能地背过了手。他厌恨皮斯特尔，不想理他。但伸手不打笑脸人，这个安集延人对他笑脸相迎，热情问候，不理睬似乎不合礼仪。

天亮背着手，木无表情地看着皮斯特尔。他想起了这个家伙手中的那杯红酒……

皮斯特尔却像没发生过"酒杯事件"一样，没等天亮说出个啥，就一把推开钱老三，像老朋友相见那样，把天亮拉出了人群。

钱老三心犹不甘，追出来还想探讨买卖红鬃马事宜。皮斯特尔眼一瞪："这是土库曼的宝马！不卖！"一声吼退钱老三后，皮斯特尔转身就给天亮讲了新县长重修拐子街，需要大量的人力畜力，马的价格飞涨。这匹马太好了，不能随便卖。

天亮有点被打动，点头敷衍，想走。皮斯特尔却拉着他的手不放，说了一大堆话，问了一大堆话。弄得天亮最后说了自己被索拉西开除了的事儿。

皮斯特尔痛心疾首："啊，他们一定误会了。一杯酒不应该影响您的工作……"

天亮只得说了自己被开除和"那杯酒"没关系，和"黑沟暴动"有关系。

皮斯特尔更加痛心疾首："不不不，你怎么可能是'暴动的魁首'？那不是'暴动'，只是一个'事件'，你们省城来的大员们都说了，是一个小'事件'，为了这样一个小事件，索拉西竟然开除您这么优秀的领班，他们一定是误会了！走走走！巴赫·铁尔森就在洋行，我们去把事情说清楚，这里面有误会。”

天亮没兴趣，说：“行咧，你忙你的去吧。我还有事。”

皮斯特尔却热情有加：“你有事？我能帮助你吗？”

“没甚可帮的。我去阿山，路过这达。”天亮烦了。

“嗨，您要去阿山？那我能给你个工作。收入比伐木头高四倍，不，是五六倍！”

这话一下子打动了天亮：“甚工作？咹？”

“拉骆驼，走镖。去一趟阿山就是十几两银子……朋友！那杯酒让我们产生了误会。我是真的想帮助您。您看，您有这么好的身体，有胆识，有头脑，又年轻，精沟子都能断贼，天生一条好汉！不，是好汉的头目！”

天亮被夸晕了，忘记了云朵的嘱咐，感觉良好地跟着皮斯特尔走进了街对面的白石头楼。

3

我想您还记得林拐子给新疆巡抚袁大化写过一封告密信吧？很偶然，我居然在《云过斋文牍》里发现了关于此事的记载。就是说：林拐子确实发出了告密信，袁大化也收到了这封信。

这封信的内容当然主要是说：铁老鼠巴赫·铁尔森毒杀了红胡子雅霍甫商约。

可惜，当时丝路上戕官风潮此起彼伏，袁大化很快就辞官东归了。

否则，铁老鼠可能会官司缠身，被刑拘、判刑，或者被引渡回国，接受审判。那么，接下来我们就不用再啰嗦天亮的麻烦和云朵的担心了。

可惜，袁大化东归了。当然，即便袁大化不东归，结合我们今天的现状来看，他也可能不管这事儿。人命关天，却假装不知道。这种官场现象，自古有之。

由此看来，天亮麻烦不断，是很难避免的。这就叫命。

4

把天亮的形象从记忆中拼装出来成了铁老鼠的一项艰苦劳动。一年来，他对外报复郝大头，打击福建八行，争取煤窑永久采矿权；对内又对付红胡子的遗孀，处理煤窑工人的暴动，还要武装希卡，防备阴谋家皮斯特尔等等，这让他在兴奋或恐惧之余，多少有些心力不济。因此，虽然红胡子还在他噩梦中时常浮现，但天亮的形象却已在他的记忆磁道上成了破碎的马赛克。

把这些破碎的马赛克拼凑出形象后，铁老鼠倒吸了一口冷气：

“你……是刘？”铁老鼠如入梦境地掐了掐自己的鹰钩鼻子。

天亮发现铁老鼠老了，憔悴了，黄胡子都有些发白了，他想起一年前这厮还骗他，想让他承认红胡子是被他气死的，他就觉得又气又可笑。

“是我，咹？刘天亮。”天亮乜斜着眼，脸上似笑非笑。这时的天亮早已没了一年前被契阔夫割了辫子后的惧怕——事实上，进了黑沟煤窑后，他就知道天下变了，有没有辫子都一样，谁也不敢拿这事儿杀他的头。因此，他叫“刘老大”还是“刘天亮”都没关系。

“刘，你要什么？”铁老鼠后退两步，警惕地问。

“你就是刘天亮？”皮斯特尔脸上也显示出了一丝惊讶。本来他邂逅天亮，只是觉得此人被辞工，定然对索拉西有怨恨，可以为他所用。没想到这刘老大竟然就是刘天亮，一个目击了红胡子之死的证人！

“是啊。”天亮懵然无知，还有些许得意。

听了天亮的话，皮斯特尔暗自得意。他知道让铁老鼠担惊受怕的日子即将开始了，就抢上一步，对天亮说：“巴赫·铁尔森老板被黑沟煤窑的暴动气昏了头，他也许误会了你的到来。让我来替你把话说清楚。”随后皮斯特尔就像许多中国留学生在外国骂洋鬼子一样，面带微笑，嘴中骂娘，口是心非地用安集延语和铁老鼠进行了大致如下的对话：

我亲爱的老板，我们应该庆贺。虽然这个可恶的家伙化名刘老大躲藏在煤窑，但今天还是被我给抓住了。中国有句俗话叫“踏破铁鞋无觅处，得来全不费工夫”……

慢！你说“抓住了”是什么意思？你应该在看到他的那一刻起，就立刻行动，把他从这个世界上消除掉。

我亲爱的老板，您听我说——

不要说了！我要他死。死，你知道吗？

可这时候皮斯特尔不想让天亮死。他眼珠子一转，就有了主意：是，是。老板！我已经按您的指示在办。我带他来就是想请您对他说：许给他一个钱多的当镖头的工作，先留住他。我现在就去找金县长。

金丁这个肉头猪有什么用处？

我亲爱的老板，您可能没注意到，这个穷鬼居然带来了一匹马，一匹土库曼的宝马！一匹非常好的骑兵军马！他这种煤黑子居然能有这样的一匹马？很显然，他犯了盗窃罪！他应该被当成一个盗马贼关进监狱，然后，就是死……

哈，这样啊……很好很好，我亲爱的皮斯特尔，您是布哈拉最好的谋士！我现在就让人准备酒菜，留住这个饥饿的臭苦力，您马上去找金丁。记住，要快，不能等到他把我的好菜都吃完了再来！——这时的铁老鼠又恢复了对皮斯特尔的信任。

皮斯特尔和铁老鼠进行了上述恶毒的对话，但转身却对天亮说："刘老大！巴赫·铁尔森先生非常善良，他已经同意你做我们洋行的镖头。接下来你们可以谈一谈你的工钱问题……"

"我还没答应哩。"天亮沉吟着摇了摇头。皮斯特尔和铁老鼠使用他不懂的语言对话，让他不由得心里又多了一分警惕。

"嗨，刘老大，你是不是想去伐木头？那能挣多少钱呢？再说，那是县衙的活儿，金县长是不会要你的！"皮斯特尔说。

"咹！不要我？为甚哩？他知道我？"天亮很奇怪。

"你'精沟子断贼'传遍古城子，大名鼎鼎，谁不知道啊？而在'黑沟暴动'这事儿上，你又是领头的，给县长制造了很大麻烦，连省城都来人了……县长对你这个人很恼火啊！"

"那你们让我当镖头，县长就不恼火了吗？"

铁老鼠和皮斯特尔都不屑地笑了起来。笑够了，铁老鼠才说："刘，金丁恼火，我不在乎。我就是认为，索拉西开除你，是不公平的。我给你镖头的工作，就是不想亏待你。"

“要是觉得亏待我了，那就补上！咹？”天亮说。

天亮也就随口一说，没想到皮斯特尔却假装动了真的，马上站起来主动请缨，要去洋行柜上查一查，看这种情况能不能补助，能补多少。

铁老鼠知道皮斯特尔是要借机溜走，去找金丁。马上指示：快去查，细细查，认真查。

天亮喜出望外，要跟着去查。铁老鼠拦住他说：“刘，你‘精沟子断贼’的故事到处流传。看在我给你工作的分上，留下来，我们喝一杯。你还记得我写给索拉西的介绍信吗？我听说，你没给索拉西？”

“记得。字像蛆爬的一样。你写了些啥？”天亮坐了下来，他也想弄清楚那封信的内容。

5

皮斯特尔快马加鞭，赶到县衙时，金丁县长正光着膀子激情澎湃地在修改拐子街的规划图。

金丁之所以能成为中亚名城古城子的县长，就因为他是一个优秀的木工（中国的木工就是建筑师）。当然，可能也与他老婆是福建崇安人有关。辛亥前后，新疆官吏腐败成风，难以遏止。都督杨增青上任之初，出于无奈，作一规定：凡任命的县级以上官吏，走马上任前都需在都督亲自引导下，到东门外的文庙去烧香立誓，发誓克己奉公，为官清廉。那年，杨都督带绥来县的新县长王竹寺去立誓，正逢文庙修缮。杨都督见竣工在即的文庙装饰华丽、做工精巧，大为赞叹，便唤过这能工巧匠问了名字后，又问：除了修庙，还会做什么？

这个名叫金丁的匠人不知深浅，答道：只要是土木工程，小的都能做。

都督不喜欢不谦虚的人，便戏言道：能修厕所否？

不料，金丁竟认真答道：能修。

都督不悦，说：那你就替我修个厕所吧，我倒要看看你能修出什么稀罕花样儿。

当下金丁便随都督到了都督家中。言谈之中，都督发现金丁原来出自殷实人家，幼年读过私塾，识文断字，还能写几句歪诗，便觉得让他去修厕所有辱斯文。

不料金丁却哭着喊着坚决要修，钻在都督家的厕所里又量又测不出来。都督苦笑，只得由他去做。

当天，金丁自己扛来木头，开工大干了一个昼夜。翌日还是又锯又刨不肯歇息。佣人送饭，发现这人专心致志到如此程度：送进厕所的早餐，到了中午他还一口未动。而且，忙得挥汗如雨，任谁进去，都不抬头。

半个月后，厕所修出来了。都督去看，惊讶无比，一用，更是拍手叫绝。原来这厕所造得确实精妙无比：四壁木板严丝合缝，顶上还有个换气的木扇，一拉就转；室内有生火取暖的小火炉，旁边有洗澡的大木桶，人跳进去，木桶就转。最妙的是出恭处竟是个漂亮的木制奔马，昂首翘尾，背上有椭圆形一个洞，人坐上去，严丝合缝，不露异味。而人体重量还能压动木马，前后轻摇，不但出恭轻松舒畅，还能牵动马腹下一组绞盘——这个功能更复杂精妙，绞盘会引动四根绳索，绳索会拉动外面一口水井架上的滑轮组，滑轮组上有个水桶，可以上下运动。换言之，人在厕所内前摇后晃，这个复杂的传动装置便会自动从井里打上一桶水来。人出恭完毕，只要轻拍马头，那桶水便会倾倒而出，流进一个水槽，再通过高跷的马尾冲进马腹，哗啦一声，马腹内的人屎人尿便被冲刷一净，绝无残留。

这个巧夺天工的厕所，使得都督家人尤其是老母亲欢喜异常。他们在和金丁的攀谈之中又发现金丁的老婆是福建人，还是福建崇安人，和自己老家祠堂很近，就一致提议要给这个金丁一个肥缺干干，以示亲情和酬谢。

“那个古城子县令不是被戕了吗？就让咱这个老乡去干吧。”老太太说。

都督是不在乎什么崇安老乡的。但杨都督考虑，这个金丁，干事专心忘我。干事专心者，便少有时间去贪赃枉法。同时，他粗通文墨，略知律法，想来可以凑合。就把金丁领到文庙，烧香立誓，派到古城子当了县长。

平步青云的金丁县长，上任伊始，就碰上有人状告干腿子涉嫌误杀前任知县于文迪。那过程惊心动魄，可金丁听着却直犯迷糊。就拿手遮脸，偷偷打瞌睡。后来衙役老秦摇醒他，提醒：县长该判案了。

他就一拍惊堂木，大喝一声，让衙役们去把干腿子抓来。

老秦急忙又提醒：干腿子早就被抓来了，关在牢里有半年了。就等着您判呢。

金丁一想，既然关了这么久，那就肯定有罪。就在干腿子缺席的情况下宣判：干腿子杀人，铁证如山。判终身监禁，不得保释。

之后，就宣布退堂，回家睡觉去了。

金丁一上公堂就犯迷糊，可一听土木建筑就兴致盎然，一干这事就精神焕发。上任月余，他就不但重修扩建了县衙，还给自己修了九栋偏房，实际上他总共只有四个妻妾。同时，他还受于文迪挖地牢关押掘墓贼杨干头的启示，一口气修了十个球形地牢。把干腿子等人关进去后，他伐木头的瘾就再也遏制不住了，一声令下，启动了浩大的重修拐子街工程……

钻在后堂修改拐子街建设图的金县长，正在灵感喷发之时，听差人来报：合富洋行的皮斯特尔先生来访。

金丁的设计思路被打断，十分厌恶。正要大喝一声：给我乱棒打下堂去！却猛一激灵，回过了神：这是洋人啊，得罪不起。于是悻悻地擦汗，穿衣，让人拿过烟枪，吸了几口，缓了缓神，出堂接待皮斯特尔。

时间紧迫，皮斯特尔见了金丁县长，单刀直入，要求金丁县长把天亮抓进地牢。

金丁一听抓一介草民，满不在乎地说："行。你们说抓就抓！"他伸长脖子，正要喊衙役，忽然想起了什么，就问，"那狗日的咋把你们给惹了？"

皮斯特尔说："这家伙有匹红鬃马，是土库曼的军马，肯定是偷的。"

金丁县长点头，又说："要不是偷的咋办？现在兵荒马乱，兵痞溃军，也在倒卖军马哩！"

金丁说的是实情，但皮斯特尔懒得多想："这人'精沟子断贼'，说明他当时没马。现在突然就有马了，非偷即抢嘛！再说，他在黑沟煤窑上领头闹暴动，这种人无法无天，抓起来只要上大刑，肯定就能审出罪行来……"

金丁一听是黑沟暴动的刘天亮，那个"精沟子断贼"的家伙，金鱼眼顿时大了许多："啊呀，我忙着设计图纸，差点儿把这事儿给忘了！"他说着就从椅子上跳起来，拉开抽屉，取出了一封公函，“你看看，你看看，这是快马送来的都督训示——上面还说了黑沟煤窑的事儿！”

皮斯特尔一看，原来是都督杨增青的手谕。大意是说：前不久金丁、诸葛白等人对“黑沟煤窑事件”的处理是妥当的。需要注意的是，这次事件是窑工们声援察罕通古战事，值得嘉许。故县衙在处理善后工作时，一定要注意保护窑工权益和他们的爱国热情，防止洋行方面搞“秋后算账”，云云。

同时，手谕还特别强调察罕通古斗争的重要性。要求古城子县衙尽最大努力，及时完成支援阿山前线的任务，否则严惩不贷。

“你看看，你看看，杨都督这是在催驰援察罕通古的事哩！我说呀，那八百双毡筒你们预备齐了没有？银子我可是早就给你们了……”

皮斯特尔烦躁地一挥手：“你急什么？八百双毡筒是那么快就能备齐的吗？”看过手谕的皮斯特尔一方面暗笑金丁是个蠢猪，把这样机密的文件给他看，一面暗骂杨都督是个老狐狸。——金丁在他正想心事的时候聒噪不已，自然让他烦躁得有些失礼。

“不能不急啊，皮先生，你听我说，”金丁县长慌了，“这八百双毡筒可是有限期的，你们再不当回事儿，弄不好我这乌纱帽可就丢了。皮先生，看在咱俩一见如故的分儿上，赶紧备货，拉兄弟一把呀！”

金丁的最后一句话，倒是提醒了皮斯特尔：没了这个肉头县长，好多事儿可就不好办了。

“好了，县长大人，毡筒的事儿我会催他们快一点。现在我们还是想想这个刘天亮吧！他让巴赫·铁尔森商约非常不安！”

“我看，想个办法把这贼猕从城里弄走算了！——要不，想办法把他弄到察罕通古去？那里我看快打仗了。就是不打仗，阿山天寒地冻，他也可能会被冻死。”金丁县长说。

愚者千虑，必有一得。金丁一句话提醒了皮斯特尔，是呀，这个穷鬼本来就要去阿山嘛！这比抓了他好，抓了他，说不定哪天被铁老鼠给弄死了，那我可就失去了一个目睹红胡子死亡的证人……

“好。县长大人真是聪明。但我们都是善良的人，不能让人冻死，也不能让他去打仗！”

金丁县长急忙点头，请教：“那咋办？”

皮斯特尔瞬间就有了主意：“这样，你让他去察罕通古送货吧，送那八百双毡筒。”

“八百双毡筒？”

“对，八百双毡筒今天就会送到您指定的地点。”

金丁气得金鱼眼发红：这帮狗日的，货在手里还一个劲儿地刁难本县太爷。

金丁心里骂，嘴上还得说：“承蒙关照呀！皮先生真是够朋友！”

皮斯特尔摆摆手，很大度的样子。随后他又招招手，把金丁叫到跟前，低声给他嘱咐起了对付天亮的详细要点。

三分钟后，皮斯特尔起身告辞，匆匆赶回了洋行。

6

西餐简单、便当，皮斯特尔刚走，厨娘便端出了一盘烤面包片、一盘熏马肠以及咖啡、黄油，还有一瓶伏特加酒。铁老鼠说：羊肉抓饭已经下锅，要稍等片刻。咱们先吃先喝。

天亮怕饿，一见食物胃就着急。但现在他面对铁老鼠的热情，心里有些犯嘀咕，一想到红胡子可能是被毒死的，他多少还是有点心慌，便犹豫着不敢动筷子。

铁老鼠悠然地往面包上抹了黄油，就着咖啡马肠，吃得津津有味。

“该死的娃娃球朝天。不吃白不吃，吃！”对食物的渴望让天亮忍无可忍，他在心里狠狠地咒骂一句，就想动手拿面包。可转念一想，不把心里的疑惑问清楚就吃，好像有些不讲究。于是就急切地发问：

“听说去年红胡子死的时候，我刚走你就满城抓我哩，咹？”

铁老鼠应该做贼心虚，但他是个撒谎高手，黄眼珠子一转，立刻做出了一副哭笑不得的表情：“哪儿有的事！我不过是派人找了一下你。因为红胡子的女人闹事啊，要找证人。——刘，红胡子死的时候你在场，你就是我的证人嘛……我就是找一下证人，明白吗？”

天亮认为铁老鼠的说法合情合理，就点头，又问：“那你们最后给红胡子的女人是咋说的？”

“这要怎么说？红胡子就是死于心脏病！您当时亲眼看到的，对吧？”

天亮又点头，还再警告铁老鼠：“我可告诉你，人命关天的事儿，那种人是被气死的、毒死的之类的屁话，可不敢胡说。咹？”

“是，是是。这种玩笑不能开。你不开，我不开，谁开谁让雷打死！对吧？”铁老鼠对此诚心接受。

天亮满意地点头，抓起了两片面包。

天亮一旦动手就止不住地狼吞虎咽。

一块石头落了地，铁老鼠心中的阴霾一扫而光。心满意足之余，他极端吝啬的本性开始复活。他心疼他的熏马肠，便赶紧取杯祝酒。一边迟滞天亮狼吞虎咽的速度，一边察言观色，探听虚实，想确切验证一下天亮刚才说的话是不是真心话。

铁老鼠先从叙旧开始，一举杯就说他在红胡子暴死的那天见到天亮就看出了他的才干，所以写信举荐。

天亮不想在这事儿上欠铁老鼠的人情，就讲了在他“精沟子断贼”时，那信被风吹走了。

“吹走了？连你那个肚兜儿一起？”

“咹。二锅头、独眼龙都看到了么。”

意外的惊喜让铁老鼠愣了半晌。大喜过望后他哈哈大笑。笑够了才想起他不放心的另一件事儿：“刘，你知道羊脂玉枕吗？”

“不知道。”天亮忙着吃，随口而答。

“不知道？也没听说过吗？”

“听……倒是听过。说红胡子有个玉石枕头，是个宝。洋行的人都惦记。”

天亮的回答让铁老鼠再次忐忑起来，他急忙给天亮讲：羊脂玉枕被红胡子的遗孀带走了，在迪化卖掉了，等等。

可天亮只管吃喝，无心搭话，也就未置可否。

铁老鼠心里没底，就绕了十八个弯，从天亮进煤窑时为何用化名这事儿说起，想把天亮再绕进去，套他的话。

天亮嘴里塞着面包、熏马肠，就呜呜啦啦地说了自己的辫子被哥萨克骑兵割掉了，他怕没辫子要被当成革命党，掉脑袋，就用了化名的过程。

“再说，老子本来就是家里的老大么！咹？儿子娃娃，行不更名，坐不改姓。”天亮不悦，眼里就有了怒气。

铁老鼠假装乐不可支，发出老鼠一般的吱吱声。

铁老鼠笑着笑着脸就黄了：“你刚才说割你辫子的那个军官叫什么？‘七锅豆腐’？”

“差不多，不是‘七锅豆腐’就是‘七锅斧子’，反正不是‘八锅豆腐’。——记不住哩！”

这时胖厨娘端上来了羊肉抓饭，天亮的怒气顿消，注意力一下转移到了抓饭上。

“是契阔夫吧？”铁老鼠紧张地问。

“咹？对对，是叫这么个名。契阔夫。”天亮边说边急切地接过了胖厨娘给他的一盘抓饭。

铁老鼠倒吸一口冷气，光亮的秃顶刷地渗出了细汗。他吃惊之余，略一思索，就假笑着说：

“这个人是不是脸上有个刀疤？胡子很黑？这样的——”铁老鼠比画了一个八字手势。

天亮在低头吃饭，随便抬了一下眼，说：“嗯，差不多。——咋，你认识他？”

铁老鼠急忙说：“不，不认识，是见过。在迪化。”

“对着哩，他们一伙子人是去迪化哩。”

铁老鼠手心发凉，汗出如浆。又给天亮倒酒。

天亮从来没喝过这么好的伏特加，接过来一饮而尽。

铁老鼠这才掏出手绢，擦了擦头上的汗。这时他已经打定主意：不能再等皮斯特尔和金丁抓人了。应该赶快弄死这个人。他见过契阔夫，见过红胡子之死的情形，还知道洋行的人都惦记羊脂玉枕。说不定他心里早就怀疑自己是凶手呢……

铁老鼠这么想着，目光就开始在伏特加瓶子上游移。他有点犹豫，是往酒瓶子里下毒呢，还是往天亮的酒杯里下毒……

就在这时，皮斯特尔回来了。

7

皮斯特尔故作欲言又止状。

铁老鼠耐不住他装模作样，又见金丁的差役也没来，就冲皮斯特尔叫嚷："皮斯特尔，到底怎么回事？说话呀！"

皮斯特尔冲天亮作了少安毋躁的手势，然后就用俄语急切地给铁老鼠汇报：金肉头现在还不能抓这个穷鬼。但我们已经有了最好的解决方案。现在我们还是先把这个穷鬼打发走，我再给您详细汇报。

铁老鼠不同意，他设想着天亮现在就像红胡子那样倒地而亡。

"皮斯特尔，您是说金丁这个肉头猪现在不敢抓这个穷鬼吗？那么，你现在该做的是让这个穷鬼下地狱，而不是放走他！"

"我们商议出了好办法。"

皮斯特尔不想浪费时间，让天亮徒增怀疑。他掏出一张三两的银票对天亮说：

"刘老大！我很遗憾，只能给你这么多了。你看，我在柜上费了这么长的时间，就是想争取得更多一些。但是……"他继续地做出很为难的样子。

天亮看着银票，心中暗喜，他觉得这三两银子简直就是白得的。

皮斯特尔继续说："这当然是太少了。不过，如果你来洋行做镖头，那收入情况就完全不一样了……"他笑着把银票伸向天亮。

天亮装出漠然状接过银票，马上告辞。

铁老鼠着急，蠢蠢欲动想发作。皮斯特尔冲他挤挤眼睛，笑眯眯地对天亮说：“镖头的事儿，你应该考虑一下。”

“行啊行啊，我考虑一下。”

天亮连声称诺地走后，铁老鼠就叫了起来：“皮斯特尔，刚才那三两银子由你来付！”

皮斯特尔内心鄙夷地骂了一句铁老鼠，脸上却满是微笑地点头说：“当然。这个当然。”随后他便叫来了一个希卡，让他暗中跟着天亮，看他在哪儿落脚。

铁老鼠不解、不满地看着皮斯特尔：“你能保证他会死吗？”

皮斯特尔赶紧俯下身，把去见金丁的情况以及他们共同拟定的处理天亮的方案做了详细汇报。

“可是，您能保证这个家伙在察罕通古就一定会被冻死或者被打死吗？”铁老鼠不屑地质问。

皮斯特尔诚实地回答：“不敢完全保证。低等的生命总是特别顽强。不过，这是目前最好的办法了……”他随机又把杨都督的手谕大肆渲染了一番，并强调这时候抓天亮或者杀天亮，是引火烧身，玩火自焚。

铁老鼠听了暴跳如雷，完全失去了理智。他在地板上跳来跳去，一边咒骂杨都督，一边诅咒发誓，说皮斯特尔这是放虎归山，贻害无穷。同时他还嚷着要皮斯特尔马上集合希卡，去杀了天亮，“不能让这个可恶的家伙再次跑掉！”

皮斯特尔垂手而听，装出无所适从的样子。心里却暗自思忖：红胡子之死，铁老鼠已经在伊万那里摆平了。他现在还急着要杀刘天亮，肯定另有缘故！刚才，他们都谈了些什么呢?

皮斯特尔正紧张地思索着，铁老鼠却倏地一屁股坐到沙发上，满脸无奈的样子，说：“好吧，既然如此，那你就去仓库挑选毡筒去吧。记住，要挑最差的！”

皮斯特尔疑窦重重，却假装胆怯地走后，铁老鼠狞笑着叫来了胖厨娘，让她马上去把医生阿廖沙叫来。

“我要让他去察罕通古送毡筒。”铁老鼠神秘地说。

胖厨娘不解："去察罕通古送批毡筒，为什么要让阿廖沙去？"

"我要让他去做随队医生。医生可以救人，也可以杀人啊！"铁老鼠自鸣得意地拍了拍胖厨娘的屁股。

第二节

1

天亮买了三两银子的礼行去看驼二婶。

驼二婶正在店门口给衙役老秦诉苦："我是开车马店的，县长给我门口设计个大牌坊干啥么？我哪有钱修这么大的牌坊？我修一下大门行不行？"

老秦说："你女人家不懂！这是县里统一安排的设计，你想改就能改吗？"

驼二婶说："可我又不是寡妇！我有男人，我男人驼二爷你们都知道的么！喔，他还没死，你们就给我立牌坊呢吗？这不是欺负民女，让人没活路吗？"

老秦过去是代典史[d]，资格老，一听觉得有理，就顺嘴说：这倒是。弄不好县长是真把你当寡妇了。行了，我回去给县长说说。你别再吵吵了，就你……想立牌坊恐怕人民群众也不会答应。

"你说啥？"驼二婶佯装要拿笤帚打老秦，老秦也佯装害怕，在众人的嬉笑声中逃走了。

驼二婶取得了胜利，心情好，又见天亮带的礼行重，就给他绽放了个笑颜。

"你娃礼行倒重！镇番人的亲，扯扯秧的根[g]。你娃来这儿投谁哩？"走进店

---

[d] 链接　清制：典史的品级为未入流，掌管一县监察狱囚之事。若事简之县不设县丞和主簿，则县丞和主簿的职能也由典史一人兼领。

[g] 链接　说的是镇番县人的宗族和亲缘关系的密切性就像中国西部的植物"扯扯秧"的根须一样复杂繁茂。从清末开始，先后到新疆安家落户的镇番县人成千上万，他们各自谋生的方式不同，但大抵都是寻故觅旧，投亲靠友，逐步安家。其中总有一些人能为老乡热情服务，介绍工作，借款安家，抚恤孤寡，扶贫葬死，调解纠纷。

里，驼二婶一句话就拉开了和天亮的距离。驼二婶名叫潘银莲，是驼二爷从西安带过来的女人。据说当年也是如花似玉的大美女，但天亮见她的时候她已人老珠黄。人都叫她驼二婶、驼二嫂，或者简称驼嫂、驼妹。天亮叫她婶。

天亮听出了驼二婶不想和他“沾亲带故”的意思，就赶紧解释：侄子我不是镇番人，不找亲友麻烦。侄子我是路过，天黑前还要赶到沙枣梁子。侄子我工作有着落，洋行想雇我当镖头。就是不知道该不该干，想听听婶子的意见。

驼二婶说：“拉骆驼走镖，你叔（指驼二爷）那老东西干了一辈子。你能吃得下这个苦，将来跟你叔干就行。做啥去给洋行干？让人背后戳脊梁骨！”

天亮说：“洋行给的银子多，比别处多四五倍呢。”

驼二婶说：“有这么便宜的事？洋行的人都鬼得很！坑死人连棺材板都不给！”

驼二婶的话与云朵的话如出一辙，天亮没法不认真对待。就答应了驼二婶：不给洋行走镖。至于还去不去阿山，他想跟云朵商量了再说。

驼二婶给天亮吃了蒜拌面，还有清炖羊肉。饭后，天亮告辞。

驼二婶冷冷地说：“你娃还真有投奔处？婶子把话给你撂这儿：要没去处，就别硬撑自己的脸。婶子这儿能留你些日子，但你得干些下夜打杂的活儿，和伙计一样吃住。婶子是开店的，不养闲人！”

天亮听了赶紧称谢驼二婶给他留了后路，接着就说了沙枣梁子钟家救他的事儿。

驼二婶难得一笑：“行哩，去后面洗个澡去！去丫头家还一身煤黑咋行？”

天亮洗澡时，葱头抱着一套旧衣服来了，说：“老板娘给你的，让换上。”

天亮穿了衣服出来，再称谢。驼二婶却烦躁地一挥手：“行哩。一套你叔穿剩的衣裳，说啥哩。去人家丫头家，也不知道拾掇干净些！快走吧！买些丫头喜爱的礼行带上。”

天亮离开车马店，直奔拐子街。他合计过多次了，身上的二十六两银子，加上刚才从洋行得来的三两，是二十九两。三两花给了驼二婶，十六两要给钟爷谢恩。

还有十两，就是自己的生活费和去钟家的礼行了。

天亮不知道女孩子喜欢什么，请教了好几家店铺掌柜，花了六两银子才算买上了礼行。此时天已擦黑，他急忙骑马出城，直奔沙枣梁子。

2

快马加鞭，跑到碗碗泉，红鬃马仰天长啸。天亮知道它渴了，就下马落鞍，让红鬃马饮水歇息。此时，明月已出天山，他回顾来路，看见远处城堞隐约，就想起了一年前与钟家人分手时的情形……

他想到了云朵当时赶他下车的情形，想到了云朵的楚楚动人，想到了云朵的泪眼凄迷，想到了云朵说过的话。惘然间，他又想到了他给云朵的保证：不去黑沟煤窑。

去年秋风依旧在，可故人的心境不同了。天亮有了新愁绪：他给云朵答应了不去黑沟煤窑。可现在去了，还去了整整一年。这事儿该咋说呢？

天亮爷爷是个贼大鬼，人称尕阎王。一辈子没怕过人怕过事。据说在苏联当红军时，在死人堆里睡觉。他头底下枕个敌人的首级，还呼噜打得震天价响。可壬子秋，他老人家就因为不知道这问题该给云朵怎么说，在路上折腾了半晚夕，最终还是从钟家门口逃走了。

这事儿是天亮爷爷的终身笑话。在我童年的记忆中，每当云朵奶奶想要拿天亮爷爷开涮，她老人家就会说这事儿。夸天亮爷爷诚实，守信，也会说这事儿。指责天亮爷爷缺心眼儿，死脑筋，也说这事儿。弄得我小时候直犯迷糊，不知道这事儿怎么那么神奇，似乎是万能的，证明什么都可以。有一年的仲夏夜，我和天亮爷爷躺在房顶上纳凉。我就问了他这个问题。

天亮爷爷豁然大笑：“害怕么！那时候还不敢想你奶奶能嫁给我嘛！就算想了也不敢说嘛！要不然我把我二百两银子埋在古牧地干啥？提她家不就行了嘛！”

我被他笑糊涂了。不明白他怕啥。

“你不知道哇！给你奶奶这种人扯屁撂谎，难行得很啊。你奶奶年轻的时候，人精么！聪明得很。毛眼睛一转，就能看出我是不是扯谎！我要是胡球说，让她几句话戳穿了，那就没我的今天喽！”

我依然不懂。

“你还是个勺娃，不懂。将来长大就懂了。懂了，就怕了。”

后来我长大了，恋爱了，才明白这个笑话是甜蜜的，恋爱中的男女都懂。天亮爷爷怕的有理。

那个仲夏之夜，月明风清。天亮爷爷还给我说：他没像人说的那么胆小。他在路上，一会儿走，一会儿停。还是边走边想了些说辞的。可问题是越想越泼烦：说去了哪儿了呢？迪化？镇西府？科布多？可说去哪里都觉得经不住云朵的追问。后来，他都决定回城了。可一抬头，又看见了钟家院门前的那棵大柳树。

他就忍不住，拴了马，跑上去想敲门。可刚要敲，狗叫了。他不知为啥，吓得转身就跑。跑了没几步，不甘心，又折了回来。可到了门前，又不敢敲门了。

那晚夕，他羡慕过大黑狗能自由出入钟家的门。

后来，他把礼行和十两银子放到院门槛上，猫在野地里扔土坷垃逗狗，想看云朵出门。可狗再叫，院门就是不开。到了子夜时，天候变化，夜风砭骨，他只得悻悻而返了。

3

天亮回到古城子已是半夜。城门已经关闭。守城的说：自从马麟奉命带着靖安营去了察罕通古，金丁就立了规矩：让马麟留下的那二十来个兄弟一到晚上就关城门。

罡风干硬，月光似雪。天亮无处可去，只得到老北城敲开了一扇破旧的庙门。

那庙叫岳王庙，不供佛不供道，供的却是武圣人鄂王岳武穆[y]岳飞。相传八百追剿兵的统帅姓岳，是岳飞的二十六代孙。岳将军死后，人们筑城，就给岳将军修了这座庙，供奉他和他的祖宗。

岳王庙没啥供养人，只有一个老汉看庙。老汉自称祖上是八百追剿兵里的一个

---

[y] 链接 岳飞，字鹏举。追谥武穆，后又追谥忠武，追封鄂王。

参军，姓郭，半聋半瞎。人很奇怪，总钻在一个黑屋子里，用手摸索着雕一块巨大的青石头。

岳王庙庙小院子大，天天都有流浪汉。

这一夜，庙里的流浪汉不多。天亮在庙里的破院子里靠墙而眠，冻得瑟瑟发抖，但还是强撑着眼皮，不敢睡觉，怕身上的十两银子和红鬃马被抢被盗。

红日东升，城门敞开。天亮牵马进城后，他跑到钟家不敢敲门这事儿就成了刘氏家族的一桩笑话。

第三节

1

钱老三眼尖，远远看到天亮和他的红鬃马，就挥手招呼。

天亮没见上云朵，无精打采。走过去看钱老三的招风耳通红，像两个柿饼子，就有厌恶感。他想起皮斯特尔说金丁不要他做工的话，就想验证一下，便对钱老三说：“我想报名，伐木头。你问问县长要不要？”

钱老三一瞪眼：“这事老子我定，找县长干啥？”

天亮假意诚恳，给钱老三拱手作揖：“老哥受累！咹？就说有个刘老大，从黑沟煤窑来的，想报名，要不要？”

“嘿，你这球人还怪！你是县长的小舅子？”

天亮想说你才是县长的小舅子，但忍住了：“老哥，帮个忙嘛。”

“嘿？还有这等怪锤子货！——行，把马给我。”

县衙就在斜对面。钱老三看上了红鬃马，硬是骑上红鬃马兜了两圈，才在衙门前停下马，一边念叨着“好马好马”，一边进了县衙门。

不一会儿，钱老三带着屁滚尿流的风格跑了出来：“兄弟，你到底是个啥人啊？县长一听你的名字就生气，狗日的把我轰出来了！”

钱老三说完，转身就忙乎别人，连红鬃马也不再问了。

天亮想：这狗日的县长真把我给记住了？看来皮斯特尔还真没骗我。

他跟上钱老三，想找个空子，再问问细节。可就在这时，葱头突然出现，把他拉出了人群："快走！哥，老板娘正着急找你哩。"

"咋？"

"嗨，老板娘找你有急事儿！昨天你走了没一阵儿，她就让我们追你哩。"

2

见了驼二婶，天亮才知道：昨天他刚走，县衙门里就来了人，说要征用四十峰骆驼，送八百双"毡筒"（毛制毡靴）到察罕通古去。天冷了，那里的大军急等着御寒。衙门的人还特别强调：这趟货，驼二婶的车马店得派人跟着去走镖。

驼二婶说：给察罕通古送货，是守卫国家的事儿，征用费多少她不计较。但要派能走镖的人，她没有。她家男人驼二爷不在。

衙门的人说：金县长知道，你们车马店来了个煤黑子，叫刘老大。一脚能踢死一条大狼狗！还敢在黑沟煤窑上领头闹事儿，还敢精沟子断贼，厉害得很！洋行的人都要雇他当镖头哩。就让他去！他的马不是好么，让骑上！

驼二婶不知道天亮是否走过镖，就满世界地找他。

天亮走过镖，但没当过镖头。他还没把这话说清楚，驼二婶就挥手打断了他的话："走过镖还说啥呢。快！先吃饭去。吃完饭赶忙到山里把骆驼拉回来，明天一早给人家送货去！"

"咹？明天一早儿？这么急？"

"不急人家能把这种挣钱的事儿给咱干？那衙门的人都他娘的心黑着哩！"

天亮有种稀里糊涂就被驼二婶雇下了的感觉。但节奏是驼二婶带的，他没法说，也没机会说。

3

天亮、葱头雇上拉骆驼的驼老大（这人是不是驼二爷的兄弟，不得而知），从山里把四十峰骆驼拉回来，已是傍晚。

吃饭时，天亮发现往驼峰上绑毡筒的多是合富洋行的希卡，很纳闷。

驼二婶说：“金县长是从合富洋行买的八百双毡筒。这古城子里最大的毛毡生意也是人家合富洋行的，衙门不从合富买毡筒从哪儿买？”

天亮说：“合富有人（希卡）有枪的，他们咋不走镖？”

驼二婶说：“我也这么问过了。衙门的老秦说，这趟是走察罕通古，那边攻城的人里面有哥萨克马刀兵呢。我也寻思过了，不知道是衙门的人不放心，还是人家不愿意和察罕通古的哥萨克打照面……”

天亮说：“婶子，你不是说合富洋行的人都鬼得很么，唼？这趟咱可是送的洋行的货……”

驼二婶不悦，厉声说：“你娃咋这么多屁话？是啥意思？婶子又不少给你钱！这咋能一样咧？这八百双毡筒是衙门从合富买的，我们送的是衙门的货！”

天亮急忙说：“唼。婶子说的对，咱送的是衙门的货。”

可驼二婶已经扭身过去，招呼客人去了，再不理天亮。

天亮本来还想绕个弯子，问问自己走镖的工钱，见此情形，也就不敢言传了。

天亮正无所适从，驼二婶却提了半瓶白酒过来：“给！喝些。这一趟去，最快也得半个月。要是碰上个打仗啥的，还不知道你啥时候能回来哩。大侄子！你要是觉得心里不踏实，就给婶子说实话，不行咱就不去了？”

“婶子，你可不敢这么说。这么好的挣钱的事情，别人抢还抢不来哩，咱们咋能不去哩？再者说哩，我本来就要去阿山，找我叔咧。”

驼二婶忽然眼圈红了，她抹了一把泪，说：“唉，这也是我的心思啊！你去了，要是能打听上你叔的信儿，就快快回来，我也放心。要是能见上他，就劝一下，让他回来。说这边的店门要重修哩，没个男人主持不行……”

这一夜，古城子又刮了一宿罡风。大风刮飞了车马店的旗帘幌子。天亮寻思走镖有差费，就借找幌子的机会，装作拉屎，把十两银子都埋到了车马店的猪圈里。

4

翌日天明，大风刚停，金丁就亲自到了车马店，同来的还有皮斯特尔等人。

金丁让天亮、驼老大以及十来个山里来的骆驼客站成一排，连吓唬带训话。内容无非是强调八百双毡筒的重要性和大家完不成任务就要负严重责任以及重修拐子街的重大意义，等等。

金丁训话完毕还推出了一个医生。说这个医生是洋行派来专门负责大家身体健康的，为此大家要感谢洋行的老板巴赫·铁尔森先生并记住人家的恩德。

那个医生叫阿廖沙，三十多岁，金发碧眼。样子很腼腆，什么话也没说。

骆驼队带医生，不算新鲜。但像天亮他们这样的底层驼队居然也带医生，就有些新鲜了。

驼队上了档次，驼二婶很高兴，每人给了些零花的碎银子后，又特意让伙计葱头和尕娃子放了一挂鞭炮。

天亮让驼老大招呼骆驼客们准备出发的时候，皮斯特尔嘴贴到他耳朵边上，神秘地说了句话："刘老大，路上小心，千万别喝陌生人的酒！"他说着朝医生阿廖沙所站的方向使了个眼色。

天亮在爆竹声中并没完全听明白皮斯特尔的话，他朝阿廖沙看了一眼，就给驼老大下了启程命令。

四十峰骆驼，八百双毡筒，出东门，上官道，朝阿山的察罕通古逶迤而行，在当年的古城子是再普通不过的一件事儿。故而这事儿在林拐子当天的皇历上未著一字。

但那天林拐子在皇历上另写了一串字：金丁动用二百五十余人伐木毁林，贻害无穷。余上书一封，密告杨都督。

当然，这是闲话。

第十一章

子归城索引

第一节

1

大南山下的大牧川[d]，包括今天的东、西戈壁和北沙窝里的汉唐古道。一听这名字您就知道，古时候它是一片广袤的绿洲。这片绿洲上曾经江河纵横，水网交叉，诞生过令周穆王感慨的古城郭。后来由于洪水成灾或者其他原因，古城郭湮灭到了地下。到了西夏人被蒙古人压迫，企图西迁时，大牧川就仅剩几个小王国了。而它们在面对强大的西夏铁骑时，也都望风而降。

唯有涅槃河东岸的涅槃城却久攻不下。

涅槃城由三个戍堡古城组成，互为犄角。城中军民受了一位巫师的蛊惑。认定西夏人只要过了涅槃河，他们脚下的土地就会山崩河枯，城毁人亡。为此他们浴血奋战，拒不投降。

---

[d] 链接　近代的大牧川通常指天山东部大南山脚下那片辽阔的地带。它西起古代的车师后国（今阜康西缘）东至镇西府，北到汉唐古道。古代的大牧川要辽阔得多，至少东边在巴里坤湖畔，北边在汉唐古道北部的甘泉驿（今干泉子）。

半年之后，西夏骑兵终于破城而入。他们愤怒地烧掉所有建筑，推倒城墙后，又挥动四万铁骑，来回在废墟上踏了三遍，彻底把三个古戍堡踏成了平地……

而且，西夏将军在将三个城堡夷为平地后，又下令：此处永远只能做牛羊的牧场，不许人类修墙建城。从此，大牧川上少了一座城，多了一片叫“古牧地”的原野。那原野是个三角地带，临河的一边，多少会长些草，能放牧。

西夏人过了涅槃河后，就从历史上消失了。而涅槃河却没消失——巫师的话不可信。几百年后，有八百个追剿兵和八百户流刑犯同时到了古牧地，走投无路，大家就在河边建了一座城。

那城叫子归城。

人都说，子归城是城摞城。涅槃城，古城郭，都在古牧地下面摞着呢。

2

明清有律：处流刑者，妻妾应随同前往，谓之佥妻。子归城是个和谐社会，八百户流刑犯后来便被称之为“佥妻”，而八百追兵则尊称为“军户”或者“兵户”。

古城子的老户儿居民，祖上不是来自八百军户，就是来自八百佥妻。因而对古城子的来历，也各有说法。

佥妻之后说，他们的祖上被皇上发配，走到涅槃河畔，一看已经到了离海最远的地方，就砌墙盖房，开荒种地。后来为了防止土匪，又在居民点周围建起了围墙，形成了围城。取名子归城。

后来土围城随着丝路的繁荣迅速崛起，朝廷又在城里设了驿站。往来东西的客商便把这里称作古城驿。

而军户之后则说，他们的祖上追剿叛匪时，在沙漠遇上了黑风暴，岳将军死于风暴（后来人们把这个地方叫将军戈壁）。部将们不知道该怎么办，就派人去讨令。可皇帝已经撤军了。后来是一个商人给他们带来了皇帝圣旨：要他们从速撤回，论罪行罚。

他们的祖上暴跳如雷，杀了商人，就修了一座城堡，要自卫自保。后来，城堡筑成了，他们的祖先才感到自己的行为有些鲁莽。都哀叹：看来我们活着是回不去了，但愿我们的子孙能回去。

随后便将“子归城”三个字，刻在了城门洞上方。

你可能注意到了，这一版本和前面的叙述略有不同。其实，这种大同小异的版本还有几种，我就不一一列举了。在我看来，一个地方的历史传说众说纷纭，正说明这地方有文化。我们应该尊重这种文化。

至于后来，各种传说却还是大体相同的，说：

到了清朝，苍狼部落反叛，皇帝御驾亲征，平定了叛乱。古城子里的军民得知喜讯，便公推一人，向皇帝上折子：臣等不敢生望酒泉郡，但愿死入玉门关。

大捷班师的皇帝本来应该心情很好，不知为何却不高兴了，降旨说：几辈子的事儿了？还提？如今这关内关外，都是我大清一统天下，说什么生与死？就在那里设个驿站，汝等安心屯垦戍边，便是我大清的好子民！

子归城就成了古城驿。

3

涅槃河一带风大。各城门的名字，虽然刻在石板上，嵌进了城墙，但也经不了几世光阴，就都漫漶不清了。唯独镶嵌在东门城头上的“古城驿”三个字，用的是全城最大最好的一块石材，历经沧桑，直到辛亥年，依然锋毫毕现，法度森严，不失庙堂气象。

到了壬子年，革命党人矢志恢复中华，杨都督便下令：古城驿恢复旧称子归城。

这事不难，古城子的城门上就两个字：东门，南门，西门，北门。都不用动，要动的是东门上的匾额“古城驿”三个字。

于是，有个人就亲自上去测量，亲自动手，亲自设计，做了个硕大无朋的榆木匾额，上面錾刻“子归城”三个字，镶进了城门上方的额龛中，盖住了“古城驿”三个字。

此事若是一个普通工人所为，也就没啥稀奇。重要的是这事是当时的古城子县长金丁亲自干的，据说他还是个有恐高症的人，这就值得记上一笔。

第二节

1

现在，还是2016年的夏天。勇士“尼伯特”突然停下了脚步，在海上高速旋转着壮大力量，未来发展方向不明。就像百年前的契阔夫待在迪化，让铁老鼠惶恐不安一样，尼伯特在海上画问号，也让我们这些海边的居民惶恐。

我光了膀子在家写《子归城》——我写作时喜欢根据情绪的不同，穿不同颜色的衣服。但我现在惶恐，说不清楚是什么情绪，就只能光着膀子。我体型偏胖，又抽烟，这个季节，开扇窗户排烟放烟，自然汗流浃背。这就让我想起了那个特别不好的词：油腻男。据说这是某个女作家发明的词，很是流行了一阵儿。我就奇怪了，难道女人不出汗吗?

不过，一个人爱出汗，尤其是汗流浃背，真的很讨厌。比如现在，我手里拿着诸葛白的手绘地图，很想给您介绍一下古城子当年的基本模样。可手上的汗渍，还有额头上的汗珠，总是没法抑制地往纸上滴答。这是诸葛白先生当年用极细的毛笔、仔细勾描的全城格局图。我太怕它被汗水浸淫，变得笔画模糊，损坏了百年前的珍贵文物。只好先收起它，跟您说点不用按图索骥的事儿了。

2

最早的古城子有四个城门，北门最大。后来它和南门退化成了便门，西门又被废弃，东门便一扩再扩，变得巍峨高大，成了全城的标志。

县城名“古城驿”三个字当然就嵌刻在东门。

这事儿是谁干的？不可考。按钟爷的说法，至少林则徐林大人到古城子时，东门上方的石龛里刻的就是“古城驿”三个字。其时，当地官员说城门上的三个字来源不可考，请林大人给重写一个。林大人就写了，可写好后，他到东门外再看城门上的三个字，越看越觉得苍劲有力，古朴大气，比自已写得好。林大人就说：这是圣贤之笔啊！回去后就把自己写的字撕了。

有证据表明，刻了“古城驿”三个字的青石板最初是在北门上，后来被移到了东门上。它比城楼子上的门扇还大，有数千斤重。当时的人之所以费劲巴力，不遗余力地移它，而不是重新刻一个，就是因为它是全城最大最完整的一块石料。

可壬子年，它碎成了三块。

当时，金丁积极落实杨都督的饬令，要把东门上的“古城驿”改成“子归城”，就派了人去找钟爷，请钟爷题写县城名。

钟爷回话：不用写。石匾额背面就有圣贤所书“子归城”三个大字。

钟爷抗击阿古柏时重修过古城子，所言应该不虚。但金丁不信，让工人搭了脚手架，拴了绳子，把石匾额撬下来给他看。结果，石匾额是撬下来了，但太重，坠断了绳子。掉下来，摔成了三大块，还差点儿砸着人。

大家围上去再看，果然，石板的背面赫然刻着三个大字：子归城。魏碑体，阴文。

众人哀叹惋惜，工人紧张害怕。都不敢正眼看金丁，怕。

金丁却很大度，一挥手，说：“这东西面貌陈旧，字迹也不清了。正好重新做一个。”

古城子里不缺石匠，但却没有这么大的石材。那伙工人城里城外跑了一天，一无所获，还被金丁扣了工钱。有人就提议说：到黑沟煤窑去，炸个石崖，采一块大青石。

金丁却怒了，还扇了献策者一个耳光，说他是在放屁。

工头急忙自己抽了自己一个耳光，弯腰作揖，请示县长：现在咋办？

金丁说：“翻个个儿，把‘子归城’三个字朝外，再装上去。严丝合缝儿，就看不出来。”

工头急忙喊好，赶紧重新搭了脚手架，让工人把石匾额翻过来，连吊带抬，往上镶。可那石匾额的基础竟然暗合榫卯，翻了个儿，不仅没法严丝合缝，连镶都镶不进去。

工头忙乎了三天，实在没办法，领着工人跑了。

金丁是木匠，拿石材没办法。就把背面“子归城”三个字描画成样，匿藏在身。从地牢里提出罪犯，趁夜暗让罪犯们偷偷把碎裂的石匾额原封不动镶进去，拿黄泥抹盖住了“古城驿”三个字。

翌日，他便在大庭广众之下，亲自上去测量尺寸，宣布古城子的匾额陈旧漫漶，他要亲自为本城做一个金字招牌。之后，他撤了脚手架，禁止官民登城。然后全城动员，选出了几块优质的大榆木，让郝大头等人改成板，用了一周多时间，做了一个大匾额，照猫画虎地刻上了“子归城”三个魏碑阴文。——用“照猫画虎”说这事儿有些不敬！事实上金丁是把三个魏碑大字丝毫不差地凿刻到了榆木板上，就像怀仁和尚集《圣教序》那样，很有职业操守，做得相当见手艺。

木质大匾额做好后，金丁选了个吉日良辰，命令郝大头等人重新搭了脚手架。然后，他领着一班官员，焚香洒酒，举行了祭祀仪式后，把大匾额镶进了东门城墙中。

金丁县长给大匾额也做了榫卯，还安了遮风挡雨的护龛，雕刻了精美的花卉禽兽，上了彩漆……

这件事儿发生在金丁重修拐子街的大忙时节，轰动一时。

第三节

1

史载：在杨都督执政初期，他为了整顿吏治，设立了类似于我们现在的检举箱制度。以致有一阵民众检举成风，成功率也很高。

天亮去阿山不久，杨都督收到了林拐子的密函。

杨都督收到林拐子的检举密函后，没再派诸葛白之类的人来，而是派了四个回族兵来到了古城子。

四个腰插短枪的回族兵走到东门时，人们正在敲锣打鼓欢庆新做的“子归城”

大龛匾的吊装。

金丁很激动，大冬天摇着一把扇子还不断出汗。后来大龛匾吊装大功告成，众人请县长训话。金丁端详了一番富丽堂皇的新匾额，脸上就升腾出了居功自傲的神情，他清了半天嗓子，才拿腔拿调地开始训话：

“哼，哈！打今儿起，我们古城子就要恢复中华，叫老名字，叫子归城啦！——这个啊，很重要！要感谢武昌首义，建立民国……”

四个回族兵耐心地听完了金丁的训话，才笑逐颜开，鼓着掌上前对金丁说：“都督有手谕，请您去一趟省城。”

金丁看了手谕，再一看回族兵驾来的车轿，寒碜而结实，本质上就是个囚车。脸色当时就由红变黄，由黄变白。情急之中就想起了自己的福建老婆：“我，我把老婆带上。——她、她是崇安人。福建的。”

四个回族兵莫名其妙地相互看看，说：“都督说，只让您去，没说老婆。”

“那，我给老婆说一声？”

“这个……会有人通知的。县长大人，还是赶紧赶路吧！晚了，都督要发火了，麻烦更大！”

金丁不由自主地腿软，眼看要瘫倒在地。四个回族兵急忙把他抓住，扶进了车轿，对众人喊：“县长要去省城！大家快快让开道路。”

众人都觉得金丁要倒霉了，急忙让开道，默不作声地欢送押解金丁的车轿上了官道。

金丁选了个吉日良辰装大龛匾，却被抓走了。说明他请的算命先生是个骗子，连占卜的吉凶时辰都弄颠倒了，没学问。

2

金丁被体面地请到迪化后，杨增青都督三天没见他。第四天扔给了他一大摞民众的告状信、检举信。

金丁吓得脸色煞白，汗流如注，说不出话来。

杨都督笑了一下，说：“下去好好看看。”

金丁哆嗦着抱过那些信件，回到驿馆，紧张万分地看了一个通宵。最后发现那些信件大多数都是状告别的州县官员的，和自己有关的并不多。可这时候矮胖圆脸的金丁已经变成了瘦小三角脸的金丁，完全不像一尾金鱼，而像一只虾米了。伍子胥过昭关一夜白了头，金丁则是一夜掉了八斤肉。

金丁揣摩不透杨都督的心思，苦熬了三天，都督才在杨府后院召见了他。

都督没问他“伐木毁林，贻害无穷”的事儿，而是详细地问他黑沟煤窑的开采权、古城子的“援科”以及煤窑暴动等问题……

这些问题金丁本来就糊里糊涂，回答得也就糊里糊涂。就在金丁被问得头疼欲裂，即将胡说八道时，杨都督话锋一转，问起了他阅读那些检举信、告状信的感想。

金丁怀抱那些信件，不知如何回答。

杨都督一边从他的怀里拿过那些信件，一边淡淡地说：“这都是些该处理的官员，该杀头的杀头，该坐牢的坐牢！”此时的杨都督已经听过了诸葛白关于金丁为官的汇报，在盘算让不让金丁引咎辞职了。

金丁想到那些信件里有些就是告自己的，吓得立刻汗出如浆，双手哆嗦：“都，都督明鉴，小人……”

就在这时，杨老太太被丫鬟扶出来晒太阳，看见了金丁，立刻喜笑颜开，对都督说：“这不是那个马桶县长吗？你夫人可好啊？她是我们崇安人哪！——哎呀，本老太太便秘啊，现在不用你的马桶都拉不出东西……”

都督急忙过去扶住老太太，说外面风大，还是回屋歇着。

老太太一边回屋，一边对都督说：“这么好的人才，你还查啥查？快让回去当官去！”

金丁听见这话，趴在地上就冲老太太磕头：“祖宗奶奶，小人给您磕头！”

杨都督送走老太太，回头拉起金丁，叹着气说：

“唉，身为地方父母官，还自称小人？像啥样子！”

金丁急忙说：“小人在都督全家人面前，永远是个小人！”

都督笑了，打断金丁的话，说："听说你把古城子恢复旧称啦？说是你弄的那个匾额还带着很漂亮的护龛？这就说明你还是想把那地方搞好的……不过呢，再不要乱伐树了，老百姓不愿意；也不要搞什么统一门面了，商家不愿意。为官一任，搞点儿为民造福的事儿嘛。"

3

据说，金丁从迪化回来，到了东门外，一抬头看见城门上"子归城"三个大字，就忍不住流下了眼泪。

"人生一世，有门手艺很重要啊。"他对前来迎接的妻妾们说。

相传，金丁的这一彻悟后来成了金家的家训。

不过，当时他的福建老婆听了，却不悦。追问说："还有呢？"

"娶个福建老婆……也，更重要。"金丁满脸庄重地补充。

这一句后来没成为金家的家训。不过，他的福建老婆听了当时很高兴，后来的后来就给金丁又娶了一房小妾，说是给他压惊。那小妾名叫双喜，是何坨子的女儿。事实证明，她不但没给金丁压惊，反而把金丁吓得心惊肉跳，噩梦联翩。当然，这是后话。

第四节

1

金丁被抓，轰动一时。西部学者刘壮志在他的著作中就有记载：

壬子年是民国初年，刚刚掌握政权的民国政府颁布了许多新的法律典章。恢复清朝以前的原有地名便是其中之一。这一年，古城子恢复了旧称子归城。与此同时，在遥远的东海之滨，新政府析同安县厦门岛、金门岛等再置思明县。生于鼓浪屿的林拐子也就成了思明县人。

思明县成立的时候，举行了盛典。新县长是武夷山人，百姓扎了花船，兴高采烈地把新县长迎到了厦门岛。

古城子改名的时候，也举行了庆典。县长金丁却在庆典上，被抓走了。抓到了另一个武夷山人的府上。

这和思明县人林拐子写了金县长的检举信有关。

请注意最后这句话，刘壮志说了这么一堆话，就这句最具文献价值。

事实上，刘壮志在他的著作《“一带一路”国家风物志》中还提到了风流女人赵银儿和算命的卜者，但他没有阐述林拐子和赵银儿的特殊关系，这说明刘壮志作为一个学者，治学不够严谨。

2

壬子年，金丁被抓没几天，有一个叫赵银儿的俏丽女子来了一趟古城子。这事儿我不能不提。

赵银儿是古城子的大珠宝商姚麻子的四姨太。

赵银儿系古城子故人，传说风流成性，招蜂惹蝶，被洋人盯上了，以致祸及家人，不得已避难到了迪化。姚记珠宝行的总店在迪化，是姚麻子的父亲坐镇经营。有一年，赵银儿到姚老爷子的珠宝行里买首饰，正巧姚麻子去进货，两人一聊，都是古城子人，于是从相识到相知，最后姚麻子就瞒着父亲，秘密将其纳妾了。

壬子年冬，姚麻子的父亲病重。姚麻子去探望，回来时就把赵银儿接到了古城子。

当时的赵银儿踌躇满志。看到城门上头崭新大气的“子归城”三个字，就停了车轿，下来笑吟吟地看。“子归城，还是这名儿好听。”她说。

福建人会做生意。茶叶店的掌柜赖水旺看到姚老板带着一个身披红缎面貂皮大氅，脚蹬黑高跟皮靴的娇小女子，在雪地里指点城门，就急忙出来招呼：“雪地里冷，快进来喝杯热茶啊！”

祸害就这么惹下了。

赵银儿听了赖掌柜的话，莞尔一笑，进店了。

当时店里正有一位占卜者在喝茶，他抬头看了赵银儿一眼，就对赖掌柜嘀咕了一句："这人是个祸害！"

赖掌柜听了只是一笑，没理他。——金丁被抓后，许多人都不太信算命的了。

但这位喝茶的算命者，却是个真有学问的，名字就叫卜者。不像给金丁算命的那家伙，叫什么陈半仙，连真名都不敢报。

可惜卜者来的不是时候，正赶上古城子人都歧视占卜业。赖掌柜自然拿卜者的话当耳旁风，听过后，不以为意，兀自跑去招呼姚麻子了。

赖掌柜和姚老板聊天的时候，赵银儿无聊，看着店里的装饰不错，紫檀家具、文玩字画、各式茶具茶叶，就四处转悠。顺便买了半斤武夷红茶。伙计结账时，赵银儿与之闲聊，知道这是个管账伙计，叫牛二，还没娶媳妇，就来了兴致，对牛二说："想发财娶媳妇太容易了，只要账目上多画个点，股子红利就会巨变啦。"

看到牛二大惊失色的样子，赵银儿笑得更欢了："要不啊，就你这几分利，还想娶媳妇啊？"

之后，她就把这事儿忘了。

但牛二却真的就偷着改了自己名下的红利股子。

3

赵银儿这次回来，不顺。一天两夜后，在姚麻子家人的挤对下，赵银儿就负气回了迪化。据说，赵银儿在东门和姚麻子分手时，再看金丁新做的匾龛，已落灰泛白，就泪眼婆娑，感慨万千："子归？哼！"她说着竟然掏出一把小剪刀，用尽吃奶的力气，向上掷了过去。

但她的力气太小，剪刀甚至都没碰上"子归城"三个字。而姚麻子则笑着从地上捡起剪刀，递给赵银儿说："不出一年，我让你回古城子来。"

当时，那位喝茶的卜者正在东门外打着幌子，招揽生意，听了这话，就故作高深莫测地摇头，叹息。

可惜，当时周围的人都拿他的摇头叹息当成了屁。卜者无奈，后来回了绥来县。

姚麻子说到做到。八个月后，癸丑年夏天，他父亲去世。姚麻子去处理后事，完事后就把赵银儿正式接了回来。那时候，牛二已经被开除，而福建八行的老板们也因这事儿几乎闹翻了脸。

当然，这是后话。

说到后话，我想再补充一点：

姚麻子的父亲是混混儿出身，姚麻子处理完丧事，顺便放了句话："姚家的人还是姚家的人。"姚老爷子身边的那些混混儿就闻风而动，一窝蜂跟到了子归城。

所以，癸丑年夏天赵银儿再回来的时候，身前身后就有近二十号混混儿跟着。

当时，东门上"子归城"三个字已经风吹日晒，有点陈旧发灰了。但赵银儿没有忘记它，她让人马在城门前停住，掏出那把小剪刀，指着它，慢悠悠地说了一句话："子归城，哼！我回来了！"

赵银儿说这话时的神情，像在说一句谶语。所以我觉得这事儿得给您说一句，不能微不足道。

第十二章
阿山归来

第一节

1

杨增青在他的《云过斋文牍》中对察罕通古战事有过相当多的记叙。其中，他还记载了一则轶史：

十一月，阿山冬雪初降之。古城子[g]驼队送八百双御寒毡筒至察罕通古。数日后，其随队医生阿廖沙（俄人）因不耐阿山苦寒，竟乘夜盗取五峰骆驼，欲投奔科布多城。其时，温音其河结冰不足半寸。俄医不知深浅，意欲涉河而过。才数步，人、驼即破冰落水。时温音其河寒凉刺骨，俄医呼叫不止。招致对岸惊慌，遂有黑喇嘛部下冲至岸边开枪射杀人、驼……

幸有一刘姓陇人及时赶到，其人有踢死狼狗之力，精沟子断贼之勇。其人不避枪弹，

[g] 链接　古城驿恢复旧称子归城后，人们依然习惯叫它古城子。官方也只是在最正式的需要署名钤印时，才会想起来用子归城这个称谓。但我以为，这件事是个历史的分水岭，不能不讲究。故而自壬子年之后，凡属于我的“叙述”，都将采用“子归城”这个正规称谓。否则，金丁县长不是白忙乎了吗？

入河搭救，俄医方免一死。

据报，此事件我方亡驼三匹，伤、逃各一匹。俄医身中两弹，皆非要害，然一条腿自此致残。

余饬令张虎青、玉山江各部，严加戒备，整肃军纪。识礼义，知廉耻。今后但有此类事故发生，无论军民，皆以叛国投敌论处之。至于俄医，因其本系俄籍，审查若无奸之行为，则训诫后赦免之。

不说您也知道，杨增青在《云过斋文牍》中所说的这个“刘姓陇人”就是刘天亮。

关于天亮救阿廖沙这事儿，紫泉子老人都知道，毋庸赘言。应该补充并纠正的是：杨增青把阿廖沙投奔科布多城的原因搞错了，其实阿廖沙并非“不耐阿山苦寒”，而是另有苦衷。

根据紫泉子老人们的说法，阿廖沙投奔科布多城是因为马麟。

马麟在“察罕通古事件”爆发后就被杨增青调到了察罕通古。对此他非常不满。

阿山天寒地冻，缺医少药，马麟的靖安营里根本就没有军医。故而当他发现天亮他们的驼队里居然有医生后，立刻就下令扣住了阿廖沙，让他当随军医生。

阿廖沙不乐意，于是就找了个月黑风高的杀人天，偷了几峰骆驼逃跑。紫泉子的老人们都说：他得罪了马麟，当然不敢回古城子了，只能往科布多城跑。

——这是大家的普遍说法，我不持异议。

但我更倾向于另一种说法，它是天亮爷爷后来偷偷给我说的，当时他喝多了，对我说：“说甚呀，他们都不知道。阿廖沙逃跑其实是让铁老鼠逼的！”

天亮爷爷的说法如下：

铁老鼠毒死红胡子雅霍甫的药是阿廖沙提供的。

铁老鼠是从阿廖沙手里骗来的那种药。但是在壬子年的十月，当铁老鼠决心要除掉天亮时，他却用这件事儿去威胁阿廖沙。他对阿廖沙说：如果对红胡子的尸体进行化验，甚至对狼狗亚历山大进行解剖，谁都会相信红胡子是被你毒死的，因为只有你才有那种药。

我得解释一下，那种药不是中国的蒙汗药，也不是安集延的耗子药，而是西医才有的氰化物。一般老百姓不懂，也不会用，更不知道上哪儿去弄。

阿廖沙气红了眼珠子，也悔青了肠子。但没办法，只好再次带上了那种药，跟着天亮他们上路了。

路上阿廖沙有多次机会下药，但他一直没敢。他一想到天亮在他面前抽搐而死就恐惧万分。最后他眼看着归期将至，就把氰化物倒进天亮的酒瓶子里，逃向了温音其河……

阿廖沙逃向温音其河并不是想去科布多——他在古城子里有老婆有孩子，他只是恐惧害怕，想躲进对岸的山里边放骆驼边听消息。如果天亮真的死了，他就赶着骆驼回家。

阿廖沙没想到天亮对他早有戒心。他的鬼祟行为让天亮对皮斯特尔的提醒产生了信任。但天亮是个有性格的人，他怀疑自己的酒瓶子有问题就怒火中烧，追到温音其河畔想逼阿廖沙先喝一口……

结果，他却奋不顾身地救了阿廖沙。

——我相信天亮的说法，阿廖沙逃跑的根本原因是因为铁老鼠。至于马麟嘛，我相信他是肯定逼过阿廖沙当军医。但能把阿廖沙逼得逃跑，我觉得就有点夸张了。

2

阿廖沙被天亮从温音其河里背出来的时候，已经冻成了一个冰疙瘩。

天亮把他扒光，先往他身上堆雪，再往他身上倒酒，然后裹进皮褂子里。——还有一种说法是：天亮剖开一匹死骆驼的肚子，把阿廖沙塞了进去。

阿廖沙醒来，看见地上的酒瓶子，哭了，说："刘老大，你杀了我吧！我往你酒里下了毒……"

"我没喝。"天亮平静地说。

阿廖沙一听，舒了口气，就裹紧皮袄喊冷。再后来就又哭了，说他的腿保不住了，子弹打断了它的筋脉，他将来连林拐子都不如了……

阿廖沙是个好医生，对自己的伤情预言很准。

不过，他废掉的不是腿，而是中弹的那只脚，它后来从脚腕处没了。

3

天亮拯救阿廖沙的结果是：被当成同伙审查了半个多月。

张虎青将军给马麟的命令是审查阿廖沙，若无间谍行为，就训诫后放人。马麟却连天亮也一块儿抓了起来。

马麟对阿廖沙只训诫不审查，对天亮只审查不训诫。

天亮受到的审查很荒诞，每天例行地回答几个问题后，剩下的工作就是盯着阿廖沙，寸步不离。而阿廖沙每天接受训诫后，就要坐上雪爬犁四处巡营看病。从军人到军马，从长官到士卒，头疼、感冒、冻疮、疝气、脚气、鸡眼、腹泻、痔疮、虱子多……什么病都要看，都要治。到了第五天，阿廖沙死活不上爬犁，趴在雪地上嚎叫。说他正在发烧昏迷，他的腿保不住了，枪弹创伤正在化脓流水，病毒正沿着血管在向心脏蔓延……

马麟就让副官拎来一口大铡刀，说："马长官有令：不去巡营看病，就铡了你！"

阿廖沙嚎叫立止，他看看铡刀，看看脚，就平静地把脚伸向铡刀口，细心地量好位置，猛地一闭眼，大叫一声："快铡！"

没人动手。有人不敢铡，有人不愿意。

"这狗日的，疯了！"副官骂了一句，大踏步地走开了。

阿廖沙就喊天亮："刘老大！你救人救到底！——怎么，你也害怕了？"

"我怕个鸟！"天亮横着膀子出来，抓住了铡刀把柄，可那一瞬间，他就后悔了，"把他家的！我咋下不去手咧。"他说着就想放弃。就在这一刻，阿廖沙突然大吼一声："快铡！要不我连腿都保不住了。快呀！"

"那你别怪我！"天亮说着一闭眼，背过身子，手起刀落，铡掉了阿廖沙溃烂不堪的那只脚……

那位副官叫马福山，他后来就拿着阿廖沙的这只脚，去给马麟汇报说：那人是个一根筋，我就把他的脚铡掉了。

马麟听了一阵心慌气短，急忙挥手，让马福山把阿廖沙的那只脚扔到了冰河里。

从后来的情况看，这是阿廖沙在察罕通古做的最大最成功的一次手术。手术之后五天，他就能架着拐杖走路了。

4

盛传要打仗的时候，天亮和阿廖沙接到通知：马上走人。

天亮不想走。他本来是要到科布多城找驼二爷的。可两边的人都封锁温音其河，过不去。所以他就总想着再等等，等上个什么机会，去一趟科布多城。就算见不上驼二爷，也该打听上些驼二爷的消息才甘心。

来传令的马福山说：想活命，就快走吧！马上要打仗了。杨都督已经下令封锁边界，关闭边贸了。啥人都过不去河，那边的人也过不来。前些天有几个贩酒的，想偷着过河。结果两边都开枪，全打死在河里了……

天亮听说真的要打仗，来了兴致："那我就在这儿当兵，打完仗再走！咹？"

马福山笑了，看着阿廖沙对天亮说："他是不是奸细还没弄清楚哩！你是他的同伙……这次杨都督派人过来，查的就是你们这种人。快走吧，可可托海那边已经封路了。过些天进出阿山的路可能也要封了。到时候，你们想走都走不了！"

天亮心有不甘，还想纠缠当兵的事儿。阿廖沙却已坐个雪爬犁去买马车了。

天亮无奈地被赶出兵营，才知道驼老大以及他的驼队一个礼拜前就走了，还带走了他的红鬃马。

天亮指天跺地，咒骂驼老大是个"贼驴日的"，竟然乘人之危，"顺"了他的红鬃马。这时，阿廖沙正巧急匆匆地赶了一辆毛驴车过来。听见天亮咒骂，就劝："刘老大，别骂了！你那匹马要不是被驼老大带走，搁在这儿也早被充军了！现在阿山的马多数都被征用了，买不上！我花了那么多银子，也只买了头驴。"

天亮一想，也是。让驼老大带走，回去还能找他要。要是被征用充军可就不知道啥结果了。

可即便这么想，他还是一路上一想起驼老大就咒骂。

阿廖沙买的那头驴，老得有皮没毛不说，腿还有点瘸。遇个山坡、沙窝，天亮就得下来推车。这也惹得他老想起红鬃马，一想起红鬃马，天亮就骂驼老大。

5

瘸腿毛驴走了五天，到了汉唐老路上的苦水泉。老轮台遥遥在望，阿廖沙却拉着天亮露宿在了路边一个废羊圈里。

早上起来，天亮发现驴车还在，阿廖沙没了。他赶着驴车追了二里多地，在一片红柳坡下追上了阿廖沙。

“你个贼驴日的，做啥哩？”天亮挡住阿廖沙问。

阿廖沙扔掉拐杖，扑通一声跪到地上：“刘老大，我不能回古城子去……死也不回去！你赶上车，自己去吧。”

天亮听阿廖沙坦白交代过他投毒是因为想逃跑，怕天亮阻拦才投毒的。而他想逃跑是因为铁老鼠拿红胡子的事儿威胁他。他被逼无奈，想一逃了之，从此摆脱铁老鼠的合富洋行。

天亮对阿廖沙的话半信半疑，甚至怀疑过他是受人指使（比如铁老鼠等人），但他对阿廖沙想逃离合富洋行这一点一直深信不疑。

“咹，那你这是想去哪哒？”天亮理解阿廖沙目前的选择可能是别无选择。

阿廖沙说他要回故乡去，那里有大片的草场。他要在那里隐姓埋名，做个自由自在的牧羊人。“刘老大，你救人救到底。回了古城子后，就给我老婆孩子说一声，让他们到、到绥来去找我！”

天亮长叹一声，说：“你个贼娃子啊，这趟出来，咋就专害我哩。行了！咹，驴车你赶着走吧！瘸个腿，你还去绥来哩！”他说着，转身欲走，却见阿廖沙掏出了一张银票：“我就剩这些了。你都拿去。人问，就说我死了。”

天亮一看，是张五十两的省通银票，就生气了：“你啥意思？不信我？不信你还让我带话？”

“刘老大，你想啥呢？我是给你路上吃住。”

“咹？”天亮一愣，摸了摸腰间的碎银子，不多。但他还是豪气地一甩手，“算了！还是你装上吧。我路上住店吃饭的零散钱还多哩。”

阿廖沙不肯收钱。

天亮一用力，就把阿廖沙拎起来，连人带钱搁到了驴车上：“走吧！把他娘的，像是我上辈子欠下你阎王债哩！你拿毒药害我，我还得救你，管你，伺候你，给你铡脚……把他娘的，咹！这辈子碰上你，算是我倒霉哩！”

天亮絮叨着，就撂开大步，头也不回地走向了老轮台。

第二节

1

天亮一到老轮台，就遇上了孟托。他是粮草贩子，常年往来于阿山与丝绸北路。

孟托刚送粮回来，空车，要从西戈壁回子归城。一看是天亮，就一拍胸脯，爽快地让他搭了车。

您也许知道，三十多年来，我写过许多关于子归城的小说。其中有一篇就描写过天亮爷爷从阿山归来的情形，我认为还是很有真实感的：

……孟托是巨型人，人大，车也大。拉车的是一匹雪青马，也个高体大。雪青马驾车轻松，不畏冰雪。但到子归城东门时，却缩在一片冰滩前，不肯进城。

当时，刚刚黄昏。子归城上空飘着一团黑云，黑云上面浮动着隐隐的青莲色圆月，下面是浑浊一片的夕阳。夕阳隐在子归城后面，光芒叆叇，像一场金色的雪崩湮没了半个城垣。

天亮听到高高的城门楼上有人在大喊着让孩子回家吃饭，城门下站着几个杂乱而可怜的人，黑影幢幢地唱着忧郁的酸曲儿。让他惊愕的是，那歌竟和老白俄的长歌一模一样，正缓慢地黑雾般地流向无垠的荒野……

雪青马好像感悟到了那歌声所传递的密码正在暗示前途叵测。它停在一片黑冰上，浑身颤抖，抵着双蹄，无论如何不肯进城。

孟托急了，抓起皮鞭，下车去抽雪青马。那马啸叫着一使劲，车翻了……

那车真怪，榆木的，跑在路上一点毛病没有。可一翻就辕断轮裂，成了一堆木柴。摔在地上的天亮正纳闷，雪青马却一声长啸，朝着城外的荒原狂奔而去。

城外的荒野风吹残雪，一片灰霭。孟托叫喊着去追马。几条黑黝黝的野狗却从支棱着的梭梭柴中间奔出，围着天亮吠叫。

天亮记得那天天穹是怪异的玫瑰色，有干燥的雷鸣滚动其间，声音不自然，有些虚张声势。

天亮还记得那天他守在烂车旁，等孟托回来。可一转眼，就看见孟托扛着木车轮，走进了城门洞里。他喊了一声，再追过去。孟托却消失在了远处刚亮起的街市灯火中……

天亮觉得那个黄昏像一个瞬间即逝的梦，只有城门下的歌声在寒冷的微风中历久弥新。

那歌声怪异而苍凉，让人心酸。

好了，天亮从阿山归来那天的情形大致就是如此。它是天亮爷爷醉酒后说的，说得颠三倒四。不过，我听出来了，他和孟托为翻车的事儿发生过一点不愉快，并因此分手了。至于具体吵了啥，天亮爷爷一辈子都讳莫如深，从未说过。

2

大牧川多北风，风力强劲。年代久了，官道两边的桑柳树便都弯向南边。树木虽少，一眼望去，倒也是一特色景观。

但天亮一走进古牧地便发现这景观变了，官道上的“弯弯树”越走越稀疏。过了老河桥，几乎没了。只有些红柳丛和骆驼刺迎风颤抖着。

天亮还发现，不仅“弯弯树”稀少了，官道上还骡马稀落，商旅难觅。

这让他疑惑，还纳闷。

而进城后，城里的变化，更是让他吃惊得瞪大了双眼。

仿佛一夜之间，素有冒险家乐园之称的子归城就苍老得起了毛醭有了皱褶。城中客店清寂，人马稀疏。各商号通货紧缺，生意凋敝。

甚至连声势浩大的拐子街重建工程也停工了，浩浩荡荡的伐木队伍被裁减得成了稀稀拉拉十几个人，个个一副无所作为的样子。

天亮大惑不解。

“咋了？古城子这是咋哩？”在遇到钱老三时，他就问了这个问题。

“咋了？你从阿山来，不知道咋哩？”钱老三没好气地呛天亮。

天亮挠头，思忖着呢喃：“我就觉得外面荒凉得很。官道上的弯弯树都快没了，野地里的那些老树也没了。是不是让伐了？咹，还都是从根上挖的，挖得到处是大坑，像一地的牛皮癣。”

“嘁！真他妈黑肚子。”钱老三鄙夷地一撇嘴说，“还牛皮癣哩，都白干了！”之后，钱老三就告诉了天亮：察罕通古边界吃紧，杨都督怕丝路出乱子，关闭了边贸。现在是云贵川马帮领袖孙权已经带着人马走了，俄罗斯洋货商巴刹勒夫斯基也去了喀什噶尔……古城子里是洋货短缺，那些靠洋货做生意的商号一个个都没买卖了！生意凋敝，濒临倒闭……

天亮对此嗤之以鼻，古城子是啥地方，能缺了他洋货就成这模样？扯屁撂谎！

在天亮看来，这古城子可爱得就像个丰乳肥臀的姑娘，只要有人娶她，她就能生孩子出奶，还个个都是胖小子，生得全家人丁兴旺，满院满堂生机勃勃。绝不会少了几件洋货就病病歪歪，没个生动劲儿。

他左顾右盼，想找个人再问问。

可暮色苍茫中，除了林拐子他找不到熟面孔。

林拐子的“代书”幌子下也没啥人，只围着几个玩土坷垃的小屁孩。林拐子没书可代，只能有气无力地叫卖香烟洋火桂花糖。

天亮只好追着钱老三再问：“那你这木材场又是咋了？”

天亮看到灯火阑珊处各种原木堆积如山，原来熙熙攘攘人群不断的招募点上也只有几个闲人在聊天。

钱老三说了声“球！”就不理天亮，要收工回家了。

“就是。咋了？你不招人了？”天亮莫名其妙。

“招人？日他妈的还招球个啥人哩！”钱老三被问到这个话茬，一下子就火了，“也不知道哪个狗日的家伙，把金县长给告了！说是伐木毁林，贻害无穷……这不，杨都督来了命令，不让再搞拐子街咧！——可惜呀，这一场院的木头没处用咧！”

钱老三骂骂咧咧地走了。

天亮却恍惚间看到林拐子白多黑少的三角眼里闪过了一丝快意。

当然，疯子的表情是没谱的，不能像常人那样去解读，更何况这还是在黄昏时分。——天亮大概当时也是这样想的，所以他迅速忽略林拐子的存在，急急忙忙地奔向了驼二婶的车马店。

这一天，从孟托翻车后的消失到子归城的变化，都让天亮有如梦似幻的怪异感。

3

驼二婶的车马店依然如故，只是门口多了堆废弃的大原木。

“回来咧？”

“回来咧。婶子，驼老大回来了没？”

“早回来哩。我把他的工钱都结了。”

“我的工钱先不急。——贼驴日的驼老大把我的红鬃马送来了没？”

“没。他给我说过这事儿了，在山里给你养着哩。——见你叔了没？”

“没。——唉，我让人家关了一阵子……”

“也没你叔的信儿？”

“没。那边要打仗哩，两边的人不让往来。——婶子，你没问问驼老大？”

“问了。他说，科布多没你叔。”

“那……我叔在哪儿？”

“嘁！你去了趟阿山都不知道。还问我人在哪儿？”

这是天亮一进车马店和驼二婶的全部对话。之后就是沉默。

“婶子，这店门……不修了？”天亮没话找话，打破沉默。

“修啥修？县长都让告了。我本来也不想修。”驼二婶说着一挥手，“行咧，吃饭吧。”她说完就进了伙房。

驼二婶既开车马店也开饭馆。天亮枯坐无聊，就问食客们古城子咋一下成这样了。食客们的说法也和钱老三一样，说边境贸易一停，丝路上的货少了，生意就少了。再就是不让搞拐子街工程，没活儿干，人也就少了。

天亮听了，对自己未来做什么营生也犯愁了。

吃晚饭的时候，葱头偷偷给天亮说：驼二爷托人带信来了，说他被困在科布多城了，一年半载回不来。老板娘现在泼烦得很。因为听说驼二爷在科布多城里有女人……

天亮听了就更觉得没见着驼二爷很惭愧。饭后就对驼二婶说：“婶子，要是你没事的话，我想明天去一趟大南山。找驼老大，把马要回来。”

“这你急啥？”驼二婶说着叹了一口气，“唉，古时候打仗，风把旗杆刮断了，是凶兆，都不能出征哩！那天你们走的时候，风把我的酒幌子刮没了，咋就没想着过两天再走呢……”

天亮无言以对。就托词说得给人传个口信去，赶紧出了车马店。

当晚，天亮把阿廖沙的口信传给了他的家人。那家人不哭不闹，连夜走了。

天亮没敢说阿廖沙的脚被他铡掉了的事儿。

4

天没亮，天亮就装作上厕所，去猪圈把十两银子挖了出来。

驼二婶警觉，听到动静，披衣出来，一看是天亮，再一闻，手就捂到了鼻子上：“咋，掉屎坑里了？”

天亮有鼻炎，对味道的反应不正常，闻不到两手两脚的猪粪味，还搭腔：

“咹？没，没啊。”

驼二婶一下笑了。

驼二婶笑起来还是很好看的。

第三节

1

天亮去大南山要马，很顺利。

驼老大二话没说，就把红鬃马还给了天亮。天亮一连多少天都准备见了驼老大要大骂大闹，最后却是冲人家说了感谢的话。因为驼老大说：他知道天亮一时半会儿从兵营里出不来，怕马麟把红鬃马给征用了，就骗马麟说，红鬃马是洋行的，他必须带回去……

天亮要给驼老大点银子酬谢。驼老大不干，说他使了红鬃马，该给天亮酬金才对。天亮就不客气，连买带要地抓了三张熟好的羊羔皮，捆好，背在身上。翻身上马，直奔沙枣梁子了。这回他不怕云朵追问了。因为他真去了察罕通古，就可以说自己是刚从那里回来的。——天亮想好了，只要这一见面的问话答上了，他就不等云朵细问，把话题岔到别处去。

2

沙枣梁子上弥漫着光秃秃的荒凉感。

这让天亮有种怪怪的难受，他疑惑地东张西望。忽然，他发现原来是梁子上的大沙枣树都没了，偶尔还能看到的小树也不过铁锨把粗……

“贼驴日的金丁！”他想到城里的那个大木场上堆积的原木，就骂了一句。

这时，大黑仿佛从天而降，出现在了他的眼前。

大黑不叫，只欢蹦乱跳地摇尾，乱蹭。跟在它后面的迎儿却乱喊乱叫，巧嘴不停：“刘天亮，你可回来了！没了辫子，剃个光头，人精神多了嘛！哈，早上爷爷喝茶，我看见有个茶叶立起来漂，就知道有贵客。没想到是你呀！大黑刚才叫着要出门。我姐说你回来了，我还有些不信。呀，你发财了！这么大的马！对了，你是不是来过我们家……”

天亮把迎儿抱到马上，牵着红鬃马走。迎儿还眉飞色舞地说个不停：“那天早上，有人给我们家送了好多东西，堆在院门口……我姐说是你送的，她说她闻出来了。嗨，你是不是来了？来了咋不进门？刘天亮，你是不是当土匪了，白天不敢来？你知道吗，我姐鼻子可灵了，你要是当了土匪，她一下子就能闻出来！对了，刘天亮你见了我爷千万不能说伐木头的事儿，也不能提于知县……”

迎儿兴奋得让天亮几乎插不上嘴。

云朵肯定也兴奋，但她却冷着脸。

“来了？你还知道回来？”云朵在院门口撂了这么一句，扭身就走。

天亮想过千万种和云朵见面的情形，却没想过这么一种。他看着云朵进了伙房之后，只能尴尬地冲迎儿嘿嘿一笑。

3

门前一棵大柳树，

进门一棵沙枣树。

树下坐个倔老汉，

……

天亮发现大柳树没了，被锯掉的树墩子上抹了一层泥。院里的沙枣树还在，在冬天的萧瑟中透着荒凉和枯寂。倔老汉钟爷当然还在，不过不在树下了，而是在房里。

钟爷在房子里大声招呼：“是谁？是谁来了呀？迎儿说，今天有贵客！”

“爷！是我。”天亮赶紧进屋。见钟爷坐在炕上，就做了个谢恩的礼揖，再伏地磕头。

钟爷却并不招呼他起来，而是突然说：“你从古城子来？没见着我那贤弟于文迪？他死得不明不白啊！说是干腿子杀的——这人连个名字都没有吗？”说着眼里泛出了浊泪，“当年，我还说让他杀身成仁哪！没想到他真跟蒙乾大人一样，让人给害了……可我不是蒙坤，我让他回古城子去，不是想要出卖他！”

天亮正不知所措，却见云朵端了汤药进来，一边示意他起来，一边给钟爷喂药。

“咱爷这是咋哩？”从钟爷屋里出来，天亮问。

“你去年走的那天，于知县让人杀了。爷爷当场就昏死过去了，再醒来，就这样了。一阵清醒，一阵糊涂。刚才见你，那是一高兴，又糊涂了……”云朵说。

“本来爷爷的病都好了，就是那个王八蛋金丁让人来伐树。把梁子上的树都伐了不说，还把我们家的大柳树也伐了！爷爷气得口吐白沫，又晕倒了。再救过来，就不行了。”迎儿说。

天亮想到自己仅一年多没来，钟家竟经历如此沧桑，心里不禁唏嘘感慨。末了，取下身上的包袱，拿出羊羔皮，让钟家爷孙三人一人做一件皮背心过冬御寒。云朵收了。天亮再取出十两银子，云朵却不肯收。迎儿急了，一把揽过去，喜笑颜开地说：“姐，要上呀！咱爷看病正没钱呢！”

云朵把迎儿一把推过去：“你娃娃家，懂啥？”

“姐，你才不懂哩。刘天亮出去这一年，发财了！你看那马，多威风。还有这人，身架子多壮！辫子没了，头光得放亮着呢！”

迎儿的话逗得大家都笑。天亮就趁机放下银子，讲起了自己去了阿山，走镖一趟挣好多钱，等等。云朵听了，也不说什么。只在没人的时候，才偷偷地问：“你头上的疤是咋回事？”

天亮就讲了被契阔夫抓了当向导的事儿。

云朵听了叹口气：“算你娃命大！以后乖些，带个路又咋了？差点儿把命搭上，划算吗？”

天亮强调：“我是着急着想去找驼二爷。”

云朵故作不经意地说：“那你去找了吗？最后还不是去黑沟煤窑了！”

天亮吓一跳，想到自己路上谋算好的说辞，一下子全成了一个屁，又尴尬又惊讶："咹……你，你咋知道我去了煤窑上？"

云朵满眼悲悯地看着天亮说："还要咋知道？前一阵你送到院门上的礼行和银子，那包袱皮子上一股子煤灰子味儿。我都没洗，给你留着呢。看你见了我咋说？"

天亮就赶紧说，他没忘给她的保证。当时没了辫子，怕掉脑袋等等。又说从煤窑出来，洋行让他当镖头，他坚决不干，等等。

他说了许多的"等等"，云朵终于笑了，说："看你娃实诚，我就不计较了。其实也对着呢，人脑子就应该活泛些。当时那情势，没了辫子，不赶紧躲到煤窑里，还能往哪儿跑呢？"

"就是么，那时候……"

"就是个啥？吃饭！"

吃饭时，钟爷的情状却又正常了。一边喝茶，一边给天亮大讲古城子的掌故，说恩公林大人当年来古城子时，古牧地还是一片草场，沙枣梁子杂木成林，遍地花香……

饭后，钟爷要天亮留宿，住自己房里。天亮客气，说自己住杂货房就行。云朵说："那屋没烧炕，冷。"

天亮这才想起这趟来，似乎是没看见过钟家的短工尕老汉等人。

钟爷呷口茶，笑着说："你爷没能耐，雇不起人了。就那么个烟鬼尕老汉，人家还不干了，听说当土匪了！——嗨，上回有人给送了些礼行，放在院门口，是你吧？当时狗叫得厉害，云朵要去开门，我硬是没让开门，怕土匪哩！"说到这儿，钟爷的脸色又变了，"唉，你说这民国闹了也一年了吧，咱这儿和大清国的时候有啥两样？除了辫子，啥也没变！反倒是土匪越来越多了……就说这个小螳螂吧，当年在古城子街上，就是个小贼娃子么。这儿偷个馕，那儿捏把糖。现在也不得了，在花花沟当了土匪头子哩！还有那个干腿子，说他杀人？他杀成仁老弟，戕官？谁信啊……"

云朵一听话茬不对，急忙打岔："咋没变？东门上的字就变了么，现在叫'子归城’。”

“原来就叫子归城！”钟爷瞪眼强调，“但叫啥也没用！你看老百姓谁管这事儿？还不是都叫古城子么？”

这晚夕，天亮睡在钟爷房里。钟爷兴致很高，讲了半宿子归城是城摞城，地下还有个涅槃城，等等。末了，他还让天亮点上灯，又从房梁上取下《如匠酒经》，说：

“这可是个无价宝啊！你看这刻本，万历年间的。一看就是祖传的。我琢磨着，这就是海边疍民流犯，被发配时偷着带过来的。可惜呀，天灾人祸，发财梦灭了，就把书埋了……”

“那时候的人，就走官道？”天亮来了兴致，接过《如匠酒经》，看稀罕。

“不！走汉唐路。过去的大牧川树木葱茏。汉唐路两边，绿树成荫。哪像现如今，荒沙连绵——”钟爷说到这儿，神经突然就不对了，“狗日的金丁！不知敬畏天地造化，自然万物。滥砍滥伐，贻害千古啊！当年，涅槃河对岸就是阿古柏的兵。就这，我们还种树呢！六七年的仗打下来，路边的旱柳树，长的多粗？一手抱不过来！……”他扔掉茶杯，拍着炕沿又哭又嚷，“古城子为啥是城摞城？古城郭，毁于天灾；涅槃城，灭于人祸！……人心不古，兄弟相残。这话是你奶奶说的。她说的对！人祸甚于天灾！那个蒙坤他是把他哥哥五花大绑，又反锁了门，才引了阿古柏匪兵来，把哥哥蒙乾害死的……你看看，为了个爵位，人心都成啥了？老天能不怒吗？苍天震怒，天崩地裂。风沙肆虐，洪水泛滥。自古如此啊！——哪有什么诺亚方舟？人逃无可逃啊……”

钟爷一直哭闹到天明，方才沉沉地睡去。

惹钟爷犯了病，早饭后，天亮怀着愧疚感告辞。

天亮对云朵有种怪异的不舍，告辞的话说了七八遍，两人还是在伙房门口絮絮叨叨没完没了。

后来，迎儿扶了钟爷出来吃饭。天亮又陪钟爷说了一顿饭的话儿，才告辞离开了沙枣梁子。

那时，钟爷又很正常了。对昨晚上的哭闹毫无记忆。

4

天亮牵着红鬃马进车马店喂马时，驼二婶过来了，说："回来啦，马好着哩？"

"好着哩，婶子。"天亮抬头，笑着说。

驼二婶也面带微笑。她看了看红鬃马，转过头对天亮说："你的马回来咧，好着哩。——我的骆驼呢？"

"骆驼？"天亮愣了，"咹……不是阿廖沙逃跑的时候，让打死了三峰，伤了一峰后来也死了，还有一峰丢了……"

"还有两峰在回来的路上，饿死了。"驼二婶说。

天亮嘟囔着说："驼老大是这样说的。"

"一共是七峰，没了。"驼二婶说。

"咹。"天亮心虚地低了头说。

"算谁的？"驼二婶厉声说。

"算谁的？"天亮略带愕然地看了驼二婶一眼。在他看来，这不是明摆的事儿吗？生意是东家的，死了骆驼当然算东家的。

"我可是把人、货、骆驼都交到了你手上，让你带着去的。四十峰骆驼，回来成了三十三峰。你说算谁的？"驼二婶声音不高不低地说。

天亮恨得牙痒痒。要是面对的是铁老鼠、索拉西或者任何一个男东家，他早跳起来了。可是面对驼二婶这个女人，他只能咬碎了牙往肚子里咽。她的男人救过他的命啊！

"那，让驼老大饿死的两峰骆驼……也让我赔吗？"天亮心有不甘地问。

"谁雇的人算谁的，是不是这么个理啊？大侄子啊，婶子是个女人家，脑子糊涂，记不清了，那个驼老大是谁雇的啊？"

"我雇的！我替他赔。"天亮一咬牙，说。

"好，到底是儿子娃娃！"驼二婶赞许地说着，拿过了算盘，边啪啪地打，边絮叨：“婶子替你算过了。你看啊，扣了你这趟走镖的银子，你再赔上三十一两银子就够了。”

天亮的心都在滴血。他本来想忍个肚子疼，搭上自己走镖的钱，把七峰骆驼赔上。没想到还要赔三十一两，这让视钱财如生命的天亮不仅是肚子疼，简直是肠子都疼断了。

“亏先人的，我这是倒了甚血霉哩！”晚上睡觉，天亮先后三次坐起来，抽自己的耳光，那声音响得连牲口棚里的红鬃马都能听得见。

第十三章
古牧地

第一节

1

古牧地，听上去像是一片富有诗意的草原。其实，它从来都没有水草丰茂过。一百年前，它是大牧川中部一片多风的漠野，最多的自然植被是芨芨草和骆驼刺。八九百年前它是三个戍堡群，名叫涅槃城。

涅槃城的一角至今还在子归城下面。

涅槃城变成古牧地的故事您已经略知一二，想知道详情，可以看刘壮志的《“一带一路”国家风物志》，上面有记载：

八九百年前，西夏王因受蒙古人威胁，有意西迁。遂派大将领兵西征。其时，天山以西有一阿力麻里国，盛产苹果。西夏将军便以此鼓励士兵，曰：早日到达那里，即可边吃苹果，边恢复体力，养精蓄锐，等待王国西迁。为此将士个个奋勇，人人争先。然大军刚抵达涅槃河流域，即被涅槃城人挡住了征途。涅槃城人龟缩于三个互为犄角的城堡中，誓死不降。

子归城

西夏人苦战半年有余。将士们皆愤然于涅槃城之可恶。其顽强抵抗，严重耽误了西夏人去阿力麻里吃苹果。

故城破之日，西夏将军下令：屠城！

西夏骑兵除了工匠、商人，没留一户一人。且在踏平故城后，还把将军令刻在了石头上：此处永远只作牛羊牧场，不许人类修墙建城。

从此涅槃城消失了，变成了一片牧场，后人称之为“古牧地”。

长期以来，我以为这仅仅是个传说，后来越来越多的史料使我相信：这一切都是真的。

古牧地，一朵长在人心里的罂粟花！

2

壬子年末，天亮把二百两银子丢到了古牧地。

天亮在听钟爷讲古的时候，多次幻想过一场大风把沙漠里某个古王国的金银币全刮起来，撒落到他的身边……他从来没想过一场大风会把他埋在地下的银子刮没了！

现在，他望着古牧地的连绵沙土和芨芨草、骆驼刺，呆若木鸡，欲哭无泪。獾洞没了！那窝芨芨草也没了！他记得当时獾洞西边还能看到几个坟头，还有只乌鸦。可现在，无论他跑到哪里，都找不到那个熟悉的角度，看不到那个熟悉的画面了。乱坟岗子的边缘地带新出现的坟头，完全改变了它的格局，它变成了另一副样子。

天，蓝得像海；云，白得像雪；太阳，红得像火。大地上的一切都清晰可辨，毫不掩饰，可那个小沙丘没了，那一窝芨芨草没了，野獾的洞穴没了，他埋下的酒坛子没了……

二百两银子啊，不能就这么没了！天亮不服气，他在荒野里东奔西跑，在各个芨芨草丛中东刨西挖。直到日薄西山，暮霭沉沉。

3

当天晚上，天亮没回驼二婶的车马店，他又睡到了岳王庙。

郭瞎子雕那块石头，日出而作，日落而息。叮叮当当的铁锤声从不影响投宿者休息。

天亮觉得奇怪，郭瞎子是个瞎子，却还要钻到黑房子里，去雕那块石头，到底雕的是甚？

郭瞎子说，他雕的是条命。

天亮想了一下，想不清楚。郭瞎子雕的那块巨大的奇形怪状的石头，咋会是一条命？但他一想到郭瞎子摸索半天，才敲一锤子的情形，就不敢轻慢郭瞎子的话。

郭瞎子的话，让他再次想起了老家的那位算命先生。就是那个豁嘴子老汉一句话，让他踏上了西出阳关的人生之途。他说：十字路口一座城。顺着丝路走吧！你命里的大光阴在西边的一座古城里。

那个傍晚，天亮认真回味了几遍算命先生说过的话，还和半聋半瞎的看庙人就着一瓶烧酒，讨论了一番人世光阴的长短以及苦甜问题。

毫无疑问，天亮和看庙人郭瞎子的讨论只不过是各说各话，答非所问。两人都是以话当菜，下酒而已。

但郭老汉瞎着眼说的一句话却让天亮一夜难忘：“人世间的事儿，是福是祸，都有征兆哩。”

郭瞎子说完这句话，就回了他雕石头的黑房子里。

天亮恍恍惚惚有种茅塞顿开之感。他觉得驼二婶说的对，去察罕通古那天大风把高竿子上的幌子刮飞了，就是个凶兆。还有，从察罕通古回来那天，眼看到城门口了，车却翻了，马跑了，那个乌梁海人孟托也不见了，都是不祥之兆！

“怪不得我这次回来这么倒霉哩！”天亮似乎找到了答案，就沉沉地睡了。

可天一亮，他又骑上红鬃马，跑到了古牧地。倒霉归倒霉，我的银子不能没了。天亮想。他的想法很简单：命是命，老天爷让我倒霉也行，但我的银子不能丢！

这回他由雪青马的逃遁想到了“老马识途”这句话，就牵着红鬃马，信马由缰地在沙窝子里转悠，想以此找到失踪的那个野獾洞……

可红鬃马是外国马，对中国的道路没感觉。它在荒漠上毫无灵性，要么无所适从地瞪眼看天亮，要么无所事事地打喷嚏。

临近中午，人困马乏，天亮对红鬃马彻底绝望。他恨不得长双翅膀飞到空中，鸟瞰那窝芨芨草。

他知道自己长不出翅膀，就爬上周围最大的一道沙坡，想要实现鸟瞰。

他意外地看到了杨干头。

杨干头本名杨鲍——这个名字太怪异，容易念错，我们还是按子归城人的习惯叫他杨干头吧——杨干头当时正骑匹黑马，怀抱洛阳铲，在沙坡下的乱坟岗子上瞎转悠。

杨干头在马麟到了子归城后就吉星高照，意外地被释放出监狱，还获得了马麟的高度信任，以致马麟接到驻防察罕通古的命令后，第一件事儿就是委任杨干头当自己的管家。第二件事儿就是让杨干头去伊犁，把自己的老娘、妻妾秘密接到了子归城。

杨干头把马麟的家人接到子归城后，闲来无事，技痒难忍。没事就提上洛阳铲，在古牧地的乱坟岗子上转悠，想看看有没有合适的古墓可盗。

杨干头并不想重操旧业。他现在衣食无忧，用不着冒坐牢的风险。他就是技痒，想挥舞洛阳铲，随便挖挖洞，打打探方，图个乐子。

可天亮却被他吓出了一身冷汗。

天亮在黑沟煤窑见过杨干头的威风和猥琐，当时他并没在意这个人。可现在他看到杨干头拿个铁铲咚咚咚地捣地，他就紧张了。他不明白杨干头独自一人鬼鬼祟祟的是在做甚，难道他也有银子埋在地下？或者他发现了自己的二百两银子？但看上去似乎都不像。那他是在做甚呢？

天亮紧张，怕杨干头乱挖乱捣，把自己的二百两银子给挖出来，就忍着肚子饿，趴在沙梁上，一动不动地监视杨干头。

一个时辰后，杨干头骑上马哼着小曲下了涅槃河滩。他什么也没挖着。

天亮发现自己沟槽子里都是汗。

4

对驼二婶心怀不满的天亮本来是要赌一口气，挖出自己的银子，赔上那三十一两银子，就再不和驼二婶打交道了。可事已如此，人穷志短，他只得相告实情，请求过一阵子还钱。

驼二婶骂他：咋不把银子放到钱庄，换成银票？

她的车马店对面不远就是葛记钱庄。

天亮说搁在钱庄不放心。

“那你埋在猪圈就放心了？不怕让猪给拱了？你是不是在猪圈埋过银子？埋了多少？”

天亮想到去沙枣梁子那天走得急，挖出银子后忘了回填土。就老实交代：在猪圈里埋了十两银子，都给了救命恩人钟爷治病。

驼二婶听了这话，人就和气了许多：“对着呢，人么，知恩就要报哩。”

末了，她还是不甘心，又问天亮在别处埋没埋银子。

天亮赌咒发誓，除了古牧地，他在别处没埋银子。

“古牧地那么大，你咋找？”驼二婶问。

天亮说：“地点离河滩那边的乱坟岗子不远。”

驼二婶就长吁短叹，说：“肯定是布招幌子让风吹跑的那天，风把古牧地的沙窝子刮成了另一个样子。”

“但风再刮，芨芨草不动啊！咋就找不着呢，不是说离乱坟岗子不远么？让葱头跟你去找！”驼二婶最后说。

让外人跟着，天亮一千万个不放心，急忙说：“咹……这个人多不济事。还是我去，再找！”

翌日，天亮再去找银子，特意查看了前一天杨干头挖出的洞。他发现洞是朝乱坟岗子方向挖的，心里就踏实了许多。

连续找了三天，一无所获。大牧川的头场雪却来了，虽然不厚，但半个时辰后，古牧地一带已是一片白茫茫的雪原了。

仰望漫天雪花，天亮痛苦得撕心裂肺，肠断肝裂。他伤心欲绝地拿头往沙丘上撞。撞得脑袋发晕，却忽然明白了一件事儿：钟爷不是说过吗，沙丘是移动的。沙漠里有些破城子，今年在，明年就没了，就是让移动的沙丘给埋了。谁也说不清几场风以后，沙丘一移动，它就又出来了。我埋银子的那个芨芨草窝子，不就是让沙子给埋了吗？等刮几场风，它不就出来了？

这么想着，天亮的心里轻松了些。

5

雪，盖住了古牧地，也让天亮对自己的银子有了种安全感。

天亮回到车马店，雪还没停。他站到前堂柜台前，定了定神，小声对驼二婶说："婶子，这雪现在就把古牧地全盖住了。一片白，甚也看不明白。我的银子可能得等到来年春天雪化了，才能再找咧，咹？"

天亮说这话时很愧疚。跟死也要把债还上的郝大头相比，天亮觉得自己不够儿子娃娃。

驼二婶点头，假装着急地说："这可咋办哩？"她瞟了一眼门外的红鬃马，说，"不知道把它拉到市上去，能卖多少银子？"

天亮一听，就寡叫开了："婶子，这个使不得，使不得！这红鬃马是我拿命换来的，它救过我的命。"

驼二婶意味深长地说："那你说咋办？婶子这儿也缺钱。"

天亮想说：婶子，你让我缓缓。咹？我去给洋行当镖头去！跑两趟就能赔上三十一两银子。

但他一想到阿廖沙给自己下毒的原因以及阿廖沙逃亡绥来的坚毅神情，自己就先否定了自己的想法。

"我去黑沟煤窑下苦，当背手。"天亮说。

"那窑上用工都是半年一年才结一次账。你是说让我等你一年半载后再还钱？”

“那我去阿山。要是在察罕通古当不上兵，我就进阿尔泰山，淘金子！”

“刚回来，你还去？勺了？那么爱打仗？”驼二婶说罢就进了里院，招呼着让人把上房的梯子拿来。

驼二婶的车马店院子很大，分前后两院。前面是饭馆店铺，后边是货场、客栈。整个院子由三十多间客房、马号、牛棚围成。这些房屋顶上还有墙垛、晾晒场，等等。她要让人上房把晾晒的东西搬下来。

天亮想上房帮忙。刚站起来，一个食客对他说：“嘿，欠钱还不上了？想挣钱，去花花沟啊，种花花子！”

“咹？”天亮一看，这人瘦长脸，眯缝眼，一口大牙，黄得斑驳陆离。他正和对面坐着的一个黑发直立的中年汉子喝酒。那中年汉子单眼皮，薄嘴唇，天亮认识，姓何，人称何坨子，民国前，是县衙的巡检。他见过。

天亮清楚地记得何坨子家在林公渠边上的一个院里，一年前他喝过何家井里的水。何家的女儿叫双喜，长得身材苗条，细高个儿……

“你叫刘天亮？去年秋天，红胡子死的时候，我在这儿见过你。”何坨子主动站了起来。

天亮急忙作揖，打招呼：“是，是。我叫刘天亮。”

“那阵子，大家都在找你。——没想到哇，今天在这儿碰上了你。咋？现在没事儿了？”何坨子说着还了个礼。

天亮急忙再给何坨子、黄大牙拱手作揖：“没事儿了，本来就没我事儿么。我就是个下苦出力气的，啥都不知道么。”

何坨子就笑了，还像老熟人似的给天亮介绍了黄大牙，说是开烟馆的黄掌柜。

三人客套完毕，何坨子就接上话茬说：“就是啊，黄掌柜说的对！现在正播‘冬花’哩，花花沟里缺劳力。我们家就缺……”

黄大牙就又夸天亮好身板，好力气，一天种个几亩“花花子”没问题。

天亮大喜，急急地问：啥是个“冬花”？啥是个“花花子”？

两人就告诉天亮："花花子"，就是罂粟花，也叫大烟花。在丝绸北路，按照播种季节不同，花花子分冬花、春花和秋花。每年入冬后大雪铺地，即行播种，来春雪融，烟子入土，不久即发苗，是为冬花……

天亮听得入迷，当知道同样是卖力气，种花花子比种地多几倍收入，而种冬花又比种春花、秋花多几倍收入（因为地冻难翻）时，他更是喜不自禁。他最不怕的就是干活出力气了。

何坨子这回没讲他家祖上在福州城，抓皇帝打皇帝的事儿。手里的大清银坨子也换成了崭新的袁大头，但依然在手里耍得哗啦哗啦响。

何坨子看天亮眸子放光地盯着自己手里的银坨子，就捻起一枚，吹口气，放到天亮耳边："你听这音儿，跟大清的银坨子比，声儿就是好听吧？"

天亮不懂，却忙不迭地点头。凡是银子，在他听来声儿都好听。

第二节

1

根据小说叙事学的规则，我们在这里碰上了何坨子，我就得给您说说他的事儿。

辛亥年秋天，何坨子跑回木垒驿的雀仁庄子后，发现庄子上也不断来人，逼迫庄户人割辫子。他就很紧张，不是怕人家割他粗黑的大辫子，而是怕人家割了他的头。后来知道旗人于文迪县长被杀后，他更紧张，干脆躲到了花花沟。那边靠山，有事儿往山里跑起来方便。

何坨子有三个姐姐。两个姐姐都嫁在花花沟，男人家都是大户儿，有房子有地，还有人。何坨子在两个姐姐家轮流躲了一阵后，街面上就平静了，说是皇上没了，民国了，五族共和了。何坨子一看，庄子上的人除了少了根辫子，啥也没变。他觉得没事儿了，就自个儿剪了辫子，出门上街溜达。

一溜达，事儿就来了！——他遇上了杨干头。

杨干头带人稽查了一番黑沟煤窑后，就成了稽查大队长。他闲着没事，就奉马麟的命令（应为主动请缨）到花花沟去查旗人地产，有不法的就没收。

何坨子一看耀武扬威查旗人的是自己当初办到地牢里的杨干头，认定是骗子胡扯。就烧惑两个姐夫家的族人把杨干头吊起来，打。

打了一宿。要逼杨干头承认是来趁火打劫，破坏五族共和的。

第二天，钱老三来跑买卖。见了何坨子一说，他才明白：马麟来了，现在杨干头是马麟的红人。

何坨子知道闯了祸了，惹上了大麻烦，就听了钱老三的话，急忙搜刮了两个姐夫家的钱，连夜跑到子归城，找铁老鼠求情：您是希瓦人，我老婆撒拉尔也是希瓦人，我符合“投亲靠友办移民”的条件。您现在是大商约，能办国籍。求您了，看在一国同胞的分上，给办个移民吧！价格好说……

经过一番讨价还价，经常干这事儿的铁老鼠就给何坨子卖了希瓦的俄国国籍，并给他改名赫伦多尔。

杨干头回到子归城后，金丁就派了麻子孙和老秦到花花沟抓了何坨子。要过堂时，金丁一看是俄国籍，还有赫伦多尔这么吓人的洋人名字，傻了眼。

马麟也没办法，就让金丁把何坨子关了两天，放出地牢，寝事了。

何坨子出来，觉得不放心，他的姐姐姐夫们也被吓得够呛。干脆就让何坨子把地一分为二，一半留给了儿子三喜，一半卖给了合富洋行。同时拿卖地的钱入了黑沟煤窑的股子。何坨子则当了个不管事儿的窑把头，只在年底分红。

何坨子成了“洋人”，还入了黑沟煤窑的股子，有恃无恐，胆子就大了许多。不久，就带着女儿双喜，还有做女佣的一个乡下老妇人，搬回了子归城。当然，这时候的何坨子不再是巡检了，为人就低调了许多。虽然依旧成天哗啦银坨子，但就不大说自己祖上从龙入关，在福州城如何如何了。

至于旗人，何坨子和人抬杠时，也不承认了。

何坨子当窑把头不管事儿，索拉西却给配大烟。一周三两，还供玩乐赌博。很快，何坨子就染上了抽大烟的恶习。

黄大牙开烟馆，过去常被何坨子欺负收拾。现在何坨子也抽大烟了，手头紧的时候还赊账。赊的多了，自然对黄大牙也就恭敬有加。

黄大牙喜欢这种感觉。

为了让这种感觉保质保鲜，黄大牙宁肯给何坨子赊账，也愿意跟何坨子喝酒。

那天，天亮碰上何坨子和黄大牙时，两人其实啥要紧的事儿都没有，就是一个想赊账，一个想找感觉。下雪天又没事儿，两人就凑到一块儿喝酒。

2

天亮心花怒放地跑到后院告诉驼二婶：他想到办法了。他去花花沟种花花子，两个月就能把钱还上。

驼二婶一下甩了冷脸子："谁叫你去种花花子的？"

天亮说是烟馆的黄掌柜和何巡检。

"狗日的，当着我的面，他们咋不敢说！"驼二婶说着就火火地返回饭堂，指着黄掌柜和何坨子骂，"你们两个老鬼！给娃出的啥主意？说！说出来我再听听。"

何坨子直了脖子要嚷，黄大牙急忙拉住他，对驼二婶干笑着说："驼妹你急个啥哩，种花花子这事儿，现在官家又没人管么！"

"没人管？"驼二婶一指何坨子，"你不是还当过巡检么？哦，现在没巡检了，你就反着做事情呢吗？"

"咦？我赫伦多尔啥时候……"何坨子正要犯爱抬杠的毛病，却被黄大牙挡住了："咱男不跟女斗，咱走。走！"黄大牙说着就拉起何坨子要结账走人。

何坨子犹有不服，黄大牙说了句："走走走，去我烟馆。我请客。"

何坨子顿时笑逐颜开，走了。

驼二婶转身看见天亮，又骂："你娃才多大哩，就干这种伤天害理的事儿吗？大烟抽不得，也种不得！你知道吗？"

天亮心里不服，嘴上就嘟囔："这不也是没办法嘛。咹，活人总不能让尿憋死吧？"

“咋了？你还不服？”驼二婶一下揪住天亮脖领子，把他拉到门外，指着街上一个在风雪中冻得瑟瑟发抖的瘦男人训天亮说：

“看见那人了吗？年初还是福建八行的伙计，咋样？不认命，胡日鬼！让人家辞了。还不服，跑到花花沟去给一帮云南人贩烟土，结果咋样？以身试法，让人抓住，送进了金县长的大牢。金县长的大牢是啥成色？圆的！地下的！人下去站卧不是，晕头转向。这不，一个月再放出来，就成了这模样，疯了，跟猪狗抢东西吃！”

那男子蓬头垢面，弯腰塌背，袖着双手，缩在葛记钱庄的墙根下，一副倒霉蛋的样子。

生动的活教材让天亮心惊胆战，不敢以身试法。

天亮后来知道这个倒霉蛋叫牛二，是个真疯子。他原是福建八行的管账伙计，受赵银儿教唆，把自己在车行顶的五毫生意，作弊改为五厘。后来，合富洋行要整郝记车行。牛二怕自己受损，主动与郝大头闹事寻衅，算账退股。结果有底账为据，牛二将分走白银二百多两。郝大头捶胸顿足，追悔莫及。但还是如数给了牛二银两。

牛二让郝大头雪上加霜的事儿当时就摇了盒盒子。从此，牛二成了拐子街上的臭狗屎，没人理没人睬，连给别人打工也没人要。牛二无奈，就去花花沟贩大烟。结果成了众矢之的，很快被大家一致告发，抓到了县衙。那时节子归城的律令很怪，正式纳税买卖大烟的、开烟馆的合法，种大烟、抽大烟的也没人管，没纳税就私自贩卖大烟的一旦被抓住了真凭实据，就要重罚乃至坐牢。牛二就属于“没纳税”且“私自贩卖”者。于是被重罚后关进了金丁的圆球形地牢。这个地牢我后面将详述，这里您先记住，它真的很厉害。牛二进去没半个月，就彻底精神分裂，成了疯子。

但大亮当时并不清楚牛二的这些“前史”，仅认为他的那副倒霉样是“以身试法”的结果。

天亮看着满天雪花渐渐停息，觉得自己的发财梦也随之飘散了。他无计可施，只得回头找驼二婶，虚心讨教该咋办。

驼二婶说：最近住店的骆驼客多是给察罕通古前线送货的，那都是些战备物资，丢了她赔不起。她要雇个胆大有力气的保安，夜夜看护。另外，她也需要红鬃马天天给她拉磨碾米运东西。这两项费用她算了一下，认为一个月得八两银子。

驼二婶把这个保安叫“下夜的”，说天亮干这个她很放心。

天亮说：“婶子，你这价给得低了些吧？我和红鬃马不吃不喝，干四个月，就三十二两银子？还了债，才挣你一两银子咧……”

驼二婶作色道：“你晚上下夜，白天光睡觉吗？得出去打个零工吧？”

天亮一听，也对呀。虽然这样一来睡觉会少些，但他不怕。就又问：“婶子，那我这吃住……”

“你说，婶子是开店的，吃住能不收钱吗？不过，我给你算过了，吃嘛，你就和葱头他们一块儿，花不了多少钱。住嘛，你要想白住的话，倒有个办法。伙房房顶上烟囱大，热得很，雪落上去立马就化咧。再说哩，那上面还有个棚子呢，原来拴的是看家的狗。现在狗没了，拾掇一下，有风雨的时候，人钻进去也行呢。再说了，下夜的人，要防贼，就得上房顶上看呢。”

天亮恍然大悟刚才驼二婶为啥要找上房的梯子了。

“行。婶子，就这么办吧。狗能住的地方，我就能住。”天亮酸溜溜地说。

“那你明天自己上房拾掇吧！弄严实些，冬天可能还是冷。”

“咹。我拾掇。”天亮心里骂着驼二婶，嘴上却不得不应承着。

3

驼二婶的车马店带着饭馆，白天晚上来往客人都多，下夜的时间就长，白天睡眠不足。但天亮还是想着打个零工，多挣钱，就偷偷地跑去找何坨子，想着不去种花花子，能干点别的也好。

何家院门紧闭，寂静冷清。叩门良久，才出来一个拖着笤帚的老太太，一听说是找何坨子的，就絮叨开了：“我还找他呢，这猕货不是东西呀！没钱抽大烟了，就把丫头要嫁给老毛子。双喜丫头不干，哭得寻死觅活。你猜他咋着？他就偷偷给丫头灌了迷魂汤，半夜里把人搁到驴车上，给黑沟煤窑上的老毛子送过去了……”

天亮就又想起自己曾经喝过双喜给的甜井水。那女子高挑身材，白白净净，性子也柔绵，就不由得跟着叹了几口气，这下老太太更来劲儿了：“人啊，不能抽大烟！抽了大烟就没人性了。你看这不前些天，何坨子又把双喜送给了县长。说是做小，填偏房的。其实连个丫鬟都不如！”

天亮都听糊涂了，急忙打岔，问何坨子现在在哪里。

老太太这才想起她是何家的佣人，得维护主人，就查问天亮：“你找他要账？”

天亮说：“不不，想找他打个零工。”

老太太突然就又忘了身份，瞪眼跺脚地骂起来了：“你找这狗日的打零工？你年纪轻轻眼睛里就没水了吗？他都多长时间没给我工钱了！我这两天就寻思着他再不回来，我也就走人了。回木垒驿，找他们老何家的三个姐姐，要钱去！”

天亮见在老太太这儿啥都问不清楚：就去烟馆找了黄大牙。

黄大牙倒是啥都能说清楚：“老何是个要脸面的人呢！欠了索拉西那么多钱，还不上。他不把双喜送过去咋能行？——说好了是当嫁闺女的彩礼了嘛！再说这个索拉西也还行，双喜死活不肯成亲，人家也就不勉强，把双喜送给了金县长做偏房。你看老何这还因祸得福，攀了高枝，还又收了金县长一份彩礼……”

“那何巡检人呢？现在。咹？”

“唉，要脸面的人偏让人家打了脸！这金县长虽说娶了双喜，也正经请了汪妈做媒。可他前一阵儿不是被押到迪化去了一回吗？就不愿张扬这事儿，不肯操办！老何就这么一个宝贝闺女，就这么悄没声地给人家做了小，还不让张扬！要不金县长就不肯娶，不肯送彩礼。老何是场面上的人哪，要脸哩！觉得没面子，窝囊！这不就悄悄回了木垒驿了吗？”

何家的变故，令人吃惊。但天亮不感兴趣，他关注的是干零工的事儿。可黄大牙说，他在花花沟也有地，想去种花花子，立马就能去，那边缺人手。但干别的零工，他帮不了。

天亮无奈，抽空就又去找了钱老三。钱老三答应给他找零活儿，可接下来就没消息了。

天亮就又想起了洋行说过的镖头的事儿。可巧，皮斯特尔来了。见了他很吃惊的样子。

天亮和皮斯特尔的这次见面是在古城车马店。谈话是在房顶的狗窝子边上。详情就连驼二婶都没听到。但有两个结果很明显：一是天亮从此再没动过去合富洋行打工的念头。这可能和皮斯特尔提醒了他：阿廖沙给他酒里下毒，与洋行有人想拾掇他有关。二是天亮一口咬定阿廖沙死了。说是被马麟的铡刀铡掉了脚后，就投了河。至于细节，他啥都不知道。对此，皮斯特尔有些失望。

这天，两人的谈话时间不长，气氛友好。皮斯特尔可能还提醒过天亮出城躲躲，但遭到了拒绝。天亮说他欠了驼二婶的债，不能躲。要给驼二婶下夜，还债。

第三节

1

传言像冬天的风一样冷。

传言说要打仗，可仗却没打起来。腊月将至时，契阔夫忽然奉命离开科布多，去了库伦。杨都督也随之以“换防”为名，暗地里开始抽调军队，偷偷减少前线兵力。

当初，杨都督以“过河卒”自比，声称“新疆孤悬塞外”，他只能进不能退。否则新疆就要步科布多、唐努乌梁海、乌里雅苏台后尘，被从中国版图上撕下来……他的言行让革命党人十分满意，并由此获得了相当的支持。

可察罕通古喊得挺凶，最终无战事。现在杨都督又偷偷撤兵，这下可惹恼了一些左翼革命党人。他们开始四处活动，揭露列强及其走狗的侵略阴谋。公开批评杨增青置国家领土完整于不顾，偷偷从前线撤兵，是为了满足自己巩固权力的私欲。还有更激烈的传单，说杨增青是窃取了国民革命的权力，骨子里其实是一个封建余孽，与帝国主义走狗同流合污，丧权辱国等等。

杨都督大为不悦且怒气冲冲，称这些人为“捣乱分子”，命令各地官府及民间武装，抓捕捣乱分子，限制其活动。

像当初得到了革命党人的支持一样，这次，杨都督又获得各地官府及民众的支持。因为像金丁这样的官吏早被天天要征集粮草、支援前线弄得筋疲力尽。而一般百姓呢，又普遍希望当兵的家人赶快回来，因为进入腊月后就要过年了，年猪要杀，家人要团圆。于是，许多地方就出现了史无前例的官民一体，同心同德反对“捣乱分子”的行动。有些地方的民团上街示威，有些地方的民众追打捣乱分子，而子归城则出了一件大家津津乐道的趣事儿：

梦春院的妓女们因为靖安营的弟兄们都去了察罕通古，她们生意清淡，很不满，就掏钱让郝大头郝木匠做了一只硕大的木老鼠，上刻四个大字“捣乱分子”，摆在县衙的狮子旁边。妓女们扭着腰肢，围着木老鼠转圈喊打，惹得全城人都去看热闹。妓女们的原意是要表达“捣乱分子是过街的老鼠，应该人人喊打”，但她们把“老鼠”放错了地方，没放在街口上，却放到了县衙门口。这就引起了金丁的误会，他生气地抓了老鸨汪妈，说她有伤风化，还想打县衙是咋的？后来是收了梦春院保护费的山西会馆派朱头三出面调停，方才寝事。

更有意思的是：这事儿还惹火了铁老鼠。他怀疑汪妈在骂他，就派人去打了她耳光，还扬言要烧了梦春院。汪妈急得够呛，捂着被打肿的半边脸跑到洋行解释：那老鼠是木头的，不是铁的。您要说木老鼠是骂您，那不是把屎盆子往自己头上扣吗？真的！这老鼠是木头刻的，不是铁的！郝木匠可以做证，东西是他做的嘛！

铁老鼠一听，气不打一处来。说郝木匠这是在借机复仇！是别有用心，用心险恶，恶毒之极，极为可恶。当即派人去要剁掉郝大头的手。郝大头吓得颤颌哆嗦，躲进金丁的县衙喊冤。金丁不怜，反而训斥：

“你是个粗木匠，怎么敢揽细木匠的活儿？雕花刻兽乃是细木匠的手艺。这古城子有我在，细工的木匠活儿，你也敢揽？——看看！这下惹祸了吧？”

郝木匠自惭形秽。一面哀求金丁，一面赶紧又让徒弟陶七去找山西王的父亲求救。——他俩有旧，都是山西五台人，同县老乡。后来，金丁和山西会馆的人就共同出面斡旋，并给铁老鼠赔了银子，才把事情摆平。

这事儿也说明金丁这人不坏，他虽然对郝木匠班门弄斧不满，但还是爱惜同门，出面替郝木匠说了话，消了灾，免了祸。

2

“腊八”刚过，马麟回到了子归城。虽然之前他也回来过，但都是带几个随从偷偷回。这次他却带了一个排的人，招摇过市大摇大摆地回来了。而且，杨干头还带了些人，在东门外摇动彩旗，燃放鞭炮，像欢迎凯旋的英雄一样，搞了个滑稽的欢迎仪式。

半城的人见状就都舒了口气，觉得察罕通古的仗是打不起来了。

但刚过了一天，马麟就召集子归城商界，出钱出资，购置刀枪，成立了一个“兵马援（助）科（布多）保境安民联合会”，名字太长，就简称“兵联”。由山西王出任会长，马麟任总指挥。任务是对外支援科布多（驻防察罕通古）战事，对内打击捣乱分子。

半城的人又困惑了：马麟回来，说明仗是打不起来了；可成立“兵联”，还要准备支援科布多，又像是马上要打仗……这仗到底是打还是不打啊？

于是，有些人便直接或间接地去找马麟或者靖安营的兄弟打问到底打不打仗。子归城商贾多，打不打仗直接关系买卖决策。而大家得到的回答完全一致：打仗的事儿，谁说得准？准备着呗！

结果，从壬子腊月到癸丑正月，大家都心绪不宁，做事儿得过且过。春节大年也过得浮皮潦草，毫无章法，很不像个样子。

3

马麟回来，铁老鼠让皮斯特尔试探地问过阿廖沙的下落。马麟一想到阿廖沙的那只铡下来的脚，就心慌。他不想惹麻烦，就含糊其辞地把阿廖沙掉进河里的事儿，倒过来瞎说：那人逃跑，被我手下打伤了脚，成了瘸子，掉到冰河里，冻死了！

这话和天亮的说法不谋而合。皮斯特尔有些疑惑，但还是信了。

铁老鼠听了，也信了。但他对天亮的下落有些疑惑：皮斯特尔说阿廖沙的毒酒没毒死刘老大，但把他的脑子弄残了。脑残的刘老大现在连自己是人都忘了，成天吃住在狗窝里，还以为自己是个看家护院的狗。

铁老鼠不放心，派人窥探了两次，发现天亮果然睡在狗窝里。就纳闷：他不冷吗？他看上去没勺掉啊！

皮斯特尔说：可能是当年让狼狗亚历山大咬伤腿时，传染了狗性。狗性热，不怕冷。

铁老鼠恍然憬悟，从此就不在意天亮了。

第四节

1

大年三十前，云朵托人带话，让天亮除夕夜去钟家过。天亮很高兴地答应了，还有些感动。可到了年关，驼二婶说店里缺人，让天亮下夜。天亮不情愿。驼二婶说过年这几天下夜算加班，工钱加倍。天亮立刻答应了。

天亮加班到正月初三，才骑了红鬃马，去给钟爷拜年。

云朵生气，不理视天亮。

迎儿却很兴奋，围着天亮说个不停。末了，还逗天亮：“我姐是刀子嘴，豆腐心。假装生气哩！你刚才还没到呢，她就催着我去开院门。她心里急着呢！”

“她咋知道我来哩？”天亮回想刚才自己离钟家院门还有两丈远，迎儿就来开门，也觉得蹊跷。

“她那鼻子比狗还灵，闻出你的味儿来了呗！”

迎儿的一句话提醒了天亮：狗的鼻子灵，咋没想到让大黑帮我去找那二百两银子呢？

当天，天亮就提出要借大黑一用。

钟爷那些天脑子清醒，问明了天亮是要借大黑去找一件丢了的“东西”，就笑着说了一句来自《周易》的文言。那句话怪里怪气，天亮记不住。但知道大意是说“没文化真可怕！”钟爷说：你那东西丢了这么长时间了，就是张臭狐狸皮，味道也早散没了。就算没散，还有风呢。这两年子归城一带风多大？早把你留在那物件上的味道都吹到天涯海角去了。

云朵替天亮着急，就帮腔说：“他这人，身上的味道重！不知道多长时间才洗一回澡哩！再说哩，能不能找着，试试又不怕啥！”

于是，次日上午天亮就牵着大黑到了古牧地。

文化人的话不能不听。天亮牵着大黑在沙窝里转到了午后，一无所获。实践证明钟爷是对的，人家有文化。

天亮的办法说出来不雅。他记得当初埋好银子后，他拉了泡屎在上面。故而一进古牧地，他就故伎重演，如前法而炮制，然后让大黑去闻。

大黑咆哮着冲天亮吠叫，它误会了天亮的意图。

狗改不了吃屎，但大黑是个例外。在钟家两个女孩子的培养下，大黑从不吃屎，而且把此事视为侮辱。

天亮知道大黑误解了他的意思，但语言不通没办法。他只能坐在自己的排泄物旁边唉声叹气。

大黑停止吠叫，疑惑地凝视天亮。最终它可能是被天亮的唉声叹气打动了，主动过来，厌恶而认真地闻了几遍天亮的排泄物。

天亮大受鼓舞，牵着大黑开始在荒野上转悠。

大黑很奇怪，它不久就把天亮带到了杨干头打探过的那片沙砾地上。但接下来就成了摸象的盲人，只会围着天亮打转转。天亮使尽浑身解数，大黑依然不能摆脱困局。

天亮只得放开大黑，自己寻找他监视过杨干头的那个大沙丘。他很快找到了那个沙丘，但很快发现沙丘发生了变化。它原来明明在沙砾地的北边，现在却在南边！

天亮能理解这是沙丘在风的作用下，不断运动的结果。他想让大黑向北探索，可大黑像一个完成了任务的战士，只想回家。它趁天亮东张西望的工夫，突然挣脱绳索，一路向北，头也不回地跑向了沙枣梁子方向。

天亮不甘心，又牵了红鬃马过来。想四下再转悠一番，到处挖挖看。

红鬃马跺了跺蹄子，不动。

“这个倒灶牲口！”天亮骂着，想拽红鬃马，一使劲自己却摔了一跤。这一跤摔得他很疼，他爬起来，深深地叹了气：地冻得这么硬，挖不成，咋找我那一酒坛子银子啊？

回！他对自己有气无力地说。

2

二百两银子下落不明，天亮很泼烦。

大黑去向不明，他不得不去钟家看看，这也让他泼烦。

好在刚过碗碗泉，他就和云朵不期而遇，这让天亮有了几分喜悦。

云朵是和迎儿赶着一辆毛驴车过来的，大黑跑在她们前面。

“狗回来了，人没个影子，我还以为咋了呢！”云朵说。

“没咋。”天亮咧嘴笑了一下，笑得很凄凉。

“到底咋了？说话！把啥丢了？说呀！”云朵穷追不舍地问。

天亮只得说了事情的原委。不过他没敢说是二百两银子，只说是十来两。

云朵听了叹口气，数落天亮：“头让门夹扁了么？数九寒天的，让狗闻啥味道哩？再说了，就算闻见了，你咋挖？挖得动吗？快别秦州呆了，等春天地化了，芨芨草发芽了再说。”

云朵又骂他秦州呆，这让天亮很恼火。他断然拒绝了云朵和迎儿让他回沙枣梁子吃饭的邀请。翻身上马，回了子归城。

3

和云朵不愉快地分手后，天亮像五脏六腑都被掏空了，非常难受。云朵的话让他产生了极大的心理逆反，他知道自己在车马店里做什么云朵都不会看到，但还是想奢侈一把让云朵看看。他取了一两银子，扔到柜上，点了酒、菜，独自胡吃海喝。

哼，骂我秦州呆，老子让你看看我是不是舍命不舍财！一壶烧酒喝尽，他对脑海中的云朵狠狠地骂着，赌气又要了一壶。

“你娃这是咋哩？”驼二婶本要制止天亮再喝，但看到天亮目光倔强，一生气就把壶给了他，“喝去，喝死拉倒！反正钱是你的！”说罢再不理天亮。

天亮酒量惊人，活了二十几年了，还不知道酒醉的滋味。但那天两壶酒后，他却微微有些醉了。

出了嘉峪关，

两眼泪不干。

他突然挺伤感地想到了这首歌谣，就直着嗓子吼了一声。

驼二婶狠狠地瞪天亮。天亮却照唱不误：

出了玉门关，

两眼泪不干。

往前看，黑石滩；

往后看，没人烟……

天亮想到自己来子归城找驼二爷，人没找着还丢了银子，现在又成了给驼二婶“下夜的”，还住在屋顶的狗窝里，就感伤得厉害。

葱头过来想劝天亮，但天亮一把推开他。挑衅地冲着驼二婶要高声吼唱。

很尴尬的是：天亮张了半天嘴，却没发出声。他发现自己忘词了。半晌之后，天亮只好叹口气，望着驼二婶发呆。——她站在柜台的阴影中，看上去有些虚无缥缈。

近来驼二婶常让天亮的思想发呆，在天亮的心中她像是一团虚无缥缈的云。

自从天亮成了给她“下夜的”之后，她就像对待所有的雇工一样，极少跟他讲话。无论他干活积极还是消极，她总是用漠然的目光对之，不管不问。

驼二婶在天亮眼里成了一个陌生人。

对陌生人，谁都会有些不良看法。

这个傍晚，醉眼陶然的天亮望着驼二婶，就有不良感觉：这女人瘦得像根梭梭柴，脸还黄皮蜡瘦，除了两个奶子和屁股有些怪怪的大外，啥都不好看。可是咋日鬼的，车马店的骆驼客们还说她偷汉子，偷的还是古城子有名的汉子——典当行的神拳杨掌柜……

天亮这样想过之后，就目光游弋着满屋子找驼二婶的傻儿子。他听葱头做梦时说过，她的傻儿子三宝是神拳杨掌柜的。

后来他在一个阴暗的角落，终于找到了这个傻子。傻子傻得眼珠子都不会动，天亮从他身上，看不出神拳杨掌柜长啥样。

傻子不会动眼珠子，却会动手。他用沙子堆了一个小庙，又用尿冲毁。

这天晚上合该有事。

微醉半醒的天亮正这么胡思乱想着。突然，随着街上一片吵闹声，一个黑影一闪一顿，跃进店中并随即跳出了后窗。

“抓住他！好像就是进来了！”

天亮尚未酒醒，就被几个举着火把打着灯笼的人包围了。

“喂，见人跑进来了吗？”

天亮打眼一看，酒就醒了。进来的是山西会馆的人。

“子归商，分三帮。津晋闽，各一方。外加陕甘来逃荒，三天两头乱串帮。”早些年间的人都知道流传在子归城的这句顺口溜，它高度真实地概括了一百年前子归城商业码头的华人帮派格局。通常，这种以同乡为理念自然形成的协作体系，不管是冠以协会、会馆或者直呼商会，本质上都纯粹是商会性质。但有一个例外，那就是山西会馆。

关于山西会馆，我得补充几句。当年的山西会馆虽然也以商务立身，和山西籍商人有着密切的商业协作，算同籍商人概念上的靠山。但从根本上讲，它其实应算是子归城最大的一支帮会力量。会长山西王，本身就是青帮组织下的一个分支“理门”的掌门人“领众”。因而会馆几乎天天舞枪弄棒，操练兵戈。那些所谓“在理”的人，也都与众不同，个个黑衣皂裤短打扮，走路一摇三晃，好勇爱斗。至于山西王本人，同样也是敞胸露怀，霸气凌人，一副地头蛇的做派。

天亮看清是山西会馆的人满脸杀气地闯了进来，酒意陡消。他下意识地去看柜台，想找掌柜的，却发现驼二婶不知啥时已经悄然消失了。她属兔，步伐也像兔子一样轻盈敏捷。

天亮只得侧身抱拳冲领头的青年人打了个揖：“噢，是，是山西王的兄弟们，这是做甚哩？咹？”

那青年人黑衣皂裤短打扮，人称小陈醋，是山西王的小舅子，说话挺横：“有个闹事的捣乱分子在街上贴传单，扰乱治安，煽动民心。——见了吗？”

“咹？好像没，没见甚人么。”天亮觉得那黑影有些熟悉，就脱口撂了个谎。

“没见？”

“没见。真没见！我是下夜的，就没看见么。咋了？他把你们会馆的人惹了？”天亮纳闷，问。

“说啥呢！我们是‘兵联’的。奉马麟马总指挥的命令，抓捣乱分子，保地方平安。”小陈醋趾高气扬地说罢，朝跟随者们一挥手，走了。

4

天亮无意中成了那个影子的救命恩人。

后来，当小陈醋一伙人吆五喝六地朝东而去后，那影子又从窗外跃入了前堂：

“感谢兄弟搭救之恩！”

“罢！你吓我一跳，喝酒！——咦？你是俏红老板！咹，我当是谁呢。”天亮怎么也没想到他会在这里碰上名伶俏红，虽然这男人水蛇腰，兰花指，但隐隐还是透着一股飒爽之气。天亮喜欢。

天亮拉着俏红要喝酒说话。

“兄弟哎，现在不是喝酒说话的时候。城外还有两个朋友在等我呢。”

“这会儿，你咋能出得了城？刚才这一顿折腾，人家早把城门关上了。”天亮想到俏红肯定是当年策反山西王不成后，两人结了梁子，就有些替俏红担心。

“没事。我观察过了，今年林公渠的水小，城西水洞还没让冰封上，我从那儿出去。”俏红说着纵身一跃，出了窗外。不料与此同时，夜风吹怀，他腰间的传单撒了一地。俏红尴尬地一笑，再次跃入店内，一边说，“这东西不能丢在这儿，让人看到了给你惹麻烦。”一边满地地拾捡。

天亮看到林拐子吆喝着香烟洋火桂花糖，要进店，就急忙迎上去，连喊带叫地说着“打烊了！上别处去”。把林拐子赶走了。

天亮转身，看那传单红红绿绿的撒了一地。怕再让人看见，就也帮着捡拾。

两人正忙着捡传单。马麟的人又来到了街面上，而且还抓住了林拐子，推推搡搡地朝这边过来了。

天亮急忙关了店门，让俏红上了房，躲进了狗窝中。

天亮站在房顶上一看，城里到处都是打着灯笼点着火把吼喊着抓人的人，气氛挺紧张，就对俏红说：“咹，看样子你一时半会儿是走不了啦，我去给你弄点吃的。你先在这儿躲一阵子。”

天亮拿了个锅盔，再把自己刚吃的饭菜装进提篮，上房后就抽了梯子——天亮酒量好，醒酒快，这时已经毫无酒意了。

俏红也不客气，说了声谢谢，接过提篮就吃。

这时，街上又传来了老秦的巡夜锣声：“县长有令，紧急宵禁。官民一体，捉拿捣乱分子！捉得一人，赏现银三十二两。知情报官，也有重赏……”

天亮不敢点火掌灯，就看着俏红在黑地里吃喝。这个有点女里女气的男人，让大亮有些佩服，更有点纳闷：

“俏老板，你贴了啥传单？这么厉害。咹，你看看满城鸡飞狗跳的……”

“啥传单，无非是告诉民众真相罢了。”俏红叹口气，就给天亮讲起了如今国家危机，列强觊觎中华之心不死，他们利用黑喇嘛等分裂主义势力，恣意妄为，鲸吞、蚕食中华版图。而前清旧吏杨增青等则是老谋深算，在攫取了革命成果和权力之后，不尽职责，大耍两面派，嘴上大喊御敌守疆，暗地里妥协让步，偷偷撤兵……

俏红越说越激动，以致最后高声大喊："我等四处散发，张贴传单。只为揭露黑幕，唤起民众。铲除污吏，保卫民国。请问，何罪之有？"

天亮急忙摆手，指点街上。俏红急忙自己捂嘴，扭着水蛇腰看了半天街面，没发现异常，才朝天亮连连致歉："书生意气，失态了，失态了！说到激愤之处，往往如此，忘了身处险境。"

天亮不明白："您以前不是闹民国的吗？如今民国了，您是功臣啊。怎么放着功臣不当，又当起'捣乱分子'了？"

俏红叹口气说："你看着民国建立也快两年了，这个杨增青是成了民国的都督，衙门也换了旗子。可你看看咱这儿，是民国吗？别的不说，就说这金丁吧，听说最近又纳妾了，还是个洋人给送的，叫啥？双喜？……还有这抓我的赏银，三十二两？听着就让人生气！啥年月了，新疆市面上流通的还是银锭，这是那满清的旧货币嘛！而且还是十六两进制的[s]。这是民国吗？民国早用银圆了啊！"

天亮还是不明白，这有甚关系呢？又不影响做买卖。

俏红又激动了："兄弟，你还不明白啊？他杨增青这是要背叛民国，搞独立王国！"

天亮似有所悟，又似乎更糊涂了："俏老板，在黑沟煤窑的时候，不是你给我们说：这个杨都督出兵援科是爱国保家，大家要积极响应，我们才暴动的吗？现在你咋又反开他了？咬？"

"我们不是反他，是捍卫真理。为了真理，赴汤蹈火，在所不辞。"

---

[s] 链接　新疆的货币单位长期与内地不一致，清末起，内地货币常以"元"为单位，而新疆则始终保持了"天罡"的色彩，以"两"为单位。这事儿在诸葛白的《北丝路记考》开篇有记载。

“真理是谁？有这个姓吗？”天亮求知若渴地看着俏红。

“嗨，你真是个黑——”俏红欲言又止，他要骂天亮是个“黑肚子”，又觉得不妥，就有点生气地摆摆手，“好了好了。我走了。”

这时候街面上已经基本平静了。但天亮还是有些不放心，他给俏红扣了顶羊皮帽，还提上了下夜的老铳枪：“我送你出城。”

俏红推开天亮：“不用了。我有轻功，你跟上反而啰唆。——你以后有工夫还是学学文化吧！”

俏红真的有轻功，说着就一纵一跃，轻盈地飘下房顶，消失在了暗夜中。

第十四章

添仓节

第一节

1

我不喜欢林拐子，但对他充满好奇。

林拐子真的是一个让人没法不好奇的人。

当年，林拐子是拉了一车茶叶、一车绸缎、一车醋来子归城的。他说，他还拉了一车汾酒，在巴里坤遇上土匪时，他主动送了酒。他的茶叶和绸缎只卖别家的七成价，三天就被人一抢而空。那车老陈醋他却不卖，说是自己用。

后来，他就买下了黑沟煤窑。

交办手续那天，七八个等着分钱的股东看见林闽嘉（那时候他的腿还没瘸，被人尊称为林老板闽嘉先生）赶着马车，拉着那车醋来了。大家望着一车的醋篓子全都莫名其妙。

林老板闽嘉先生一声招呼，就有工人搬下了装陈醋的条篓，撕了封口，往地上倒醋。边倒边从里面掏银子……

原来那车醋篓子全是半篓银子半篓醋！

那年头，丝路不宁。山西的银庄票号也不敢在古城子设分号。能买下一个煤窑的半车银子是笔真正的巨款，把它从山西大同运过来，本来就是件愁死人的事儿。

林闽嘉由此被子归城人高看了不止一眼。

林拐子让人好奇的还有一点：他的故事里总有些让人猜不透的谜。比如说，辛亥年秋天，他被索拉西扔进了废矿井，上面还盖上了石板，应该必死无疑。可他在废矿井里待了好几天，不仅没死，反而后来又在子归城生活了好久。更奇怪的是：合富洋行的铁老鼠、皮斯特尔都应该知道林拐子活着，甚至可能就在拐子街、东门外、福建八行的外廊边遇上过他。可是我没发现合富洋行对林拐子有过新的迫害，这到底是怎么回事儿呢?

1972年，我与林拐子邂逅。在中山路、鼓浪屿几乎纠缠了他一个夏天，追问了许多发生在子归城的事情，可却没问清楚这个问题。后来，到了1977年，我决定问清楚这个问题时，林拐子却死了。——抱歉，我应该说：林闽嘉老伯已经去世四年了。

林闽嘉老伯去世后，关于辛亥年秋天他因何没死，我就只有一个模糊的答案了。它是我从林闽嘉老伯曾经的只言片语中综合出来的：他没死在矿井里，和赖黄脸有关！赖黄脸是福建八行的赖水旺掌柜的远房侄子；赖水旺后来回了武夷山的星村，那里有赖家的祖坟……

2

台风“尼伯特”像把举起的刀，悬在海上，停着不动。它可以南下，完成一次光荣的远征。也可以北上，横扫台湾岛。当然，它还可以向西，扑向我们。

但它诡异而神奇地就是不动，一副居心叵测的样子。

达摩克利斯之剑就悬在头上，这太让人惶恐不安了。许多人都相信，它的云团形状与1998年的一场台风酷似。那场台风至今让厦门人谈之色变，不愿提及。

我被它搅得烦躁不安，写不下去。

老妻说：要不出去散散心？泉州的聚宝街，刺桐港……还有福州，武夷山?

“武夷山？对，武夷山！”我忽然茅塞顿开，为什么不去武夷山的下梅村打听一下赖水旺、赖黄脸家族的情况呢？或许意外的收获就在武夷山中。

可当天，武夷山用一场大雨迎接了我们。——“尼伯特”突然启动，勇士的剑落下来了，扑向台湾。受其影响，福建多地风雨骤起。

我们被困在了山下的宾馆里。

翌日凌晨，风停雨歇。我和老妻被告知：景区封闭。——台风“尼伯特”只是过境台湾。现在它正扑向厦门、泉州、福州沿岸，剑锋直指武夷山。

老妻说：她忽然想起书房那个窗户没关。——我抽烟，写作时抽烟更凶。平时，临近桌子的那扇窗便总开着一个缝隙，透换烟气。而我写作时，又喜欢拉上一半的窗帘，这扇窗就正好在窗帘后边。匆忙浏览，没人会看到或者想到它的开合状态。

“你确定没关？”

“确定。”老妻坚定地回答。

“回。快回！”

我们抢在台风莅临之前，在厦门大桥封闭前五分钟，回到了岛内。

一切看上去风平浪静。可我们上到二十六楼，打开房门时，便听到了有节奏的哐哐声。我冲进书房，果然那扇窗户在疾风有节奏的撞击下正沉闷地开合。

我冲上去，锁住了那扇窗。房间瞬时安静了。

这扇窗的锁扣形状很像一把手枪。这让我在那个瞬间，想起过写作的一条铁律：第一幕挂在墙上的枪，第三幕一定要打响。

3

现在，是2016年的一个夏夜。

“尼伯特”台风虚晃一枪，调整路线，袭击了泉州石狮。——就像百年前契阔夫在迪化又耀武扬威，又威胁省府，最终突然就去了科布多一样。

厦门风雨如晦。电视上在反复播放泉州人民抗击台风的惊险镜头……

我在疾风暴雨中看电视，不禁感慨人在大自然面前的渺小，嗟叹白跑了一趟武夷山，啥也没干成。正在帮我打印稿子的老妻突然跑过来问我：章节是不是弄错了？不是正在写刘天亮吗？咋一下子就拐到林拐子，还有我们去武夷山、窗户上的锁扣这些事儿也写上去了？

我张了半天嘴，竟然语塞，一时不知说什么好。

“哦，是伏笔吧？这么多字的伏笔啊！”

我赧然。埋伏笔就是作者打读者的埋伏。可伏兵刚出，就被人家看出来了。这多尴尬！

一晚上，我都在考虑要不要删掉上述文字。最后决定：保留。——它们在这里是有些突兀，但它们很重要啊，我已经六十多岁了，一旦写到后面把它们给忘了咋办？

现在，是2016年的一个夜晚。窗外在刮台风，我在写一部叫《子归城》的小说。

第二节

1

皮斯特尔是不想让天亮死的。在他看来，只要目睹了红胡子之死的天亮还在，能为他所用，就等于捏住了铁老鼠的七寸，随时都可以发功出手。可不巧的是，他撞上了林拐子。

林拐子长期偷窥别人的秘密，但他装疯卖傻，所以没人在乎他的死活。可那天皮斯特尔从洋行出来，他撞了人家一个满怀。皮斯特尔就打了他一个耳光，顺便问了他为何还活着。

林拐子不想回答他是怎么从废矿井里跑出来的，但他对洋行充满新仇旧恨，极想挑起洋人内斗。便使出惯用伎俩，答非所问地装疯卖傻，语无伦次地胡言乱语。用疯癫言语诱导皮斯特尔披沙拣金，从中听出了红胡子死时的关键性情节：那杯茶，那杯有毒的武夷山贡茶，是胖厨娘端给红胡子的。皮斯特尔多聪明呀，一下就发现了胖厨娘才是真正的目击者，打铁老鼠的七寸，得靠此人。当天，他便开始追着胖厨娘大献殷勤。在他看来，搞定这个傻女人应该不费吹灰之力。

可胖厨娘是个风月场上的斫轮老手，欲擒故纵，秋波不定。皮斯特尔费了九牛二虎之力，也才弄明白：刘老大其实那天没看到什么，真正目睹一切的还是胖厨娘。

自然而然，皮斯特尔的眼珠子就不再关注天亮，而是围着胖厨娘的大屁股日夜转动了。

没了皮斯特尔的暗中“关照”，天亮就“裸”了。可他还浑然不觉，命运当然就步步惊心。

大约在元宵节过后，铁老鼠发现了天亮并没脑残。那天他正站在红胡子毙命的阳台上，回想红胡子之死——他一有空就会不自觉地回想这事儿。红胡子生前说，他要把羊脂玉枕带回国。可羊脂玉枕在哪里？却只字未提。他总想从那些天红胡子的异常行为中找到他藏宝的蛛丝马迹。这对他是种智力考验，更是精神折磨。事实上，回想红胡子之死的各种细节，他常常会觳觫战栗。可不想，又怎么能找到羊脂玉枕？

就在这时，他看到了刘天亮。这厮当时正在和一个卖煤的小贩讨价还价。声音高亢，根本不像个勺子[s]，更没有一点狗的样子。

当晚，铁老鼠让胖厨娘去了一趟古城车马店。

驼二婶断然否认天亮是个勺子，还指着天亮刚买回来的那车煤，对胖厨娘说：“这娃脑子灵光得很！！这车煤，这个价，你能给我买来？”

胖厨娘回来后，大为恼火的铁老鼠就把皮斯特尔叫来，问刘老大是怎么回事。

您已经知道了，那一阵儿，皮斯特尔的眼睛成天盯着胖厨娘的大屁股转。胖厨娘去古城车马店，皮斯特尔就借口天黑，别把心肝宝贝儿摔着了，就跟了去，还打

---

[s] 链接 勺子，通常是指傻子、疯子。但根据大学者刘壮志的解释，勺，是个含义深刻而丰富的词儿，它与“傻”的含义近似，但又不同于“傻”。 它可作名词又可作动词，还可以作形容词。与之搭配的词儿，如勺子，勺料子，等，可泛指程度较轻的精神病患者，如傻子疯子白痴一类，又可特指发生在正常人身上的二愣子式的傻瓜行为，比如勺掉了之类。

了一个羊皮灯笼。所以他对驼二婶说了什么，了如指掌。但他面对铁老鼠的提问，还是故意装糊涂：“当年亚历山大咬伤这个穷鬼的腿时，病毒上传，进了脑子，他就成了勺子。现在病毒可能又转移了，回到了腿上。他的脑子可能就好了。”

铁老鼠吱吱冷笑着说：“我看到了他买煤时的样子，健步如飞，腿没毛病。”

皮斯特尔这才装出火冒三丈的样子，摸着胸前的金钥匙——他假装是十字架——说：“上帝呀，难道我皮斯特尔，会被这个穷鬼给骗了？可他骗我干什么呢？——我的老板，这里面一定有鬼！有鬼啊！敬爱的老板，请您放心。我一定去把这件事情查清楚，让这个穷鬼为他的欺骗行为，付出血的代价。”

“是生命的代价！”

“对！生命的代价！”

皮斯特尔嚷着请铁老鼠“放心”。可他走后，铁老鼠一夜无眠，放不下心。

去杀人的阿廖沙死了，家人也无影无踪。该死的刘老大却没死，还回来了。搁谁头上谁能放心？铁老鼠不再相信皮斯特尔的花花肠子，决定直接动手，杀人灭口，一了百了。

翌日，正好索拉西来汇报把双喜送给金丁的事儿（他和铁老鼠都想以此来换取黑沟煤窑的永久开采权），他一听那个黑沟暴动的挑头者刘老大就是刘天亮后，也是怒火中烧。他激动地举着把斯太尔手枪满屋子乱窜，说要立刻去把刘天亮的天灵盖打飞上天。

铁老鼠欣赏地拍了拍索拉西油腻腻的胖红脸说：“晚上，你晚上去。今天应该没有月亮。月黑杀人夜嘛！”

但当晚索拉西一枪没发，回来了。他慷慨激昂地说：“天太黑，看不清目标。我要用大刀，把他剁成肉酱。”

翌日夜，磨刀霍霍一整天的索拉西举着一把明亮的大军刀昂然出发，还带了两个希卡。可到了驼二婶的车马店，他就把大军刀交给了两个希卡，让他们爬上房去，把天亮剁成肉酱。自己则拔出腰间手枪，在店门外守候。

天亮不缺心眼。为了安全，每天睡觉前，他都会把上下房的木梯抽掉。两个希卡见状只能搭人梯，爬上房顶。可正当他们向酣睡中的天亮逼近时，索拉西看到街角边来了个一瘸一拐的身影，就紧张得枪走火了……

天亮寡喊着“抓贼啊！”声音惊天动地。两个希卡也只能跟着索拉西狼狈逃回合富洋行。

“不行，这两天夜晚不黑！但是风大！风高放火天。我们还是用火，用火烧死他们。过些天就是他们的添仓节，他们点灯，我们放火。”索拉西说。

铁老鼠看出索拉西是个屁胆子，鄙夷地说：“你是要把那个车马店烧掉吗？”

“对！烧掉，全烧掉！”索拉西豁然开朗，“要烧掉那个车马店，最好的办法当然是用瓦斯。瓦斯的爆炸很快！哥，我马上回煤窑去，去准备瓦斯。”

“你是个懦夫！滚！”铁老鼠一脚把索拉西蹬到了楼下。

铁老鼠知道瓦斯是气体，根本不可能运输过来。

2

铁老鼠赶走索拉西，正为杀人灭口无果苦恼的时候，谢尔盖诺夫来了。

谢尔盖诺夫拿了铁老鼠的金条，没找到红胡子的遗孀，但找到了红胡子的私生女柳芭。

“不不！亲爱的谢尔盖诺夫，这个我不能给你报酬。我让你找的是红胡子的老婆，那个可恶的乌克兰女人。而您却给我带来了一个什么柳芭？柳芭是什么？一个私生子，一个小妓女！她是没价值的，她应该从这个世界上消失。”

谢尔盖诺夫很愤怒：“不！巴赫·铁尔森先生，我不能允许你这样污蔑柳芭小姐。她是有价值的，她是我们这个计划的灵魂和核心。她不但不能死，还应该得到保护！”

“计划？您说是打垮典当行的计划吗？”铁老鼠的脸色一下和缓许多。由于王二麻子当初说过羊脂玉枕不真的话，让铁老鼠对杨记典当行耿耿于怀。他成了商约后，首次去迪化，就跟谢尔盖诺夫说过，大家联手，想个办法，打垮典当行。他们把这个称之为“计划”。

“当然。按这个计划，我会很快得到一笔钱。而您呢，也会打垮典当行的这个杨掌柜，以后年年有很多钱。”

“啊，亲爱的谢尔盖诺夫兄弟，这个我们要好好谈一谈。”铁老鼠一把抱住谢尔盖诺夫，满脸绽笑。

两人谈得花好月圆。

铁老鼠盛赞谢尔盖诺夫是个天才，“计划”天衣无缝引人入胜，却不肯给谢尔盖诺夫付报酬。还坚持说柳芭是个麻烦，应该消失。

这让谢尔盖诺夫再度愤怒，他站起来要走。

眼看合作就要泡汤，皮斯特尔出现了。他礼貌地送走谢尔盖诺夫，然后回来对铁老鼠说：“我敬爱的老板，您雄才大略，前程无量。先是打垮了福建八行和郝大头，现在又要打败神拳杨……”

“可是谢尔盖诺夫要那么轻松地就拿走那么多的钱！”铁老鼠捂住胸口叫了起来，“唔，钱。那应该是我的钱。”一想到钱，他就心疼。

皮斯特尔心里嘲笑着铁老鼠，嘴上却抹了蜜一般地劝慰：谢尔盖诺夫贡献了一个好计划，您为它先花点小钱是绝对值得的。首先，您将打败古城子最大的典当行；其次，您要觉得柳芭是个麻烦，其实可以在执行计划时顺便灭掉她；最后，也是很重要的，您还可以顺手把那个讨厌的煤黑子刘天亮也灭掉……一箭三雕啊！

“刘天亮？三雕？”铁老鼠伸出三个指头，疑惑地看着皮斯特尔，等待下文。

此时的皮斯特尔显然在忽悠胖厨娘上有了进展，不再需要天亮了。故而他仔细讲解了陷害天亮的计谋，以获取铁老鼠的信任和欢心。

本来对皮斯特尔的捣鬼智慧已经有点厌烦了的铁老鼠，在听完皮斯特尔的详解后，捻着黄胡子由衷地笑了：“好的，我现在就去找谢尔盖诺夫中尉。请他喝酒，再给他钱。”

“关键是那个引蛇出洞的人……”皮斯特尔高深莫测地望着铁老鼠笑了。

“哈，我的朋友。对付刘天亮那种煤黑子，我想最合适的人，就是您了。——放心，我会给您很好的报酬！”铁老鼠肯定地说。他已经没办法不信任皮斯特尔了。

“我一定遵命。”皮斯特尔说。

两人心照不宣地笑着拥抱到了一块儿。

3

天亮一生给老家写的家信，屈指可数。

癸丑年正月廿四日，他请林拐子给写了封家信。林拐子为人代书时绝对不疯不傻，甚至有证据证明，这个知道半城人秘密的拐子偶尔泄露一两句天机，就会害人坑人，也会为人指点迷津，甚至救人于水火。这一天是添仓节[t]前夕，天亮肯定是被林拐子指点迷津了[z]，他回来后心事重重，也不管店里的伙计都在忙乎添仓节，自己要了份酒菜，坐在房顶上吃喝。——天亮一生爱睡房顶，可能就是这时候坐下的毛病。车马店房顶上的狗棚子被他扩展归置后，遮风避雨，冬暖夏凉，还安全。

驼二婶奇怪，就蹬梯子上房，问他：“都忙着哩！你这是咋了？”

天亮说：“没啥。就是觉得来古城子啥也没弄成。咹，钱没赚上，还惹了一身麻烦。”

驼二婶问他啥麻烦。他又说不上来，只是一个劲儿地摇头说：“不对劲儿！”

天亮一说，驼二婶也觉得哪儿不对劲了，就坐到对面，开始帮天亮慢慢梳理：辛亥年十月，你一头撞上了红胡子死，不吉利。后来让狗咬了一口，就中毒了，差点儿丢了命，这事蹊跷！事后回想，听说那天还有人追你……还有那个黑沟煤窑，铁老鼠为啥要给你介绍工作？他那个字条上面的饶花子字，到底写的啥？

天亮茫然，无语。驼二婶却意识到了什么，问：“你没问问那个阿廖沙，他到

[t] 链接 农历正月廿五日，皇历称“天仓节”，俗称“填仓节”，也叫“添仓节”。子归城人来自五湖四海，过法各不相同。有人往粮囤添些粮，缸里添满水，门口放些煤炭以示“添仓”。有的人家用面做成粮囤、仓官爷和各种家畜禽互相赠送。还有人点燃鞭炮，口中念叨“仓官爷爷饮马来，银钱粮食驮着来”等吉祥的话语，以祭祀仓神，祈求粮丰仓满。

[z] 链接 我在紫泉子时，云朵奶奶就多次说：你爷是个石头滚子——没心眼。他花钱让人写信，人家问啥他说啥。他看不惯驼二婶和神拳杨偷情，写信时林拐子一问，他就说了。谁知道十个拐子九个坏，林拐子后来把这事儿说给了驼二婶，自此开始驼二婶和你爷半辈子再不和睦……

底为啥要给你下毒？”

天亮思忖着说：“问是问了，没使劲问。咹，他说是他想逃跑，怕我拦住不让。”

“他说没说过，红胡子到底是咋死的？”驼二婶倒吸了一口冷气，“人命关天呀！”

天亮一拍脑门：“呀！是不是洋行的人怀疑我？以为我知道红胡子是咋死的？我的个大大呀，咹——婶子，我看我得出去躲一下。”天亮忽然有了茅塞顿开之感，“你想想，前天来的那三个贼娃子就不对劲儿啊！贼娃子么，来了不是偷马抢骆驼，就是劫财劫物抢女人么！他们不去马号客房干这些，爬到房顶上干啥来哩？咹？”

驼二婶笑了：“就是，你又不是女的，一绳子捆了，还能劫个色，回去当媳妇！”

“咦，婶子，你还说笑哩。那要是来杀人灭口的咋办？咹？”

“不至于吧？那个红胡子都死了一年多了，县衙里也没个人追查……谁这时候再弄出个人命来，自找麻烦，不划算么。”驼二婶这么说着突然想起天亮去察罕通古走镖，是她让去的。而她又是听了衙役老秦的话，老秦说是县长点的人……县长咋知道天亮的呢？偏偏这又是洋行的货，偏偏又是有人给天亮下毒……想到这儿，驼二婶又心虚了，“大侄子，要不，你就暂时躲一下？”

“婶子也觉得不对劲儿？咹？”

“嗨，小心没大错嘛。我是觉得那个阿廖沙没影子了，洋行的人会疑神疑鬼。”

“可我还欠着婶子的银子呢……”

驼二婶忽然恍然大悟：“嘿，你个狗日的，绕了半天原来是这个呀！咋了，扯了半天的闲屁话，就是想欠着老娘的银子跑啊？”

驼二婶的话半真半假，可天亮全当真了。

“婶子，你拿我当甚人哩？咹？你看人家郝木匠郝掌柜……行咧，不说哩！我刘天亮今天给你把话撂这搭里，我不走！我死也还上你的银子。”天亮的眼泪都下来了。他说着端起一碗酒，一饮而尽。

“咋了？就算婶子话说重了，你一个娃娃家还要咋呢？让婶子给你下话呢吗？”驼二婶心软，反倒夹荤带素地劝慰起了天亮。

但天亮已经暗下决心：谁想灭口谁来灭，老子不躲！

4

驼二婶好话歹话一起上，把天亮哄好后，下了房顶，到柜上提了添仓节的几样面人面神，叮咛葱头看好店，自己就去了县衙。

驼二婶不放心。她想找陕西杆子老秦套套话，看看金丁让天亮去察罕通古走镖，是不是和洋行有关？阿廖沙下毒，前天又来贼娃子，这些事儿让她有些后怕。

就在这当口儿，皮斯特尔到了车马店。那时天色已晚。

葱头告诉皮斯特尔天亮在房顶上。皮斯特尔就爬梯子上房了。

天亮已经醉眼蒙眬，但还记得他去察罕通古时，皮斯特尔提醒过他“千万别喝陌生人的酒”。于是，就拱了拱拳：“你咋上来了？这不是你来的地方！”

“刘老大！听我说，我是给你‘添仓’来的……”皮斯特尔说着就盘腿坐下了。

半个多时辰后，天亮就接过皮斯特尔的三根金条，走下房顶，牵出红鬃马，出门，上街，冲进了杨记典当行。史上有名的“添仓奇案”（又叫“名妓奇案”）由此突发。

这个晚上月光如水，天狼星忽明忽暗。

第三节

1

“添仓奇案”在《丝路文史·26》里是这样记述的：

“相传，自雅霍甫始，为了一尊羊脂玉枕，合富洋行就觊觎子归城一家典当行。怎奈这典当业属于高利贷的行当，与一般民间商业有别。乾隆爷在世时就把它弄得同盐业一样，成了给官家纳税，由官府发龙票做营业凭证的‘官当铺’。而这家当铺的掌柜神拳杨公义义占了和杨都督同为福建老乡之便，腰粗颈硬，故而合富洋行屡次伸手均未得逞。

“癸丑年正月，合富洋行从迪化赎来了一个混血妓女柳芭，据说是前任老板雅霍甫流落在烟柳巷的私生女。事有凑巧，有个流亡的哥萨克中尉谢尔盖诺夫，对柳芭一见钟情，非要为之赎身，娶为妻室。铁老鼠起初不允，后来答应只要谢尔盖诺夫交出定金五百两，就可先‘借出’柳芭，两个礼拜后送赎金一千两，即可正式交割领人。

“谢尔盖诺夫的钱在迪化，一时付不出定金。又怕他人捷足先登，夺其所爱，就把柳芭‘当押’在杨记典当行，拿当银付足定金后，自己即奔迪化取款付赎金。

“于是，一天中午，谢尔盖诺夫就带着柳芭及几个流亡的安集延骑兵，横刀立马闯入典当行，定要以柳芭为‘活号’，当银五百两。神拳杨公义深知安集延人野悍，不愿惹是生非，权当赔本，破祖例开了一回‘小押当’。

“谢尔盖诺夫得钱后，付足合富洋行的定金五百两，即直奔迪化筹措赎金。

“不料，谢尔盖诺夫走后第二天，这柳芭就先不翼而飞，后碎尸郊野。

“事发后，合富洋行以通商票、俄籍证明书等证明柳芭乃俄侨，鼓动迪化使馆，向省府施加压力；同时威胁县衙，不但要典当行赔人赔钱，而且控告掌柜杨公义残害外国侨胞。而谢尔盖诺夫闻讯赶回子归城后，更是哭天叫地，怒不可遏。他带着两三个哥萨克流亡兵，挥舞着大马刀满街乱窜，一会儿要冲进杨记典当行杀人放火，一会儿又直闯县衙寻衅闹事。一时间闹得子归城鸡犬不宁，人心惶惶，黑云压城，天昏地暗。

“最后是省府派人，强压杨记典当行出让大批产业市场，甚至举债赔偿，方才寝事。而此家典当行则从此不振，没了从前威风。

“这就是古城子历史上轰动一时的‘添仓奇案’，也叫‘名妓奇案’……”

您可能注意到了，这段文字看上去很客观很真实。——三十多年前我也这样认为，因此我以它为蓝图，想写个史话类的“添仓节奇案”。

结果，我写了几个版本，均未完成。

在最早创作的版本中，我对天亮爷爷的行径是这样描述的：

“子夜时分，刘天亮从典当行劫了柳芭，翻身上马后，两人就朝北门疾驰而去（皮斯特尔事先已贿赂好了北门夜哨）。不料，出城仅五里，他们就遇上了六个无名杀手，骑马追杀。天亮爷爷慌乱中扔下柳芭，孤身奋战。但终因寡不敌众，身负重伤，最后是仗着马快，落荒而逃了。

“第二天，子归城许多人都亲眼看见了洋妓女横尸郊外的惨状，她被肢解成八大块，扔到了方圆三公里的范围内，而她的头始终也没有找到……”

现在来看，这样的描述依然是真实而客观的。不过我当时发现了一点问题，比如柳芭是怎么死的，无名杀手是些什么人，等等。于是，我去了趟生我养我的紫泉子，做调研。——众所周知，早年间，多数紫泉子人都是从子归城长途跋涉来的。他们晚年最津津乐道反复讲述的就是子归城的掌故。

结果我发现：我陷入了泥潭，我的每一个疑问都变成了三四个新的疑问，它们伴随着新的发现，似乎更真实，更精彩……

我不能不提笔重来。

多年来，随着一次次的深入调研，我先后写了四五个版本的“添仓奇案”或“名妓奇案”，却没有一个最终完成。它们都是在我感觉即将抵达彼岸时，一下子就掉入了死胡同。

2

好了，“添仓奇案”作为一桩历史悬案，真的很离奇，很复杂，很麻烦。请允许我稍后再叙。——相信我，稍后我一定会说。

现在，我们先说正在发生的事儿，先说刘天亮。

我后来知道，天亮所谓“身负重伤”，其实就是被打伤了屁股。具体讲就是有一发射弹打中了他的左臀部。

那时候的枪厉害，射弹劲道足。这发责任感很强的子弹，击中天亮左屁股蛋子后，在穿越肉体障碍的行程中，没有遇上骨骼阻挡。所以依旧运动不止，直到最终从左髀肉处穿出，才钻进了二十米开外的沙土中。

鲜血染红了天亮的裤裆。

据说红鬃马是在天亮最危急的时候，昂首一跃，仰天一声长啸，闪电般将天亮摔下马背，跌进了一簇红柳丛中。

它继续咆哮着，跃上一道沙土梁，朝着黑夜遁去……

当六个杀手呐喊着飞马越过红柳丛，朝红鬃马追过去后。天亮才恍然大悟，是红鬃马掩护自己躲过了一劫。

劫后余生，天亮应当感谢红鬃马。

3

六位杀手追踪红鬃马进入大沙窝后，再没回来。

夜阑更尽，一夜无事。

清晓的晨光照彻漠野后，天亮已用细腻纯净的黄土撒在伤口上，止住了流血。

朝阳升起后，黄沙起伏绵延的荒漠变得温暖。天亮脱掉棉裤，用沙土揩净裆部的血迹后，又揉搓了一番棉裤裆里的血痂，然后穿上棉裤，就趴在地上，用一根红柳枝，反复勾画三角形。他想用钟爷教的方法，借助太阳，确定一下自己的位置。

他的努力最终失败后，他爬上身边的沙丘，举目四望，寻找红鬃马的踪迹。他看见了子归城的城郭轮廓。当时的子归城并不像我们现在的城市，从城外的山上眺望，一眼就能看到灰色的叆叇雾霾。早些年间的子归城，天朗气清，一点污染也没有。在晨光中，天亮觉得它就像一只金蜘蛛。

天亮没多想，就缓慢地朝子归城爬行。他知道他欠着驼二婶的银子，他不能从城里消失。

4

正午时分，一个从山里来的托钵僧发现了天亮。那时天亮已经能看见城门楼子了，可他再也没有力气往前爬了。他摸出怀里的一根金条，冲和尚晃了晃，又沉思了一下，才下决心说："我有金子，咹？你把我弄进城，我给你十两银子。"

“阿弥陀佛。”和尚双手合拢，肚子分明饿得咚咚打鼓，却优雅地说。

自己明明有金子，而且还晃了晃，却要给人家银子！这事搁谁头上谁不生气？

但天亮在癸丑年碰上的这个和尚是个真正的和尚，——就是说，这是个货真价实的佛家弟子。不像我们现在在旅游胜地看到的那些和尚，有着博士、硕士的学历，一边有口无心地敲着木鱼念佛经，一边后悔在大学读书时，自己大意失荆州，导致班上的某漂亮女同学投进了某某的怀抱。也不像刘岸这种人，嘴里喊着视金钱如粪土，其实写幅《心经》就想去拍卖。

我曾在紫泉子认真地寻找过这个和尚的蛛丝马迹。但这和尚是个真和尚，没有后人。我只找到了一个字，人们说这个和尚的法号里有个“元”字。

元和尚是个货真价实的和尚，按照一般的行文习惯，在这里我就应该写元和尚拒绝了天亮的金钱诱惑。但这样描述不准确，因为元和尚根本没和天亮讨论黄金还是白银的问题。人家不仅没被天亮的金子眩花眼，相反，人家对黄金视而不见，不屑地略过这个俗不可耐的问题，直接就问了天亮下一个问题：

“城里有你啥人？”

这个问题让天亮困惑。是的，困惑。他想起自己还欠着驼二婶的银子，就说：“咹？城里有个古城车马店，老板娘是我……”他不知道该怎么说他和驼二婶的关系，话没说完就不言语了。

元和尚大概也没打算听完天亮的话，听到这里，说句阿弥陀佛，就撂步进城去了。

天亮不知道元和尚是否会传话，也不知道驼二婶会不会来。他甚至有些后悔爬错了方向，要是朝沙枣梁子方向爬就好了。

但一个时辰后，驼二婶就来了。

她套了一辆毛驴车，车上拉了半车干草。她显然是想把天亮塞进干草里藏好，用驴车拉进城。

但四野空空，天亮没了。

“狗日的，骗到老娘头上来了！”驼二婶啐着唾沫星子骂。

天亮一直眼睁睁地看着元和尚的背影。

那背影像个巨大的问号，向着子归城渐行渐远。

当元和尚的影子最终成为一粒尘埃，彻底消失在荒原上后。天亮开始难受，开始懊悔。他痛苦地闭上双眼，以头捶地。

就是这个动作，让他听到了荒野上滚动的马蹄声。那是一个群体奔腾的马蹄声，起初隐约可辨，接着就迅速清晰变大……

一声嘹亮的嘶鸣声后，天亮看到了一群奔驰的野驴出现在了离他不远的荒原上。

他激动得差点儿直立而起，他看到了红鬃马。

红鬃马浑身闪着晶莹的水光。它从奔跑的野驴群中跑出来，立定，朝他凄婉地张嘴嘶鸣。

仅仅分别了半天半夜，红鬃马已瘦骨嶙峋，皮包骨头。

天亮嘴里胡乱地喊着什么，爬向红鬃马。

红鬃马跑过来，立定。低头看着天亮，不再发出一点嘶鸣声。

天亮扶着马腿起来，侧身上前，搂住红鬃马的脖子，用脸蹭着，亲着。

“伙计，你这是咋啦？”天亮松开马颈，望着红鬃马，问。

红鬃马眼中含着泪，默然无声。

天亮抓住马背，嘴里无意义地絮叨着，慢慢爬了上去。

红鬃马立刻步态苍凉地往沙枣梁子方向走。

天亮想让它去城里。他试着努力了几下。可红鬃马像是成了一根筋，只要他爬上去，它死不回头地往沙枣梁子方向走。

天亮笑了。他无可奈何，只得信马由缰。

傍晚。随着几声鸡鸣狗吠，天亮看到了牧羊犬大黑。

还有迎儿。

第十五章

家族图腾

清末民初，作为家用器皿，中国西北地区民间还普遍使用着粗糙的陶瓷器。其中有一种黑陶罐在西医匮乏的地区最为普遍，此物广口、短颈、溜肩、敛腹、平底、黑胎、双耳，有盖，无釉。通常被用于煎药熬汤，存放食品。

黑陶罐讲究些的通常肩上会对称地饰偶数的凸状钉，或者莲花、凤鸟等，以为辅首。

——刘壮志：《“一带一路”国家风物志》

第一节

1

癸丑年添仓节，天亮添了三根金条一处枪伤，钟爷添了一个孙子。

那天晚上，天亮见到钟爷就想磕头：“爷，您这是第二次救我命了！”

钟爷摆手说：“罢了，不说这见外的话！我早就拿你当孙子待了。”

天亮不顾伤痛，趴倒在地，咚咚咚就磕了三个响头：“爷！您不嫌弃，我就是您亲孙子，给您老人家养老送终！”

事情发生得很突然，云朵想阻止，但来不及了。

2

云朵是有过一个亲哥哥的。当年，云朵的父亲钟赵孤被塞进冰窟窿，云朵娘兰氏不信，就带了她哥哥去找钟赵孤。结果遇上了暴风雪，她哥哥被狼叼走了。

钟家从此断了香火。这是钟家永远的痛，没人敢无故提及。

天亮给钟爷当了孙子，就有可能改姓，改了姓就能续钟家香火。这让云朵时惊时喜，喜在钟家有了香火，惊在如此天亮就成了自己的哥哥——一想到此，她就郁闷烦躁，甚至惊惧心慌。

钟爷看出了云朵的忐忑不安，对她说："当年恩公林大人让我给蒙乾当义子，我也没改姓嘛！"

云朵就趁机试探说："那是蒙乾太爷爷看上了您，让您给我奶他们家当女婿哩。"

钟爷又笑了，说："鬼丫头，精得很！羞也不羞？"

云朵听了，脸就红得像朵海娜花，偷笑着躲到伙房做饭去了。

3

天亮被枪子打了屁股，没伤筋动骨。他年轻，身体底子好，养了些天，能歪着屁股骑马了，就牵了红鬃马，要去子归城。

当时，他已经从云朵嘴里听到了一些添仓奇案的信息：柳芭被分尸了，金丁在抓凶手，老毛子在闹事，等等。他认为自己当时是救人的，不是杀人的。金丁破案抓真凶，和自己没关系。他还认为自己劫了柳芭，典当行派人来追杀，合逻辑。至于追杀者杀了人，和自己有鸟的关系。

所以他没把添仓之夜的事儿当大事。

他想进城主要是惦记驼二婶的三十一两银子，更惦记自己的二百两银子。

云朵劝阻，说："城里乱，老毛子闹事，闹得鸡飞狗不宁的。过一阵再去。"云朵从心里不赞同钟爷认天亮当孙子，所以她拒绝以"哥"来称呼他。

天亮说："我去给人家把钱还上。看看就回来了。咹？"

谁也没想到，他这一"看看"，就看了一天一夜。再回来，就把刘氏家族光芒四射的传奇神话提到了沙枣梁子。

第二节

1

那天是农历癸丑二月上旬的一天。具体哪天，没人记得了，反正是过了二月二。因为天亮记得很清楚，前些天，家里来了个过路的皮匠，姓董。说是“二月二，龙抬头”，混了顿饭，就拿割皮子的快刀给他剃了个头。还说天亮让他剃了头，会鸿运当头。

那年的冬天是个暖冬。雪下得少，还化得快。加上很多老树都被伐掉了，风特别多，还特别大。原野上站不住雪，春风一到，到处就都是裸露的荒漠。

天亮骑着红鬃马在荒漠上踽踽独行。对，是踽踽独行。我这个词儿用得很准确。因为当时红鬃马已经失声了，天亮的枪伤也并没彻底好，骑在马上，歪着屁股，也不敢快跑。

天亮是在路上发现红鬃马不对劲儿的。

红鬃马走到博望渡时，马失前蹄，差点摔倒。天亮跳下马，仔细看它，才发现红鬃马已经丧失发声能力，变得无声无息，像阳光下的影子。

但它的眸子可疑地奇大奇亮，光焰灼烁，散发出回光返照的艳丽色泽。

天亮一声叹息，望着反射着五彩光晕的雪山喟然长叹。天亮有这毛病，迷茫时喜欢望着太阳、云彩、雪山等高处发呆，叹气。

红鬃马目光一刻不离地围着他游移了一会儿后，忽然转身朝着古牧地方向，毅然迈开了坚定的步伐。天亮急忙叫喊着追上去，再次上马，试图让它转向，去子归城。

但红鬃马好像肩负着神圣使命，宁可在地里打转，按表针方式走圈，也不改方向。

天亮莫名其妙。

“伙计，你这是要把我驮到哪哒去哩？咱得进城，办事哩。”

2

已是正午时分。

北门就在眼前，可红鬃马就在原地打圈，不下官道。

天亮和它拉扯僵持了很久后，忍无可忍，一时起了性子，拉过缰绳头想要抽打它。就在这时，他突然发现红鬃马浑身是汗，脖颈上渗出了一串一串的血珠，它们在明亮的阳光下，闪着晶莹剔透的红光，像一串串红宝石。

天亮伸手摸了一把，发现手是红的。他心头一紧，松开了缰绳，“行，伙计！不进城就不进城。你在这站着，我去给你弄些草料！”

可红鬃马甩了甩长长的鬃毛，昂然地兀自迈步上路了。

天亮心疼红鬃马，不敢骑，急忙追上去，抓住缰绳，跟着红鬃马走。边走边絮叨：“咋哩么？咋哩么……咱歇歇么？缓缓再走，咹？”

一个时辰后，红鬃马进了古牧地。再半个时辰后，到了乱坟岗子边上。

“咦？伙计！你这是要帮我找银子呢。”跟着红鬃马在古牧地的沙窝子里艰难跋涉了半个时辰的天亮，已经累得气喘吁吁。但恍然大悟后，还是兴奋地丢开红鬃马，朝四周最高的一座沙丘跑了过去。

四野寂寂。天亮爬上沙丘，看到春风吹拂的古牧地已经露出了荒野的原貌，只有一些低洼处，还有一些发黑的残雪闪着冷光。

他跑到最近的一窝芨芨草旁，发现草根附近的沙土还是硬的，没有化冻。

天亮跌跌撞撞，接连爬了五六个沙丘，依然看不到他埋银子的所在。——大部分的芨芨草，虽然发了细细的嫩芽，但上面都被残雪覆盖着。

这时候天亮才发现，不知何时他屁股上的痂已经崩裂，正渗流着细细的血……

天亮解了腰带，抓了把细细的黄土，敷在创口上。就一手捂着屁股，望着远处的雪山，开始唉声叹气。

创口的血止住后，已是黄昏。天亮捂着屁股，一步一挪地走下沙丘，看到红鬃马一动不动地静静伫立着，在遥望乱坟岗子。

“行了，伙计。咱来早了，地还没化冻呢。”天亮垂头丧气地从红鬃马背上的褡裢里取出锅盔、水葫芦，“伙计，咱们吃些喝些，还是回吧！咹？”

红鬃马不吃不喝，天亮就独自吃喝。

日薄西山时，红鬃马看天亮吃喝完毕，就朝乱坟岗子方向迈开了四蹄。

天亮看它步履艰难，每迈一步，臀部的肌肉都在发抖。但它态度坚定，胸有成竹的样子，天亮只好一边絮叨着“天快黑了，一会儿就啥也看不见了”，一边一步一挪地跟着红鬃马上了乱坟岗子。

红鬃马再次摔倒，但它很快挣扎着爬起来，立住了。这时候天亮发现，红鬃马脖子上的红血珠，已经跟沙土和成了红泥。

“行了伙计，你歇着吧。我上去看看。”

3

乱坟岗子上依然如故，只是多了座新坟。坟不大，有个木质的墓碑。上面的字，天亮只认识一个半。一个字是“双”，天亮认识。进出货，常用这个量词，比如一双筷子，一双毡筒等。还有半个字是“喜”，天亮不认识，但他知道两个“喜”字搁一块，念红双喜。

天亮看到坟头上压着的纸钱，还在风中泠泠抖擞。而地上烧过的纸钱纸幡，已成了灰，被吹拂到了芨芨草、骆驼刺丛中……

天亮清楚地记得自己的二百两银子，是埋在一丛芨芨草旁的野獾洞里的。因此当他意外地看到了一只野獾后，就顾不上创伤再次崩裂，快步追了过去。可那只野獾却像只兔子，蹦跳了几下，就笔直地消失到了河滩上。

天亮知道自己埋银子的地方不在河滩，就捂着屁股，查找野獾刚才出没的地方。

他找到了獾洞。但它在一片沙砾滩上，跟他埋银子的地方的土质完全不同。

失望的天亮，疲惫不堪地从乱坟岗子下来后，拉起红鬃马，要走。

红鬃马却固执地不动。

天亮想起老马识途这句老话，就有些后悔当初埋银子的时候，没把红鬃马也一块拉上。

天亮看红鬃马不动，就说："上面啥也没有，就一个坟。你让我咋办呢？"

红鬃马还不动，天亮就又说："你看，天也黑了，啥也看不见呀！再说，我沟子上的疤也烂了，淌血着哩！咹？咱先回，过些日子再来！"

红鬃马听了这话，扬了扬脖子，迈开了腿。

第三节

1

后来的传说是，天亮跟着红鬃马走了一晚上，到了榆树窝子。

不过在紫泉子，天亮爷爷向我证明说：也没一直走。开始他还是踩着马镫子，撅着沟子，在马上呢。后来红鬃马乏了，他才下来走的。到了后半夜，有几回，他实在走不动了，就扔了鞍鞯，趴在红鬃马的背上，歇缓一阵儿，再下来走。对此，天亮爷爷强调说："我沟子上也淌血着呢，不敢一直走。"

天亮爷爷还说：本来他是想在木垒驿或者路边的草窝子里歇缓一晚上的。但红鬃马要走，他没办法，只好跟着走了一晚上。

至于天亮爷爷为什么要一直跟着红鬃马走，他老人家的解释是："红鬃马不行了！"

也就是说，天亮爷爷是因为知道他的红鬃马要死了，所以就陪着它走了一晚上。

至于天亮爷爷是怎么知道红鬃马"不行了"的，我记得在我六岁时，他有过一个模糊的讲述：

当他们走过林公桥，红鬃马在河湾处饮水时，天亮惊诧地看见河水里漂浮着成百上千的黑色野罂粟花。它们被红鬃马一个不剩地吃掉时，天亮的心中便悲凉地闪过了这个念头。

后来，落日在黑云的旋涡中猛然熄灭，这个念头就更使他感到荒凉而坚定。他看到那天的落日和红鬃马脖子上的血珠子一样晶莹剔透。再后来，他看到红鬃马流泪了。流的泪像它浑身的汗水一样，在夜色中闪闪发光……

所有的不祥之兆，都让天亮感到了红鬃马即将离他而去。

他束手无策，别无选择。只能信马由缰地跟着红鬃马走，希望陪伴它走到生命的终点。

天亮爷爷说：那个晚上，一切都像梦一样。

2

红鬃马领着天亮，在官道上缓缓前行。

初春的夜晚，月色朦胧，流光似水，偶尔有几缕飘拂的云絮在空中轻轻掠过。

天亮和红鬃马意态茫然踽踽独行。

好好的月亮在天亮的眼里又带上了茄子色。他迷迷蒙蒙不知怎么办好。

我曾经很认真地想象过天亮当年的情形——在海边写作就这点儿不好，人容易走神而忘记敲键盘——怎么想都觉得天亮存在于当时那样一幅意蕴难明的图画中，显得荒诞、怪异，没有真实感。

在我眼里，他的样子一会儿像血战后的古部落遗下的一个子民，一会儿又像夕阳里滴下的一团紫血。

而红鬃马呢，一会儿像一个幽灵，正在走向血色夕阳，走向湮灭，走向虚无缥缈；一会儿又像一块透明的冰块，正在失去皈依，缓缓地融化、衰亡、浸润到大牧川的荒野之中……

一切看来真的像梦。红鬃马浑身流汗，眼里流泪，通体闪着水光，却发不出一点声音。天亮捂着屁股，指缝里不断有红色的血液渗出，却形影不离地跟着红鬃马，一步一挪地在荒漠里游荡。

作为运动主体的红鬃马，一声不吭，发不出一点声音。而影子般追随它的天亮，却絮絮叨叨响声不断。他一会儿喊着要用黄土敷伤口，一会儿又要拉屎撒尿……红鬃马发不出声响，只能无声地走动，像演默片。而它的影子却在喋喋不休。想想这情形，真的如梦似幻。

一人一马，就这么奇奇怪怪地游荡到了天明。

而黑陶罐的传奇，也就在这一刻，随着第一缕曙光的出现，水到渠成，开始了。

3

黑陶罐的传奇故事发生在一个异常清朗的早春之晨。它后来被当作第一次破开刘氏家族贫穷的混沌态的一缕晨曦而加以纪念，因为就在那天，刘氏家族的图腾黑陶罐以划时代的崭新面貌回到了天亮的怀抱。

一个无法忽视的事实前提是：空怀创业梦想、一直过着飘蓬生活的天亮，在真正面临创业状态的前夕，是有些准备不足、有些糊里糊涂的。

他对红鬃马的前进方向无可奈何，也不想有所奈何。他心迷神乱，没有主意，只得信马由缰，听凭红鬃马随心所欲地走。

红鬃马带着天亮，一步步地向他辉煌的人生起点逼近。

但在天亮看来，那天到了五更时分，红鬃马就神志不清了。它离开官道后，开始在黑暗的大牧川荒漠里怪异地游荡。

红鬃马游荡到了黎明。

当清晓的光照射到那条紫光绰约充满魔幻色彩的山沟时，天亮惊讶地发现他和红鬃马已经游荡得太远了。他们到了榆树窝子的一面坡。

那时，他才隐约记起自己和红鬃马是跟着一股奇香无比的味道，无知无觉，如在梦中一样，走过榆树窝子的七沟八梁的。

榆树窝子已经今非昔比，有点像大河改道几十年的老河床。黄沙淤积，丘陵起伏，间或有一些歪七扭八的老榆树半死不活地杂立其中。

他们来到了那棵外形华丽的老榆树下。它挂满清晨的霜凇，像个白发苍苍的老人。

——在这样的图景中找到这棵外形酷似一个老人的老榆树是相当容易的。

经过了金丁采伐队一个夏秋的砍伐，榆树窝子里的榆树已经所剩无几，只有这棵上百年的老榆树依然伫立。它之所以历经磨难，依然幸运地存活在世，完全在于它一无所用。它可以说几乎就是按中国古代哲人老子的指导生长的，整个树干歪七扭八，找不出一节超过半米的直线不说，还粗细不均，到处都是纹理混乱的大榆木疙瘩。更重要的是，它给人的感觉还是生死不明，谁也分不清它身上的哪一部分还连着根系，吸着水分在生长，哪一部分已经死亡成了朽木。它的这副模样，在上个世纪初确实一点可取之处也没有——当然在本世纪又另当别论，本世纪的艺术家一眼就能看出它是一个做根雕和高级茶台的绝佳材料。

因为当时没用，这棵老榆树逃过了人类的斧钺，也就完整地保存了天亮的黑陶罐。

按逻辑顺序，天亮一到老榆树下，就想起了给他头上留下了血十字的契阔夫，想起了那个茄子色的月亮，想起了老白俄忧郁的歌声，最后无可避免地想起了丢失的黑陶罐。

“咹！好。老伙计，你该歇歇了。”天亮明白了红鬃马是让他取回自己的陶罐。就跳下马来，拍拍红鬃马的臀部，准备上树。

可红鬃马却像一张纸，经他一拍后就完全倒地，并且随即无声无息地一命呜呼了。

天亮瞠目结舌。他半跪着身子，按了按红鬃马的腹部，又赶紧去试它的鼻息。事情正像俗话说的：人死如灯灭。马也一样。红鬃马倒地之后，就像一盏吹灭的灯，一点生命的气息都没了。

据和天亮有过骡马交易的人说，天亮当时面对红鬃马的死尸，没有捶胸顿足，也没有悲伤流泪。但此事留给他心灵的震颤却与日俱增，无与伦比地笼罩了他的一生。

4

天亮是如何悼念或者告别他的伙计红鬃马的，不得而知。

我们只知道他把红鬃马拖进了一个沙坑，用一片干榆树皮当木锨，推下周围高处的细沙，掩埋了它的遗体。

之后，天亮缘木而上，掰断九十多根虬枝，掏出了悬挂一年之久，几乎被虬枝曲椏包裹缠绕得密不透风的陶罐。

陶罐里发生的变化让天亮目瞪口呆：原来的固体变成了液体，透明的液体。

虽然在掀开被风尘雨泥封闭了一年之久的陶罐之前，由于那种奇香滋味的刺激，他的思想早有准备。但当他以手的触觉、鼻的嗅觉、眼的视觉切实感受到这种又冰凉又火热的液体的存在时，他还是大大地惊愕了，脑中霎时间变得空空荡荡一穷二白。他下意识地伸手沾了几滴尝过之后，就盲目地端起陶罐往饥肠辘辘的腹中倒灌。之后，他乐不可支哈哈大笑，一面喝着人间少有的琼浆玉液，一面腾云驾雾，神游四方。

后来他就慢慢睡着了。

天亮是在黄粱美梦完全做醒后才真正喊出这激动人心的声音的："酒！酒……"

他抱住陶罐像抱住了神祇一样痛快淋漓地哭了起来。

他哭到太阳东升红光乱溅时，才明白——不，是清晰地看见了陶罐中发生的一切：

迎儿送他的黄米，在被遗弃之后，不知经过了多少昏晨夜昼，有一天下雨了，雨水沿着罐盖的细缝渗入了热烘烘的罐中——重要的是残留在罐中那些曾使他退烧的酒曲子，它们像一群美丽的精灵，使颗颗黄米变成青春蓬勃、生龙活虎的汉子，热火朝天精力充沛跃跃欲试——这就容易想象了，雨露滋润，迎儿的黄米们开始觉悟地行动，像火中凤凰的涅槃，舍生忘死艰苦持久地脱胎换骨。大自然把一切都安排得妙不可言，恰到好处的春夏秋冬，适时得当的风霜雨雪，以及阳光的暴晒，明月的阴浸，白昼的光明，夜晚的深沉，绿叶的甜汁，枯枝的清芳，一切的一切都有条不紊地为陶罐贡献自己的精华。终于，在一个大雨滂沱的清晨，黑陶罐里飘出了一缕淡淡的甜香……

之后，风尘泥沙、曲扭的枝丫紧紧地封住了这缕甜香。

又是无数个日夜过去了。一天，也许是一阵风、也许是一根枝条的生长，也许是一阵细雨的冲刷。总之，由于一个微不足道的原因，罐盖发生了位移，缝隙中飘出了今非昔比的芳香，成熟的芳香，预示着一场深刻变革最后完成的芳香！这芳香在荒漠之中显得神奇无比，轻盈、优美、微微带着某种疲惫缓缓地飘出几十里外，诱惑了红鬃马——它直到最后撒手归西，还翕动着嗅觉奇敏的鼻翼追逐那缕馨香！

这就是黑陶罐的故事，它是刘氏家族历史上的一个神话。这个神话的现实基础早已漫漶不清，但有一点是真实而肯定的：它意义深远地触发了天亮关于发财的想象力。他在被自己想象出的辉煌前程陶醉良久之后，忽然眼前一亮，看到了钟爷就着一盏洋油灯，正在漫读古书《如匠酒经》……

他毅然决定：回沙枣梁子，做酒。

第十六章
名妓奇案

第一节

1

“尼伯特”台风过后，林子非突然出现了，还在微信里加了我，说他听说我在找他。

我说我没有找你，可能是一个叫莫菲的女孩找你。她是不是“人肉”搜索了你？

他发了一个耸肩的表情，又坏笑着说：我以为莫菲是您呢。

我说：听说你成了网红。现在怎么样啊？被放出来了吗？

他换了一本正经的表情说：我们当时只是被警察叫去，问询了一下。第二天就离开警察局，各奔东西了。谢琳娜去了阿拉木图大学，她是那个大学的客座教授，回去忙“一带一路”的研究课题了。鹿晗嘛，就是我们花钱雇来的向导兼跟班……

我说：好好好！白让莫菲担心了你很久。

他便问我：莫菲到底是谁？

我说是我的一个学生。

他立刻就问我：长得漂亮吗？

我说：我想跟你聊点正事……

这次网聊的结果是：我知道他从警察局出来后，没回厦门，一直在北丝路的大牧川活动，转悠。他说他在等待“大风起兮云飞扬”时，那种时候魔鬼城上空常常会出现海市蜃楼。

我问他：你们到底进了子归城遗址没有？

他坦诚地说没有。接着他就告诉了我一些遗址的现状：大牧川从东到西全部被列入了自然保护区。沿着汉唐古道建起了一条漫长的防风林。防风林叫汉唐林，在涅槃河一带有两三公里宽。为了这个汉唐林，有成百上千的人连续几代种草植树，已经半个多世纪了，现在依然如此。古城遗址所在的大牧川中部[g]被严格列入了封沙育林生态保护区，谁都不让进去……

最后，他发来了几张破酒坛子的照片，说是在当地人家看到的，问是不是刘家酒坊的。

我说：当年的西部，这种坛子到处都是。

他显然很失望。说他在保护区外的墓地和田野上还见到过一些酒瓮残片，有一个上面还有文字，据说是契丹文。不过，这更不可能是刘家酒坊的了！它应该是古牧地下面的另一个文化层的遗存。

“那个地下城叫涅槃城。它毁于西夏人的铁骑。”我说。

“这说明涅槃城时期，这里的人就饮酒成风。”林子非若有所思地说了一句后，就问我，“涅槃城下面不是还有个古城郭吗？那时候的人，是不是也饮酒成风？”

“是。《穆天子传》里不是记载成天在喝酒吗？不过，那是米酒。”

“对了，我看了《穆天子传》，很八卦嘛！上面没有古城郭的记载啊？”

---

[g] 链接 大牧川的中心地带在古牧地，以涅槃河为界，西边称西戈壁；以木垒河为界，东边称东戈壁。

“要看《穆天子传汇校集释》[m]，找一个叫庄梓的人，看他的考证文字。”

林子非尴尬地沉默了。

为了让他不再尴尬，我赶紧顺口问他：“我说，那个祭文碑，你拍上面文字的特写了吗？”

他犹豫了好久才说：“有拍。”

我说：“我在《古城图志》上看过一个版本，文字很长。我想看看真正的碑文。”

他又犹豫了很久，才答非所问地说：“那块碑离魔鬼城挺远的，在东边的官道边上，不好找。——我们刚把石碑从沙土里刨出来，警察的直升机就到了。”

他没有说碑文的事儿。

我只得再转移话题：“你不要再在古牧地晃悠了，那是国家级的生态保护区。你不是知道吗？”

他没有回答。忽然下线了。

从此，他就再也不回答我的问候，失联了。

2

天亮爷爷曾是丝路北道的一代酒王。子归城在他之前没有酒坊，在他之后更没有酒坊。

刘壮志在《“一带一路”国家风物志》中所谓“行人尚在五里外，即闻一城熟酒香”，说的就是天亮爷爷的刘家酒。《古城图志》更是明确记载：“此坊开古城子人饮烈酒之风气，官商儒丐，士农工商，概莫能外。商旅往来，也多以酒中珍品，馈赠亲友，是故盛名远播。”还说人们“无不以购得头锅酒为喜，清晓店门一开，人皆鱼贯而入，不以斤两论之，只论坛篓。”就是说当时刘家酒的头锅酒特别

---

[m] 链接　我从小就听大人说《穆天子传》里记载着古牧地下面的古城郭，还说它毁于一场大洪水也有记载。但我多年来研究这部佶屈聱牙、疑似伪书的书，最终发现上述说法其实来自于《穆天子传汇校集释》，是个叫庄梓的清人，对《穆天子传》卷三经过了复杂的地名学和民族学的考证，提出了上述说法。它在大牧川一带当时广为人知。

走俏，人们都不是称斤论两地买，而是一坛子一酒篓地往家搬。

《古城图志》还记载：刘家酒坊规模最大时“院落俨然，房屋近二十间，皆高屋墙大檩椽。其售酒店堂分布古城三处，皆雕梁画栋，显赫遐迩。坊人自谓：刘家酒声名远扬，日产六缸，计十八坛，近霸丝路，远销中亚”。

天亮爷爷的酿酒事业达到顶峰时，鏖战中的子归城又遭遇飓风，他毁家纾难，走了。

据说他之后闯荡了许多地方，阿力麻里啦，比什凯克啦，巴尔喀什湖啦，顿河啦，还当过苏联红军。但他再没烧过酒。后来他回到了紫泉子，就过着一个乡村老头的平静生活。

3

紫泉子是我的出生地。这里的原住民都是从子归城逃出来的幸存者。相传，当时的逃难者站在老轮台城最高的废城墙上，四下瞭望，居然在北部的沙平线上，看到了一抹发蓝的绿色。上面紫气蒸腾，有人字形的大雁飞翔其上……

那地方就是紫泉子。据说，当第一批逃难者人困马乏地到达那里时，他们第一眼看到的就是一眼清泉。它在阳光的照耀下，蜃气蒸腾，反射着紫色的光晕。大家围过去细看，发现那泉眼的泥土是黑紫色的，从中汩汩而出的泉水清澈透明，甘冽宜人。众人惊呼神奇，从此这地方就被叫成了紫泉子。

紫泉子源泉水充足，冬夏不息。其后又有数泉连串，形成溪流，滋养出的土地连阡成陌，芳草萋萋，芦荻萧萧。后来，一些子归城的幸存者听说了，也就陆陆续续地都来了。

天亮爷爷就是后来到的紫泉子。他的到来引起了好一阵儿的骚动，人们以为紫泉子从此又有好酒喝了。

可天亮爷爷看了看那眼泉，尝了尝，回去就开了个小醋坊。

他说紫泉子的水烧不出好酒。

4

我出生的时候，天亮爷爷连醋坊也不开了，就过日子。

据说在我八岁前，天亮爷爷的日子还过得不错，至少拥有两进两出的大院子。后来那院子就随着三年自然灾害变得越来越破败，但天亮爷爷依然天天要喝点小酒，只是那酒喝得越来越苦兮兮，紧巴巴，甚至偷偷摸摸了。

在我八岁后的记忆中，天亮爷爷家粗笨的大柜上，永远陈列架似的摆满着银光殷殷的酒瓶子，它们形状各异，多半装的却是价廉质粗的劣质散白酒。那时的我常常坐在故乡阳光明媚的院门口，看见天亮爷爷日渐枯萎的身影，被一双有些罗圈的腿导引着，不紧不慢、永无止境地劳作。而在这劳作的间隙，他常常无声地进屋，走到柜前，双手捧起酒瓶，郑重其事地喝上一小口。随着"嗞"的一声，他酷似老农的脸就惬意地荡出一片无限的人生满足感。

这样的情形在我少年的记忆中有着难以计数的重复，每一次的重复都使我漂荡悲凉的心涌动出更多的痛楚，觉得生活对他不公平——当年，在子归城，作为赫赫有名的一代酒王，天亮爷爷在创造出那么振奋人心的辉煌业绩时，是否想到五十年后，他的人生企求仅仅是一口散白酒?

5

不幸的是：后来天亮爷爷连散白酒也喝不上了。

我是1952年生人。记得在我十四岁那年，天亮爷爷家要来一个叫瓦西里的客人。我亲眼看见天亮爷爷和云朵奶奶为此装病，从公社卫生院开了医用酒精，在伙房里拿凉开水勾兑后，装进酒瓶子里待客。

客人瓦西里金发碧眼，皮糙肉厚。他肯定也是没酒喝，记不清酒的滋味了。呷了一口，就激动地伸出大拇指，夸酒好。说不愧是一代酒王家的东西。

我至今还记得当时天亮爷爷脸色骤然涨红，像蒸熟的虾蟹："不……不说这个。咳！现在不是当年开酒坊那会儿……"

"哈！是不能提。——我记得您当年是三根金条开的酒坊？"

"那，那是传说。没那么容易。咳？"天亮爷爷喃喃地说。

云朵奶奶说："就是。不容易哩！还搭上了我们家六亩地。"

天亮说："唉，现在想起来，还是觉得对不起神拳杨掌柜……"

云朵抢白说："哦，那你对得起那个洋丫头柳芭吗？"

天亮尴尬地摇头，"咋又说这？不是给你说了半辈子了吗？唉，我那天喝多了，喝糊涂啦！"

云朵奶奶就笑了，看着我说："那时候，古城子酒多。"

那年我十四岁，喜欢跑到天亮爷爷家，和他一块儿睡房顶，看天上的星星月亮。听他讲古，叹气，打呼噜。

我想，在紫泉子那些缺酒的日子里，天亮躺在自家的屋顶上，看着星星月亮，一定会时常怀念他拥有烧酒坊的美好日子，也一定会回味那年的添仓节——正是那个夜晚，他拥有了酿酒人生的"第一桶金"。

第二节

1

天亮的"第一桶金"是三根金条。这事儿我在前面说过了，您应该有记忆。

不过，为了后面的叙述方便，我们现在再次走进癸丑年正月的那个夜晚，看看细节，很有必要。

您知道，当时是添仓节前夜，皮斯特尔爬上房顶时，天亮已经喝多了，脑子有点不够用，说话舌头也有点不听使唤。再加上那天天亮心事重重，而且觉得那重重的心事，都与皮斯特尔有点关系。

所以，多数时候，天亮都是瞪着眼珠子看皮斯特尔。

这当然不礼貌。但皮斯特尔不以为意，他装出一副可怜相连说带比画，表达了如下意思（注意，没有引号）：

柳芭的生父红胡子是他的患难之交，所以他劝说铁老鼠花重金把柳芭从迪化赎出来了。他原以为这下柳芭可以脱离苦海，过上幸福的生活。不料，铁老鼠又把柳芭卖给了谢尔盖诺夫。这个谢尔盖诺夫不是个好东西，他买下柳芭，是想把柳芭带到库伦去，给在那里的骑兵做军妓。军妓的命运是非常悲惨的，每天要接待一百个以上的军人。柳芭做了军妓，不出半年，就会被虐待致死或者染上梅毒、性病，不治身亡……

皮斯特尔还泪眼叭嚓地在胸口上划着十字说：我们是上帝的仆人。上帝教导每一个仆人都要慈善做事，拯救苦难的人。何况，我来投奔红胡子，红胡子却不明不白地死了，留下这么一个骨血。我不能不管，否则灵魂将永远不得安宁！

心中愁苦烦恼无比的天亮听到这个柳芭比自己还命苦，就放松了警惕，结结巴巴地说："你……把她弄来了，就该给人、人家负责。咹？不能把人、人给害下了。"

皮斯特尔说："是啊是啊，我就是想救出柳芭，让她回故乡去。"

天亮打个酒嗝说："那你……快去呀！对着我……哭，哭个鸟呀！"

皮斯特尔哭得更凶："老弟，你还不明白，我是想请您给我帮忙呀！你看，现在谢尔盖诺夫把柳芭押在了典当行里。典当行的人多黑呀，我就是出钱，他们也不会违背暴利的行规，把人给我啊！要救柳芭，只有偷偷地去。碰上看家护院的人，还得硬抢。可我哪有这个本事？……老弟，我就佩服您！您有胆有识，一脚就能踢死一条大狼狗，精沟子都敢断贼！还下煤窑，上阿山，远近闻名，没人能比！最重要的是，您，您还有一颗抑恶扬善的心！"

天亮喝多了，听皮斯特尔的话，句句都像实话实说，句句都让他心里舒坦。

"嘿，你倒是会说话！——行啦，还哭球啥？那洋丫头我早晚给你弄出来就是了。咹？"天亮一扬脖子，又喝下了一碗烧酒。

"老弟，要弄就是现在。"皮斯特尔破涕为笑，"你看，今天是添仓节，典当行里没啥人。掌柜的在家忙'添仓'，伙计也都放假休息了……"

天亮环顾下面，看到葱头正趴在桌上打瞌睡，驼二婶的傻儿子在院里玩尿泥。

"可——"天亮正要说什么，背后忽然一片金光闪烁，映亮了狗棚子。同时，他听到了一个遥远而空洞的声音："刘老大啊，我不会让您白干的。"

他转过头，看到了皮斯特尔手中的三根金条。

皮斯特尔晃着手中的金条，微笑着说："刘老大，您只要把人抢出来，送到博望渡就行。那里有我的几个朋友会把人接走。”

“博望渡？”

“对，你把人送到那儿。金条就是你的了。”

事情就这样发生了。天亮喝多了，看见了金条，就什么都忘了。他笑容满面急不可耐地抓过金条，塞进破棉袄里，就蹬梯而下，到马号牵出红鬃马，滚鞍上马，直奔典当行。

而皮斯特尔在此之前已贿赂好了北门夜哨。

当夜，北门通宵大开。天亮劫来柳芭，和皮斯特尔汇合后，三人两骑便出城朝西，直奔博望渡……

天亮弄到“第一桶金”的故事就是这样。

现在，我们既然走进了添仓节之夜，那就按照故事的发展顺序再往前走走，看看都发生了什么吧。

2

我在前面说过典当行与一般民间企业不同，它带有官方色彩。所以杨记典当行的迎门影壁上镶着威风凛凛的“裕国便民”金匾，门外令人望而生畏地悬挂着绿柄红头军棍和砖砌的巨幅招牌字“当”。

但天亮喝多了，肆无忌惮地直接闯了进去。

皮斯特尔骗了天亮，那天典当行根本没有放假。不过天亮运气好，当时典当行的人都在大堂焚香祭神，放炮“添仓”。所以天亮进入大院，如入无人之境，找人十分顺利。

柳芭也不含糊，见一个壮实后生朝自己招手，穿着睡衣就开了门。

听说有人在城外等她，她返身拎上一件狐皮大衣，胡乱一穿，就跟着天亮出门上马，两人一骑，直奔城外。

应该说明的是，当时天亮是自己先上马后才发现柳芭还在马下的。所以他伸手一把抓住柳芭大衣后背，便把柳芭拎上了马。此时，最自然的姿势当然是柳芭上马后一分腿也骑到了马上。不过反程序的操作决定了柳芭骑反了马，形成了和天亮面对面的情形。这种姿势本来就接近情人拥抱，而柳芭又在天亮的怀中不老实，为了舒服，甚至敞开了皮大衣。结果睡衣挡不住红杏出墙，柳芭白花花的乳房便在天亮胸前光彩照人熠熠生辉，颤颤悠悠滚来滚去。

好在当时天亮重任在肩，集中精力于虎口脱险，没出手去抚摸那两团让他心醉神迷的尤物。

但这并不意味着天亮对柳芭的“胸器”毫无感觉。要知道，柳芭献出的是一对货真价实的乳房。它坚实挺拔圆润高耸，但却是上帝的天然造物，可感可亲，毫不虚假，绝非本世纪化学工程师和医生合作研制的乳房替代物。

皮斯特尔将他们送出北门，挥手告别时把自己的坐骑交给了柳芭。他们本可以一人一骑，策马驰骋。但柳芭长期的职业熏陶使她片刻都不愿离开男人，而天亮面对柳芭的发嗲撒娇、拒绝单人独骑也没思想准备，就顺水推舟，又让柳芭坐到了自己身后。此时风险已过，加之俩人一骑牵着另一匹马也跑不快，相对平静而缓慢的运动就正好给了天亮时间仔细品味柳芭贴在自己后背上的胸乳。与此同时，柳芭虽经天亮制止，但还是出于职业习惯，情不自禁地忘记了搂住天亮后腰的动作要领，一双纤纤小手，假装怕冷怕风，躲在天亮的黑棉袄里，在天亮的下腹部，游移不定地摸着石头过河……

显然，柳芭极大地赤裸裸地引诱了天亮难以启齿的雄性骚动。这骚动是那样忍无可忍，强烈异常，以致出现了一个有趣的现象：天亮在幸福难耐中忽然出现了小便失禁，并伴随着想出恭的沉痛感。他不得不跳下马背，让柳芭骑马先行。自己跑下官道，蹲在漆黑一团的野地里出恭。

柳芭先咯咯嬉笑，后踏歌而行。可就在她刚踏上涅槃河边一个小山梁时，她发出了一声惨叫，几乎惊碎英雄虎胆。杀手出现了！

杀手出现的显然不是地方。当他们扑上去使柳芭发出拼死的那声惨叫时，天亮尚在几十米外。结果，在后来半小时的拼死追击中，虽然杀手竭尽全力，制造了几起险情，但那段距离还是保障天亮逃出了虎口。

当时，正在出恭的天亮，听到柳芭的歌声被惨叫代替后，浑身一激灵，心想大事不好。马上撅臀伏地，把脸贴在地上，想借星光，从山梁的透空处，看看前面到底发生了甚事情。是毛贼挡道，还是劫匪杀人？

天亮撅臀伏地这个姿势，曾救过他的命。云朵就是对他这个姿势稀奇，感到很酷，才救了他一命的。但此刻，这个好酷好帅的姿势却给天亮带来了苦果。

一发射弹在天狼星的照耀下，置周围的大黑暗于不顾，直接飞到了他光溜溜的屁股上。

其实这颗子弹的主人，在六个杀手中是最肉头（没能耐）的。我猜当时他们领导一刀刺中柳芭后，其他四个人立即挥刀上前乱砍。这厮一时无事可干，就东张西望看星星。后来，当红鬃马返身回跑时，其他人上马欲追。这个肉头看见黑暗野地里有一小团朦胧的白色光晕，就端起毛瑟枪，很随意地放了一枪。这厮开这一枪，原本是觉得大老远跑来辛苦半天，人已杀了，居然未发一枪，未免太缺少声势。加之手中的毛瑟枪是新的，尚未开过膛，可黑暗的天际之中，又没有可射之物，唯一能让他看到的就是那个奇怪的白色晕团，所以他就对着它放了一枪。接着他欣赏了一下枪声的脆响，觉得很爽，爽极了。然后对那团白色连看都没看，就急忙上马，追赶伙伴去了。

肉头杀手做梦都不会想到，正是他的这一枪，打穿了天亮的屁股（这事儿有幽默感，天亮以精沟子断贼著称，现在他的沟子在流血）。而后来他和其他五位杀手连续不断地追着天亮射击，枪声震天撼地，几乎打完了各自身上的所有子弹，却没有一颗伤及天亮甚至红鬃马的毫毛。

这个肉头杀手的名字叫皮留克，我在后面会写到。

3

天亮被打中屁股后，并没感到很疼痛。他看到流萤般的弹头飞过自己头顶，就急忙提起裤子。——正巧红鬃马飞奔而至，他就滚鞍上马，朝大沙窝里飞奔而去了。

身后的杀手追捕五分钟后，天亮才感觉到了疼痛。他把手伸进裤裆一摸，热乎乎粘兮兮，腥味隐约，便立刻意识到自己受了伤。这个意识糟糕透顶，痛感陡然激烈，以致他自此屁股不敢实坐在鞍垫上，只能弓着身子，撅着屁股，踩着马镫子跑，红鬃马的奔驰速度自然明显减缓。

当红鬃马驰入一片长满了梭梭、红柳的荒漠时，天亮不但能听见身后的马蹄声，甚至能看见杀手举着的马刀寒光闪闪。此时，天亮早已酒醒，知道自己可能大限将至，就想下马求饶。就在此时，红鬃马昂首一跃，仰天一声长啸，闪电般将天亮摔下马背，让他跌进了一簇红柳丛中。

之后，它嘶鸣着，跃上一道沙土梁子，遁入黑夜。

六位杀手飞马越过红柳丛和天亮，追着红鬃马消失后，天亮知道自己躲过了生死一劫。

至此，我们可以先简单地总结说：天亮为了这三根金条付出的代价是屁股上挨了一枪。这个部位古称尻子，我们阳关外的人叫它沟子。

4

接下来的事情就是天亮遇上了来帮人祭祀仓神的元和尚，但人家叫来驼二婶时，红鬃马已经把天亮驮到了沙枣梁子。再后来的后来又把他驮到了榆树窝子，找到了黑陶罐……这些事情我在前面已经详细叙说了，在此不再赘述。

再接下来的故事就是天亮用这三根金条（云朵说还有她家的六亩地）定做了必需的酿酒设备，从此走上了风生水起的酿酒生涯。不过，这是另一个时空里的事了，我现在不说。

第十七章

案情版本

第一节

1

添仓节前夜，驼二婶追到老秦家，问阿山走镖的事。

资深衙役老秦，大胡子，疤瘌脸，看不出表情。他承认说：让天亮去阿山走镖确实是金丁点的镖头。金丁咋知道天亮的，他不清楚。

驼二婶听了这话脸上不动声色，心里却后怕：我的个妈呀，要真是个套儿，我让天亮去阿山，还真差点把猍娃给害下了！

“好在这娃命大，回来咧！”一路上，她就这么自我安慰着回到了店里。

葱头告诉她天亮走了。

“走了？走哪搭里？”

葱头说：可能去洋行了，是跟皮斯特尔一块儿走的。还骑走了红鬃马。

“皮斯特尔？他们一搭里走的？”驼二婶吃了一惊。

这个猍娃，咋又和洋行的人日鬼到一块儿了呢？去个洋行，骑马干啥？夜里，驼二婶翻来覆去地想这些事儿，一晚上没睡好。

天明，驼二婶开了店门，正要吃饭，就听到了消息：杨记典当行昨晚遭劫了！土匪把婊子柳芭抢走了。

驼二婶撂下碗筷就往典当行跑。

2

杨记典当行大门紧闭。门前围满了人，正吵吵嚷嚷。

驼二婶知道她和神拳杨的事儿总被人背后嚼舌头，就没直接进门，而是躲在人群里打探消息。后来是张福出来，偷偷告诉她：没遭抢劫，就是柳芭跑了。

驼二婶心里一块石头落了地，转身往回走，想回店里接着吃饭，却听到身后一阵人喊马叫，洋行的希卡们耀武扬威地出来了。

希卡们背枪带刀，骑着大马大吼大叫地满街乱窜，吓得围观的人四散躲避。驼二婶也就急匆匆赶回了店里。

店里已经有了客人。大家议论纷纷，气氛紧张，却有个人眉飞色舞地大肆宣讲。驼二婶一看是钱老三，就指着他问："咋回事儿？"

钱老三说："你没听见吗？昨夜响了一晚上的枪！土匪来了，把洋行的婊子抢了，大卸八块，扔在城外！"

驼二婶依稀记得昨晚她是听到了隐约的枪声，她还以为是人家在放添仓节的炮仗呢。

"你说洋行的婊子……"

"咋？你不知道？就是洋行押在当铺的那个，叫，叫柳芭。"

驼二婶一听，心就又慌得咚咚乱跳了。

"这下神拳杨麻烦大了！"她听到有人这么说，就又想到典当行看看。

就在这时，一个和尚进了店。他见了驼二婶不施礼不答话，穿堂过厅就往后院走。

"喂，喂！和尚，你这是做啥哩？"驼二婶急忙追了上去。

3

元和尚到了后院，看近处无人，就给驼二婶说他在城外遇上了一个人，受了枪伤，求救命。

驼二婶一听描述就知道是天亮。

“狗日的，我就知道，他闯下祸哩！”她骂骂咧咧地让葱头赶紧套车，去拉人。

葱头说：“现在街面上这么乱，洋行的希卡不知道要干啥呢，这时候出门，太危险了。”

驼二婶听了一愣，说了声“也是”，就进屋了。

她再出来，已经换了身衣服。

她让葱头把驴车套好，放上一车干草，她要自己出城。

“你们去，我也不放心。”她对葱头和两个伙计说。

4

驼二婶怀疑天亮受伤和“添仓奇案”有关，不能大摇大摆地进城，就打算找到天亮后，把他藏在草料里，拉回来。

可她去晚了，天亮已经被红鬃马驮到了沙枣梁子。

“狗日的贼娃子，闯下了祸，人就跑哩！”她回到城里时就已经断定天亮是“添仓奇案”的罪魁祸首了。

“㞞货，敢做不敢当！”她看到希卡们把城里闹得乱哄哄的，连金丁也坐着一顶绿轿子出来了，就在心里咬牙切齿地骂天亮。

这天，驼二婶在收拾天亮留下的东西时，发现了俏红遗失的传单。

“这个贼娃子，是个祸害呢。”她在心里狠狠地骂着天亮，把那些传单悄悄藏到了自己的炕席下。

驼二婶知道，拥有和散发这种传单的人，是要被定性为“捣乱分子”的，要坐牢的。

当晚，驼二婶让伙计尕娃子假装典当东西，带过去一句话：她的一个伙计跑了。

当时典当行正乱成一锅粥，神拳杨在忙着追查谁放走了柳芭。听了尕娃子的话，只回了一句：“伙计跑了再招一个嘛，给我说这干啥？”

第二节

1

癸丑年是牛年。属牛的神拳杨公义很倒霉，属鼠的铁老鼠却牛气冲天。

添仓奇案一发生，铁老鼠就让合富洋行的希卡们气势汹汹满街闹腾。后来他又和皮斯特尔带人闯进县衙，咄咄逼人、狮子大张口地要典当行赔人、赔钱。再后来，他又四处联络洋商，贿赂领事伊万，弄得不但子归城，就连迪化买卖圈子里的洋行商约也纷纷出动，要求本国领事照会新疆当局，惩办凶犯，保护外商侨民安全。一时间大有山雨欲来风满楼的态势。

都督杨增青手谕金丁：限期破案，惩办凶手，妥善处理华洋商务。

那两天，金丁也正泼烦得够呛。腊月里，黑沟煤窑的索拉西为了黑沟煤窑的永久开采权，给他送了个小妾，这人却是何坨子的女儿双喜。他本无意再纳妾，但他的福建老婆说，双喜这名字好，搁在家里吉利。他就勉强娶了。谁知道这索拉西却是个禽兽，把人送过来时，已先行强暴了双喜。金丁不悦，但拿索拉西没辙儿，只能大骂一通做媒的汪妈，从此不理双喜。

双喜终日独守空房，看上去也还老实。没想到这女子却在添仓节的前两天，突然就上吊自尽了。为此，何坨子带了木垒驿的族人，上门问罪，意欲闹个天翻地覆。倒是金丁的福建老婆一拍桌子，让媒人汪妈出示了干净的“见红绸”，证明了双喜嫁入金家时即非黄花闺女。何坨子羞愤交加，才同意把人下葬了。

可即便如此，何坨子也还是纠缠不休，撒泼打滚地哭闹，要钱要物。

金丁本就不想张扬纳妾一事，何坨子乱闹，他怕影响不好，只得又是给钱又是给物。结果，赔了小妾又舍财，让他很是恼火，很是泼烦。

那天，都督杨增青手谕到达县衙时，他刚打发走何坨子，正疲惫不堪地骂老婆：“双喜？双他妈什么喜？这下好了，惹了一身骚！”

老婆也觉得办了错事，忙着给金丁点大烟，让他消消气，缓缓神。

可烟还没点上，老秦失急忙慌地就跑来了，说：为合富的洋婊子柳芭的事儿，诸葛白带着一个叫杨修的人来了！就在县衙大堂上。

“不是张一（翼）德就是杨修，他妈的！还尽是三国人物嘛！”金丁随口骂过后，转眼一想，前一阵儿，为俏红撒贴传单，人没抓住，他已被都督训诫。此事又是个命案，不能疏忽。只得强打精神，急忙去了县衙。

之后，久疏县政的金丁就开始坐上那顶破绿轿子，满街乱跑捉拿凶手。闹得子归城风声鹤唳，人人自危。

2

添仓节后的神拳杨度日如年。眼看合富洋行和金丁把子归城闹得鸡飞狗跳，乌烟瘴气。他不服，找过诸葛白，联络过华人商会。强调说，合富洋行这是贼喊捉贼，使的苦肉计。

可大家全都无计可施，只叹息：那你就把这贼抓出来嘛！抓不住“贼”，说啥也没球用啊。

神拳杨听了，也只能有气往肚子里咽。抓贼这事儿，他在柳芭横尸郊外的当天就开始了。他自己逐个审查伙计，抓内鬼。他的账房兼师爷王二麻子，带了焦大、武二等人，冒着冬日罡风，暗中查访街头上的泼皮无赖流浪汉，就想找到合富洋行派来劫人的“贼”。可就怪了，至今这“贼”愣是没有一点儿线索！

神拳杨只能感慨洋行这帮贼毛子，计划周密，搞鬼有术。挑的日子也好，添仓节，大家都在祭神，街上爆竹灯笼，动静大，行人少。歹人作案方便又好跑。

王二麻子说：挨过正月后，会否极泰来。

可到了二月那天，形势却急剧恶化：诸葛白向他转述了杨都督的口谕，那口谕毋宁说是个让他投降的最后通牒……

神拳杨找不到凶手抓不住贼，又不肯赔巨款。没办法，只得在二月二这天，给顶门子的张福作揖了：今儿二月二，龙抬头。您就出头吧！您是咱典当行里的龙！

张福安排好了家人、后事，就去衙门里顶了死罪。

但合富的洋人依然不依不饶，闹得满城风雨，一副黑云压城城欲摧的架势。

王二麻子对他说：掌柜的，我算了一卦。这合富是“项庄舞剑，意在沛公”啊！明摆着贼喊抓贼，想演一场戏整咱们！他们整郝大头，整上瘾了。

神拳杨点点头，又摆摆手，让王二麻子出去了。其实他早就明白：合富洋行的目的并不是真要惩办凶手，而是要整垮他的典当行。他也知道，合富洋行整他，和王二麻子当年说漏了一句话有关。当年，红胡子利用六个安西客搞了场真假难辨的羊脂玉枕事件。王二麻子多嘴，说了句“这事儿看上去不真”。结果，就种下了祸根，合富洋行从此盯上了典当行。

神拳杨不知道王二麻子是否知道自己是罪魁祸首，但他知道，做人要给别人留出路。不管师爷王二麻子是否知道，自己都要装不知道。

3

天亮找回黑陶罐的当天，激动得彻夜难眠。

第二天，他就要进城。“仓神爷又给金条，又送陶罐。还把酒样品都给我酿出来了！这是老天爷让我开酒坊哩，咹？我得赶紧进城，买设备，干起来啊！”

但云朵坚决不同意：“你的枪伤还没好彻底呢。再说，城里发生了那么大的人命案子。洋丫头让人分尸了，凶手还没抓上。你安生些，再躲一阵儿再说！”

天亮就晃着手里的金条，急头白脸地喊：“咹！你看，仓神爷给添仓呢。这就是要让我走这条路发财哩。这是天意么！”

云朵一把打掉他手里的金条，嚷：“你再晃！我把它扔炉子里化成水！”

天亮拾起金条，又去找钟爷：“爷啊，这是天意么。天意不可违。——我得赶紧干起来，买设备烧酒啊！”

天亮纠缠了半晚夕，钟爷同意了。

钟爷是在头脑清醒的状态下同意的，他说：“这是个事儿，你能干呢。当年阿古柏的兵，占着河对岸。北丝路过不来货，官道上路断人稀。有人就开了酒坊，没弄成。——那时候天冷啊，我们修城的时候，是把水烧热了和泥……天冷！是得有酒么。”

云朵没办法，又不放心。就套了驴车，和迎儿一道也跟着进了城。

路上，云朵叮咛天亮："你进城后，见了谁也别说你在添仓节那天干的事儿。就说你生驼二婶的气，跑出去给我爷学烧酒去了。"

天亮不服，说："我是去典当行救人的，又没杀人，怕啥？"

云朵一看天亮的轴劲儿又上来了，就连哄带骗："犟板筋！你不是要烧酒，要做大事吗？这时候惹上官司麻烦，你还咋做事？"

天亮这才抱着头说："咹？对对，我把这茬差点儿忘了。——行了，我记住哩。"

云朵又把天亮的毡帽往下拉了拉："这阵子城里风声紧，人心惶惶。你见了人，尽量少打招呼。"

天亮答应了。

4

买好了设备，装好车。天亮提出要去找驼二婶还钱。

云朵说："现在剩下的银子连十两都不够了，你咋还？回吧。"

天亮说："我给她打了那么长时间工呢。我是去结账，说不定连十两都用不上。咹？再说，我的行李零碎总得拿回来吧？"

云朵无奈，只得由他去。自己和迎儿去买油盐脂粉。

第三节

1

天亮走进车马店的时候，驼二婶不在。

葱头看见天亮，吓了一跳："我的天爷爷，你咋回来咧？"说着就把天亮往耳房拉，"这阵子老板娘一天把你骂八遍。"

"咋？"

葱头把天亮拉进耳房才压低嗓音说："老板娘骂你是个屄货。说闯下祸就跑了！哥，你是不是惹下人命官司咧？那个二转子柳芭让人分了尸哩！”

“鸟！那人命不人命的，跟我没关系。我回来是找老板娘结账走人的。我的行李零碎哩？”天亮说着就要找梯子上房顶。

葱头把他推进小耳房，说：“你的行李老板娘早给你收拾了。你就在这儿待着，我去给你弄些饭菜。你先吃着，我给你找老板娘。”

天亮被推进小耳房，心里很不爽。他进店时看到钱老三正和小头李鬼、马三六、陶七等几个人在热议“添仓奇案”的新新闻，他很想听一两耳朵。

“想听？我看你就这达儿听一下行了。”葱头指一下耳房的窗户，它外面就是客人的饭堂。

葱头弄了碗汤饭并三个馒头，两个客人吃剩的荤菜，还带一小壶烧酒。让天亮在耳房吃着喝着，就去找驼二婶了。

天亮边吃边听着窗外的新闻。于是，很好玩的事情出现了：故事的当事人听着别人演绎他的故事，不服气，又没办法。

2

综合《北丝路记考》等资料来看，“添仓奇案”的来龙去脉从添仓节当夜开始，在子归城地面上就开始流行各种版本。粗略统计，就有六七种吧。但大多都因前后矛盾、漏洞百出而不足取。还有一些说法则太过离奇，甚至带上了神话色彩，更是不足为凭。这些版本在不明真相的猜测中一生二，二生三，三生万物，越来越多。又在人们莫衷一是的反复论证中被归纳梳理，九九归一，变得越来越少。到了甲寅年夏天，合富洋行被血洗，人们敢明说是非了，民间的基本版本也才最终定型。其说法是：

癸丑年正月，从迪化来了个哥萨克中尉，叫谢尔盖诺夫。此人以前做过典当业，所以和铁老鼠、皮斯特尔一合计，就想霸占神拳杨的典当行家业。他们从迪化挑了一个混血儿妓女柳芭，由谢尔盖诺夫中尉送进杨记典当行做“活号”，以高价作当，当期三十天。虽然当期利息和一般物件无异，却是“死当”，即三十天内赎人必须是要原人活人，其他金钱物件不能抵押。传说当时谢尔盖诺夫一再强调那个婊子柳芭是他的情妇，万不得已才送典当行。

神拳杨本来不答应，后来怕兵匪一家，结了梁子麻烦大，就破例做了一次“小押当”的活计。

之后，洋行有人就用钱买通典当行的一个小伙计，让他杀了柳芭，把尸体埋到荒郊野外去。

可皮斯特尔使了阴谋诡计，就在这个小伙计杀掉柳芭、出城准备埋尸灭迹时，合富洋行的希卡和马麟的骑兵追了出来。

小伙计情急之中，顾不上掩埋尸体，挺着一支毛瑟枪被迫突围。

这小伙计命大，头上被砍了两刀，可没死。他仗着马快，逃之夭夭了。

之后，合富洋行的人便把柳芭的尸体抬到杨记典当行门口，示威示众。谢尔盖诺夫、铁老鼠、皮斯特尔等人也拿着典当行的典押票据，非要赎人。

后来迪化的洋人买卖圈子也闹了起来，游行抗议，要求缉拿凶犯，赔钱偿命。一时间闹得黑云压城城欲摧。省府看事态严重，就派了大员诸葛白等人下来从中调停。可洋行的人也厉害，从迪化搬来了沙俄领事伊万……

神拳杨没办法，只得交出了那个小伙计张福。但洋行的人不依不饶，要求巨额索赔。那笔索赔款大得吓人，足以使杨记典当行倾家荡产。

3

需要说明的是：以上是个民间基本版，它是在一年多以后，铁老鼠死了，皮斯特尔也跑了的情况下才形成的。当时天亮在小耳房听到的版本需要抹掉上述人等的名字，包括他们的策划。也就是说，天亮知道的信息只包括这些方面：洋行来了个厉害人，叫谢尔盖诺夫，他带了二转子妓女柳芭，押到了杨记典当行。典当行一个伙计把柳芭杀了，埋尸时被人发现，遭了追杀。小伙计头上被砍了两刀，跑了。洋行的人就联合迪化洋人闹事，闹得省府都来人了。杨掌柜没办法，就把那个叫张福的伙计交给了县衙。可洋行还是不依不饶，要索赔，要偿命……

应该说，因为有车马店客人们的不断纠正和补充，钱老三讲述的这个粗略的案情版本大面上还不是太离谱，但冒出了个“小伙计张福”就错得有些让人受不了。

最受不了的当然是天亮，他是当事人，眼看着耳听着自己的传奇被人歪曲，几次都想跳出来大叫："鸟的小伙计张福，那是我！我没杀人，杀人的是追我的那几个人，我是去救人的。咹！我头上的十字花和这事儿无关，那是契阔夫划上的！"

想到云朵的叮咛，想到势态的严重，天亮最终没跳出来。但他的内心从此也不像以前那么泰然了：这个张福冤呀！劫人的是我，杀人的是那几个锤子货。现在全算到他头上，让他背黑锅哩！

天亮正这么想着，典史老秦来了。老秦一来就被大家围上，问出了最新消息：投案的那伙计是贪色杀人。

老秦说，县衙过堂了，那个张福招供说自己是酒后贪色，强奸柳芭后，怕事情败露，所以杀人灭口，抛尸郊外。

车马店里一时议论纷纷。有人说：这小子知道好汉做事好汉当，有种！有人说：这贼狲还是出息不大，弄个婊子还把命搭上哩！有人说：你不球懂，那是洋丫头。有人又说：你才不球懂！那不是洋丫头，是个二转子！

天亮听得心乱如麻。又气，又恨，又为张福惋惜——酒后贪色？啥名声嘛。

就在这时，驼二婶回来了。

4

驼二婶的样子像是刚和人打过架，进屋看见天亮，冲过来夺过酒壶就低声怒骂："你狗日的还有脸回来？来！跟我到后院来！"

驼二婶见面就骂，仿佛当头棒喝，打得天亮找不着北，就晕头晕脑地跟到了僻静的后院。

天亮心虚，路上语无伦次地絮叨：婶子，我咋能不回来咧，我还欠着你银子哩。我这阵子是跑去跟人学烧酒去了。我一会儿就走，我收拾了行李就走。外面人等着哩。咹……我这次回来，身上还有将近十两银子哩，你给算算，扣了我的工钱，十两银子，够不够还你钱的？不够我再凑，过些天就还过来……

驼二婶一路无语，到了后院却一声断喝："狗日的！你现在给我说实话！添仓节那晚夕你去干啥哩？是不是跟皮斯特尔去的？"

“没，没干啥。”天亮想着云朵的叮咛，就不想多说。

“没干啥？那你咋受伤哩？说呀！”

天亮说不上来。

驼二婶压低了声音又问：“是不是跟皮斯特尔去典当行，让人家给打的？”

“没有。他没去典当行。我是在城外让人拿枪打上了！”

“狗日的，还真是你！”驼二婶抡圆了巴掌，铆足劲，“啪！”的一声，给了天亮一个响亮的耳光。

“你个贼大鬼，你还真把杨公义给害下咧！”驼二婶骂着又抡起了巴掌。

天亮被打得脸上热血奔腾，耳畔轰鸣阵阵。他本能地跳起来，握紧拳头挥了出去。——但那一刻他想到了驼二婶是自己恩人的女人，拳头便停在了半空中。

驼二婶的巴掌打到了天亮的手臂上，疼得又甩又吸气。末了，她狠狠地朝地上啐了口唾沫，骂了声“亏先人的！”转身大步走了。

天亮看到她转身离去时，眼角飞出了一串泪水，在空中划了一个银色的弧线。

“我咋亏先人哩？咹！”天亮不服，喊了一嗓子。他最恨别人骂他先人。

天亮的先人是刘王庄人，他对此很在意。

第四节

1

天亮挨打，云朵很生气。

钟爷却不以为然。“长嫂为母。何况你还叫她婶子呢。养不教，父之过。她代父打你，给你个教训，也不为过呀！”

“她是心疼她野男人杨掌柜……”云朵话没说完，发现钟爷脸色陡变，急忙改口，“我是说，她没把事情问清楚咋就伸手打人呢？”

钟爷不悦，一字一顿地说：“那你们又把事情问清楚了吗？”

两人语塞，似有所悟。

晚上，把酿酒的灶台砌好后，天亮就在酒灶边上和云朵商议：“咱爷说得对。那个洋丫头死了的事儿，不弄清楚，人心里毛焦焦的。”

云朵说：“是毛焦焦，还是怜香惜玉，心疼得放不下呀？”

天亮说：“嗨，给你说正事儿哩。我原来觉得典当行的人发现洋丫头柳芭跑了，追上来，一生气就把人砍成了几截子……现在咋觉得不对劲儿啊？唉，你想啊，这么大的事儿，根本就没法儿收拾！难道当初神拳杨掌柜的就没想过杀了人，到时候没法收拾吗？”

云朵正经地说：“能在古城子里当掌柜的，都是人尖子。这点事儿，杨掌柜当然能想到啊！”

天亮说：“这么说，那个张福真是背黑锅的。还弄了那么难听的一个名声。”

云朵说：“明摆的事儿，是个顶门子的呗。”

天亮一拍脑门：“贼驴日的！他们说皮斯特尔还在古城子闹事呢。我明天就去问问他，柳芭到底是咋回事儿！”

“勺子！你去找他？你该躲他才对！你不觉得添仓节那天晚上的事情太巧了吗？你出城和他刚分手，追杀的人就来了……哎，你记不记得，杀人的那几个人到底是从黑地里冒出来的，还是从后面追上来的？”

天亮拍着额头说：“唉……那阵子喝多了，真想不起来了！”

云朵说：“要是从黑地里突然冒出来的，那就是早埋伏好的。你想啊，典当行又不知道你要劫人，他们咋会提前埋伏人呢？”

“你说得对呀！”天亮望着冰雪聪明的云朵，沉思良久，最后还是承认：当时喝多了，糊涂着呢，根本没看见杀手是咋来的。

这天晚上，天亮躺在炕上，既紧张又泼烦，翻来覆去了很久才睡着。他紧张的是：第一锅酒就要上醅蒸料了。泼烦的是：现在明知典当行里的人背了黑锅，可不知道自己该咋办。

草创期的烧酒坊事多，全家人忙得连轴转。记不清是啥时辰，第一锅酒出来了，一闻，像泔水，一尝，还像泔水。大家又累又沮丧，都愁眉不展。只有钟爷很淡定，对着《如匠酒经》找原因。

就在这时，葱头忽然来了，说驼二婶请天亮去店里商量事儿。

天亮正泼烦，跳起来就骂："请个鸟！滚，你快滚！"

云朵也说："有啥商量的？不就是三十一两银子嘛。你回去说给她：三天之内我给她还上！"

钟爷陡然作色："都咋说话呢？尔等如此，与那泼皮无赖何异？真是该打的逆子！"

天亮摸着被驼二婶打过的那半边脸呢喃："爷，她打我就罢了。咳，主要是她骂我先人。我先人又没惹她！"

钟爷不理他，对葱头说："劳烦这位小兄弟回去通告一声：今日午后，钟则林之孙刘天亮必去车马店潘银莲处登门谢罪。"

2

驼二婶关门打烊，给天亮摆了一桌酒席。

天亮打心眼里不情愿给驼二婶道歉，就把带来的方块洋糖、普洱茶等礼行往桌上一墩，冲驼二婶一拱手说："我爷让带给你的！"

驼二婶说："你这个爷认得好！人家是巴图鲁，英雄！还有大学问，知书达理。不像咱们这种黑肚子……"

天亮听出驼二婶话里有话，就说婶子有事您就直说。

驼二婶指着酒菜说："边吃边说。"

天亮就蒙头吃菜，再不说话。

驼二婶说："喝酒？"

天亮就喝酒，还不说话。

驼二婶说了些不咸不淡的话，看天亮还不搭腔，只得说："大侄子，你猕娃这回可把人家神拳杨公义害得够呛，公义这回不死也得扒层皮！"

"我没想害杨掌柜。"

"你没想？可你害了。儿子娃娃，一人做事一人当！"

"我当。"

"这就成！是个儿子娃娃。来，婶子敬你一杯！"

碰杯之后，驼二婶一饮而尽，仗着酒遮脸，就絮叨：

"婶子原想这事只要抓不住真凶，或许能拖过去。可现在杨公义把人都送去了，老毛子还是不依不饶。我就想啊，这洋行闹事，那个皮斯特尔最坏。可他有把柄在你手里呀！那天不是他把你叫走的吗？这事儿要是让人知道了，他还闹吗？——大侄子，我知道你是条汉子，你说这事你当，你说说咋当？"

"我去找杨掌柜，把添仓节那天我干的事情都给他一五一十说清楚！我犯了啥罪我担啥罪。让他把冤大头张福放了。"

驼二婶的眼泪一下就下来了："看来你叔没看错你。有种！"她哆嗦着端起一杯酒，说着"婶子敬你"就一饮而尽了。

"唉，婶子也是心里不落忍啊……来，还敬大侄子。"她又斟上一杯酒要敬天亮时，忽然想起了什么，就问，"你为啥要找杨掌柜说呢？"

"咹？别人我也信不过。"

这话让驼二婶很受用。

"对，对。这倒是……"她点头附和着，就又边劝天亮吃菜，边絮叨：你蹲了笆篱子（牢房）后，别怕没人送饭，婶子每天派人给你送好酒好菜。再说，二月里不开刀问斩，这是自古以来的规矩。洋行的老毛子还有那个他妈的卸什么盖子的懦夫（谢尔盖诺夫），闹得再凶，你二月里也没事。有日子就有缓，这不还有半个月呢吗，婶子会花钱找人找门路，说啥也先把死罪弄成活罪。"

担罪这事儿天亮有一定心理准备，但驼二婶这么一说，他有点毛骨悚然，而且越听越不对劲：

"婶子，我又没杀人，咋得担死罪？"

驼二婶大吃一惊："啥？你没杀人？那洋行的婊子是谁杀的？"

天亮就把添仓节那天他在城外遇上杀手的那一段原原本本、详详细细地给驼二婶复述了一遍。

驼二婶听罢，先拍左大腿骂皮斯特尔，再拍右大腿骂天亮："这么说你狗日的没杀那个婊子！——那你还待这儿做啥？快给我滚！滚得越远越好！"

天亮愣愣地望着驼二婶，不知道她抽什么风。

驼二婶手脚利索，转身就把天亮的破烂行李提出来，寡喊："快滚！白吃老娘一桌酒席。"

天亮一手接过行李，一手挡住驼二婶的唾沫星子，说："人是我劫的。张福是个冤大头。这事儿我不给杨掌柜说、说明白，能行吗？咹？"

"你说个屁呀！那人本来就是顶门子的，你跑去顶多搭一个坐班房的。狗日的金县长正愁人犯少了呢！"

天亮还没回过劲儿来，驼二婶已打开了店门，边把他往外推搡，边骂：

"贼猕货！你没杀人你不早说。白让老娘费唾沫！——勺猕！明摆着是那皮斯特尔做好了局，要整杨公义。你去了就是多个垫背的，屁用处都没有！滚，快滚！"

就在这时，云朵出现在了门口。

"婶子，啥话不好说，还连推带打的？前两天不是就打过人了嘛，还打？"

驼二婶被问得有点发懵："是，是云朵姑娘啊？"

"你咋来咧？咹……"天亮想把云朵推出门说话。

云朵却昂然进门了："我是来给婶子还钱的。"

她说着把身上背的小包袱解下来，咚的一声撂到桌上："婶子看看，够不够？是三十一两吧？"

驼二婶双手叉腰，拿眼瞪天亮。

天亮小气，心疼钱，说："我，我还给婶子打工，快一个冬天哩……"

云朵立刻借题发挥，斥责天亮："既然叫婶子，就是自己家人。自己家人为这么点银子，还要算这么清楚，羞不羞？臊不臊？怕不怕人笑话？"

"行了，三十一两，一分不少，都给婶子留下！——这样行吧？婶子！"云朵不等驼二婶搭话，又指着天亮说，"你侄子给不给你白打工，这无所谓，谁让他叫你婶子呢。但人命关天的事儿咱可得把话说明白：那个柳芭死不死的，得问洋行，问典当行，别问您侄子！他跟这事儿没关系！”说罢转身就走。

驼二婶气得直翻白眼。

事后天亮才知道：云朵为了还三十一两银子，卖掉了一对玉镯子。那是钟爷给她的嫁妆之一。

第十八章

顶门子的

第一节

1

典当行俗称当铺。

子归城唯一的典当行位于涅槃河边上，临近县衙。如您所知，掌柜的姓杨名公义，人称神拳杨。

神拳杨自称福建永春人，相传其拳法神奇，打起来风驰电掣，套路不明，神鬼莫测。尤其是其咏春拳，七步内能碎人脏脾，凡人难近其身。相传光绪年间，有贼人入室盗窃，被正在练拳的神拳杨发现，遂发声喊，隔墙击掌。那贼人竟肝胆俱裂，七窍喷血，当场毙命。众人惊惧，皆呼神拳。而神拳杨却自此练拳避人，不敢轻易发功，怕误伤人命。

神拳杨是八百佥妻的后裔，可祖上并非渔民，而是从事海丝贸易的。这种佥妻犯人当然不敢逃回去搞投机倒把，但商人的基因禀性难移。杨家在丝绸之路上过了几代后，到了神拳杨的父亲辈儿，就再次发迹了。

那时候，连神拳杨的父亲都不会说福建话了。

也亏了神拳杨的爷爷乡音难忘。那年，杨家想要经营典当业，这典当业具有官办性质，神拳杨的爷爷听说当时的丝路北道镇守杨增青是福建人，便带了神拳杨去找杨增青，叽里呱啦说了一通福建话，结果杨家就开了典当行。

许多人奇怪，问神拳杨：你爷爷到底给杨镇守说了些啥?

早被同化成了土著的神拳杨坦率地说：一句也没听懂。不知道扯了些啥!

那是个啥情形呢？大家又追问。

神拳杨说：我爷爷见了杨大人，拉着他的手，就哭了。热泪盈眶地说：我们都是“虎见狼”啊!

大家就取笑，说：“虎见狼”，你姓杨，应该是“虎见羊”吧？有人说不，是“虎见狼”，“狼见羊”。

孙子听不懂爷爷说话，一时传为笑话。

后来是钱庄的葛老板听了大笑，拆穿了谜底，原来神拳杨的爷爷见了杨增青，说的是：我们都是福建郎（人）。福建话，虎、福不分，就成了“虎见狼（福建郎）”。

这则笑话，使“虎见狼”一度成了杨掌柜的绰号。不过，多数人还是喜欢称他“神拳杨”。因为他是咏春拳的十八代传人，其拳法之高，名噪丝路，被传得神乎其神。

神拳杨名副其实，急公好义，爱管闲事儿。人虽瘦小单薄，却正气凛然，虎虎有生气，常打抱不平。比如，当年为了拐子街的命名问题，他就曾直闯县衙，对黑大爷知县当堂发难。合富洋行残酷打压郝大头的木车行，神拳杨也曾出手相助。凡此种种，皆受官民敬重，颇有口碑。加之他又有官方背景，上至杨都督下至县令，都与他交情甚笃。所以长期稳居闽粤云商会之首，担任商会会长达十年之久。

神拳杨在子归城开当铺十余年，从未有过翻船触礁一类事儿。但癸丑年冬，他却被情所惑，差点儿就彻底翻船。

2

谢尔盖诺夫横刀立马来押柳芭的时候，神拳杨正跟驼二婶在行云雨之欢。按常理，他该始终拒绝。但当时他多抱了一会儿驼二婶，结果意乱情迷，最终同意了。

神拳杨和驼二婶的风流韵事，也是在子归城摇了盒盒子，路人皆知的。诸葛白和神拳杨交情不浅，从他在《北丝路记考》中的叙述来看，身材瘦小的神拳杨是天生就喜欢高挑女人的。当年驼二婶初到子归城，就是个风姿绰约的高挑女人，神拳杨自然一见倾心。

但驼二婶是驼二爷带来的女人。驼二爷乃是丝路上响当当的人物，想要跟他横刀夺爱，几无可能。有一天，神拳杨就让人挑了两筐银锭，到了驼二爷的车马店，说：听说二爷好赌，我想陪二爷玩一把。你赢了，这两筐银锭归您。您若输了，银莲（驼二婶）归我。

驼二爷被神拳杨的真情感动，就真坐下来，赌了。三局两胜，驼二爷输了。

驼二爷二话没说，扔了骰子，站起来指着车马店，对驼二婶说："这个，算我送你的嫁妆。"说罢就招呼伙计，起场走人，离开了子归城。

可这边杨家却出事儿了。神拳杨的父亲一听媒婆说，驼二婶本名潘银莲，立刻就把备好的彩礼上的红封条全撕了，对媒婆说："潘杨不成亲。自古的老理儿你都不懂，还来说媒？快走！"

神拳杨在家跪了三天，父亲依然不答应。父子僵持了半个月，神拳杨的父亲竟然就一病不起。半年后，驾鹤西去了。临终的遗言就一句话：记住啊，潘杨不成亲。

后来，子归城就流传出了神拳杨和驼二婶偷情的流言蜚语。神拳杨的母亲没办法，就从自己娘家人里选了个面容姣好、温柔贤淑的女子，逼着神拳杨娶进了家门。

后来，神拳杨已经有了两儿一女，他的母亲还不放心。临终，把神拳杨叫到列祖列宗的牌位前，让磕头起誓：潘杨不成亲。

神拳杨就起了誓：潘杨不成亲。杨公义此生不娶潘银莲。

起誓毕，神拳杨起身再看母亲，人已溘然瞑目，停止了呼吸。

自此，神拳杨与驼二婶就只有私情，不谈婚姻了。

3

事后回想，最初神拳杨是拒绝过典押柳芭的。

当时，账房王二麻子抵不住谢尔盖诺夫的野悍，跑到小书房隔窗请示。神拳杨交欢正酣，就烦躁地冲窗外撂了一句：“没这规矩，让回去！”

后来他听到前堂赫嘈嘈的喧闹不止，就想赶紧完事去看看。

可王二麻子又来了。

神拳杨就搂着驼二婶听王二麻子在窗外叙说：这个老毛子说不收人，他就要杀人放火砸东西。他说他一定要为那个柳芭赎身！他说他要见您，他要告诉您，他对那个二转子柳芭是一见钟情，他真的很爱她，永远爱她。如果非要加上一个时间限制的话，那就是一万年，不，是十万年，百万年……

神拳杨搂着驼二婶，听着别人的爱情誓言，很感动。低头再看驼二婶也激动得泪眼婆娑的，就冲窗外喊了一嗓子：“那就收下吧，押多少钱都给他。”

一失足成千古恨。神拳杨这一嗓子差点儿把他爷爷奠定的当铺基业全毁了。

4

其实，当时一走出小书房，神拳杨就觉得事情来的蹊跷。派人一打听，知道是红胡子的私生女后，他就更感到了事情复杂。

那年月常有一些流氓无赖或者外来兵痞，搞出此类事情，通常都是为了银子。故而他想过退一步海阔天空，让谢尔盖诺夫把人领回去，银子他也不要了。

可谢尔盖诺夫典押柳芭后，真的去了迪化。

神拳杨知道辛亥革命后，集结在外蒙的白军甚广，对新疆边境构成巨大压力。而契阔夫驻军科布多，暗中支持黑喇嘛，更使省府芒刺在背。此时，得罪谢尔盖诺夫这种人——所谓的契阔夫的部下，绝无好处。于是他打算破财消灾，忍个肚子疼，咽下这口气。

神拳杨也就留下柳芭，吩咐下人：搞到后院女眷区，好生伺候，别让冻着饿着。

至于以后如何，他没顾上细想。打算过了添仓节再说。

他没想到事情发生得那般快速、诡异。第三天柳芭便暴死郊外。紧接着老毛子抬尸游行，大肆兴风作浪，闹得乌烟瘴气，人心惶惶。

几天后，迪化买卖圈子里又有洋人闹事，都督杨增青手谕金丁：限期破案，妥善处理。

金丁强打精神，坐着那顶破轿子，满街乱跑捉拿凶手，闹得鸡飞狗跳。

此时，神拳杨才感到“添仓奇案”气势汹汹咄咄逼人，必定蓄谋已久。

但他还是不服气，拒绝与洋行谈判。只忙着暗中抓作案的“贼”。

金县长亲笔写信差人告急，说都督限期破案。他还不甘心，赔了些丧葬费、抚恤金后，就想再看看，再等等。

结果他等来了诸葛白。

第二节

1

诸葛白带来了都督的指示。

诸葛白在《北丝路记考》中记载了他与神拳杨见面的情况：

吾视之，其依然欲佯装气定神闲状态，即取出都督信函。其阅之，良久，长叹一声，开始招呼下人抽签定人……

《北丝路记考》对杨增青信函内容的记载大意是这样的：

杨增青都督对杨公义掌柜惹出的这档子事儿大为恼火。说现在是多事之秋，丝路新疆危局重重，此时招惹洋商，授人以柄，列强或可以此为借口，窜犯丝路，分裂国土……

神拳杨看信之后，喟叹一声，自虎皮椅下摸出一包金银细软，递给管家：“打发兄弟去吧！”

前面说过，在子归城，凡开大店铺的，都养着三两闲人，名唤“顶门子的”，平时吃饱喝足，无所事事。遇着泼皮无赖，便顶门打杀，吃官司挨板子，抵命消灾。

当下管家就把顶门子的招呼起来，抽签定夺后，由一个叫张福的山东人走上了县衙大门。

与此同时，神拳杨也放弃了长期以来自己不与洋人谈判、交涉的态度。通过商会邀请谢尔盖诺夫、铁老鼠、皮斯特尔等会谈，和他们斤斤计较，讨价还价。赔了最大的一笔款项，包括谢尔盖诺夫的爱情损失费，洋行的亲情损失费——洋行方面说，作为红胡子的亲生女，柳芭的离世让他们十分哀恸。大家都悲伤得做不下去生意了，其损失相当于全年利润的四分之一云云。

神拳杨愤怒地满足了洋行有理和无理的赔偿要求后，洋行诸人在诸葛白的调解下，同意安葬了柳芭。但依然气势汹汹咄咄逼人，又提出了洋行的市场损失费——洋行方面说，柳芭是他们请来的绝世极品形象代言人和CEO，她的遇害，给洋行的未来发展带来的损失无法估量，——勉强估量的话，则相当于典当行三年的GDP。

“还要不要脸啊？”神拳杨忍不住了，想去迪化找杨都督告状。

负责调停此事的特派员诸葛白却给他递过话来：都督发火了。说，同宗有啥？我这人从来不讲老乡观念。即便是同族，在这个多事之秋，也应顾全大局，以安定团结为好。若滋事妄为，挑起涉外争端，给外强以口实，借机窜扰丝路，这同宗岂不是祸国殃民的罪人，留之何用也？

神拳杨听了，黑着脸不言语。

诸葛白说：就牙打掉了往自己肚子里咽吧。你看现在这局势，不但是古城子，就连迪化买卖圈子里的洋商也都闹开事了，纷纷要求保护侨民！

之后，诸葛白带着神拳杨的申诉意见，回了迪化。

神拳杨从正月盘算到二月，天天都心疼得想哭：要是依了洋行的赔款条件，自己的资产等于削掉三成；若洋行乘胜追击，穷寇犹追，即使闽粤云商会同心协力，恐怕子归城的典当业也将被洋人基本垄断。

二月十二，名为花朝节，也叫花神节，民间的岁时八节之一。子归城冬季漫长，无花可赏，但商家撺腾，官民都过。神拳杨借此便把商会[s]同仁聚集行中，商议洋行索赔之事。众人面对杨记典当行风雨飘摇、朝不虑夕的局面，也都是愁眉苦脸，无计可施。

神拳杨只得忍气吞声，再与合富洋行协商。

其时，察罕通古局势再度紧张，合富洋行态度变得更加蛮横。像是八国联军打下了北京城，提出的条件除了经济赔款、惩办凶手外，还要典当业务“利益均沾”。而且要立刻拿出行动，“表达诚意”。

神拳杨能立刻拿出的“诚意”，只有“惩办凶手”张福。

那几天，神拳杨坐在自家房顶，长时间地遥望着林公桥。

那里冰雪初融，有几个玩耍的小孩子跳着皮筋吟唱“九九歌”：“一九二九不出手；三九四九冰上走；五九六九沿河看柳；七九河开八九雁来；九九加一九，打着耕牛遍地走。”

后来，他从那里听到了一个大男人的声音：

出了嘉峪关，

两眼泪不干。

往前看，戈壁滩；

往后看，鬼门关……

2

张福被定死罪的布告一发布，天亮就坐不住了。

他决定进城。

怕云朵阻拦，早饭后他故意大声对钟爷说：“爷，立春了。我到地里看看雪厚不厚。”

---

[s] 链接　子归城原本只有福建商会，东南诸省商人皆投此商会。后来闽人式微，商会更名闽粤云商会，神拳杨为会长。其实此商会人员庞杂，南起两广，北至山东。组织也松散，沿海各省人等多各自为阵，只不过是想借个福建人杨增青的幌子谋利。

钟爷看着沙枣树上的残雪，漠然点头，无语。那些天，钟爷可能受酿酒失败的刺激，脑子又有点不清楚了。

他偷偷看云朵、迎儿，没发现异常，就进工房归置好自己的铺盖，出来，牵了驴，出门。

云朵装束整齐地站在外面。手里还拿着一个包袱。

天亮愣了，欲言又止。

四目相对，云朵说："想好了？要进城？"

天亮喃喃地说："想好了。把事儿说清楚，心里干净。"

"可酒坊这一摊子，咋办？还没烧出个正经东西来哩！"

"唉……"天亮痛苦地摇了摇头，这是他最割舍不下的事儿，"可金条是我收的，人是我劫的。现在，那个冤大头张福要当替死鬼咧！"

"心里放不下？"云朵说。

"放不下！"

"儿子娃娃，敢做敢当。我没看错！去，套车！我们一起去！"

"你做甚？有你甚事儿？你得在家把咱们的酒烧出来哩。咹？"天亮急了。

云朵说："你蹲了笆篱子，我还得把咱们的驴骑回来呀！"

天亮财迷，只得套了车，和云朵一块走。

路上，天亮看云朵无声地偷偷抹眼泪。就扯开嗓子吼：

出了嘉峪关，

两眼泪不干。

……

到了博望渡，天亮跳下车。对云朵说："说好的。送到这儿，你就回。"

云朵也不勉强，说："进城找谁？"

天亮说："张福是当铺的伙计，当然是找杨掌柜。我就把添仓节那天的事儿一五一十地一说，剩下的不管球了。爱咋咋地！”

云朵说：“想过没？你把劫人的事儿一说出去，那杨掌柜要是不厚道，杀人的罪也得你担上。”

天亮略一思忖，说：“我命要真那么苦，我就认了。黑的白的我都担着。”

“犟板筋啊，”云朵把包袱往天亮怀里一扔，“给！这是你在笆篱子里换洗的衣服。”

天亮不懂女人，居然抱了包袱，就和云朵告别。

“你又没杀人，不该担死罪。”云朵扯住他的衣袖说。

天亮看云朵眼圈都红肿了，心疼，想了想就坚定地说：“咹。我只认劫人的罪，不认杀人的罪！”

“勺子啊，那能由得了你吗？”云朵仰天长叹。

可天亮撂开大步就走了。

不久，她听到了他粗野的歌声：

出了嘉峪关，

两眼泪不干。

往前看，戈壁滩；

往后看，鬼门关……

3

天亮就这么唱着歌儿走进了子归城。前两次进城，他都听云朵的话，躲着人，破帽遮颜过闹市。这回，他不想躲了，他见了谁都想打招呼，他想大大方方地蹲笆篱子。

可那天大珠宝商姚麻子搞店庆[y]，人们不是去喝酒就是去看热闹了，街面上人

[y] 链接　姚麻子借着搞店庆，把迪化的姨太太赵银儿接回来了。这个颜值极高的女人在店庆中的迷人表现，让不少男人都做了好些天的美梦。可惜，她后来就让不少男人噩梦联翩了。

影稀疏。天亮一路走着唱着到了南十字中门，也没遇上个熟人。

左边是县衙，右边是典当行。天亮知道这是他早晚都得去的两个地方。

也许是两个都爱上房顶的人有心灵感应，他穿过那群唱九九歌的孩子，先走进了杨记典当行。

典当行生意清淡，却戒备森严。因为怕洋行闹出事端，甚至“兵联”也派了几个人站岗，以防意外事件发生。

但天亮只报了个姓名，就被直接唤入，见到了神拳杨。

真有可能是两个爱上房顶的人气息相通，神拳杨听说给驼二婶当过伙计的一个人来找他，想都没想，就说：“让他到房上来吧。”

天亮爱睡房顶。睡的日子长了，熟能生巧，不管是啥样的梯子，都可以手不扶梯，像我们上下楼梯一样小跑着上下房。

神拳杨坐在太师椅上，看着天亮手提包袱，步履矫健地跑上了房。没吃惊，还微笑了一下。

“到底年轻。”神拳杨说，“你是车马店的伙计？找我做啥？”

这是天亮第一次见神拳杨，不免要仔细打量。神拳杨细长脸，尖下巴，薄嘴唇，单眼皮，长得并不高大威猛。他曾做过孑归城主簿，就爱穿长衫，摇扇子，戴黑缎子瓜皮帽，做派多少有点像个账房先生。

但天亮一眼就看出神拳杨眼睛不大，可目光炯炯，透着轩昂器宇。

“我听说衙门出告示了，要斩张福兄弟？”

“咋？”

“咳，人是我劫的。添仓节那天——”

“啥？”神拳杨没等天亮说完，一声断喝，就弹跳而起，站到了太师椅上。——他长期坚信，劫杀柳芭的“贼”来自合富洋行，从来都没想过这“贼”会出自驼二婶的车马店！

神拳杨玉树临风的威严形象让天亮终生难忘。因为站在神拳杨身边的焦大、武二闻风而动，大吼大骂着扑了过来……

事情发生得太突然。天亮不知道自己遭遇了什么——反正当神拳杨高声叫停的时候，他是这么一副样子：头发被一只大手揪着，右手腕被反拧到了背后，眼前停着一只正要踢他的脚……

“球嘛！你要来这一套，爷就不该来！”天亮冲神拳杨大叫。

神拳杨不知何时已经安坐到了太师椅上，他感觉到了自己的失态，挥手让焦大、武二放手。

两人心不甘情不愿地松开了手，却如狼似虎地瞪着天亮，随时准备出手。他们都是张福的酒肉兄弟，见了仇人分外眼红。

“不是儿子娃娃，我不来。”天亮拾起自己的包袱，“咹！蹲笆篱子的衣裳我都准备好了。”说着他人模狗样地把包袱放到屁股下面，落落大方地在神拳杨面前盘腿而坐。

神拳杨一听这话，再看一眼那包袱，就冲焦大、武二喊：“去！给这位兄弟搬凳子，不，椅子！快！”

4

五九六九沿河看柳；七九河开八九雁来……

后来，在紫泉子，天亮爷爷亲口对我说过：他和神拳杨那天的会晤始终是在“九九歌”的童谣声中进行的。

天亮运气很好，在这样的氛围中只能产生这样的结果：两个爱上房的人，在房顶上谈得心心相印，惺惺惜惺惺。以致晚饭时神拳杨让人把酒菜搬上房顶，两人举杯邀明月，把酒问青天……

后来，神拳杨有些醉了，闭着眼睛唱那首《出关》：

出了嘉峪关，

两眼泪不干。

往前看，戈壁滩；

往后看，鬼门关……

天亮没醉，但被神拳杨唱哭了。

那天是神拳杨派人派车，把天亮送回了沙枣梁子。

第三节

1

云朵喜出望外，面若桃花，围着天亮问个不休：“是不是你把添仓节那天的经过一说完，神拳杨掌柜就啥都明白了，说你是中了皮斯特尔的圈套？”

天亮说：“对着哩。”

“神拳杨掌柜是不是说你现在去投案，救不出张福，只会是把自己的命搭上？因为洋行是冲着他的当铺去的，他们不会放过当铺的张福。他们的目的不是抓凶手，而是要图神拳杨的产业。”

天亮说：“对着哩。”

“他是不是说，你要是前一阵去，他要打断你的腿。现在去，就是把杀人的罪安到你头上，也于事无补？”

天亮说：“对着哩。他骂我去添乱哩！”

“你除了‘对着哩’，不能说些别的吗？”

“咹？你猜的就是都对着哩么。”

那时候迎儿已经睡了，却好像听见了他们的对话，也跟着说了一句胡话：“刘天亮，你不要去找杨掌柜。你去了人家就把啥都赖到你头上呢！”

天亮听见迎儿的梦话，很感动，半晌才忍住眼泪。他回头对云朵说：“杨掌柜啥都没往我身上赖，是他硬不让我去衙门的。他说我去了将来古城子就没酒喝了。”

云朵笑了，说："杨掌柜确实聪明过人。他知道这事不能乱赖。赖不好，就让合富洋行抓住把柄，弄成典当行和车马店的伙计一块儿合伙把柳芭五马分尸了。那时候，他和驼二婶也就摇了盒盒子。"

一直痴呆呆坐在炕上的钟爷突然正色道："那杨公义，是个好人哪！他救了我孙儿的命。"

两人都吃了一惊，回头看钟爷。钟爷却头一垂，睡着了。

2

驼二婶没说对，张福没活过这年二月。

天亮和神拳杨见面后没几天，察罕通古战事升级。百忙中的杨都督却突然派诸葛白快马传令：从速严办凶手，赔偿损失，达成协议，了结事端。

事情来得很突然，大家都有些措手不及。

负责"严办凶手"的县衙本来就没有职业刽子手，让衙役们抽签充当。大家都拒绝，嚷嚷说：秋后问斩，这是祖宗传下来的老规矩。再说啦，哪有二月杀人的呀。还讲不讲礼法？

金丁去找马麟。马麟说他刚接到杨都督饬令，要整顿人马，准备去察罕通古。现在忙得屁淌！杀人这种小事，让马福山安排就行。

马福山就带着金丁到了骑兵连，让金丁自己挑人。

骑兵连多是城里老户儿家的子弟，人头熟。金丁挑了半天，没人愿去。都说：二月里不杀人。这是历朝历代传下来的规矩。现在虽说是民国了，可没说要破这规矩。我们当兵的就得守规矩，不守规矩要被关禁闭，挨鞭子云云。

金丁感觉这是一派胡言。马福山也说是胡扯，但又说：没办法，都是乡里乡亲的，下不去手。还望县长担待。

金丁只得去给特派员诸葛白汇报。诸葛白正舞剑健身，他悠然地收剑入鞘，同样悠然地说：那没办法，只能去问合富洋行了。

金丁就让老秦去找洋行，让出个刽子手。

洋行拖了整整一下午，才回话说：谢尔盖诺夫中尉将亲自执刀，为他的情人柳芭申冤报仇。

要砍张福头的前夜，马麟说部队要出发，忙，没工夫。诸葛白说他是特派员，这种事儿是地方的事儿，他不便干涉，也不去。铁老鼠、皮斯特尔也没兴趣，指派了拉孜等若干希卡监斩。金丁一看，怕出意外，就来了个秘密问斩。

这一天是农历二月末的最后一天。金丁为了出人意料，就破了祖宗规矩，凌晨五点，太阳还没出来，便把张福从球形地牢提出来，押赴城外。在古牧地边上的乱坟岗子，由谢尔盖诺夫执刀，砍掉了首级。

一件本该轰轰烈烈的事儿，被金丁草率了断。事后子归城人就议论纷纷，说（注意，没引号）：人命关天，多壮观的事儿啊。搁在一百年后，不炒作也是报纸头条。可这个金丁既不游街也不宣判，也不开新闻发布会，悄没声儿地就把人弄没了，还像不像个父母官啊，这和犹太集中营的毒气杀人有啥区别嘛！在古城子当个死刑犯太没人权太没尊严了！

的确，张福死得有些寂寞有些孤单有些凄凉。由于金丁秘密杀人，没通知全城群众，结果那天站在法场的目击者不足二十人！而且还由于谢尔盖诺夫的傲慢和漫不经心，场面被弄得既不庄重也不严肃。

谢尔盖诺夫是扛着一把门扇大刀出场的。这就太夸张，自然引发了焦大、武二的抗议：你不是骑兵中尉吗？腰间有刀为啥不用？大刀砍人那得是职业刽子手，你有刽子手职业资质吗？

谢尔盖诺夫恼羞成怒，扔了大刀骂脏话：去你母亲的！你们有资质你们来！

谁也没资质。

金丁只好劝谢尔盖诺夫不要跟草民一般见识，他们就是成心捣乱。并且警告焦大、武二：若再咆哮法场，就以妨碍执行公务罪论处。

谢尔盖诺夫这才从腰间拔出马刀，走向张福。到了张福跟前，却又不马上动作，一会儿拿指头试刀锋，一会儿又像打高尔夫球似的反复练习动作。弄得张福实在忍无可忍，直了脖子叫："你到底要做甚？我脖子都酸了！"

谢尔盖诺夫说："我在等，等那一碗壮行酒。你们杀人前不是都要喝一碗酒吗？”

连希卡们都笑了，朝他摆手说：“不不不，那是被砍头的人才有资格喝的。你的没有。”

“可他也没有喝。”谢尔盖诺夫指着张福说。

张福说：“你磨蹭鸟哩？老子酒精过敏，平时就不喝！”

“啊，这样。”谢尔盖诺夫很失望地耸耸肩，又对金丁说，“县长大人，我想了一下，不能在这里杀这个凶犯！您看，您太太双喜的坟墓就在这里，他的血会脏了您太太的坟……”

金丁急忙纠正说：“不，不是太太。是，是个小妾！”

“小妾可以吗？”谢尔盖诺夫环顾众人，瞪着一双蓝眼睛问。

众人沉默，都傻了。没人遇上过如此刁钻古怪的问题。

谢尔盖诺夫自作主张，要把张福带到乱坟岗子对面的河滩上砍头。

金丁无奈，只得由他俩去。

谢尔盖诺夫提着马刀，到了河滩。却还不动手，纠缠着要求张福出钱赎罪。

张福不干，说这事儿搁汉朝可以。现在民国了，没这规矩。

谢尔盖诺夫又说：我原本就是个商人，什么都可以拿来做生意的。

张福义正词严地说：各有各的职业道德，我是个顶门子的，不拿自己的生命做交易。

谢尔盖诺夫怒不可遏，一脚踢翻张福，丢下不管，扭头就走，嘴里还骂骂咧咧。

张福三步并作两步，挡到谢尔盖诺夫前面，骂：“你个贼猻锤子货，就这么走啊？难道你杀人还要钱吗？”

一句话提醒了谢尔盖诺夫，他瞪大了蓝眼睛问：“你给多少钱？价格好商量。”

张福寡喊：“哪有杀人还要钱的？你也太黑了。鸟！一分钱没有。”

谢尔盖诺夫一看这是真没得商量，张福还赖着挡他的路。很愤怒，就挥起马刀，胡乱朝张福砍了下去。

那一刀差点儿砍断张福的大腿骨头。血流如注，张福惨叫着滚翻在了地上……

谢尔盖诺夫昂然而归。气哼哼地向金丁陈述张福的不识好歹，还说张福血如泉涌，他幸亏没在双喜的坟前行刑，否则那血定然会污染了您太太的坟茔，等等。

金丁急忙解释："不是太太。是个填房小妾。"

两人正说着，张福居然爬着过来了，大喊："这太不负责任了，杀人没验尸就走了。到底是杀还是不杀，把话说清楚！"

焦大、武二一看，就冲过去，按住张福说："哥，别管了。他不验身是他的事儿，你又没责任。"

张福低声说："胡话！拿人钱财替人消灾。你们不懂行规吗？我拿的是杨掌柜的抵命钱，不把命抵上，好意思拿人家的钱吗？"

焦大、武二说了没有职业操守的话，羞愧满面。

这时候就有希卡不耐烦了，起哄：喂，谢尔盖诺夫中尉！你到底还要不要给你亲爱的柳芭小姐报仇了？要是不敢杀人，那就麻溜回吧，我们肚子都等饿了！

谢尔盖诺夫没办法，只得拎着刀过去，让张福挺胸抬头，坐好，使出吃奶的力气，挥刀砍掉了张福的头……

张福的血，喷了谢尔盖诺夫一头一脸。他当时就晕了，晕得站立不稳，还吐了。

第十九章

卣，剧情反转的道具

第一节

1

按皮斯特尔的一箭三雕计，天亮应该在添仓节那天或死或亡。张福死后，铁老鼠数银子时，忽然想到了这个问题：“我亲爱的布哈拉谋士！那个刘老大刘天亮，你还记得吧，他死了没有？”

那一阵儿，皮斯特尔的精力全在神拳杨和谢尔盖诺夫身上，真的忽略了天亮。但他知道，天亮还在，只是不在城里了。“这个……他没死。逃了，逃到了哪里，我马上追查。”皮斯特尔搔着油亮的光头，咧着嘴说。

“可您说过，在这个计划中，刘老大要付出生命的代价。”铁老鼠借机想要扣点皮斯特尔的红利。

但胖厨娘说话了，她当着皮斯特尔的面，引导铁老鼠回忆了红胡子死时的情景，证明了这个刘天亮是死是活其实一点儿都不重要。因为“这个煤黑子，其实什么都没看到”。

铁老鼠当时在数钱，他数钱的时候，心情总是很好，故而他笑了，还点了点头。之后，他又询问了添仓节那天刘天亮的表现，并提醒皮斯特尔：这个人会不会怀疑你？会不会认为自己上当了？为什么金丁和神拳杨都没有抓他？连怀疑都没有吗？

皮斯特尔表示：他马上去把这些查明白。

那时候，胖厨娘和皮斯特尔的关系已经暧昧黏糊，说不清了。她认为让皮斯特尔这么智慧的人，去查一个煤黑子的这些鸡毛蒜皮，是资源浪费，大材小用。就把自己的看法嚷了出来。

铁老鼠摊开双手，一耸肩："那芭比小姐认为，这么聪明的脑袋应该干什么呢？"

"干什么？您没发现谢尔盖诺夫太聪明了吗？"胖厨娘说。

"是呀！"铁老鼠恍然大悟，他的确是早对谢尔盖诺夫不放心了，"亲爱的皮斯特尔，为了我们合富洋行的利益……"

皮斯特尔没等铁老鼠说完，立刻表示："尊敬的老板，您真是火眼金睛！我也早就注意上了谢尔盖诺夫，他实在让人不放心！"

2

砍杀了张福后，谢尔盖诺夫说他头晕，还恍惚，就带上他的那份银子，急匆匆去了迪化。

皮斯特尔单独请他喝酒，还把他送到博望渡的老河桥上。可最后看着他的身影消失在官道上后，脸上还是带着少有的疑惑。

皮斯特尔怀疑谢尔盖诺夫很久了。当初按谢尔盖诺夫主导的计划，他们是要在添仓之夜抢出柳芭后，就把她连夜送回迪化，然后开始狠狠敲诈神拳杨，直到典当行破产……

因此，当铁老鼠提出要柳芭死时，谢尔盖诺夫差点儿和他翻脸。

皮斯特尔那时就发现，这个倒霉的安集延人真的是爱上了红胡子的私生女。为此，谢尔盖诺夫还亲自雇请了六个神秘人物，想护送柳芭逃往迪化。皮斯特尔知道：这是因为谢尔盖诺夫不放心他和铁老鼠，怕柳芭出意外。

然而，就在添仓节的前两天，当他和谢尔盖诺夫去典当行附近踩点时，这个安集延人的态度却发生了诡异转变。

当时，他们看到县衙里走出了一小队送葬的人马，抬着一个简陋的薄棺材，寂然无声地出城，把一个叫双喜的女人葬到了乱坟岗子。

皮斯特尔事后了解到：这个叫双喜的女人是旧县吏何坨子的女儿。何坨子本来在黑沟煤窑是有股子的窑把头，可抽大烟抽得逐日潦倒。不但没了股子，还负债累累，形同煤黑子。可他又吃不了下井挖煤的苦，就只能在矿上干些跑腿的零星活儿，靠讨个赏钱填肚子。何坨子如此不堪，女儿双喜却长相不俗，黑发黑眼，倒有个欧罗巴种的窈窕身材。索拉西见过双喜后，就免了何坨子的债务，撺腾他把双喜嫁给金丁为妾，想以此贿赂金丁，得到煤窑永久开采权。可是这个不务正业的县太爷娶了双喜后，居然整天忙于木工，一直没把双喜收房。最后只有十七岁的双喜因为不堪其他妻妾的陷害虐待，在添仓节的前两天上吊自杀了。

这种事儿在子归城稀松平常。可皮斯特尔注意到谢尔盖诺夫眺望那支送葬队伍时目光异常，像赌徒看到了金币，眸子闪闪发亮。

“这是一件很有意思的事儿。”皮斯特尔记得谢尔盖诺夫说这话时一脸兴奋。之后，还主动提出：他可以让他的人在追杀刘天亮的同时，真刀真枪地制造出点意外效果。

皮斯特尔竟然被他搞得有点糊涂了：“意外效果？您是说柳芭会死吗？”

“为了我们利益的最大化，冒一点风险是值得的。”这个假军官真商人狡黠地眨着眼睛说。

谢尔盖诺夫对待柳芭的态度转变让皮斯特尔深感意外。更意外的是：他说这话时不仅没有忧伤，还面带得意。

当然，皮斯特尔也注意到了柳芭死后，谢尔盖诺夫一直愁眉不展，焦虑不安。但他总觉得那里面还缺乏一些东西，比如失去恋人的痛不欲生，比如对凶手的仇恨，比如对亡者的追思和怀念，等等。相反，他发现谢尔盖诺夫在失去恋人的情况下，许多事情办得过于聪明和理智，仿佛早有预案：是他最先提出要把柳芭的尸体装进棺材，抬棺游行，以给神拳杨施加压力的；也是他及时提出原方案是柳芭失踪，现在不一样，人死了，赔偿要加倍翻番；同时，也是他明确提出，洋行的斗争重点不是让官方去抓凶手，而是要让官方给典当行施压，做出巨额赔偿，等等。

皮斯特尔认真回忆添仓节那天晚上，他在城外看到谢尔盖诺夫的情形。有疑惑，却又不知道疑惑在哪儿。他记得很清楚，当他和天亮以及柳芭挥手告别后，按预案，谢尔盖诺夫雇来的六个杀手出现了。紧接着他们开了枪，而柳芭惨叫着从马上摔了下来——骑马的柳芭就在沙梁子的透空处，对此，皮斯特尔看得很清楚。之后，就是马刀挥舞的白光和柳芭更激烈的一阵惨叫……

皮斯特尔不明白，谢尔盖诺夫是怎么就转爱为恨，非要把柳芭剁成肉块的，难道他疯了吗？

让皮斯特尔疑窦丛生的还有：谢尔盖诺夫和他的六个杀手在添仓节后就失踪了。一天后他独自回来，看到大家还在为柳芭死无完尸而不安，就叫嚷：“先生们，现在重要的不是柳芭的头颅到哪里去了！而是上街游行！快，马上把找到的尸块装进棺材，出去！游行！示威！”

他的叫嚷的确给他们带来了丰厚的赔偿，他因为失去了女友也得到了其中最大的一份。但皮斯特尔凭直觉就感到谢尔盖诺夫如此理智，并不仅仅是因为钱的作用。

“钱应该使人失去理智。而不是相反。”这是他屡试不爽的经验。为此，他偷偷观察和分析谢尔盖诺夫，最后他的结论是：这个安集延人一定制造了谜中谜。他为什么会失踪一天？他的人为什么要把柳芭砍成几块？柳芭的头为什么找不到？还有，他为什么看见了双喜的棺材，就改变了主意？

种种的疑惑让皮斯特尔感到不安。为此，他多次跟踪谢尔盖诺夫。最终有了一点收获：当典当行最大的一笔赔款到位后，按协议，他们需要让柳芭“入土为安”。谢尔盖诺夫流着泪对金丁县长说，他不能让柳芭葬在子归城。为防坟茔将来遭遇不测，他要把她葬到一个不为人知的地方。金丁和诸葛白都给他说：古城子的风俗，人进棺材无恩仇，死人的坟墓活人不动。

可谢尔盖诺夫还是固执己见，让金丁给他弄了一辆马车。

而皮斯特尔跟踪发现：谢尔盖诺夫赶着马车刚到半截沟，看到一个土坑，就马上把棺材放进去，埋了。然后，急匆匆地去了迪化。而几天后他再回来，却对铁老鼠说：他赶着马车，进了西戈壁。走了三天，才在一个没人烟的地方把柳芭埋葬了。

皮斯特尔不知道谢尔盖诺夫这是在搞什么鬼，但他知道这里面一定有鬼。

皮斯特尔有种“既生瑜，何生亮”的恐惧。就想把谢尔盖诺夫灌醉了，套出他心中的“鬼”。

但谢尔盖诺夫说张福的血进了他的脑子，他头晕，还疼。只喝了两杯伏特加，就说他要启程，回迪化。

皮斯特尔不甘心，劝：您今天杀了张福，走夜路，不安全呀！要是典当行里有人劫道报复怎么办?

谢尔盖诺夫说：所以，我要趁着天还没黑，赶紧走。

皮斯特尔无计可施，一直把谢尔盖诺夫送到博望渡，还拽着马缰绳，假装兄弟情深地纠缠，想套出点什么。

可谢尔盖诺夫好像真的很害怕什么，简单和他拥抱后，就跳上车轿，抚着额头，急急忙忙走了。

望着远去的车轿，皮斯特尔心里充满了挫败感，脑子里的疑惑也一点儿没消除。他想，这是个和自己一样满腹计谋的人，有机会一定要除掉。

3

张福死的那天，神拳杨半夜就坐到了房顶上。

早春之夜，寒凉彻骨。他披着狼皮大氅，大氅里裹着十岁的儿子杨耳。他就那么一言不发地瞭望乱坟岗子，直到天明。

神拳杨有官方背景，早就知道杨都督为啥突然来了饬令要杀张福：两天前，黑喇嘛的军队突然越过温音其河，已经与省军交上火了……

他知道，这时候都督最怕的是疆内有人“滋事妄为，挑起涉外争端，给外酋以口实，借机窜扰丝路”。

天大亮后，焦大、武二来报张福的死讯。他听了后，对武二说：“你去柜上多领些银子，风风光光地把张福兄弟的丧事办了。”

武二走后，他又对焦大说：“你也去柜上多领些银子，等丧事办完后，套辆大车，装上张福的家眷和金银细软，把他们送回山东老家安度晚年。”

焦大走后，神拳杨才平静地对杨耳说：“你记住这个日子。今儿是癸丑年二月的最后一天。”

杨耳听了父亲的话，钻出大氅，转身就往房下走。

神拳杨说：“你干啥去？”

杨耳说：“我得记住仇人哩。现在不去看看那个谢盖子懦夫，他跑了咋办？”

神拳杨把杨耳叫过来，揪住他的耳朵说：“你哪有啥仇人？你的仇人就是钱！”

就在这一刻，神拳杨暗自起了誓：死也要维持典当行的买卖，不能让合富洋行抢走。

4

张福的丧事办得很风光隆重。出殡时，典当行请了三支哭丧队，在拐子街上来回绕了三遍才上了古牧地。

棺椁葬埋后，神拳杨当众宣布：典当行要出卖杨家的动产和不动产，给合富洋行赔款子。

张福的表叔张富贵听了这话，就催焦大赶紧上路。张福的女人还要在坟前哭，张富贵就急了：“你再哭，东家就得砸锅卖铁送亡灵了！”

那女人一听，就趴在地上跪别了神拳杨，跟着焦大走上官道，踏上了返回老家的漫漫长途。

神拳杨令伙计们敞开了店门，放开了库房，让全城人随便进出，看上啥买啥。包括文玩字画，古董文物。

王二麻子急了，就劝：“掌柜的！卖啥都行。这库里的古董，可是咱的根底子，咋卖都亏！”

神拳杨说：“多两银子，多个仇人。卖吧，卖了省心。”

王二麻子听了这话，想起自己当年在羊脂玉枕的事儿上多嘴惹事，脸就红得像猴屁股。赶紧遵令行事，搬出古董文物，让人们袖手谈价，当场交易。

5

典当行里旧货文物多，琳琅满目。又是开仓甩货、贵贱不分的卖法，就使得贫贱富贵者都有了买卖机会，一时间典当行热闹得像是开了赶集的巴扎。

这天风和日丽，初春的黄昏一片祥和。皮斯特尔独自走进了典当行。

不说您也能猜到，那些天皮斯特尔春风得意，心情超好。“名妓奇案”发生后，谢尔盖诺夫冲锋在前，铁老鼠兴风作浪在后。他这个一手制造了奇案的人，倒成了幕后摇鹅毛扇的，既讹上了神拳杨的银子，骗得了铁老鼠的信任，还没被人盯上，遭遇吐沫星子。捣鬼者最得意的就是借刀杀了人，别人还不知道，替他背黑锅。一想到这些，皮斯特尔就能从梦里笑醒。此外，让他能从梦里笑醒的还有胖厨娘芭比小姐，这个傻女人肯定以为自己的白马王子来了，糊里糊涂就坠入了爱河。就在前几天，若不是她忽然恐惧，他就差点儿把她哄上床。恋爱中的女人智商等于零。在皮斯特尔看来，这个胖芭比娃娃现在已经智商近乎零了。她已经开始憧憬他俩联手，把铁老鼠赶出合富洋行的那个美妙时刻了。甚至，她为了讨好他，还毫无保留地告诉了他：红胡子的遗孀卖掉的那个羊脂玉枕是假的，真的可能就在杨记典当铺。这也是铁老鼠为什么心心念念要打垮神拳杨的原因……

皮斯特尔不懂文物，也不爱好。但这时他已知道子归城是城摞城，像杨干头那样的家伙，穷困时盗挖的地下文物，第一站就会流落到典当行。他还知道，红胡子的羊脂玉枕，是雕花的，是希瓦汗国的国宝，很值钱。

那天他旧帽遮颜，混入人群。明面上是说看看能不能淘个哄胖厨娘的项链、手珠啥的，其实暗地里就是受了胖厨娘这些介绍的影响，想看看真正值钱的文物古董到底什么样儿，也想看看神拳杨的典当行还有多少底气，还能抵抗多久。

他看到杨干头正在仓库的货架子上兴奋地淘宝捡漏，一时兴起，也就顺手买了件旧铜器。

6

驼二婶的车马店毗邻拐子街，离典当行不远不近，多少也沾了人气上的光。有些人买了旧货文物，得了便宜，心里高兴。路过店门口，正赶上晚饭的点儿，也就会进来坐上一坐，要俩小菜，喝上几盅烧酒。

皮斯特尔买了旧铜器，不知贵贱，也就顺路拐进了车马店。当时，合富洋行正气焰熏天，整郝大头，整神拳杨，整谁都整得惊心动魄，鬼哭狼嚎。店里几个骆驼客在和黄大牙、钱老三谈典当行的旧货文物，见是洋行的皮斯特尔，自然敬畏，也就都赶紧站起来让座。

皮斯特尔有兜售，更有炫耀之意。就和黄大牙等打声招呼，坐到他们中间，把手里的包袱打开，取出盒子，再打开，去掉那些防碰撞的废纸，掏出一件铜器摆上桌："看看，我刚买的。"

很自然，铜器立刻引来了一片关注的目光。

"就是个卣么！有啥呢。"有个黑肚子不知高低地说。当然，他的话招来了几声詈骂。

子归城一带古物多，很多人即便是黑肚子也多少懂一点文物知识。

的确是个卣。

卣，读yǒu，名词。《新华字典》的解释是：古代一种酒器。多青铜制，椭圆口，深腹，圈足，有盖和提梁。也有作圆筒形的，器形变化较多。用以盛酒。

皮斯特尔的这尊铜制卣具有经典卣的所有特点：宽体有盖。全器两侧和两面中部，均有凸起的扉棱。提梁置于两侧。周身布满花纹。提梁饰夔龙纹。盖、腹和圈足，饰形态不一的鸟纹，有勾喙、利爪和猛禽，有高冠、长尾的凤鸟，地纹则为细密的云雷纹。卣颈部饰有以兽头为间隔的夔龙一周，颈部与腹部以凹弦纹相隔。由盖及底足的扉棱在颈部断开后，又在卣腹出现，并把硕大的浮雕兽面自然分为相悖的两组。云雷地纹上的高浮雕兽面狰狞诡秘。圈足上也饰有以扉棱间隔的夔龙纹四组，但与卣盖折沿处的顾首夔龙纹不同，而是作龙首相向。

所不同的是：它是扁的。

至此，您可能会恍然大悟：说这么复杂，它其实不就是个扁酒壶吗？

没错！通俗地讲，它就是一个牧区常见的扁酒壶。牧民们一般是把它揣在怀里，需要时掏出来，打开盖，喝一口……

但它生逢其时。它诞生在成吉思汗西征亚欧的时代。当时的蒙古人或者契丹人在它的提梁上系了根皮绳，背在肩上或者挎在腰上，南征北战，东讨西伐……它从那个时代过来，就是文物。价值莫测。

“啥？元代的？我看看！”驼二婶手快，一把抢过扁铜卣，就拿到柜台的油灯下观摩。边看还边用指头叩击，用废纸擦锈。

“行了，快拿过来！别人的宝贝，你擦甚哩？这女人就是不懂规矩。”黄大牙和钱老三都有点急了，喊。

“你懂规矩？我这儿是吃喝的地方，不是你们做买卖的地方。快收起来！”

驼二婶倒打一耙，反把黄大牙、钱老三都说得哑口无言。皮斯特尔也只得尴尬地笑着收起了扁铜卣。

没人注意到这样一件事：当皮斯特尔把扁铜卣拿出来后，驼二婶远远看了一眼，就回到自己房间，把席子下面的那些俏红的传单拿出来，塞进了自己的花棉袄。之后，她才择机抱过扁铜卣，拿到油灯下观摩……

后来的情况是：皮斯特尔喝得有点醉了，出门时差点儿忘了装卣的包袱。

驼二婶殷勤地拎起包袱，递给皮斯特尔时，还语重心长地嘱咐：“小心别丢了，这可是元朝的宝贝。”

皮斯特尔不可能想到，在这之前，驼二婶已经让伙计尕娃子满街去找巡逻的“兵联”队员了。

那天巡夜的值班长官是马福山。

皮斯特尔刚走到拐子街口，就被马福山挡住了。说是城里发现了“捣乱分子”，要搜查。

结果，皮斯特尔的卣里就被搜出了传单。

第二节

1

杨干头到花花沟查旗人房地产，被何坨子绑了吊在房梁上打了一顿，这已经是很久以前的事儿了。但杨干头记忆犹新，他记忆犹新的还有：马麟派兵抓了何坨子，金丁却放了人。原因是何坨子从合富洋行买了俄国国籍，金丁干瞪眼，不敢惹……

杨干头白白挨了一回打，看到合富洋行的几个头家，脸上笑着，心里恨得长毒牙，还痒痒。

皮斯特尔被抓，杨干头闻风而动。他是亲眼看见皮斯特尔买铜卣的，但他不说。找到马福山便喊："吊起来，审！"

马福山问谁下的命令。

杨干头毫不含糊，说："当然是马长官。"

马福山就把皮斯特尔吊到了房梁上，审了一夜。情形和杨干头被何坨子吊打时差不多。

天明，杨干头才给马麟说了皮斯特尔的事儿。

马麟要去阿山，在整顿队伍，正烦乱，一挥手说："送到县衙去。"

皮斯特尔被连审带打了一夜，啥都招了认了。可见了金丁立刻大喊冤枉。说古城子在您的治理下，祥和安宁，人人安居乐业。哪有什么"捣乱分子"？我是被冤枉的。

正在这时，疤瘌脸老秦来报，说在衙门口发现有人昨晚贴了传单。

紧接着林拐子就鼻喇涎水地跑来，说他在东门发现了传单。他撕下来了，要求领赏。

人群中葱头、尕娃子等也暗地起哄，说传单都贴出来了，还说没"捣乱分子"，哄鬼呢！

金丁很为难。虽说双喜死了，可时隔不久，他不能这么快就不认合富洋行的情啊。抓住了“捣乱分子”他不能不管，可皮斯特尔毕竟是洋行的人，他又不敢管。

金丁想大事化小、小事化了，就去找诸葛白。

诸葛白听说皮斯特尔被抓，兴奋地一拍桌子：“啊？恭喜金县长！”

“何喜之有？请赐教啊。”金丁瞪着金鱼眼，一脸困惑。

诸葛白就给他分析：你看啊，去年你大兴土木，惹得民众告状！都督恼火吧？接着是“黑沟暴动”，险些闹出事端，都督恼火吧？前一阵子古城子发现“捣乱分子”，你没抓住，都督恼火吧？现在又是妓女无头案，这洋行和典当行闹得你死我活，连俄国领事都掺和进来了，弄不好就是涉外事件呢，都督恼火不恼火？……这下好了！你抓了个“捣乱分子”，虽说是小功一件，抵不了大过，总是可以消弭一点儿都督的火气吧？何况，皮斯特尔被抓，洋行岂不如同釜底抽薪？

金丁恍然大悟，大喜。回到衙门就升堂，宣布皮斯特尔张贴、藏匿传单，污蔑都督，攻击境外友邦。实系“捣乱分子”，即日收监。

皮斯特尔被投进球形监狱后，马麟被杨干头蛊惑，就宣布全城戒严，要抓“捣乱分子”。之后就找诸葛白说：“你看城里发现了捣乱分子，局势危险。你回去给杨都督说说，我就不要去阿山了吧？在这儿维护一方平安。”

诸葛白说：“行。不过，要是察罕通古的仗打败了，都督肯定要在你们这些不肯‘援科’的军人中间找替罪羊。”

马麟一听，沟子㞞了：“不是我不去。是城里来了捣乱分子啊！”

诸葛白说：“那你查出新的捣乱分子没有？”

马麟说：“开车马店的驼二婶嫌疑就很大！她昨天半夜在县衙一带转悠。早上就发现县衙让贴了传单！”

诸葛白说：“那你审出啥了？”

马麟说：“她说她那个傻儿子丢了。她出来找。”

诸葛白说：“找着了吗？”

马麟说：“找着了。”

诸葛白说："她儿子傻吗？"

马麟说："傻得不成样子了。"

诸葛白说："那你还不赶紧放人？就那种女人会是皮斯特尔的同党？谁信啊！让都督知道了，还能不骂你故意制造借口，不去'援科'？"

马麟回去，就打了杨干头一记耳光："你他妈出的啥馊主意？让我在诸葛白面前丢人现眼！人家一眼就看出我不想去阿山了。——快，让人把驼二娘们放了。"

之后，马麟带着大队人马急忙启程，踏上了去察罕通古的长途。

2

其实，马麟抓驼二婶没错。当天晚上，驼二婶确实是冒着料峭寒风，半夜去东门和县衙贴了传单的。她做这些的目的也很单纯，就是把皮斯特尔的罪行坐实、坐大。她的聪明就在于当时她领上了傻儿子三宝，他成了她的掩护。

这件事驼二婶后来跟人说过。

还有一件事，驼二婶后来没跟人说过：那天皮斯特尔前脚刚出门，驼二婶扭头就让葱头把林拐子找来了，说她要写封信。

那天，驼二婶不知道给谁写了封信。林拐子只在皇历上记了几个字：为潘银莲作书一封，得银半两。

半两？平时这价钱林拐子得写三封信。

据此，我怀疑那天早上林拐子跑到县衙装疯卖傻和这半两银子有关。我还怀疑皮斯特尔一被抓，就有一种舆论快速蔓延也和这半两银子有关。这个舆论说：皮斯特尔是合富洋行的人，他是捣乱分子，那么合富洋行肯定还会有捣乱分子……

3

铁老鼠在皮斯特尔被收监后去找了一次诸葛白，谈了什么没人知道。反正铁老鼠走后，诸葛白就让人打点行装，说他要回省城去。

金丁急忙去找他，问皮斯特尔咋办？

诸葛白郑重其事地说："这案子大啊，我看了那些传单了，对内是污蔑都督，对外是攻击友邦，罪行严重！这样吧，我正好回迪化交差，你就挑几个精明强干的衙役，跟我走。我顺便给你把皮斯特尔带到迪化去，让省府和俄国领事馆一块儿会审。”

金丁长舒一口气，说：“好啊好。这样一来，洋行那边单剩下一个铁老鼠，也就闹不成啥鸟事了。”

诸葛白却深深地叹了口气：“有事没事，还是要看阿山那边仗打得咋样。”

4

皮斯特尔不知道铁老鼠为了胖厨娘，几年前借口大牧川来了瘟疫，把妻子儿女都赶回了希瓦。他只是听人说，铁老鼠和胖厨娘关系暧昧，但铁老鼠怕她惦记自己的钱，就独居。结果，自己就把自己弄成了鳏夫。

皮斯特尔也不知道：胖厨娘憎恨脖子上戴钥匙的人。她十三岁失身时，那个让她失身的少年，脖子上就挎着一枚金钥匙。这就是那天，皮斯特尔已经把她抱到床上了，正脱衣服的时候，她忽然尖叫逃走的原因。——她看到了皮斯特尔脖子上的金钥匙。刹那间，人就像马一样惊跑了。

脖子上的金钥匙，让皮斯特尔使了吃奶的力气，却功亏一篑。不过，胖厨娘是风月场的斫轮老手。她事后补救，轻松地就让皮斯特尔误以为她是怕铁老鼠不高兴。

皮斯特尔被捕后，铁老鼠在床上和胖厨娘进行了一次心贴心肉贴肉的密谈。

铁老鼠：“好了，这下你不用逢场作戏了！”

“谁说我是逢场作戏了？说不定我是假戏真做呢。”胖厨娘嬉笑着说。

“你在吓唬我吗？我可是为你，把老婆孩子都赶回国去了。”

“可你是个铁老鼠。比铁公鸡还吝啬，一毛不拔。不像人家皮斯特尔，还给我买了项链呢。”胖厨娘说着拔掉了铁老鼠一根黄胡子。

“他没给你买项链，他给自己买了一个扁口铜壶。”

“哇，你吃醋了！——所以你设计陷害了他。”

“胡说！这事儿和我无关。我现在还在想，是谁陷害了他？——是谢尔盖诺夫？不，他已经离开了。是神拳杨？也不对，他做梦也不会想到皮斯特尔会去当铺！——嗯，皮斯特尔，是在街上被人抓的。之前他去了车马店。对！是那个煤黑子刘天亮！他原先就是车马店的伙计，皮斯特尔让他去抢柳芭。为此，他丢了工作，当然要报复。可是也不对呀！那是一笔生意呀！皮斯特尔说给了他三根金条。——皮斯特尔这个笨蛋！让个穷鬼去做这么点事儿，还要三根金条，三根金条哇！”铁老鼠感到心痛，痛得叫了起来。

胖厨娘不爱在这种事儿上动脑子。听了几句铁老鼠的分析，就趴在他胸口上睡着了。此刻，铁老鼠的痛叫吓醒了她。她睡眼惺忪，以为铁老鼠要杀天亮。就挥了挥小胖手，摇头：“我都跟你说过了。那个刘天亮啥也不知道。红胡子死的时候，他在楼下，啥也看不到。你这个小气鬼，还是个小心眼。其实，你真的不用在乎他。”

“可是皮斯特尔给了他三根金条——”

“那又不是你的金条！小气鬼！”

听了这话，铁老鼠的心口一下不疼了：“这当然。不过，我是说，这种穷鬼是不会讲信义的。他拿了金条，也会陷害皮斯特尔的。”

“嗯，好困啊。睡吧！就算他陷害，又没陷害你。”

铁老鼠急忙摇醒胖厨娘，把她抱到自己肚子上说：“这可不是两码事，它是一回事。知道皮斯特尔是什么罪吗？这个罪名很可怕！就像一场瘟疫，现在他们别有用心，就想把这场瘟疫，传染给你，我，整个洋行。”

胖厨娘明白了，铁老鼠是担心皮斯特尔被捕，大家都会被牵连。也就有些忐忑不安：“那我们怎么办呢？”她趴在铁老鼠的脸上问。

铁老鼠搂住胖厨娘，边亲吻边耳语：“这个刘天亮留着是祸害。”

“你想杀了他吗？这种事情我干不了！”

“谁说我想杀人？典当铺的钱还没到手呢，这时候怎么能节外生枝？再说啦，我怎么能让你的纤纤玉手沾上肮脏的血？我想说的是，你知道吗？皮斯特尔是从那个车马店出来后，被抓的。你应该去那个车马店，找那个老板娘，进行一次女人间的友好谈话……”铁老鼠说着，就变戏法似的从枕头下面摸出了一条金项链，拈起来，轻轻摇晃。

胖厨娘睡意顿失，明眸善睐地笑着一把抢过来，戴到了自己脖子上。

5

天一亮，胖厨娘就跑到车马店，和驼二婶进行了一场胖女人和瘦女人之间的私密对话。

胖女人说："知道我为什么胖吗？因为我心宽。心宽的人，做事情就有远虑。人无远虑，必有近忧。你瘦，就说明你有近忧。"

驼二婶摸了摸自己干瘪的肚皮，说："啥是个近忧？"

胖女人就引导瘦女人回顾往事。刘天亮去阿山走镖，运毡筒。结果，洋行的医生阿廖沙死了，死得太快了吧？——说他下毒？有什么证据？之后又提醒瘦女人：刘天亮去阿山，是你指派的吧？阿廖沙因此而死，还死得疑点重重，不明不白。巴赫·铁尔森先生据此就可以控告你，在一场谋杀中，有主谋嫌疑。反正阿廖沙找不到了，死无对证。

"还有，皮斯特尔是在走出你的车马店后，出事儿的。他在你店里干了什么？为什么那个铜壶里有传单？传单是从哪里来的？……这些你都脱不了干系。何况，你当天被抓，也有贴传单的'捣乱分子'嫌疑……"

瘦女人立刻惶恐不安，说咱们都是女人，活得苦啊。妹妹，这人命关天的事儿，你可不敢给我头上扣屎盆子！我开个小店，儿子三宝，是个傻子，他爹驼二爷，就是个名分。我这是孤儿寡母，冤枉一个，就死一双啊！

胖女人被弄傻了，抹了半天泪，才想起瘦女人诉苦的事情还没发生，就掏出了一块金砖，晃了晃说："巴赫·铁尔森先生说了，如果你能让街上的谣言不再干扰合富洋行，那么，他将以此表达感谢。"

瘦女人说："这他娘的，我能有啥办法哩？满街的人，都长着嘴啊！"

胖女人说："嫁祸于人呀。那个刘天亮刘老大，他不是和皮斯特尔关系好吗？"

瘦女人一愣："关系好就能嫁祸于人吗？再说哩，他们关系又不好。"她的脑子有点乱了。

“关系怎么不好？他不是帮皮斯特尔去抢过人吗？抢过那个叫柳芭的女人！”说到这儿，胖女人的脑子也有点儿乱了，“唉，你知道这个柳芭是谁吗？我告诉你吧！柳芭就是当年的珠娅。撒拉尔的女儿。撒拉尔可真是苦命的女人……”

女人的特点就是一说到别人的隐私，就不由自主地开始离题万里，滔滔不绝，一江春水向东流。胖厨娘当然更是如此。结果，胖瘦两个女人的情感就越说越近，说得快要成姊妹了。胖女人才想到自己此行的目的，急忙站起来说：“我得走了！今天给你说的话，你可千万不能给人说。”

“不说，不说。”瘦女人急忙抢断话头，答应着又禁不住补了一句，“妹子，你说的话，我都不说。”

胖厨娘满意地点点头。要出门了，才猛醒过来：“嗨！刘天亮的事儿，你得赶紧给县长说。你看你这么瘦，不说，会更瘦！”

瘦女人张了张嘴，没说出话。

送走胖厨娘后，驼二婶偷偷对着镜子，看了半天自己麻秆似的身子。

“把他家的！我瘦，我就该有这样的‘近忧’吗？”驼二婶啪地打了自己一个嘴巴，眼圈又红了。

第三节

1

诸葛白把皮斯特尔押到迪化后，并没搞什么“会审”。他把皮斯特尔的罪行通告俄国领事馆后，皮斯特尔就下落不明了。

谢尔盖诺夫从伊万那里知道皮斯特尔出事了后，兴冲冲地赶到了子归城。

“那个捣乱分子没有了！他的那一份钱，我们两人就可以平分了！”他高兴地对铁老鼠说。

铁老鼠却不高兴，他用看怪物的目光看着谢尔盖诺夫，说：“亲爱的谢苗·谢尔盖诺夫，我不明白您在说什么钱？还有什么钱？”

谢尔盖诺夫耐心地说：“尊敬的巴赫·铁尔森先生，我最亲爱的朋友！我知道，在我杀了张福之后，那个神拳杨吓坏了，已经在卖家底子，要给我们赔钱。这是一大笔钱，我们应该三个人分。现在这个皮斯特尔没有了，那么，他的那一份就可以我们两人来分了！”

铁老鼠巴赫·铁尔森先生一下子抑制不住自己的情绪，手舞足蹈地满屋子转圈，嚷嚷：“按约定，您已经提前拿走了您的那份钱。后来发生的事情，跟您没有关系。”

谢尔盖诺夫退而求其次，说：“就算新的赔款没有我的一份。那么，现在皮斯特尔没有了，请把他的那一份拿出来，我们平分总可以吧？”

铁老鼠依然不同意。说皮斯特尔是他的助手、员工，现在这个员工没有了，那么，公司就不必再向他支付报酬，仅此而已。不存在把他的报酬拿出来和别人平分的问题。

铁老鼠说着竟然拂袖而去。

之后，他们在晚餐时，再次发生了激烈争吵。铁老鼠发誓说：“我不想再看到你！——谢苗·谢尔盖诺夫先生。”

对此，谢尔盖诺夫并不在意。只要能看到钱，见不见到巴赫·铁尔森先生他并不介意。

出乎意料的是自此开始，铁老鼠真的开始回避和他见面。他被安排在后院的客房，每次他想上白石头楼时，总有希卡及时出现，告诉他铁老鼠正在开会或者不在……这让他很恼火，但他不是个性格粗鲁的人。他写了一封信让希卡们转给铁老鼠，强调指出：

作为朋友，您的做法让我非常失望。如果我此次空手而归，那么，我就不得不去找俄国领事馆的伊万先生诉苦了。您成为子归城的商约，完全是因为领事伊万的授权和关照。可是您的助手皮斯特尔却是个“捣乱分子”，这很容易让人怀疑您对沙皇的政治态度（我记得您是希瓦汗国人吧？），因为您和皮斯特尔先生的亲密合作是远远超出生意范畴的。此外，您长期在子归城一带暗中倒卖国籍，并由此引发过多起事端，比如双喜的父亲何坨子；还有，听说您甚至给花花沟的土匪也卖过国籍……我想，您还没有从雅霍甫之死的麻烦中彻底摆脱出来。在这样的时候，一定不希望诸如此类的糟糕事情被伊万领事知道……

铁老鼠看过信后就热情洋溢地请谢尔盖诺夫吃饭。并保证说，我早就认真考虑过您的要求了，我不会让您空手而归的。只不过现在神拳杨还没有感受到足够的压力，不肯把新的赔款拿出来。所以请少安毋躁，再等一等。

谢尔盖诺夫再次诚恳地陈述了他为了大家共同的“计划”，无私奉献了自己的爱人柳芭，还当了一回刽子手——他们三人都对杀张福没有热情，但铁老鼠和皮斯特尔都说谢尔盖诺夫是一出悲剧的主人公，不去复仇，会被人怀疑他们的“计划”。谢尔盖诺夫只得去了——并且在计划的实施过程中，他在抬棺游行等关键时刻都提出了价值连城的主张……

铁老鼠好像被感动了，用手帕擦着眼睛频频点头。但谢尔盖诺夫发现，铁老鼠揉红了眼睛，却根本没有眼泪。

这一细节让谢尔盖诺夫疑窦顿生。

更让他不安的是：当晚，他出去解手时意外地看到了一个古怪的身影。那个身影在他的房顶上偷窥着什么，听到了他的呐喊后，倏忽之间就溜下墙根，从容不迫地消失在了犬舍中。

他看得很清楚，那是个一瘸一拐的身影，应该跑不快。可当希卡们闻讯而至后，他却消失得无影无踪！而且在他消失的犬舍中还养着两条克里米亚牧羊犬，它们居然没有发出一声吠叫！

据此，谢尔盖诺夫怀疑那个瘸子来自洋行内部[q]。

---

[q] 链接　这时候的谢尔盖诺夫对林拐子还没有深刻印象。他搞错了，这个身影是长期偷窥合富洋行秘密的林拐子。

此夜，谢尔盖诺夫通宵无眠。

而拂晓后出现的情形似乎更加可怕：索拉西来了，带着许多矿警忽然就出现了。

谢尔盖诺夫感到杀气逼人。他想借故离开，于是便去找铁老鼠。说为了获得更多报酬，他愿意自告奋勇，带领希卡们去县衙横刀立马，给“那个中国猪施加压力”，“让最后一根羽毛压垮骆驼背”。

但铁老鼠却紧张地连连摆手，反对他抛头露面。说请他不要像死去的红胡子那样锋芒毕露。说着就给了他一杯咖啡。

谢尔盖诺夫没喝那杯咖啡。因为他发现那杯咖啡是他进门前就早预备好放在桌子上的。它让他无法遏制地不断想象红胡子中毒身亡时的情形，并且浮想联翩……

惶恐不安的谢尔盖诺夫想要迅速逃脱却又无计可施。一天之中他起码找了七八个理由说要赶紧去县衙或者迪化，可铁老鼠甚至连洋行的大门都不让他出。铁老鼠说这两天城里产生了一种舆论，已经在广为流传。说皮斯特尔是合富的人，他是捣乱分子，那么合富洋行的其他人中肯定还会有捣乱分子，云云。

铁老鼠说，这种舆论用心险恶，非常可怕。为此他才特意调来了索拉西和他的矿警加强对洋行的保卫。

铁老鼠还说，因此，他希望谢尔盖诺夫不要在这个时候出现在古城子街头，以免引来张福的朋友复仇等等麻烦。

铁老鼠还说，等过几天形势好转，让谢尔盖诺夫跟着索拉西他们出城，到了黑沟煤窑再去迪化就安全了。

但谢尔盖诺夫不再相信铁老鼠的这些鬼话。他决定铤而走险。

当天晚上，他诱骗索拉西喝醉之后，给地下室放了一把火。趁着人们救火的时候，他逃走了。

2

谢尔盖诺夫逃走的第二天，阿山传来消息：省军打胜了，把进犯察罕通古的黑喇嘛打回了科布多。

当天，在金丁的调停下，处在皮斯特尔被捕的阴影中、又被谢尔盖诺夫折磨得筋疲力尽的铁老鼠，接受了神拳杨最后的三千两银子赔款，在调解书上签了字。

“添仓奇案”以及由其引发的风波渐渐平息。

第二十章

脚

第一节

1

按写作大纲提示，添仓奇案后，我要写刘天亮酿酒，还要写合富洋行闹鬼等等。当然，这是另一部的内容。

此处是《子归城》第一部《古城驿》的尾声，我的写作备忘录如下：

癸丑夏，天亮烧出了第一批白酒，共计十三坛。

沙枣花飘香的季节。钟爷站在梁子上，看天决策。他脖子伸得老长，像大雁，也看见了天上的大雁。全家人就进城，开了酒坊。

没人知道铁老鼠已经派胖厨娘去找过驼二婶了。刘天亮倒霉的日子就要来了，结局可能比郝大头还惨！

但刘岸！你写小说可不能落入这种俗套啊！《子归城》里的故事应该这样发展：刘天亮就像一个傻乎乎午夜入城的牛犊子，迎着刀子，走向了肉铺。可就在读者提心吊胆的时候，肉铺子里出事儿了，准备宰牛的屠夫自己陷入了惊悚的深渊，再也无暇顾及刘天亮了。

这个屠夫就是铁老鼠。当初在他授意下索拉西把林拐子扔进废矿井，人家没忘这仇恨。皮斯特尔被捕后，林拐子立刻伺机而动，开始了一个人的战斗——这就是“洋行闹鬼”轶闻，很惊悚。

注意：1. 钟爷的关键作用；2. 林拐子一个也不放过的复仇精神。

——别笑！我的备忘录就是这样写的，很私人，很情绪化。有时就是提醒或者鼓舞一下自己。

可就在我情绪饱满地要写尾声时，著名诗人ST打来了电话，约我去参加武夷山下的一个诗会。会期三天，动车来回。

写长篇和画画写书法一样，要憋着一股气。心绪紊乱，俗事焚心，气息就会分散，气息散了就什么都搞不成了。这个道理我懂，还教诲过莫菲。可《子归城》是一部卷帙浩繁的长河小说，《古城驿》之后，我还得写第二部，第三部，第四部。写天亮开酒坊，成为一代酒王；写何坨子火烧煤窑；写契阔夫血洗洋行，等等。尤其是还要写林拐子针对赖黄脸以及赖水旺的复仇。而后者都是武夷山人，赖家在星村、下梅村都有祖坟。我想我应该借开会的机会，再看看故事的发生地。

于是，我跟着ST到了火车站。

2

火车站人头攒动，宛如漩涡、暗流涌动的海洋。

我去办票回来，上二楼候车厅时，发现还有五分钟，动车就要开动。ST的督促电话和短信像天女散花。我跑上滚动电梯，正在看她的短信，两个魁梧的小伙子，满头大汗、横冲直撞地冲了过来……

我被撞下了电梯。

近几年，公共电梯发生事故很多。摊在我身上的是：我被从旅行箱上撞飞出去，一阵乒乓乱响后，摔到在地上。

之后，我捂着流血的额头，感觉到左脚发麻，发热，生疼。

一分钟后，我知道我站不起来了。两个撞了我的大学生，架起我，把我放上了出租车。

之后我被就近送进钟宅医院，拍了片子，打了石膏。还好，脑袋没事儿，只擦破点皮，是脚踝骨折。一块断裂的小骨头，让左腿肿得有千斤重。

3

林拐子是鼓浪屿人，ST也是鼓浪屿人。我还想借开会的机会，和ST聊聊林拐子或者他父亲林茗先生。

可现在我什么都做不了了。

我躺在钟宅医院，千斤重的腿上打着石膏，自己下不了床，头上还缠了道纱布。只能使劲努力，歪着脖子，把目光伸向窗外。

这里是海湾，我看不见大海。却能看见窗外风展彩旗如画——真的如画！它们上面还画着祥云仙鹤等各种色彩的吉利图案……

我不明白一家医院为什么要在周围插这么多的彩旗？它们好像早有预谋，就是要庆祝我的不幸遭遇。

石膏很重，医生要求静养。我动弹不得，就只能日夜看猎猎飘动的彩旗。它们在海风中啪啪作响，发出的声响有时像在给我鼓倒掌，有时又像在集体嘲笑我瘸掉的腿。

4

现在是2016年7月的一个周末，我拆了头上的纱布。窗外风暖花开，彩旗飘飘。

ST和她老公来看我，送来了鲜花和一辆轮椅。我可以坐上轮椅在露台上放风了。

露台上有围栏，轮椅低矮，我看不到近处的彩旗。但透过栏杆，能看到钟宅湾的夜航船，还有海上的一轮明月……

明月云间照，海阔天低树。还有渔家灯火，夜半钟声。这些，在百年前，都是一位钟姓老人无尽的乡愁。

而我，就是因为这个叫钟则林的老人，才在钟宅湾买了房子。我一直感觉他的出生地就在这一带。

嗯，还有林拐子。我在厦门定居乃至写《子归城》也都与他有关。

一想到林拐子，我就忍不住抚摸左腿上的石膏。想象如果我骨头愈合得不好，会不会走路也一瘸一拐？

拐子，就是伤残了脚的人。想到这儿，我就沮丧。林拐子走路半个臀部一歪一翘的，很难看。但他只是腿有点拐，并不瘸，跑起来还很灵活。他曾给我吹牛，说他有次遇上狼群，三窜两跳就爬上了一棵桃花树。可我伤的足骨头，弄不好会成一个瘸子，走路得拄拐杖。遇上一条野狗可能都没办法……

这个晚上，我胡思乱想了很多，还偷偷抽了两根“七匹狼”。这个牌子的香烟，烟轻不呛，不容易被护士发现。

第二节

1

知道我摔伤了脚，久不露面的林子非打来了电话，十分关切地说：你们这些靠想象力写作的作家就是这样，成天宅在家里，运动太少，一动就受伤。你还是应该多运动，少抽烟……

我问他，你现在在哪里“运动”？

他没有正面回答，沉默了好一会儿才说：边走边写。

这话跟没说一样，林子非本来就是一个边走边写的畅销书写作者。他最早在一家考古杂志社做编辑，当记者，有妻有子，偶尔写点诗。林拐子在哺育林子非成长的岁月里，一直都在实施他对赖黄脸的复仇计划。那就是有一天，他要在林子非的耳畔炸响一声惊雷，告诉他：你不是林家的血脉！你是我从赖黄脸手里抢来的。赖家没了你，也就断了后。因为你的父亲，在你出生后不久就没了。

林拐子相信，这个霹雳炸响之后，林子非不疯也会跳海。他在这个世界上最后的仇家，将断子绝孙。

可林子非从小天真可爱，林拐子一直没勇气在他的耳畔炸响惊雷。

后来，林拐子的老伴临终，可能是老糊涂了，坐在一株盛开的三角梅下，断断续续给林子非说了他的身世。说的也是有头没尾，扑朔迷离。但林子非知道了，自己的父亲姓赖，母亲早亡。父亲曾在新疆坐过牢，后来下落不明。或许去了东南亚，或许死了。林、赖两家有仇。赖家原本是给林家做佣人的，但林拐子和赖黄脸在遥远的子归城，为了一个叫白牡丹的女人，结下了深仇大恨，等等。

林子非没疯也没跳海，而是葬了奶奶，辞了工作，一声不响地抛妻别子，去了东南亚。后来他到底打听到了父亲的什么，我不得而知。反正两年后他走完了古代海上丝绸之路，而且边走边写文辞优美、图文并茂的旅游小册子。2015年，这些漏洞百出的小册子又汇集成书，列入"'一带一路'图书系列"，成了一套畅销书。他也摇身一变，成了著名的"边走边写"的作家。开始胡写乱拍，昼夜不停地误导驴友。

"你是在汉唐路上边走边写吧？"我怀疑林子非贼心不死，可能还在大牧川甚至子归城遗址附近转悠。

林子非说："我在考察北丝路，当然要走汉唐古道。——我已经写了海丝的书，还想写一本陆上丝路经济带的书。"

我了解林子非做事一根筋的性格，还知道他在杂志社时专门编写古墓考证、沉船探秘一类的文章，有挖掘文物的知识。就想到了一只老鼠在粮仓附近转悠的糟糕情形。急忙说："仅仅如此？没别的？"

林子非在电话那边沉默了一两分钟，突然说："别的？……我就是想知道我该把谁叫爷爷？我该姓赖还是姓林？还有那个叫白牡丹的女人，到底是谁？这里面到底发生了什么？——你知道吗？"

我怕林子非再干出被警察抓的事儿，想说"我知道。你回来吧，我告诉你"，可我忍住了。——我不想成为林拐子复仇计划的最后帮凶。

"我去了绥水河劳改农场。"林子非突然说。

我吓出了一身冷汗。那里正是林子非的父亲赖光当年服刑的地方，位于大牧川尽头的绥来地界。

“绥水河……河水大吗？”我试探着转移话题。

“不大。”林子非的语调突然变得很轻松了，“好在现在强调生态环境，劳改农场也撤了。那里成了生态保护区。”

“劳改农场撤了？那就没人了？”我松了口气。

“没了。我去的时候，只有一些破败的房子。水草很是丰茂。你说，当年为啥在那里建劳改农场？”

“啥？你大声点儿！哦，信号不好。再联系吧！”我不想谈论这个话题，急中生智，撒谎，躲闪开他的追问，压了电话。

从此，我不再主动联系林子非了。

2

台风“妮妲”[d]要来的时候，院方说我不会成为一个瘸子，让我回家静养。老妻很奇怪，硬跟医院买了一套病号服。莫菲也很奇怪，明明我拄了拐杖，就能进出电梯，她却通知了阿发。

阿发是我的朋友，小区门口开杂货店的。为人活络，乐于助人，朋友也多。他一来，身后就跟着两三个小伙子。

钟宅医院离我家不远。我觉得他们来这么多人，太夸张了。

但他们异口同声地说：“台风要来了！”就不由分说，连背带抬，把我放进了车里。

上车后，我发现医院外的那些彩旗没了。

阿发说：“早撤掉了。旧社会钟宅湾台风成灾。所以每到这个季节，村民都要祭拜。后来就形成了这样一个乡俗。”

我立刻想到了钟则林钟爷。“我在这儿住了好多年了，我怎么不知道这乡俗？它叫啥？都干啥？”我问。

---

[d] 链接　2016年的台风“妮妲”，英文名Nida，泰语含义：女士的名字。台风“妮妲”于7月30日生成，7月31日在菲律宾卡加延省登陆。8月2日，在广东省深圳市大鹏新区附近沿海登陆。后又在深圳市盐田区第二次登陆。

“叫傩节吧？我也不清楚。过去是要敬天敬地，拜妈祖的。后来人定胜天，征服自然了，就没了。这两年兴起，是商家炒作的，就是插些旗子做生意，卖些小商品啥的。”

阿发的话，让我心里很乱。

这天晚上，台风“妮妲”在海上呼啸肆虐，厦门风狂雨骤，动车停运。我躺在床上，盯着漆黑的窗外，听罡风怒吼，脑海里却一直在想那些彩旗和阿发说的傩节。

我想，如果钟爷真的出生在钟宅湾的话，那他小时候一定看过傩节。知道这是人类在寻求跟大自然的和解，甚至是戴起面具在遮羞和忏悔自己的过错。所以他才会在生命的最后阶段，成为子归城里的吹哨人、敲钟者，到处呼喊小时候没听懂的谵语。

当我得出这个结论时，天亮了。气象台报道：“妮妲”在深圳登陆后，成了热带气流。

我发现，我一夜无眠。

3

脚踝骨折的最大好处是：行动艰难，除了胡思乱想，只能写小说。

可写长篇是一场孤独的马拉松长跑，一旦停下来，你就再也跑不动了。

我摔坏了脚，才躺了一个多星期，写长篇的气息就断了。

现在，我坐在电脑前，望着去武夷山前写下的备忘录，心里充满了茫然、困惑、陌生感。

……沙枣花飘香的季节。钟爷站在梁子上，看天决策。脖子伸得老长，像大雁。全家人就进城，开了酒坊。

没人知道铁老鼠已经派胖厨娘去找过驼二婶了。刘天亮倒霉的日子就要来了，结局可能比郝大头还惨！

这些都是另一部书的内容啊？！可我还写了“注意”：

注意：1. 钟爷的关键作用；2. 林拐子一个也不放过的复仇精神。

显然，我是要提醒自己在这里写明这两点的。

可林拐子的复仇精神我能写，“钟爷的关键作用”又指什么呢？是说刘天亮酿酒成功，关键是钟爷有本《如匠酒经》，他天天给天亮讲？可这要强调“注意”吗？或者是酿酒成功与钟爷来自海边有关，那里的疍民天天在海上喝酒，钟爷从小就懂酿酒？可钟爷不是疍民！我也不记得在写备忘录时，有过类似想法或想象。而且真实的钟爷也真的不懂酿酒。他爱喝武夷山岩茶，不爱喝酒。

我担心，我不仅摔坏了脚，可能还摔坏了脑子。最困惑的时候，我甚至想过这个“关键作用”会不会和阿发说的傩节，或者一百年前的台风有关？因为备忘录上有文字“钟爷站在梁子上，看天决策”，这是不是说钟爷敬畏天地，尊重自然？

可这些和酿酒有什么关系？

我打开手机的自拍镜头，对着它摸了摸额头上愈合了的小伤疤，无奈地否定了自我怀疑。大家都说进水或者被门夹了，脑子才会有出题。我只是擦破了点儿皮，没摔坏的道理！

我写作时喜欢根据情绪的不同，穿不同颜色的衣服。我让老妻找出了那天穿的衣服——一件花衬衫。想借它唤醒一下当初的记忆。

花衬衫容易让人情绪激动，精神振奋。可这回，它却莫名其妙地把我带进了梦乡。

在梦里，我变成了林子非。拖着一条打了石膏的腿，在大牧川来回游走，苦苦寻觅进入子归城的道路。我好像找了许多年，才看到有几个人赶着一辆毛驴车，载着满车的酒坛子，从丝绸古道上缓缓而来。他们在与我擦肩而过的时候，我透过他们的目光，看到了前方的子归城。那一刻，我的腿脚突然变得轻盈起来，闻着酒香就飘进了子归城。

城里在进行一场盛大的傩戏表演。铁老鼠手握一把杀猪刀，磨刀霍霍，等着刘天亮的毛驴车走进肉铺子。可就在这时，林拐子出现了，鬼魅般地在铁老鼠周围忽隐忽现，上蹿下跳，吓得铁老鼠瑟瑟发抖，跪地求饶，最后像纸片一样倒下去了。

我跟着众人为林拐子欢呼鼓掌。激动了半天，才发现我自己变成了林拐子，正轻盈地腾挪转换，玩猫捉老鼠的游戏，把铁老鼠折腾得狼狈不堪，满地找牙。最后，他惨叫着变成了一只逃窜的小老鼠。

可就在老鼠过街，人人喊打的时候，钟爷拦住了众人，手指铁老鼠，笃定地说了一句："贪夫徇财，这人活不过秋天了！"

铁老鼠趁机窜过来，扒住我腿上的石膏，吱哇乱叫地打洞，噬咬……

我被它咬住了，生疼，剧疼。急得汗出如浆，醒了。

大梦初醒。我看到自己的双手在掐左腿上的石膏，但脚踝骨却并没有那么疼痛。我想，肯定是我潜意识里怕自己成了林拐子，吓醒了。

窗外，暮色苍茫，海风轻拂。夜航船闪烁的灯光逐渐暗淡，天穹中的圆月越挂越高，越来越亮。

我为在梦中成了林拐子而沮丧，困惑，脑海中一个可笑的念头挥之不去：一个人，伤了脚，会成拐子吗？

在客厅看电视的老妻过来问我："你刚才写啥呢？我听见你在喊。"我写作时动辄会情绪失控，把小说中的对话喊出来。几十年下来，她已经见怪不怪了。

"没写啥。做了个梦。梦见我变成了一个拐子。"

"嗨——！一个骨折，能成拐子？还吓得大喊。"

"我喊了吗？"

"喊了。你说：贪夫徇财。啥人活不过秋天了。"

我蓦然一惊，随之恍然大悟，笑了。我不是脑子坏了，而是钻进了牛角尖！备忘录中所说的"关键作用"，其实与酿酒无关，它指的该是小说的情节转换。没错，这是一个结构和时空上的大转换。当时由于名妓奇案、张福之死等一系列与合富洋行有关的蹊跷事件发生，子归城里腥风弥漫。云朵非常担心铁老鼠会加害天亮，故而坚决反对他进城创业。就在两人相持不下、争吵不休之际，钟爷说话了，他仰望长空，看见天狼星芒角暗淡，就说铁老鼠："贪夫徇财！到了秋天，这人的魂儿就散了。"

人死魂散。钟爷懂《麻衣相术》，他的话当然一言九鼎，一下子打消了众人对天亮进城的担忧，使《子归城》的故事又轰然走进了子归城。

这就是钟爷的关键作用。

4

一个乖戾的梦，帮我找回了骨折前的灵感记忆，想起了钟爷的作用。我要感谢这个有点儿凶残的梦。

更让我高兴的是，我猛然发现《古城驿》写完了！林拐子一个都不放过的复仇精神，居然在我叙述林子非的电话时，就得到了充分表现。一切都是神来之笔！就是神来了，握住我的笔，在替我写。那两个大学生，撞坏了我的腿，引来了林子非的电话。而我在接电话时，就自然地回想了一遍林拐子的复仇对象：红胡子，铁老鼠，赖黄脸，赖水旺，赖光，最后一个是林子非！

这名单有点长，听着恐怖。但我现在不用想他们了，因为《子归城》第一部写完了。

还有比写完了一部作品更让作家高兴的事儿吗？

我窃笑着脱了花衬衫，奖励了自己一杯咖啡。我喝咖啡，喜欢自己磨的。

喝着咖啡，看海，是一种享受。

海上的明月，不大，却很圆。

圆月

像一个明白无误的装饰音

证明我的随想曲

已经走调

我想起了ST写过的诗。她是个女的。

《子归城》里尽是糙老爷们儿，做梦都带着汗脚的臭味儿，写诗的女人不敢进。

我这么想着，突然觉得脚好痛。